U0944679

房山时代楷模

主编 曹蕾 史长义

房山区委宣传部
房山区总工会
房山区文联

中国财富出版社

图书在版编目（CIP）数据

房山时代楷模 / 曹蕾，史长义主编． —北京：中国财富出版社，2018.12

ISBN 978-7-5047-6824-7

Ⅰ．①房… Ⅱ．①曹… ②史… Ⅲ．①纪实文学 – 中国 – 当代 Ⅳ．① I25

中国版本图书馆 CIP 数据核字（2018）第 283746 号

策划编辑 李小红 **责任编辑** 齐惠民 李小红

责任印制 梁 凡 郭紫楠 **责任校对** 刘瑞彩 **责任发行** 张红燕

出版发行 中国财富出版社

社　　址 北京市丰台区南四环西路 188 号 5 区 20 楼 **邮政编码** 100070

电　　话 010–52227588 转 2048/2028(发行部) 010–52227588 转 321(总编室)

010–52227588 转 100(读者服务部) 010–52227588 转 305(质检部)

网　　址 http：//www.cfpress.com.cn

经　　销 新华书店

印　　刷 北京市海天舜日印刷有限公司

书　　号 ISBN 978-7-5047-6824-7/I·0289

开　　本 710mm×1000mm 1/16 **版　　次** 2019 年 3 月第 1 版

印　　张 24.5 **印　　次** 2019 年 3 月第 1 次印刷

字　　数 351 千字 **定　　价** 68.00 元

让伟大的劳模精神
焕发出强烈的时代风采

（序）

中共北京市房山区委常委、宣传部部长　曹　蕾

为做好西山永定河文化带房山文化的挖掘工作，助推全国文化中心建设及文化强区战略的实施，大力弘扬社会主义核心价值观，大力弘扬模范人物所呈现的崇高品德和时代精神，由中共北京市房山区委宣传部、区总工会、区文联共同编辑撰写的《房山时代楷模》一书将隆重推出。该书翔实记录了吴春山、卢翠英、王砚香、徐庆文、仉振亮、田雄、李玉芬、张进来、孙志强、仉锁忠、尤西森、厉莉 12 名模范人物的典型事迹，具有鲜明的史料性、文学性和权威性，使我区对劳模精神的宣传与弘扬达到了规范化、系统化、科学化的全新境界。

自中华人民共和国成立以来，房山人民在中国共产党的领导下，历经磨难、艰苦创业、与时俱进、创新发展，在社会主义各个建设时期取得了辉煌的业绩，在房山这块热土上涌现出了一批又一批模范人物和先进典型。他们在不同的历史时期、在各条战线上、在各自的岗位上，为党和人民的事业做出了重要的贡献，他们的事迹厚重感人，可歌可泣，影响深远。本书选取的 12 名模范人物，就是他们当中的杰出代表。他们当中不仅有一

生躬勤劳碌、披肝沥胆和全村人民一起创业的农业模范，也有背着背篓上山送货、脚踏实地为群众的生产生活服务的商业典范；不仅有“人生定位已被正义的精神所浸染，精神追求已被金色盾牌所定格”的保卫人民生命安全的公安英模，也有秉公执法、助人为乐、热心公益的道德模范；不仅有“弄潮儿向涛头立，手把红旗旗不湿”的企业领军人物，更有高擎集体主义旗帜、探索产权制度改革、守住青山绿水、建设美丽乡村的生态建设典范。虽然他们所处的时代、所处的环境、所处的工作岗位不同，但他们都把无私奉献作为最大的幸福，把助人为乐视为做人的本分；他们虽然平平常常、朴实无华，但他们爱岗敬业、恪尽职守，将满腔热情投入工作中，把工作岗位变成了实现人生价值的舞台；他们不畏贫瘠、不畏艰难，心里装着人民，一切为了百姓。他们身上生动诠释着对党忠诚、信念坚定，艰苦奋斗、淡泊名利，爱岗敬业、无私奉献，助人为乐、大爱无疆，严于律己、廉洁奉公，与时俱进、开拓创新，全心全意为人民服务的高尚情操和伟大的时代精神。他们堪称房山的时代楷模、红色基因，他们的先进事迹和崇高风范是一笔宝贵的精神财富，更是我们攻坚克难、锐意进取的动力之源，值得我们学习，值得我们汲取，值得我们传承。

一个时代楷模就是一面鲜艳的旗帜。当前，我区正处在决胜全面建成小康社会、全面落实北京城市总体规划、加快房山全面转型发展的关键时期。我们坚信，《房山时代楷模》的出版，时代精神的弘扬，必将汇聚房山人民坚定信念、拼搏进取的精神力量，必将激发全区广大党员干部群众迈向新时代、谋划新发展、开启新征程的豪情壮志。让我们以这些时代楷模为榜样，紧密团结在以习近平同志为核心的党中央周围，以习近平新时代中国特色社会主义思想为指导，以伟大的劳模精神为引领，不忘初心，牢记使命，在平凡的岗位上自觉做中华民族传统美德的传承者，自觉做社会主义道德规范的践行者，自觉做一切为了人民的工作者，全力融入“一区一城”新房山建设，为建设国际一流的和谐宜居之都做出更大的贡献。

目　录

吴春山：吴春山模式

黄长江

引 子

北京的西南角有个地方叫房山，房山的西北角有个湖叫青龙湖，青龙湖的边上有个村叫岗上村。岗上村曾经属于河北省，归通县专区良乡县管辖。1958 年，良乡县划归北京并与房山县一起改为周口店区。1960 年，周口店区改为房山县。在房山县辖区内的燕山脚下，1969 年建成了东方红炼油厂，1980 年成立燕山区。1987 年，燕山区与房山县合并成立房山区。在 20 世纪 50 — 80 年代，这里曾经演奏过一曲激动人心而又跌宕起伏的乐章。

这乐章曾经感动过周恩来总理，感动过毛主席。乐章的演奏者，是一群人，一群岗上人，是一代又一代的岗上人。他们的血是热的，是沸腾的，沸腾的声音响遍整个河北省，响遍整个北京城，响遍全中国，响到了毛泽东主席和周恩来总理的耳朵里，响成了一曲催人奋进的进行曲，响成了一曲美丽动听的欢歌。

这群岗上人，他们就像一群羊，一群诚诚实实的羊，忠心实意地热爱着祖国和共产党；他们就像一群牛，一群勤勤恳恳的牛，干起活儿来似决赛，不计恩怨和情仇。只因他们当中有一个领头者，名字叫作吴春山。当

吴春山在谷田

时有一首歌谣："岗上那些弯啊岗上那些个山，岗上出了个吴春山。岗上没有水啊，他带社员去打井来抗旱。岗上的牛羊成串串，岗上的粮食吃不完。岗上人的钱袋子翻了一番又一番，都只因为岗上有个吴春山。"

八年前我曾到过青龙湖，感觉那里就是一片正待开发的半农半荒的乡村地。2018 年 4 月 27 日房山诗歌学会组织采风，当我再次来到青龙湖，感觉这里已完全不是以前的模样，新建成的万亩湿地森林公园郁郁葱葱地展现着女子含笑般的舒适感，一点儿也找不出几年前我来时见到的那种"老土"样儿。"吴春山模式！"我惊喜地差点儿叫了起来。

这是为什么呢？我想到了一个符号似的人物——著名劳模吴春山。对，青龙湖的这一变化其实就是吴春山模式，准确地说，是吴春山模式的升级版。

我没有深入了解青龙湖，因为我的任务是采写吴春山，所以我就把笔锋瞄准了吴春山。

可是我并不太了解吴春山，只知道他是劳模，已去世 30 多年，资料都不好找了，怎么办？我决定走进岗上村，走访曾经与吴春山有过交往的一些人，力争寻觅到劳模当年留下的一些痕迹，听听当年在他身边的一些人的讲述，感受一下他们对身边老劳模的情感。

苦寒深处梅花开

在河北省房山县崇各庄乡岗上村（现北京市房山区青龙湖镇岗上村）一个贫寒的雇农家庭里，1901 年 8 月 14 日，一个男婴在一阵鸟鸣声中诞生了。这个婴孩就是日后成了著名劳模的吴春山。吴春山的少年时代正处于苟延残喘的清朝末年和动荡不安的民国时期，父亲吴斌是个善良的贫苦农民，家境一度极其贫寒。他的妹妹才五六岁，就被送给了人家当童养媳，他有个弟弟，更是在两三岁的幼儿时期就被过继给了外村的一户人家。

水深火热，举步维艰。一家人要活命，没办法。只有 8 岁的吴春山，被父亲送到村里一户武姓财主家放牛、打短工、扛长活儿。财主家管吃，晚上回家睡觉。吴春山虽然没有得到进入学校学习的机会，但他自幼聪明勤劳，加之因家境贫寒而自小就参加家里家外的劳动，受尽了欺凌和压迫，反而使他磨炼出一身铮铮铁骨，体格长得不赖，也炼就了他坚强的意志。但贪心抠搜的财主总是对他不满，嫌他干活儿少，又不能干重活儿，饭还吃得多。

有几次吃饭时，正当吴春山想盛第二碗的时候，财主家人就去夺他的碗，说："小孩子家吃这么多做什么？"好吃的东西更是宁愿喂狗或者放坏了也不给他吃。吴春山只得悻悻地放下了碗。有时咕咚咕咚地喝一通水把肚子哄着，不让它造反。本来，吴春山并不生气计较，谁让自己家那么穷呢？人在屋檐下，不得不低头。只是后来，财主欺人太甚，几乎只给吴春山吃馊饭馊菜，还不让吃饱！吴春山只得想想办法了。

一天，吴春山放牛回来，财主见小牛的嘴被荆条捆着，直流口水，肚子却饿得瘪瘪的，便生气地问他："你为什么要把小牛的嘴巴捆上，不让它吃草？"他顽皮地"嘿嘿"一乐，理直气壮地对财主说："老爷，我是听您的话，不让年龄小的多吃东西啊。它那么小，吃那么多东西干什么？"财主听了很生气，但因为都住在一个村里，便没有以此为由打骂他，只好忍了一口气。

再后来，财主见大牛长膘了，小牛却越来越瘦，成了个皮包骨头，就偷偷地去岗洼那边看吴春山放牛。好家伙！不看不知道，一看吓一跳：大牛都在草好的这边放，小牛却被他隔在只稀稀拉拉地长着几根草的光坡上眼巴巴地看着大牛吃草，嘴里可怜兮兮地“哞——哞——”直叫。

武财主又生气地问他：“你为什么不让小牛到那边去吃那些长得好的草？”

他说：“老爷，您看，就是那边草好才不让它去吃呢。等一下大牛吃过了，剩下的才能让它去吃。”

财主敢怒不敢言，知道了吴春山的厉害，以后便善待他一些了。

吴春山的父母虽然文化程度不高，却明事理，教子有方，使吴春山自小就懂得了勤劳和节俭，身心同时得到锻炼和成长。

1920 年的一天，吴春山与另一个村子的一个姑娘结婚了。姑娘姓董，叫董秀荣。她就是看中吴春山聪明勤劳和能吃苦的优点而嫁给了他。

为了能够让家里人吃上饱饭，吴春山到一个地主家里当扛工，以出卖体力的方式养家糊口，度过了整个动乱的民国年代。

岗上村是个丘陵地貌的穷山村，位于房山东北地带。村分上、下两片，上片吴姓人家多，下片武姓人家多。过去，上片普遍穷，下片富。下片有地主又有财主，还有凶恶的保甲。由于山丘多，土匪很相中这个地方，经常在这里出没。

这里是有名的坡多、岗多、沙石多。土质瘠薄，平地稀罕，缺水少肥，可不像现在附近就有个青龙湖大水库。当时的粮食亩产只有几十斤。村里扛长活儿的多，逃荒要饭的多，娶不了媳妇的光棍儿汉多，被人们戏称为“穷三多”。加之数十年来的战乱纷争，善良的贫苦农民备受欺辱，过着惶惶不可终日的艰辛生活。

吴春山给地主家扛长活儿，一年又一年，只见没日没夜地流血流汗，却难以维持一家人的生活。

为此，吴春山编了一个顺口溜：“岗上坡，虎狼窝，地主狠，保甲恶。土匪多得赛蚂蚁，穷苦人民没法过。”在干活儿累了稍作歇息时与像自己一样辛苦劳作的人们分享找乐。

吴春山的妻子一共生了 6 个孩子，死了 5 个，只有一个叫瑞兰的女儿活了下来。

1945 年的一个晚上，因为照顾久病的孩子很长一段时间没有睡上一个好觉的吴春山睡得很香，而且还做了一夜的梦。梦中，有人把他引到了一个很冷很冷的地方。在他正感到冷得瘆人打寒战的时候，他闻到了一阵香味儿，说不出是什么的香，但接着，他看到了那里有一树树的梅花。他欣喜起来，居然感觉不到寒冷了。

醒后，他久久地回想着这个梦，心想，大概是孩子的病马上就要好了。谁料，就在天明两个小时后，他们的这个孩子又停止了呼吸。就在这一天，他在妻子悲痛欲绝的哭声中，甩下一句话："他娘，别哭了，多长的夜晚也会过去，相信我们的日子会好起来的。等日子好了我们再生吧。"便用一抱干草把死去的第五个孩子包起来，抱去掩埋到一个较远的土岗上。

"老乡，刚才你在那里挖什么？是不是埋什么东西？"正在吴春山准备回来的时候，被两个人叫住了。起先他以为是遇到了土匪，想跑，但感觉已经很近了，跑恐怕来不及，再说见到两人身上还有枪。子弹可是比他跑得快多了，爱咋咋地吧。

"我的娃娃死了，我拿去埋了。"吴春山说着，眼泪就要流出来。

"哦，别难过。我们是共产党，专来帮穷人的。我们刚到这里来，也需要得到你的帮忙。"两人不但安慰他，还坦言说他们是共产党，专门来帮助穷人的。共产党，吴春山没见过，但听说过。而且在梦里还似乎见到过，就是专救穷人的。莫非我今天真的遇到了共产党，遇到救星了？想着，吴春山高兴起来，三人之间的距离感瞬间缩小了。

两人一人叫纪玉林，一人叫刘振怀，是中国共产党房良联合县政府派到岗上来开展减租减息运动的。他们已经在这个村边秘密地蹲守两天了，正想找一个穷苦而又有精气神儿的人来了解情况，以便着手开展工作。正如瞌睡碰到了枕头——他们遇到了吴春山。吴春山终于看到了曙光。

三人躲在一个僻静处商量了工作方案，决定还是先秘密进行，待时机成熟时再公开。

吴春山回到家，把整个事情的经过悄悄地告诉了妻子，并让妻子一定要保密。妻子听后，眼睛里闪现出从来没有过的泪花，晶亮晶亮的。她当即表示支持吴春山，秘密地帮助共产党。

此后，吴春山白天继续给地主家扛长活儿，晚上就时不时地与纪玉林和刘振怀见面、交谈，学习两人传来的一些工作方案。因为不识字，他们只得一条一条地给他讲。两人还时不时地亲自或派人教他读一个叫毛泽东的人写的文章。他学得很认真，学着学着有些文章他都能全文背下来了。他认为那个叫毛泽东的人很厉害，很了不起，文章里说的内容都很有道理，也很关心穷苦人民。吴春山在心里很佩服他，很多事情都按他说的去做。到 1947 年，工作从秘密转向了公开，一场“双减”运动在村里轰轰烈烈地展开了。吴春山积极地拥护，并被任命为本村的农会委员。

因为敌方的实力雄厚，工作不太好开展。但最终，“双减”运动还是取得了绝对性的胜利。

吴春山的信心更足了，精气神儿也更加足了。他经常会回想过去，憧憬未来。而且很长一段时间以来，他时常会想起初次与纪玉林和刘振怀见面时的情景，也时常会想起他头天晚上做的那个梦，想起梦中那个他到过的苦寒深处，以及在那苦寒深处见到的那些盛开的梅花……

穷苦人民春到来

苦寒过去是春天。1948 年底，京西良乡、房山等地比北平率先解放，隶属于良乡县的岗上村解放了。岗上村的穷苦人民迎来了自己人生的春天，社会时代的春天。

吴春山如鱼得水，那种欢欣鼓舞和内心的激动感慨，每当想起都泪水盈眶。“共产党是我们的亲爹娘啊。”吴春山心里这样想，嘴里逢人也会这样说。他时常怀着一颗感恩的心融入共产党的各项活动中。

1949年，岗上村开展土地改革，村里的地主、富农主要是姓武的。给地主扛了28年长活儿、饱受欺凌的吴春山对他们早已怀恨在心，他站在第一线，斗地主，分田地，成了一名土改积极分子，分到了三亩四分地。他高兴极了，自己终于有地了，有属于自己的土地可耕种了。他从心底里感激共产党，感谢恩人毛主席。他高兴得连睡觉都常常会乐出声来。他很爱惜这三亩多土地，勤勤恳恳、兢兢业业地耕种。这三亩多土地也像是走失了多年的孩子重回到亲人身边一样，激情澎湃地滋润着庄稼茁壮成长。饥饿了多年的人们从吴春山的土地里看到了希望，也从吴春山的身上看到了一种力量。

就在这一年的7月，吴春山光荣地加入了中国共产党。当年秋收，他就从属于自己的土地里收获了较为丰足的粮食，成了全村人心目中的榜样。随后，村里成立农会，吴春山被推举担任了村里的农会主任。

“我这个农会主任，大小也是个官。新官上任三把火，我烧哪三把，先点哪一把呢？”他思索着，渐渐地胸有成竹。他想道：不管烧哪三把、先点哪一把，都要服务好大家。首先要有粮食，手中有粮，心中不慌，让大伙儿都能吃饱；其次要多种经营，多方面养殖和种植，让大伙儿想要什么就有什么，过上富裕的好日子。

可是这仅靠个人力量是很难实现的。不过，他对当时人们常说的陈永贵搞互助组的事迹早有耳闻，他从陈永贵的事迹中明白了一个道理：搞生产关键是要团结、勤快、互相帮助。恰好，1949年12月，“组织起来，发展生产”的号召被一股清风带到了岗上村，为解决贫困农户劳动力、畜力、农具不足的实际问题，身为农会主任的吴春山响应这个号召，与本村吴秀和吴坦两户最困难的贫农结成了互助组，办起了良乡县第一个自愿互利、协作劳动的农业生产互助组。

这个互助组怎么搞呢？以前没见人搞过，自己更没有搞过，没有经验啊。吴春山虽不识字，但很聪明，又学习过甚至能背诵很多毛主席的文章，他有办法。自 1950 年春起，他们起早贪黑在分得的共计 10 余亩土地上，靠人拉耠子、人锄地、人拉犁、人担粪，精心耕作，施肥、浇水，像呵护心肝宝贝一样呵护自己土地上长出来的庄稼。秋收时又是靠人挑庄稼，秋收结束，他们互助组获得了亩产 200 斤的好收成，比当地单干户的亩产量多了一倍，于是吴春山的互助组名声迅速地传开了，传遍了河北省。

这年冬天，他被评选为当时河北省的劳动模范，并光荣地出席了河北省第一届农业劳动模范表彰大会，成为最早的农业劳动模范之一。那么，这个劳模称号是否容易得到呢？

1955 年吴春山到大队工作，后来曾任大队副书记的武凤先生回忆说：“吴春山啊，1950 年第一次被评为河北省劳模。当时建的那个互助组，后来叫初级社。就是在这个初级社时期的 1951 年，天很干旱，吴春山就带社员开始打井。当时很多人不相信能打出水来。但打了三个多月，就打出水来了。从那以后，岗上村每年都打井，一有空就打，直到改革开放才不打井了。”

提到打井，我的脑海立刻闪现出 1990 年我来北京后在京郊常看到的场景。虽然与 1950 年足足相差了 40 年，但很多地方依然缺水，需要打井，并且有的地方打了井也没有水出来。

岗上大队位于现今北京市房山区东北部一块岗地上，十年九旱，当时的粮食亩产只有几十斤。“最缺的就是水。”吴春山说，“只要一有水，粮食产量马上就能上来。所以要打井，要多打井。”于是，岗上这个丘陵村庄的附近，30 年间，时常都会看到打井的场景。

“哪里有水,老吴会看,他说哪里有水,从那里一打,就准能打出水来。”武凤说，“一次，他领着社员们走到一个地方，说，‘这儿有水，就从这儿打。’结果一打，水就出来了。他说，‘我就说这儿有水嘛。两山夹一沟，打水不用抽。’”

新中国成立初期，中国共产党对于全国范围内的农业、手工业和资本主义工商业开始进行社会主义改造，史称“三大改造”，从 1952 年过渡时期总路线提出后全面展开。其中，农业社会主义改造是通过合作化运动实现的，它仅用四五年的时间，基本完成了 5 亿农民从个体小农经济向社会主义集体经济的转变。

个体手工业的社会主义改造，坚持自愿互利的原则，通过说服教育、典型示范和国家援助的方法引导个体经济户在自愿的基础上联合起来，走合作化的道路，最后发展成为社会主义性质的手工业生产合作社。对资本主义工商业实行利用、限制、改造的政策，逐步把生产资料的资本主义私有制改造成为社会主义公有制。

“三大改造”到 1956 年底完成，它使我国的经济结构、阶级关系发生了根本变化。吴春山从 1949 年就开始组织成立的由三户贫农组成的互助组，是农业社会主义改造的范例，也可以说是吴春山模式的早期形式。

1951 年底，党中央制定了《关于农业生产互助合作的决议（草案）》。河北省委组织在通县专区开工作推进会，吴春山作为代表出席了会议。会上，省委书记林铁和专区书记王宪明确指示：这个合作社一定要搞成功！只准搞好，不准搞砸了！

吴春山不甘落后，开会回来后认真组织村民学习会议精神，并向村民传达了省委、省政府和专区领导的要求，组织成立合作社。

1952 年初，他与互助组的另两户成员商量，再吸收几户人家进来，于是当年 3 月 3 日又在原互助组的基础上成立起由吴春山、武凤、吴勤、吴旗、吴春旺、吴景河、吴平、吴景效、吴春荣、吴坦 10 户贫农联合起来的初级农业生产合作社，又叫吴春山农业生产合作社。

这是当时河北省早期的合作社之一。

回忆起这段往事，武凤说：“当时岗上村属于崇各庄乡，上面是河北省通县专区良乡县。困难可想而知啊，一是没有基础，只有 10 户人家凑起来的零零散散的土地总计约100亩，在这之前没人搞过，没有经验；二是很多人持怀疑态度，认为这是异想天开，坚决地公开反对，说，'人本来就是自私的，这种合作社，在平原地区都无法搞，在这样一个丘陵村，怎么可能搞得起来？'"

持怀疑态度的人不但自己不参加，还逢人便说这个合作社不行，搞不起来。谁那么傻啊，自己都缺吃少穿的，还要把自己的东西拿出来跟大伙儿合作。要让人入社，困难确实太大了。

吴春山却信心十足。他坚决地说："是共产党给了我土地，是毛主席给了我饭吃。我要听共产党的话，听毛主席的话。是共产党让咱穷人组织起来办合作社的，不听党的听谁的？我还就办定了。就是抛家舍业也要跟党走，办好合作社！"

还好，当时偏偏就有9户人家入了社，办起了连吴春山家在内一共10户成员组成的初级社。这10户人家有鸡蛋的卖鸡蛋，有驴的出驴，几家卖鸡蛋的钱加起来共有旧币8万元，约合人民币8元，有两家各有一头驴，但其中的一家只愿意拿半头来入社。于是他们以卖鸡蛋的8元和6条驴腿（一头半毛驴）建起了农业生产合作社，依然靠人拉犁，靠人背粪，靠人担水浇地。

有些没有入社的人就到处去说，入社如何不好，见到社员也说：入社有什么好？你们把自己家的东西都拿去入了社，自己还有什么？这个日子还过不过？有的意志不坚定的人本来还想要入社的，听了这类话也不入了。

吴春山听到这些话后，对大家说："这个合作社好不好，我说出来你们也未必会相信，是好还是不好，秋收后打粮食来验证，看亩产量，看看是入社的打得多还是没有入社的打得多。"结果私下瞎说的人少了，大家就看着田地里的庄稼，有些没有入社的就时常暗暗地祈祷自己的庄稼快快地长起来，多打粮食；诅咒合作社的庄稼不要长，或者遭虫鼠害，看他们还要合作！

可是，事实是科学的，不是迷信，更不是祈祷和诅咒可以改变的。一天一天地，相比单户人家，合作社的庄稼越长越好。有些没有入社的人就一次又一次地往合作社的庄稼地边跑，并自言自语地说："这真是邪门儿！为什么这合作社的庄稼会长得这么好呢？"

"这年秋天，我们社的庄稼大丰收，亩产200斤！夺得了第一次农业大丰收，创造了5万多斤粮食的公共积累。很多没有入社的就来找我们，想要入社了。"说到此处，武凤的嘴角流露出一丝丝的甜意。

当时岗上村很穷，每到青黄不接的时候有不少农户揭不开锅，吴春山就把自家的存粮分给大家。村上有几户缺少劳动力，土地抛了荒，他牵着自家的牲口帮忙耕种，分文不取。

从建立互助组时，吴春山就组织农民在荒坡荒沟栽树；初级农业生产合作社建立起来后，社员们凑钱买了400斤杨、柳插条，把这些插条掐成小段，栽植在村东的荒沟里。居然成活了！后来，吴春山每年都带着社员们到大石河等处采摘杨、柳枝条掐成小节小节的进行栽植，而且还种植了许多桃树、李树等果树。年复一年，树苗成活了，长出了成片成片的新叶，社员们见到树苗就欢笑，树苗们见到社员来了也欢笑。

那种心情，那种喜悦，像爱一样在每一个社员和每一棵树之间传递。

几年后，到了高级社时，一年一茬地栽种的各种树苗都长成了林，吴春山又组织社员们成立了护林委员会，制定了护林公约，继续在山上栽植柴树、果树，在沟、坡、道边，场院地边，村边植树造林。

写到这里，一幅幅身为老家林业站站长的三伯伯吴学敏带着乡亲们封山育林、退耕还林的情景浮现在我的眼前。三伯伯的形象似乎就是吴春山的翻版。封山育林、退耕还林其实就是吴春山模式的复制版和扩大版。这种模式一直延续了很多年，现在仍在祖国大地的很多地方延续着。

1952年，吴春山带领社员坚持自力更生，勤俭办社，为解决农田灌溉，他果断组织大家凑钱买大绳、柳罐，勒紧裤腰带抗旱打井和修渠，仅用不足 1 个月的时间，就打出了 3 眼井，引水上坡浇地。功夫不负苦心人，秋后又获得了大丰收，100 亩地收了 3 万多斤粮食、1 万多斤花生和 2600 多斤皮棉，其产量当时在岗上村冒了尖儿，在当地出了名。电台、报纸纷纷为吴春山农业合作社叫好。同时，吴春山的农业合作社还获得了农业部（现农业农村部）的丰厚奖励。吴春山作为劳模代表还参加了国庆招待会和“十一”国庆观礼，见到了日夜想念的毛主席。在中南海怀仁堂，他受到了毛主席、周恩来、朱德、刘少奇等党和国家领导人的亲切接见。

1952 年冬天，许多没有入社的贫下中农蜂拥而来，找吴春山说要入社。吴春山的农业生产合作社扩大到 48 户，村中的贫下中农一半多入了社，使岗上村的互助合作运动保持在良乡县的前头。河北省奖励劳模，吴春山拿到了 500 元的奖励，他全部用来给集体买了两匹马，其中一匹是骒马，他就用来下马驹，将合作社的牲畜自繁自养地发展起来，开始发展岗上村的畜牧业。

为发展畜牧业，吴春山让妻子带头将自家养的猪赶到合作社，办起了集体猪场；社员用打草、卖木柴的钱买了 6 头毛驴；吴春山还用自家卖粮食的钱，为集体买了 1 头骡子；合作社用副业收入买了 4 头牛。

此外，吴春山知晓羊繁殖得快，很想养羊。可是一没钱，二没羊种，怎么办？吴春山把想法向上级领导汇报后，得到了一笔 1034 元的贷款。这时钱有了，羊却没有找到。当时别说是河北省，就是把河北省周边的省市都找个遍，也很难见到成群的羊。怎么办呢？他再找上级领导，结果得到党中央的支持，从新疆买到 30 只细毛羊，用飞机运了回来。

买到羊后，吴春山从合作社选择爱护牲口、责任心强的人饲养和放管，把羊交给他们时说：“你们可得照顾好喽。这些羊都是坐飞机来的贵宾呢。我当了劳模待遇都没有它们高呢。”随后，他逐步建立起一整套畜牧生产的管理制度，即勤添少给、勤拌料、勤清槽、勤饮水；防惊吓、防毒、防草中土、防急喂急饮、防有汗当风等。一时间，吴春山合作社呈现出一派六畜兴旺、蒸蒸日上的景象。

1953年，岗上村办起了三个合作社：村南一个，上岗一个，下岗一个。由村民们自愿选择入社。很快，入社的户数达到了全村户数的80%，牲畜达到了400多头。岗上村这片土地充满勃勃生机，岗上村的贫下中农们几乎都迎来了属于自己的春天，徜徉在前所未有的幸福春光里。

岗上出个土专家

1955年，岗上村成立了以吴春山为社长的高级农业生产合作社。要说明的是，这也是当时全良乡县第一个高级农业合作社。由于吴春山一直是互助合作化运动的排头兵、领头雁，社员们推举他当支部书记，同时选举初级社时就入了社的吴勤当大队长，岗上村的领导团队正式组建起来了。岗上村坚持执行党中央要求的“以粮为纲，多种经营，农、林、牧、副、渔五业并举”的方针，做到结合地区实际，统筹规划，全面安排。岗上村逐渐改变了贫穷落后的面貌，出现了粮食多、牲畜多、生产收入多、社员储蓄多、人均树木多的“新五多”局面。

1958年春天，吴春山到北京开会，看到城里非常缺菜，心想：我们岗上大队能不能为市民们解决点吃菜难的问题呢？他想着，回到队里就召开了党支部会议。经大家商量，队里拿出200亩地抢种一茬蔬菜，同时还利用部分粮田以间作套种的方式种植蔬菜，结果除本大队人畜食用外，还出售了24万斤蔬菜，既增加了社员收入，又缓解了城市居民吃菜难的问题。

岗上大队不仅粮食增长，畜牧业也大有发展。在畜牧业生产上，他们坚持自繁自养的方针，为了保证饲草饲料供应，每年安排种植计划的时候，岗上大队都妥善安排饲草、饲料的生产。秋收打场时，还安排专人收管谷糠、玉米棒壳皮、玉米秸、豆秸、白薯藤等各种农副产品下脚料做饲料，谷壳喂牛，谷糠喂猪。

在牲畜饲养上，由为人老实、爱护牲口、责任心强、有养牲畜经验的人当饲养员，精心喂养。他们坚持自繁自养发展畜牧业，役使大牲畜服从繁育，6 个月的孕畜不出远门、不拉重载、不重驮、不拉碾磨、不驾辕，像孕妇一样被照顾着。外村人看见了都说，岗上大队的孕牛孕马享受的待遇比旧社会的孕妇还要高。

每逢秋收，吴春山就让村民们把豆秸轧劈后码放整齐，在春季喂骡马，再用筛子把草末过细，喂没牙的老牲口。

吴春山常说：“牲畜能当半个家，耕、耩、驮、拉、造粪全靠它，没有它就等于是抓瞎。”要想改良土壤、培养地力，就得大力发展畜牧。

历史的时钟在 1959—1961 年几乎停滞了三年。但岗上大队在这三年特别艰难困苦的环境中，仍然小有发展。

天灾人祸，苏联逼债，中华民族面临着一场规模空前的经济大灾难。全国人民咬紧牙关，以大无畏的民族精神和忠贞的爱国情怀扬起艰苦奋斗的风帆，“下定决心，不怕牺牲，排除万难，去争取胜利！”度过了极端艰难困苦的岁月。

在吴春山的率领下，由吴勤带领着社员们，靠双手、靠肩膀、靠一根扁担，自力更生，打井、凿石、开泉、修水库、平坡、垫沟、垒谷坊坝、开荒造田，用汗水谱写着翻天覆地的壮歌。截至 1962 年，岗上村累计打砖石井 27 眼；凿石开泉修建小水库（库容 1 万立方米），扩大水浇地 500 亩；岗坡上垒谷坊坝 72 道；平坡、垫沟、开荒造田 360 亩；骡、马、牛、驴大牲畜发展到 220 头。岗上村的生产生活条件有了很大改善。

1962 年底，经济略有好转，百业待兴。12 月 28 日，北京市主管副市长和全市的县长、财政局局长、农林局局长、农科所所长共同研究 1963 年财政计划。

市领导请来房山县岗上大队书记吴春山给大家做报告，吴春山从 1949 年三户贫农建互助组讲起，讲了两个小时。

讲互助组靠人耕、人锄，人担，在 1950 年实现历史粮食最高亩产 200

斤；讲10户贫农，以卖鸡蛋的8元钱和6条驴腿（一头半毛驴）建起农业生产合作社，依然靠人拉犁、人背粪、人担水浇地，夺得了第一次农业大丰收，创造了5万多斤粮食的公共积累；讲没有钱买树苗，到十几里外的大石河边拔河柳，再掐成段儿栽在乱石荒坡、荒沟搞绿化；讲一分钱也要掂量着花；讲把养猪的贷款退还给县财政；讲铡干玉米秸要戗风铡，干玉米叶才能被风吹出来，好喂牛；讲一粒粮食、一根草、一片树叶、一截绳头、一根牲口的鬃毛都捡起来，仅牲口毛和马鬃，每年就可卖20多元；讲一条麻袋补了又补，用了10年，成了麻袋片还要当补丁用；讲筐、篓、囤、牲口箍嘴儿等，都是自采荆条编制而成；讲一年中，大队仅买10支油笔芯，把笔芯用报纸卷着当笔使；讲自1953年始，自己连续10年住在牲口棚，像伺候孩子一样伺候大牲畜，像伺候孕妇和产妇一样伺候孕牲畜和产牲畜……会场上响起一阵阵经久不息的掌声。

吴春山讲的每一件事里都有令人感动之处，许多人都听得热泪盈眶，与会人员由声声赞叹到由衷地佩服。

报告之后，全市财政预算很快制定成功。而此后，吴春山也成了一名家喻户晓的“泥腿子专家”，或说“土专家”，时常被邀请或由上级安排到全国各地去做报告，宣讲经验，传播自己的“吴春山模式”。

那段时间时常会有人问吴春山：“您又没有读过多少书，怎么就变成专家了呢？您是怎么做到的？”吴春山每遇此问就会回答说：“专家又不是谁栽的。只要你用心去做好每一件事情，你也会成为专家。”

在我写这篇稿件的日子里，有一次与几位好友相聚，其间朋友们问我最近在忙什么，我说我最近在采写吴春山，张玉玺先生告诉我他听过吴春山做的报告，并向我讲述了他至今还记得的一些报告中的内容。张玉玺先生是新发地的缔造者，是中国农产品市场协会执行会长、北京市新发地农产品股份有限公司董事长，也是全国人大代表。我想：或许今日之新发地，也或多或少地承载了吴春山模式的内涵。倘真如此，或许当今许多像新发地一样形成了“现象”的产业也都或多或少地承载了吴春山模式吧。

春山经谚农添彩

由于聪慧、肯学、勤劳和用心，吴春山在生产生活中还总结出了很多经验和经典的农谚。当然，有些是他在前人的基础上结合生产生活中的实际进一步加工的，以致成段成篇地成了经典，为中国的农业发展添了彩。

吴春山十分疼爱牲畜。自 1953 年起，他就搬到养牲畜的饲养院去住，与饲养员一起照料大牲口，像伺候亲人一样为牲口治病，为产畜接生。

草料的供给十分讲究，一点也不能马虎，按季节提供不同的饲养草料。吴春山常说：“牲口不认爹和娘，但要草好料巧的肚肠。”此外，他还经常对饲养人员说：“书靠讲，地靠耪，牲口全靠人喂养。”通过实践，吴春山总结出的一套喂养牲畜的经验被乡亲四邻称为老社长的“骡马经”，在房山地区产生了很大的影响。1964 年的某一天，《北京日报》还专题报道了吴春山的“骡马经”：

喂牲口，要细心；如绣花，似穿针。
牲口回，要看真；有毛病，追原因。
卸下套，滚滚身；先上槽，歇歇神。
急吃草，结症根；猛饮水，肚疼因。
清明后，天气暖；湿拌草，料面炒。
立冬后，大肠阴；煮玉米，换干草。
前半夜，先喂草；后半夜，再加料。
中午喂，料要少；上套前，先饮好。
大把草，小把料；添多了，吃不好。
料瓣草，喂到老；饲养员，要记牢。

使牲口，量力好；劳累伤，不得了。

打着跑，牲口倒；慢拉套，先吃饱。

多歇息，饮要巧；车超重，要检讨。

自繁殖，贯彻好；靠公社，靠领导。

吴春山相关农谚编入此书

于是乎，此“骡马经”成了许多农用书籍和养殖技术类书中的精华内容，成了全中国几乎是数以亿计的农民传抄、背诵的“农谚宝典”。

吴春山还告诉饲养员，公羊和母羊不能混养在一起。他说：“羊的一身全是宝，点草成金养羊好。”羊能把“凡是没有毒的植物”都转变成“乳、肉、皮、毛、绒”供人享用，排出的粪尿更是上等的优质肥料。他把自己几十年来养羊的经验分类、归纳、编排成了很多有趣、实用的养羊谚语，并让饲养员学习。其中有专门针对“繁育”而说的，如“乱史乱配，代代衰退”，即养羊时，如果把公羊和母羊混养，任其自由交配、繁殖，生下来的羊就会一代不如一代。他通过观察分析认为，这主要反映在不能充分利用良种公羊、没有把握好最佳配种对象等方面。他认为：一只公羊一般只能交配 15~20 只母羊。如果任公羊母羊自由交配，就免不了无效交配和重复交配，从而使公羊的精力消耗过大，缩短利用年限，造成浪费。羊一般 7~8 个月月龄就性成熟了，但此时并不适宜配种，而老龄羊及病残羊也不适宜配种，只有 1.5~7 岁的健康羊才适合配种等。

我感慨，吴春山既然不识字，如此丰富的知识和管理技能是怎么学来的呢？我好奇地问起当年和他一起工作过的人们。原来，吴春山虽然没上过几天学，识字不多，但他人聪明、好学、好问，在生活和劳动中又擅长思考和总结经验，仅在给地主家干活儿的近 30 年时间里，就学到了不少东西。

此外，吴春山还很喜欢与知识分子在一起，热爱文学青年，关心和帮助文艺青年。

1964 年初，北京人艺的青年艺术家蓝天野到房山岗上村体验生活，吴春山就让蓝天野与自己住在一起，经常与他沟通、交流。两人一有空就聊天，蓝天野学到了很多书本里没有的东西，而吴春山自己也从蓝天野那里学到了一些书本上的知识。

那时仅有 400 人的岗上村是北京的一面旗帜，以饲养大牲口和种桃闻名，村党支部书记吴春山更是全国劳模。蓝天野住在土坯房里，和吴春山在一个炕上睡觉，吴春山常在半夜起来给牲口添草，蓝天野也跟着，半年的时间，蓝天野学会了喂牲口、遛牲口等。

那段时间，蓝天野每天跟着吴春山在地里转。“连大队会、大队支委会都跟着参加，有时还发言，对村里未来的发展提一些建议。”几十年后蓝天野常回忆着说。半年后，蓝天野回到剧院执导了他的第一部戏《结婚之前》。排演过程中，蓝天野还曾介绍朱旭到岗上大队来体验生活。

至 1965 年，岗上大队每 10 亩耕地就拥有 1 头大牲畜。合作社组织积肥队管理猪圈、厩棚、羊圈和农户厕所，每年积农家肥 1500 多万斤，每亩施农家肥 1000 斤以上。

吴春山特别擅长记农谚。他认为农谚是一个农民必须要懂得的宝贵东西。

吴春山能背诵的农谚不计其数，他随意的一次口述就讲出了 300 多条，而且一般他都能准确理解和运用于生产劳动之中。

“棒子全年粮，窝头咸菜度时光。”由于玉米适应性强，产量高，种植面积不断扩大，成为重要粮食作物之一。玉米又叫棒子，曾经是北京郊区农民以及城区大部分居民全年的主要粮食，他们一年中常吃的是玉米面窝头、玉米面贴饼子就咸菜。

“玉米收得多，一年可三播。”是说玉米播种次数多，收获次数和产量也多。一年中，玉米可播种三次，即春播、套播、夏播。春播是在清明节以后播种；套播是5月在麦田里播种；夏播是麦收后播种。

“玉米要高产，播种是关键。”要提高玉米产量，播种时有五项关键措施，即细致整地，施足底肥；土壤墒情适宜；筛选种子，使玉米壮苗；适期早播，获得足够的积温；合理密植，玉米田要透风、透光等。

“早间早定，苗壮粒重。”是说玉米出苗后，在两叶一心期间苗，把多余的苗拔掉，而在空大的地方补苗。在三四片叶时，籽粒的营养基本消耗完，此时定苗，避免幼苗拥挤，争肥争水，有利于光合作用，有利于玉米单株生长。玉米单株苗壮，才能果穗整齐，籽粒饱满。

“地贫叶无光，缺营养‘秃顶’。”是指玉米叶片缺乏光泽，而且出现淡绿色的情况，是土地贫瘠、土壤肥力低引起的。玉米果穗尖端籽粒灌浆不饱满，出现秃尖或缺粒，是因为土壤缺钾、磷等营养元素或授粉不良所致。

“花期遇暴雨，穗小粒也稀。”是说玉米在开花传粉期遇到暴雨，影响玉米花粉的成熟与传播，同时花粉容易被雨水冲走，得不到充分授粉的玉米果穗，结实率降低，果穗小，籽粒小，缺粒或瘪粒的情况增多。

“果穗吐丝，多浇几次。”是指到了玉米果穗吐丝期，如果干旱超过五天，就会造成果穗发育缓慢，吐丝晚。而果穗吐丝晚，与玉米雄穗传粉时间不一致，就会导致玉米空秆儿、有穗无粒或籽粒少，所以要多浇几次水。

“早种一天，早收十天。”指夏玉米要尽量抢早播种，争取更多的积温，避免后期因积温不足，玉米贪青晚熟。有些夏玉米品种，只要晚种一天，其所需积温指标就会受到明显的影响。

“玉米荒了田，产量要大减。”是说玉米的株距、行距要适当，长出的杂草要及时清理。否则，杂草丛生，就会造成玉米通风不畅，杂草与玉米争养分、光照、水分，还会为黏虫等害虫提供食源和栖息地。在杂草侵害下，玉米新陈代谢受到抑制，植株矮，果穗小，籽粒的淀粉、蛋白质含量降低。玉米田里，平均每平方米有50株杂草，玉米就会减产20%。

有人问："'麦收青稍，不收花腰。'什么是青稍，什么是花腰？"吴春山告诉大家：麦粒变硬的成熟期，麦穗顶部还微绿时叫青稍，这个时候就可以收割了。花腰就是麦穗出现炸芒的时候，这个时候小麦已经完全干黄，收割容易暴粒、折穗。

还有社员问："'五九六九，河边看柳。'为什么不说田边或者路边？"吴春山说："柳树耐涝，适合在河边生长，又因为河边的土壤湿润，尤其是河岸阳坡，解冻早，柳树返青、发芽早，往往在五九六九的时候，就开始发芽了。"

不过，这些农谚大部分也是吴春山从别人那里学来的。他经常问别人，别人告诉他了他就牢牢地记住，并且做到活学活用，有时还根据自己在劳动生活中的切身感受和经验进行了调整和修订，甚至是改编。

比如，他常说的还有"荆条满山坡，阳坡酸枣多""有王多采蜜，无王一团糟""两山夹一嘴，山前必有水""不怕使十天，就怕猛三鞭""有钱难买五月旱，六月连阴吃饱饭""买马要买五大二小""玉米高粱谷，螟虫三四五""天有钩钩云，地上雨淋淋""早看东南天，晚看西北云""施肥一大片，不如一条线""欲知五谷，但视五木"等。

一颗红心紧向党

"对党、对国家，吴春山真就是一百一。"如今已经 89 岁的吴勤见我们来了，在老伴儿的搀扶下，从炕上坐起来，得知我要采访吴春山的事迹后，第一句话就这样说。待我们坐好，他又说："一开始，我们就跟着他走，初级社、高级社，他说'人心齐，泰山移'，大伙儿都听他的，我们互助组这 9 户就跟他一块儿干。我领着百八十人和他一块儿干，这一百来号人谁都想站出来跟我比画比画。"稍停，吴勤又说，"吴春山的事迹一般人干不出来。"

吴春山是 20 世纪 50 年代全国 109 名劳动模范之一，但他把当劳模后得到的好处都给了队里，一辈子就住两间西屋。当时一年最多才挣两块钱。对国家实心实意，交给国家的公粮都是好的，不好的就自己吃。“对国家真就是一百一。”吴勤说。

现任岗上村村主任的吴宝贵说：“我们还小的时候，我家和吴春山家是邻居，村里大秋分粮食、白薯、花生，好的就要给国家留起来。”那时的工农差别，农民是吃原粮，居民是吃成品粮。吴春山在勤俭办社和农林牧生产中积累的经验，在北京市乃至全国都有很大影响。

1964年岗上大队粮食亩产403斤，提前实现了《全国农业发展纲要》的指标，除留足人吃马喂，储备十几万斤粮食外，还向国家交售余粮十六七万斤。从1957年到1964年，岗上大队累计向国家交售余粮86万斤，皮棉1.86万斤，油类2.12万斤，蔬菜70多万斤；累计发展大牲畜255头，除了满足本大队的生产生活需要外，平均每年还卖出数十头，支援兄弟大队。由于大牲畜一年比一年多，岗上大队每年向国家交售100多头肥猪，100多只肉羊，出现了骡马成群、牛羊满坡的新局面。还先后栽植了20多万棵树木（其中果树8万多棵），集体和社员盖房、兴修水利、架设电线使用的木材都能自己解决。1964年全村总收入13.3万元，比1957年增加了81%。社员生活水平有了很大提高，大部分社员户有余粮，家家安了电灯，很多社员家还购买了收音机、自行车等，80%的社员户有存款。

谈到当年交粮，武凤记忆犹新地说：“1958年以前，坨里属于京西矿区，归北京市管辖，收购粮食的价格高；但岗上大队属于河北省良乡县，粮食收购价格低。为了多拿些钱，不少人建议吴春山，把社里的花生等五谷杂粮拿到坨里去交，吴春山坚决地说，‘我们社的就交到良乡。’另外两个社的交到了坨里，多拿到了很多钱，但是后来那两个社的党员干部都被处分了。”

吴春山这个人，虽然不识几个字，但是懂政治。他知道完成党和国家交给的任务比挣钱重要，关键时刻要以大局为重，不能只图私利。

武凤是从 1949 年就开始当民兵连长，1955 年到大队工作的，1960 —1965 年，他当大队党支部副书记。1965 年后，他奉命调到灰窑厂当厂长。他说："1965 年，领导找我谈话，说让我到灰窑当厂长。我说我不会，不去。领导说，'这是乡党委决定的，你去也得去，不去也得去。'我想到吴春山带领我们社交粮的事，我这个也是党交给的任务，我就去了。这其实也是吴春山给我做了榜样。听党的话，按党的指示办事。"

为什么当时岗上村的生产发展这样快，变化这样大？主要原因是：他们有一个团结战斗的领导班子和无私奉献的好班长。20 世纪 50 年代后期，农村开展了人民公社化运动。1960 年开始对人民公社进行调整，规定以社会为单位，并且规范了人民公社的各项规章制度。受 1959 — 1961 年三年困难时期的影响，全国大范围地区处于严重的经济困难期。但岗上大队因为有一个好队长，有一群好搭档，有一支好的领导团队，依然丰衣足食，几乎没有受到影响。

郜文福说："干苦力活儿就是吴勤，没有人能比得过他，这个不服也不行。"说到此，吴勤、吴孝和郜文福三人追忆起当时其他三个队的分队长也比较能干，但感慨时光流逝，那几个人现在都已经不在了，三人禁不住沉默惋惜，大为伤感。

"那时当队长都得带头干，实打实的带头，你干不好就耽搁整个队。"吴勤说。

当时有一句话叫"村看村，户看户，老百姓看干部"，你当干部的怎么干，大伙儿也跟着怎么干。

这个村干得最苦最累的就是吴勤，数他卖力多，干得最苦最累还没有人说好。

吴勤说："由于当时干活儿过于耗力气，现在浑身毛病。"

在旁边的老伴儿说："他命算大的喽，很长命，几次大难都没有死。"

当时吴春山管五个村的社，五个村连着组成的高级社。要不是有一个好搭档，完全由大队长吴春山来干，那是不可能管好、干好的。

吴勤开始回忆起来："我小时候那苦日子，都没法说。十天半月见不到一星点儿粮食，就靠我妈去挖野菜来养命，才算活了过来。六七岁时，一次夜里在炕上睡觉，地上圈牲口，别人去解手吓着了牲口，惊醒的牲口用蹄子猛踢到了我的头上，你看我这儿，到现在都还有这么大的疤没有长出头发来。"说着，他把头低过来给我看，只见很明显的一个马蹄或是驴蹄印。可当时吴春山都当了多年的大队长了，却还坚持和大牲畜们住在一起，也不知挨过多少次踢。

自1960年起，国家要求所有储备粮原则是"无战不动""无荒不动"，岗上大队仓库的储备粮虽有10万多斤，按常理，多拿出一些出来吃没问题。可是，吴春山仍然要求全大队社员按照国家规定的标准，每月口粮定量仅16斤。社员勒紧腰带，以瓜、菜代粮，野菜、树叶充饥，白薯拐子、玉米芯、棒子皮磨粉当粮食。社员饿得脸青黄，腿浮肿，吴春山自己的腿也肿得发亮，但他宁可自己挨饿，也要坚持与全国人民一起过难关，坚决不开仓。

当时也时常有社员站出来劝他开仓放粮，并说："哪怕每人每月增加两斤的量也行。"吴春山坚决地说："不行！这是中央规定的。那些粮食是留到国家更困难、更需要的时候用的！"这话掷地有声。社员们见吴春山一家也一样忍受着饥饿，就不再劝了。就是在这样艰苦的条件下，吴春山带领全大队社员以对党、对祖国的赤胆忠心，以对建设社会主义的坚定信念，靠铮铮铁骨，靠一双手、一副肩膀，向贫穷、落后挑战！把艰苦奋斗、勤俭办社的精神凝聚成了强大的力量！

吴孝说："我1962年毕业就开始干活儿了。那时平整土地，打井，跟着修豆各庄的渠。那渠坝有30米高，从下往上挑土。1963年参加修崇各庄那水库，也是这样的。当时那些水库的大坝大堤就是靠人力一挑一挑地挑起来的。吴春山让粮食增产，想的办法就是打井、修水库、平整土地。"

"崇各庄水库是不是就是现在的青龙湖？"我问。

回答是肯定的。就是说，以前根本就没有这个青龙湖，甚至连水库也没有。我们现在看到的碧波荡漾的青龙湖，几十年前只是一些深凹沟槽子和一些小坡土岗子。就是那一代人挖高填低地挖掉了几个土岗丘，一挑一挑地挑泥石筑大坝大堤筑起来的。

吴孝也是土生土长的岗上人，1962年开始参加工作，1966年开始当民兵连长。他介绍，当时挑水都是从葡萄地河沟挑到柳树洼，有二里地远。打水时是用扁担拔水，很难打起来，没有点技巧还真拔不起来。一个人一天要挑20来个来回。当时干活儿的人吃的也不行，却有那么大的劲儿。从春天就开始抗旱，全靠挑水。至1966年，栽树、栽菜、种花生、点棒子、种棉花、种白薯，都是靠挑水。

“现在的人啊，真是太享福了！”吴勤说。

“我们现在过上了好日子，都要好好过，争取多过几年。”郜文福说。

“吴春山啊，他就是有一颗红心，一颗紧向党的红心，坚定执着地跟着党走。所以他成为劳模，当之无愧。他是我们的劳模，是全国人民的劳模。”提到吴春山，知晓他的人大多如是说。

全村勤俭创未来

自1945年接触了共产党，吴春山便积极地跟共产党学习。1949年入党后，更是虚心向有知识和有经验的党员学习，且一边学习一边实践。比方说他见人嫁接过一棵桃树，他便在很多棵果树上试验嫁接，并总结出一套嫁接经验。他看到有人给猪配种，给羊配种，便会去请教人家，然后给猪、羊试配。自己学会了之后，他便教社员们大力发展，社员们也学着他的模样操作起来。

至1965年，社员人均有230株材树、140多株果树。大队建造的209间房使用的木材全部是集体的材树，社员建房用料也大部分是用本大队的材树。

在吴春山的率领下，在岗上大队那一群生龙活虎般的领导集体带动下，在吴勤等不怕苦、不怕累永远具有一股拼搏精神的骨干社员带头干的牵动下，岗上村的业绩一次次地被刷新，影响越来越大。自 1958 年，良乡、房山两县划拨北京后，北京市副市长王宪以及赵环、王纯等北京市领导都来岗上村考察、调研过。他们认为岗上这片土地很神奇，始终保持着一股朝气蓬勃的力量。

虽然岗上村富起来了，成了农业时代的一面旗帜，吴春山自己也过上了衣食无忧的富足生活，还成了劳模，一次又一次地见到了党和国家领导人，成了时代的明星人物，但他不忘旧社会的苦日子，继续带领着岗上大队的社员们自力更生，艰苦奋斗，实干苦干，不当伸手派，坚持勤俭办社。对待发展生产的费用，总是从大处着眼、小处着手，依靠群众去解决。生产上用的犁、耧、耙、绳、套、筐、篓、木器家具、牲口箍嘴儿、马掌等，能自制的自制，能自修的自修，能不花钱的决不花钱。吴春山是勤俭办社的楷模，他的节俭是出了名的。

吴春山经常讲：“勤是摇钱树，俭是聚宝盆，一分钱也要掂量着花，决不能马蜂吃窗户纸—— 一口一个窟窿！”他讲节俭是一点一滴的，他要求全大队人人都要精打细算。

时任岗上大队会计的郜文福说：“队里牛马多，在大队的饲养室里总是放着一个大柳罐，每当饲养员给牲口梳毛、理马鬃时，掉下的毛、鬃都收集起来放进大柳罐里，积攒起来卖钱。而卖得的钱，不论多少，都要拿来让我入到集体的账户上，决不允许私吞乱花。”

岗上大队处于丘陵地带，山枣树多。到枣快要熟了的时候，大队就让人看守着，等学生放学或休假了，就让学生们去打，统一装起来。每年枣还没熟，制药厂就拿来些大麻袋，学生们打的枣能装上几十大麻袋，一批一批地卖给制药厂。每年单卖山枣就能卖 1000 多元钱。在当时来说，1000 多元可是个大数目啊。别的大队也有山枣，但是因为山枣都是野生的，一般都没人管理，没人弄去卖，全给糟蹋了。当时岗上大队卖山枣挣钱是出了名的。武凤说：“卖山枣就属我们大队。”

为了适应生产发展的需要，岗上大队还有计划地培养了农民铁匠、木匠、瓦匠、篾匠、电工和做漏粉、做豆腐、榨油的各种技术人员。社员们自采荆条来编织篓、筐、粪箕等用具。农闲时，社员们还上山采石、运石来建猪圈、盖房。

岗上大队是北京市市长彭真说的农林牧副渔五业全面发展的典型。队里有两处鱼塘。猪马牛羊比哪个村的都好，比如说羊吧，那都是用飞机从新疆运来的细毛羊。吴春山懂畜牧，比一般的兽医都强。牲口有没有病，他一看就知道；羊肥不肥，他只需听羊走路的蹄声就知道；羊少没少，他不用数，只要羊一出圈就全清楚了。

不过，人受了伤或得了病他可治不了。一天，大队的车把式吴士安被一头骡子踢了一脚，胸口上被踢出了一个红肿的蹄子印，吴春山只得另去请医生来给吴士安看。

虽然家底儿越来越厚，但岗上村的干部没有忘记创业的艰辛，从来不讲阔气，不讲排场，总是把富日子当穷日子过，处处精打细算，节省开支。党支部经常引导大家回忆对比，教育大家一日打柴千日烧，花社里的钱也得像花自己的钱一样，要掂量掂量值不值再花，要细水长流。

村民们也都自觉地向劳模看齐、向吴春山看齐，学着他的模样勤劳、节俭地过日子，创造着领先于其他地方的新生活。

吴宝贵说：“在我们小的时候，见大人们出工都是早起自己备中午饭带着去，中午就在劳动现场吃自己带的饭，离家再近也不准回家吃中午饭，收工回来吃完晚饭后，有的就坐在电视机前看电视，有的则围成一堆儿聊天。吴春山也看电视，但看到9点半钟左右，他就会站起来喊大家，‘别看了，散了吧。’也对那些闲聊的人说，‘散了，回去睡觉，别聊了，明天还要出工呢。’人们也就停止了看电视、闲聊等活动各自回屋了。”

特殊年代仍鼓劲

1966年的“文化大革命”也波及了岗上大队，吴春山从1967年年初被作为当权派揪去斗争。有几次，有人劝他干脆服软或者躲起来，不要去，他都说：“怕什么？我是共产党员，没有受不了的罪。”1968年8月份，一群知识青年下乡来到岗上村，就在知青们到来的那天，吴春山得到了平反。当时吴孝是民兵连长，在武装部看枪，所以记得很清楚。

吴春山在“文化大革命”时挨斗几百次，为了在挨斗的时候寻找活下去的理由，他把自己被批斗的次数和他认为应该记住的都默记于心，回家后用“正”字刻在门板上，在后来给人做报告时他曾反复提及此事。

吴春山获得平反时，正逢崇各庄公社修大渠，他重新工作后便积极组织老社员们去参加，并充分发挥他的带头作用。不久以后，吴春山被选举为市人大代表。

当时修的崇各庄大渠，就是现在的青龙湖水库，就是吴春山以前带社员们修的那个水库的扩大版。当时的崇各庄公社就是现在的青龙湖镇。

因为有了水库，吴春山就带领大队把一些较平的地擀成了水田。1969年，岗上大队开始种水稻，当年秋天，岗上大队开始吃上了大米饭，又一次改善了岗上人民的生活。

1972年，北京人民艺术剧院一个小组到岗上大队体验生活，原本被派到中国人民解放军总后勤部（现中国共产党中央军事委员会后勤保障部）拍戏的蓝天野听说后，自己坐公共汽车又走了很远的路也赶到岗上来。

那天，吴春山见了他很高兴，两人聊了整整一夜，半夜把烟都抽没了，吴春山出去找烟叶卷上后回来两人继续聊。耿直的吴春山聊了“文化大革命”时自己受到的冲击，聊心里的委屈，也聊了自己对“文化大革命”的看法和对未来的希望。这段时间的生活成了蓝天野很重要的一段人生经历，蓝天野演的戏吴春山并没看过，但岗上人没拿他当外人，他也觉得和岗上人很亲。

生活中的吴春山也很幽默。知识青年插队那阵子，一天，北京日报社来了两名记者，他们要给吴春山拍一张新闻照片，选了八名插队男知青去做陪照。记者架好照相机，让吴春山说一句逗乐儿的话。吴春山想都没想就随口说了一句“屎壳郎戴墨镜——天昏地暗”。大家哈哈一笑，照完了。

第二天，报纸送来了。照片上的吴春山笑容满面，旁边围着八名男知青，下面写着：“全国劳模吴春山正在对插队知识青年进行革命传统教育。”知青们不解，为什么与事实不符呢？明明是说了一句俏皮话，为什么偏要说他对知识青年进行革命传统教育呢？ 后来才慢慢明白这既是给大家鼓劲儿，也是吴春山生活幽默的体现。

吴春山是一个满脑子都是俏皮话、歇后语的人。他自认为是张飞的娘家后代，一次和侯宝林斗话，侯宝林问吴家有什么亲戚，吴春山说：“吴氏（无事）生飞（非）。”让侯宝林觉得很有幽默的味道。

当时地主、富农、反革命分子、坏分子、右派的子女被称为“黑五类”。一次，村里的“五类分子”去给知青们搭炉子。“五类分子”当时属于被管制对象，白天和村民一起干活儿，晚上还要受强制义务劳动。一个叫武士德的“五类分子”心灵手巧，是一个讲究精细的能工巧匠。知青们让他把炉子搭得好烧一些，他说没问题，但没敢多说话。他干起活儿来动作麻利，手艺精熟，搭成的炉子非常好用，大冬天的就没灭过火。知青们就想，怎么武士德的瓦匠活儿这么地道，搭的炉子这么好？几次想去找他聊天，学学手艺，都被他巧妙地避开了。

武士德摘“帽子”之后，见到知青们很亲切，有老友重逢的感觉。说起他被限制的那个年代，没有自由，能活下来都是不容易的。但每当他想到吴春山，眼前就满是希望。村里有十几个与他相同背景的人，也都是在亲身受到吴春山精神的鼓舞下，坚持了下来，应了吴春山被批斗时常说的那句“没有受不了的罪”的硬朗话。

一个叫武士海的村民，是地道的贫农。由于什么事情到了他的嘴里，都被他夸张成有细节的故事到处去传播，村里人叫他“扩大器”。那年头，人们的精神生活很单调，他加工故事的习惯使他脑子里比别人多存入了一些信息，讲起故事来生动有趣，所以人们也喜欢听他讲，知青们就更不用说了。

从鱼塘里提水需要一些技术，因为岸边的水位很浅，打水时需要把筲（水桶）放平，顺势往起一提，可以打到多半桶水，提不好，连半桶水也打不着。挑水时两个肩膀要换着来，因为一天要挑几十趟。没练过的，扁担一上肩，脖子就缩了起来，像挑着活鱼似的，走一路洒一路。100多米的路，几趟下来，路面就湿滑了。马圈门口是一个上坡，洒了水的路面很滑。有一次，武士海不小心摔倒了，正好被吴春山看见，他急匆匆地赶过来对武士海说：“快起来，快起来！”大家都觉得吴春山很有爱心，谁知他紧接着又说，“快看看筲漏了没有？”

因为筲是村里的、是公家的，武士海只不过是摔了一跤，即便是痛，鼓鼓劲儿起来，过一阵儿就会好的。虽“公而忘私”，但也无可厚非，这是一件可以充分表现吴春山劳模本色的事例。大家都在笑，一笑笑在面上，武士海摔得狼狈；二笑笑在心里，觉得吴春山真够“幽默”。而且知青们也从这里学到了幽默，每当武士海给知青们讲故事、说笑话时，就会有知青冷不丁对他来一句：“快看看筲漏了没有？”引得大家一阵笑。

当时知青们干的活儿还有起猪圈，就是用三齿钉耙把猪圈里垫的猪粪挖出来。在我的老家这叫淘粪，是一个又脏又累的活儿。这是知青们干过的最繁重的体力活儿，比起村民们干的活儿，这还是专门照顾知青的。

当时干活儿不是干多少算多少，而是有多少干多少。一名知青一天要起一个大猪圈。大猪圈面积20平方米左右，粪的厚度有二尺多，可以装六七辆大车。小猪圈比大猪圈小一半，一天要起两个。知青们每人每天吃粮大约3.5斤，尽管白天吃了很多饭，到收工的时候，还是饿得前胸贴后背。

看着外面高高的粪堆，最后几钉耙都扔不上去了。胳膊是肿的，手指头都成了不规则的四边形。

待收工吃完饭，连洗脸的力气也没了，把两条腿耷拉在炕沿下，那是两腿猪粪啊！可是谁也不管那么多，连脚都不洗就睡觉了。什么蚊子咬啊，爱咬不咬；什么青蛙吵啊，爱吵不吵。每个人都睡得沉沉的，好像几个日夜没有睡觉似的。

第二天一早醒来，急忙地洗把脸，一个个赶紧往养猪场跑。中午回来，打开房门，满屋都是猪粪味儿。可每当此时，知青们便会想：全国劳模吴大队长都睡到牲畜圈里，我们屋里有点猪粪味儿又会咋的呢？劳动光荣嘛！一颗颗心也就平静了下来。

那段时间，知青们由于吃不上、喝不上，都少了“好男儿”和“大丈夫”的气概，也没了“好男儿志在四方”和“大丈夫四海为家” 的雄心壮志。

吴春山很关照知青们，常常找他们聊天，了解情况，给他们提供些方便。不仅在劳动上优待他们，在生活上也帮助他们。我看过一篇当时在岗上大队插队的知青写的博文，当时吴春山时常鼓励他们，对他们说：“你们有文化，今天来参加体力劳动，只是锻炼锻炼而已，你们是国家培养的干部。现在在岗上一天就和我们一起好好地干一天，将来当上国家干部了，回岗上来看看，我这个劳模见了也亲切。”知青们听了就浑身都是劲儿，干起活儿来也乐呵呵的。

春山模式织锦彩

读了些吴春山的事迹，了解了吴春山和吴春山模式之后，再结合着领先开创者的事迹，我发现，如今祖国美丽的大好河山形成的壮丽画卷，实际上就是吴春山模式在这片 960 多万平方公里的土地上一代人接着一代人织就的美丽锦彩。

1975 年，中共中央制定了《1976—1985 年发展国民经济十年规划纲要（草案）》，安排了“五五”计划。

在“五五”计划时期，岗上村党支部认真贯彻党的路线、方针、政策，热爱集体，密切联系群众，坚定不移地走社会主义道路。给地主当过多年长工的党支部书记吴春山，吃苦受累事事走在群众的前头，人们都说他是“革命的老长工”。13 名村干部当中，有 11 名是土改时期和吴春山一起成长起来的。二十几年来，党支部领导着岗上村的群众，始终如一地坚持走社会主义道路。

在农业生产上，针对丘陵坡地、土薄地瘦、干旱缺雨、产量低的情况，岗上大队一方面坚持打井、修渠、平地，扩大井水浇地面积，修谷坊，闸沟垫地，开边展堰，扩大耕地面积和加厚土层；另一方面，坚持长期抗旱，增施肥料，提高地力，改良土壤，实行间作套种，增加产量。

在林业生产上，实行合理规划，林牧结合，利用沟、坡、道旁、场边和村子周围的废地，年年造林，手工育苗。吴春山常说：“‘要想富，多栽树’‘平时人养树，灾年树养人’”。发动群众见缝插针地继续大量栽树。

在副业生产上，从就地取材和有利于生产发展出发，积极发展粉坊、豆腐坊和油坊，既增加了副业收入，又促进了养猪生产。过去没人注意的小水坑，也养上了鱼，增加了收入。

岗上村的农业生产，是党支部领导群众在连续战胜旱灾的情况下发展起来的。集体化之后的 14 年中，有 11 年干旱少雨，他们硬是发动群众靠挑水抗旱，点种补苗。有些大旱年头，一年抗旱 300 天，扁担不离肩，压肿了肩膀，磨穿了鞋，也不松劲儿，坚决抗旱，力争不吃国家返销粮。经吴春山的手先后打机井 11 眼，建扬水站 5 处，810 亩旱地变成了水浇地。水浇地的发展，促进了粮食生产，到 1978 年吴春山离开工作岗位之前，粮食平均亩产 850 斤，和 1949 年相比，增长了 8 倍。

一位当时是解放军机关干事的作家回忆说：“当年我所在部队驻在岗上村附近，我有幸认识了吴春山。我和他第一次见面是 1978 年，第一次到他家，我一脚迈进门槛差一点摔倒；屋里黑洞洞的，地面比院子低一尺多。我知道他是浩然长篇小说《金光大道》中高大泉的原型，但他给我的第一印象与小说和电影里高大泉的形象反差特别大，他既不高大，也不英俊，腰弯得像个虾米，满脸都是褶子，很普通的一个老头儿。”这说的是1978年，吴春山都77岁了，腰自然也有些弯了。不过，他还担任着岗上村的党支部书记。一次，这位部队机关干事受领导指派，去请吴春山到部队喝酒小叙。见面后，吴春山对那个青年同志爱搭不理的，只顾忙自己的事情，等把当天的农活儿安排完，才瞟了那位同志一眼，板着面孔朝他甩过来一句话："告诉你们团长，我今天没空儿。"说完，一扭身走了。

吴春山当了劳动模范，成为先进典型之后，二三十年来始终不改农民本色。即使是到人民大会堂开会，他穿的仍然是那件疙瘩襻儿的旧棉袄。因公出差，近路骑自行车，远道儿坐公共汽车，很多时候是自带干粮。偶尔在外食宿，专找最便宜的招待所。六七十年代，他曾经当过公社和县革命委员会的领导，但他始终不离乡土，始终是挣工分的农民。

吴春山的劳模形象无疑给社会，特别是给房山人民树立了一个活生生的光辉形象。自吴春山以来，北京市房山区这块热土上，各种劳模、人大代表时时涌现，层出不穷，形成了一座活生生的劳模群雕，一个灿烂夺目的劳模星座，一道光辉永驻的劳模文化墙。

采访中，我还听到过这样一则笑话：在岗上村附近，原先有一个大马村和一个小马村。在对良乡公社和崇各庄公社进行行政区域划分时，本来大马村和小马村离良乡较近，应划给良乡公社。可是，吴春山在公社革命委员会上说："大马、小马是崇各庄公社不可分割的一部分！如果大马、小马妄图'逃跑'，那就用我们的'缰绳'把它们拴住！"有意思的是，在当时良乡、崇各庄一带人的口音中"岗上"与"缰绳"发音相近。听来便很有趣味，引人发笑。当然，这是否属实，尚待查考，但却体现了吴春山对辖土的热爱和保护意识。

吴春山的一生称得上鞠躬尽瘁，死而后已。他住的房子低矮破旧，还是他爷爷结婚的时候建造的，到去世他也没有另盖新房。每当雨下得较大的时候，院子里的水就会倒灌到屋里去。而这时，吴春山就得和妻子一起拿着盆和瓢，一盆一瓢地舀着往外倒。

在吴春山的领导下，岗上村成为当时北京郊区最富裕的村，村里多数人家都盖起了新房。多少次，社员们劝他盖新房。他总是说："等大伙儿都住上了新房，我再盖。"可是直到后来岗上村家家都盖起了新房，他自家的房子还没盖起来。

1979 年，吴春山将近 80 岁高龄了，由于年龄过高，他退居二线，当上了岗上大队的顾问，同时也担任着北京市第七届人大常委会委员的职务。虽不需要真抓实干去做，但他还是放心不下来，还要为岗上村的发展日夜操劳。他每天早晨坚持收听广播《新闻和报纸摘要》节目，然后拄着拐棍儿到村里的果园、畜牧场和大田去查看生产情况。他还倡议岗上村兴建车床厂和铸造厂，并把村里的青年送到兄弟单位去学习车床和铸造技术。后来因为年纪大了行动不便，他就充分发挥嘴的作用，来宣传党的工作，鼓励青年。用他的话说："我为党干工作还干出瘾来了呢，没干够。我身体不成，就用嘴做宣传工作。和老头儿们一起聊天时，我就给他们讲形势，讲党的政策；和年轻人一块儿时，我就常说，现在国家一年比一年好了，你们要听党的话，好好地干工作。"

为了让吴春山安度晚年，各级党组织和政府都很关心他。1981 年，房山县委、县政府在良乡西北关给他盖了一幢新房，1982 年春他和老伴董秀荣搬进新居，当年《北京日报》还在 7 月 11 日头版的位置上发表了宋成明的文章《老劳模的新居——访全国农业劳模、81 岁的吴春山》以示祝贺！

吴春山虽然住到了良乡，却还时刻牵挂着岗上村。他不论在哪里，只要遇到崇各庄公社的人，就会与他们攀谈起来，打听岗上村的情况。他还曾多次步行回到岗上村，去看望他日夜想念的家乡。

1983年11月9日《人民日报》刊登一则讣告，内容如下：

全国劳动模范吴春山逝世

新华社北京11月8日电　全国劳动模范、原北京市房山县崇各庄公社岗上大队党支部书记吴春山因病医治无效，于11月2日逝世，终年八十三岁。吴春山的追悼会今天在八宝山革命公墓礼堂举行。

彭真、万里、郑天翔等送了花圈。

吴春山1952年在自己家乡带头办起了第一个互助组、第一个初级农业合作社。他是农业方面的“土专家”。有关部门曾专门总结过他的“骡马经”“养羊法”“造林经验”和勤俭办社的经验。

吴春山是四届全国人大代表。

吴春山因病医治无效于1983年11月2日上午9点25分在房山县第二医院离开了人世，享年83岁。他一生勤俭、廉洁，艰苦奋斗、朴素办社，处处严于律己、公而忘私的奉献精神永远留在了人间。而他依靠群众发展多种经营、千方百计壮大集体经济、增加农民收入的创业历程，不仅树立了全国农业致富的旗帜，也激励着后代人为建设美丽的家乡做出新的奉献。他用一生的心血、智慧和勤劳铸造的吴春山模式为时代织出了绝伦的锦彩，从多方位尤其是在发展生态农业方面，为后人打造多种升级版本的吴春山模式奠定和提供了基础雏形。

后人有诗赞曰：英雄本色为黎民，敢有丝毫利已心？丰碑屹立垂千古，不教后辈笑今人！

斯人已去，锦彩织成，相信吴春山模式将会结合着时代需要得到不断升级，跟着祖国的发展得到永久传扬，把中华大地这幅巨缎锦彩织得越来越壮丽。

尾　声

吴春山只有一个女儿，因工作需要嫁到了河南省，直到他去世几年后才调回北京市。虽然如此，但吴春山的晚年过得很幸福，北京市的领导、当时房山县的领导对他都很关心，得知他患病之后，送他到北京最好的医院看病，让他得到了及时的治疗。他卸任之后，安排他住进条件优越的干部疗养院，给他盖了新房。遗憾的是，没过多久，他就去世了。

岗上村的乡亲们始终记着吴春山的恩德，他逝世几年后，乡亲们东奔西走，筹了几万块钱，请来北京有名的雕塑家，为他雕像。雕像两米多高，基座四面刻有老书记的生平事迹，雕像四周还砌了围墙，围墙外栽有苍松翠柏。雕像落成那天，岗上村街头、山包上人山人海，挤得水泄不通。北京市的老领导来了，房山区的领导来了，吴春山的生前好友来了，周围几个村子的乡亲们也来了。他的女儿吴瑞兰从主席台上站起来，一个劲儿地向各位领导鞠躬，给乡亲们鞠躬。现场的人们，一个个感动得泪眼婆娑。

如今，岗上村的乡亲们仍然怀念吴春山。每逢大年初一早上，就会有乡亲们来到他的雕像前，摆上供品，有时还放一阵儿鞭炮和“二踢脚”，以这样的方式与他一起过年。

我随吴孝和郜文福走进矗立着吴春山雕像的那个园子。他俩把我带到吴春山雕像前，我们对着吴春山的雕像默默地瞩望、凝视，足足有几分钟后，又慢慢地在园子里转了一圈。转到雕像后面的纪念碑前时，他们指着有些模糊了的碑文和我一起慢慢地、仔仔细细地读了一遍。读着读着，我们的眼前就仿佛出现了一个活生生的吴春山——他与很多人在一起，欢笑着，有曾经与他组合成黄金搭档的吴勤，也有曾经数十年如一日地奋斗在这片热土上的社员们，他们或远或近地围拢在他的周围，朝着他欢笑，笑出了那种十分感人的水汪汪的泪花。

吴春山不愧是劳模。他的一生是勤劳的一生，是平凡而伟大的一生。

吴春山雕像

他为人间提供了文学艺术上的高大泉形象原型和现实生活中的优秀党员干部模式。他带领社员们创造的农林牧副渔全面发展，为几十年后的农业尤其是生态农业发展提供了非常宝贵的成功经验和借鉴模式。

卢翠英：血沃龙乡半壁红

张长水

京畿房山，著名的龙骨山“北京人”周口店遗址脚下，静卧着一个古朴秀丽的村庄——周口村。该村位于龙骨山东南，地处京周路与房易路交会处，是目前周口店镇政府所在地。据《北京市房山区志》记载，周口村，元代以前成村，因地处“周”字形山口位置而得名。

卢翠英

70万年前，周口店一带气候温润，龙骨山上郁郁葱葱。先祖们从猿到人，从制作石器到钻木取火，狩猎渐渐被农耕取代，逐步向现代社会转化。1929年，第一颗“北京人”头盖骨在龙骨山上被发现，周口店震惊世界，房山获得“龙乡”美誉！

70年前，人民解放军的隆隆炮声，赶走了国民党反动派，房山境内宣告解放，周口村从此获得新生。有一位姑娘，在中国共产党的领导下，冲破封建思想束缚，带领乡亲们艰苦创业，完成了从“土地改革”“互助组”“合作化”到“人民公社”的沧桑蜕变。使一个名不见经传的农业村名扬京郊，享誉全国！

这个人，就是全国工农兵劳动模范——“龙乡女杰”卢翠英。当年，房山县隶属河北省通县专区，年经轻轻尚未结婚的卢翠英，却在全区创下了多个第一：

第一个在新解放区走出家门，参加生产劳动的农村妇女；

第一个建立起农业互助组“合心组”；

第一个农村党支部女书记；

第一个出席全国妇女代表大会；

第一个全国劳动模范；

第一个受到毛主席接见，并一起出席宴会；

第一个能官能民、能上能下的国家干部。

苦难童年

身　世

1930 年 3 月，卢翠英出生在房山县周口村一户贫苦的农民家里，全家四口人，没有土地，仅住一间六平方米的土坯房。房屋破旧，年久失修，房顶能看见天，冬天透风，夏天漏雨。一盘土炕，占去了大半个房间；一方灶台，一只黑黢黢的墙柜，便是她的全部家当。

靠租种地主家的几亩薄田，父亲累死累活，勉强维持生计。除了交纳地租，还要忍受日伪蒋反动统治的敲诈勒索。辛苦一年，家里也仅剩下一点秕谷粗糠，卢翠英小的时候经常吃不饱饭，从来没穿过一件新衣裳。

有一年闹粮荒，县保安团进村搜刮民财，父亲因拿不出钱粮供奉他们，被强行拉进县衙，不由分说施以重刑，“灌凉水”“压饸饹”。父亲受尽折磨，从此落下了病根儿，不能从事重体力劳动。

母亲瘦弱多病，体力单薄，小脚走路本来就不稳当，又整天为父亲的伤病忧心，做饭时忙中出错，不小心摔倒在粥锅上，烫伤了左臂。病好以后，母亲的肘臂不能伸直，落下终身残疾，生活雪上加霜。

卢翠英还有一个长她 3 岁的姐姐，由于身材瘦小，又裹了脚，平时在家里大门不出，仅能帮助妈妈缝缝补补，做一些简单的针线活。

卢翠英聪慧活泼，从小就不让大人操心。学会走路以后，就在院子里独自玩耍，渴了饿了，追着妈妈要点吃喝；困了累了，就蹬着灶台爬到炕上，偎着被垛睡一会儿。家里的窘困，时刻影响着她，使得卢翠英养成了自立自强、敢做敢当的倔强性格。

拒绝缠足

封建社会男尊女卑，女子缠足的习俗由来已久，讲究的是“三寸金莲”。清政府被推翻后，孙中山曾正式下令禁止女人缠足，却搞得不够彻底。民国时期，妇女缠足之风依然盛行。女孩儿到了相亲年龄，媒婆首先要看女方的脚，小脚为美，大脚是件羞耻的事，遭人讥笑，嫁不出去。因此，没有哪个母亲对女儿裹脚的事漠不关心。

转眼，卢翠英也到了裹脚的年龄。妈妈凑钱去县城买了 3 尺白布，硬拉着她给她裹脚。小翠英还不大懂事，躲躲闪闪，不愿与妈妈配合。妈妈连哄带吓，最终还是把她的脚缠得结结实实。

卢翠英哭着喊着，疼得不行，刚缠上半天，就趁妈妈不注意，扶着墙，悄悄地溜出家门，坐在墙角的石墩上，偷偷地把脚放开，然后把布团在手上，扔进了屋后的干井里。晚上，她不敢回家，藏在大街的黑暗处，直到夜里妈妈喊她，她才悄悄地进门，躲进被窝睡着了。

纸自然是包不住火的，妈妈第二天发现以后，踮着小脚，满院子追着揍她。“嘿！你个死丫头，我花钱给你裹脚，你把布给我扔了，没良心的，你说不裹就不裹啦？”妈妈心疼那块布，可小翠英就是不说那块布扔到了什么地方。

家里终究没钱再买布给她裹脚，卢翠英的脚没有裹成。妈妈一声叹息，渐渐放松了对她的管束，事情就这么过去了。也正是因为如此，在父亲有病、母亲残疾、姐姐已然缠足的情况下，卢翠英挑起了家庭重担，父母把她当成了男孩子，粗活累活逐渐落在她身上。从6岁起，卢翠英就跟着父亲下地，点种、舀水、培土，干点力所能及的轻便活。

又过了一年，村里村外四处闹饥荒，国民政府为赈济百姓、安抚民心，在房山县城外的饶乐府村开粥厂。灾民从四面八方涌来，摩肩接踵，粥厂挤满了人。卢翠英扬着小脸儿，夹裹在人群当中，随着众人一起向前拥挤。

有警察现场维持秩序，掌勺的师傅神气活现，嘴里不干不净，骂骂咧咧，给谁几勺，要看他的心情，瞧谁不顺眼，劈头盖脸就是一勺子。

其实，锅里并没有多少粮食，管事的丧尽天良，仅拿出少许米面，掺上白灰，煮沸后发给穷人。打回去的稀粥，还得掺上一些野菜，重新煮一遍。

回家的路上，行人都走得很慢，还有的踉踉跄跄，走着走着，忽然就歪倒在路边，再也不见起来。

过了石头桥，前面是一片开阔地。卢翠英贪玩儿，一直落在人群后面，偶一回头，见几只饿狗尾随着她。她紧跑几步，赶上了前边的大人们。打那以后，父母宁可到地里打野菜、挖草根，也不让卢翠英再去粥厂。

周口村西北方向，有一座小煤窑，名叫苇子洼。乡亲们忙完春耕，陆陆续续来这儿走窑，“卖工”挣钱，养家糊口。体力稍差一些的男人，都到窑上捡“煤豆”、拾煤核，一篓一篓地积攒起来，背到集市上换些粮食。

卢翠英从12岁起，就跟着大人上煤窑，整天围着煤石堆爬上爬下。渴了，就到坡下的小河边，捧几捧泉水喝；饿了就从“抽子”里拿出白薯、菜团子啃几口。冬天，卢翠英衣裤单薄，双手露在外面，冻得又红又肿。划破手指，磕伤膝盖，更是家常便饭。

有一天，窑上出煤多，卢翠英多捡了一些，她高高兴兴、蹦蹦跳跳地想早点回家。可她不知道，增加了这么多，自己根本背不起来。幸好有位长辈打这儿路过，劝着帮她倒掉一些，她这才勉强站起身。半路上几次停歇，还要捧出一些扔掉，卢翠英心中不舍，含着眼泪，蹒跚着回到家中。

1943 年大饥荒，不管农人多么勤奋，种地、拾煤、外出卖工，仍旧食不果腹。春天，乡亲们都到地里挖野菜，树上的嫩芽早就被人撸光。到了秋天，灾情不见缓解，人们又开始砸树干，剥榆树皮吃“榆皮面”。地里丢下的菜帮菜叶、地上长着的白菜疙瘩，凡是能吃的东西，都被人“搂”回家里充饥。

实在没得吃，人们就把棒子秸、棒瓤子、白薯秧、花生皮打碎掺和在一起，放到碾子上压，然后拌上白灰熬一熬，好歹吃一些撑撑肚皮。

花生皮磨成粉苦涩难咽，吃多了便血；白灰胀肚，吃下去不消化，肠子打结；棒瓤子起轻，吃进胃里浑身没劲儿，还拉不出屎来。全村因此死了几十号人。如今 80 岁以上的老人，无不对此记忆深刻。

卢翠英虽然也饿得面黄肌瘦，最终还是和家人一起熬了过来。

与狼对峙

卢翠英家本没有耕地，原来租种地主的几亩薄田，也因交不够地租被地主收回。为了养家糊口，父亲咬紧牙关，硬撑着到龙骨山北侧的漫云寺沟开荒。经过一个春天的劳作，总算开出四亩薄田。为了抢时间多干活儿，父亲每天早出晚归，一去就是一整天，中午在地头儿吃饭，歇一会儿接着干。送水送饭的任务自然就落在了卢翠英身上。

从周口村到漫云寺沟，少说也有七八里地。而且，过了龙骨山，北面全是山路，荒无人烟，时常还有野兽出没。

一天，卢翠英挑着担筐，走在崎岖不平的山道上，刚过半路就已经满头大汗。她放下担筐，想坐下来歇一歇，就见迎面半山坡上，一条“大狗”正兴冲冲地向这边赶来。

卢翠英胆儿大，平时在家里爬墙上树，打草拾柴，凡是男孩子做的，她都喜欢。眼前这家伙摇摇晃晃，她早就习以为常，并没太在意。

“大狗”一步一步地向她逼近，模样也逐渐清晰起来，卢翠英忽然觉得不对劲儿。立耳，直尾巴，身子也比家狗大了一圈。“哎呀，莫不是只狼吧？”卢翠英虽然没见过狼，但村里的大人们对它并不陌生，她早就听父亲说起过。

事不宜迟，卢翠英迅速解下饭筐，抄起扁担，横眉立目站在那里，就像一名等待拼杀的武士。

狼面目狰狞，在距离她十几米远的地方停了下来，前腿不停地向后刨土，眼里露着凶光，几次试探着向她进攻。卢翠英毫无惧色，双手握着扁担，岿然不动。

狼没有贸然进攻，又蹬了蹬后腿，伏在地上。

就这么相持着。

狼目不转睛！

卢翠英瞋目以对！

5 分钟，10 分钟……

又过了一会儿，一位大伯扛着锄头，嘴里叼着烟袋，收工打这儿路过。

狼见无望，耷拉下尾巴，悻悻离去。

卢翠英天不怕地不怕，说话做事本来就像个男孩子，遇狼不惧的消息传遍全村，“假小子”的绰号也在邻村四散开来。

那一年，她 15 岁。

爱憎分明

自从父亲开荒种地，家里的生活状况慢慢好转。秋后，父亲把打下的花生晒干，拿到油坊去榨油，回来在家里炸麻花、炸丸子、炸豆腐，然后挑到街上去卖。卢翠英也跟着父亲走街串巷，卖糖，卖烟，卖火柴，做点小买卖贴补家用。别看她年龄不大，却从小爱憎分明，家境稍有好转，就开始帮助别人。

现年 84 岁的肖文奎老人回忆说：“当年村里有一位孤寡老人，叫杜刘氏，常年卧病在床，想吃几粒花生米，可自己又没有钱，卢翠英听说以后，暗暗记在心上，再过她家门口时，主动上门送她一包，不收钱。杜刘氏非常感动，拉着卢翠英的手，嘴上不停地念叨‘好孩子！好孩子！’”

还有一件事，更让乡亲们对卢翠英刮目相看。

有一天，卢翠英在家门口卖香烟，县保安团的一个“白狗子”走过来，抄起一盒“老刀牌”转身就走。卢翠英一把拉住他：“别走，你还没给钱哪！”“白狗子”先是一愣，然后翻起白眼，恶狠狠地说：“老子抽盒烟，你敢要钱？还反了你了！”接着转身又要走。

卢翠英毫无惧色，抓住他的衣襟不放：“不给钱，甭走！”

“白狗子”万万没有想到，一个小姑娘居然这么倔强，竟敢拦住自己不让走。于是恼羞成怒，举起拳头就要打。

街上的人围拢过来，你一言，我一语，吵吵嚷嚷的。父亲在院子里听到吵闹声，急忙跑出家门。但他曾经受难，惧怕是非，便想息事宁人，向“白狗子”说了一些好话，硬是把卢翠英拉进大门。卢翠英握紧拳头，愤愤不平，她恨透了这个世道，恨透了国民党反动派。

事后，乡亲们议论说：“这孩子将来一定能成大事！”

火红的青春

参加土地改革

1948 年 12 月，人民解放军以摧枯拉朽之势，解放了房山县城，推翻了穷人头上的三座大山。房山县城内锣鼓喧天，人们载歌载舞，欢庆解放。

卢翠英，一个穷苦人家的姑娘，心情格外舒畅，热血沸腾。特别是妇女翻身获得解放，更使她兴奋不已，浑身有使不完的劲儿。也就是从那时起，她决心跟定共产党，跟着毛主席，让乡亲们过上好日子。

1949 年初，县委举办土地改革骨干培训班。土地改革工作队来村里做宣传动员，卢翠英第一个报名，但很快就被泼了一盆冷水。让她没有想到的是，父母对她参加土地改革运动持否定意见。

由于长期被剥削受压迫，父母早已逆来顺受，不同意她抛头露面参加土地改革工作。父亲说："搞土地改革是得罪人的事，乡里乡亲的，低头不见抬头见，你把人都得罪了，以后我们还怎么出门儿？"母亲更是极力阻拦，怒气冲冲："你在外边跑跑颠颠，就不怕别人笑话吗？你要是不听话，以后我们就不认你这个闺女了！"

"您舍得我给别人当闺女去吗？"卢翠英耐心地对父母说，"过去咱们家里穷，祖祖辈辈挨欺负。现在解放了，共产党领着咱们闹革命，土地分到穷人手里，这是几辈子都赶不上的大好事。咱们要是不好好干，让地主老财把地再抢回去，吃二遍苦，受二茬罪，你们愿意吗？从前的苦日子难道你们还没过够吗？"

她终于说服父母，参加了土地改革骨干培训班。

周口村所在的第五区，培训班上课要自带口粮。卢翠英翻箱倒柜，找出几块碎布，自己缝了一个口袋，装上几升小米，斜挎在肩上。父亲帮她打好铺盖卷，把她送到村口，并再三地叮嘱："在课堂上要听组织的话，别贪玩儿，好好学本领！"

当年，培训班流传着一首歌，这首歌反映了学员不怕艰苦、乐观向上的革命精神：

我们吃的是小米干饭，

白菜帮与辣椒我们吃得更是饱；
我们住的是破烂草房，
睡觉更是香；
我们穿的是粗布旧衣，
遮住身子就能行。
…………

培训班结束以后，卢翠英立刻投入到土地改革工作当中。

首先是发动群众，召开批斗大会，把群众的积极性调动起来。由于房山县城刚刚解放，国民党残余势力尚未肃清，一部分群众对党的土地改革政策还不理解，持观望态度。在批斗大会上，乡亲们沉默寡言。卢翠英第一个上台，带头控诉旧社会，揭发地主剥削穷人的罪行。在她的带动下，乡亲们逐渐打消顾虑，纷纷上台发言。卢翠英带头高呼口号，乡亲们群情激愤，第一次批斗大会开得非常成功。

一天下午，卢翠英接到上级通知，区土地改革工作队在顾册村老戏台召开全区工作大会。她二话不说，围上头巾，冒着大雪走出家门。会上，区长的工作报告使她深受鼓舞。虽然会上只有她一位女同志，但是她下定决心，一定要把村里的工作做好，让乡亲们过上好日子。

散会后，天色已经暗了下来，雪地上白茫茫一片，她已经找不到回家的路。卢翠英本来个子不高，大雪没膝，裤腿里灌进了雪，每走一步都很困难。她仔细辨认方向，试探着向前挪动。从老戏台到周口村，本来只有几里地的路程，但她那天走了四个多小时，直到半夜才回到家里。

土地改革工作队根据卢翠英的一贯表现，培养她当村代表，当农会主席和妇联会主任。她一不推辞，二不讲条件，坚决完成党交给的各项任务。白天她下地干活儿，晚上组织积极分子开会，把党的土地政策及时传达到每个家庭。后来的几场批斗会，群众的积极性被调动起来，周口村农民协会很快挂牌成立了。

随后进行调查摸底，划定成分，按政策分配土地。卢翠英带领农会会员、积极分子，挨家挨户登记造册，摸清房屋土地等财产情况；团结大多数劳动群众，依靠贫下中农、团结中农，孤立打击少数地主富农；对全村260多户家庭，进行详尽细致的分析评估。在土地改革工作队的指导下，划定出雇农、贫农、下中农、中农、上中农、富农和地主七种成分。之后，卢翠英又带领大家丈量土地，迅速把2683亩耕地，妥善分配到全村1300多人手中。

1949年2月底，周口村的土地改革工作胜利完成。

卢翠英家分得村南6亩耕地的第二天早上，父亲跪在自家的土地上，捧起一把黑黄色的泥土，老泪纵横。他仰起头，望着天，酸甜苦辣一齐涌上心头，半天才喊出一句话："苍天有眼……苍天有眼哪！"

穷苦百姓有了自己的土地，心情格外高兴。随后的大生产运动，他们自编了一首顺口溜，道出了自己欢天喜地的快乐心情：

自己的土地自己耕，
嘚儿，吁！
耕得深来土地松，
苗儿长得肥又青，
秋后一定好收成。
…………

支援大军南下

由于在土地改革工作中的突出表现，1949年3月1日，卢翠英光荣地加入了中国共产党，并与和她同时入党的另外两名党员一起，组建了周口村第一个党支部，19岁的卢翠英被任命为党支部书记。上任一个月，卢翠

卢翠英（左一）到专署报告生产工作

英就干了一件为人夸耀的大事。

平津战役胜利后，解放大军乘胜南下，准备攻打太原。一周前，卢翠英得到消息，部队要从村里经过。接到任务，她紧急发动群众，推碾子、扫房子、打褙子，家家户户像过年一样，为迎接子弟兵忙得热火朝天。

“一把米运动”就是当年乡亲们为迎接解放大军进村，在群众中开展的一项募捐活动。卢翠英得到父母的支持，拿出家里仅有的半袋子粮食。乡亲们在她的带动下，有钱的出钱，有粮的出粮，有力的出力。翻身农民没有忘记党的恩情，你一碗米，我一碗面，他一块布，一点一滴汇集起来。当部队到达村口时，子弟兵看到的是，一排排针脚细密的军鞋，一摞摞香喷喷的烙大饼，几大锅热气腾腾的绿豆汤。乡亲们站在大街两侧，举着小旗，口号呼得震天响：“欢迎解放军！打到太原去！活捉阎锡山！……”

那天，乡亲们喜气洋洋，村里贴满了红绿标语，大街上锣鼓喧天，到处弥漫着欢乐气氛——“解放区的天是晴朗的天，解放区的人民好喜欢……”歌声在周口村上空飘荡。据当年的亲历者回忆：一周时间内，卢翠英带领乡亲们，赶制军鞋2600双，烙大饼1000多张，筹集军粮3万斤。周口村用实际行动支援大军南下，为沿途群众迎接解放军做出了表率。

巩固新生政权

卢翠英上任后的第二件事，是扩大村级党团组织，巩固新生的红色政权。在土地改革工作队的指导下，党支部先后发展了魏志功、魏士忠、魏栋等几位同志入党，村里的党员人数，由3名迅速增加到11名。同时将青年积极分子紧紧地团结在党支部周围，不到一年的时间，发展共青团员20多名。

每到秋收时节，村里的偷秋现象相当严重。为了保护好新中国成立后的第一个秋收，卢翠英向大家提出，绝不能丢失一粒粮食！

很早以前，周口村就有习武之人，刀枪剑戟、查拳洪拳，村里的少林会在附近很有名气。为了保卫秋收，保卫土地改革的胜利成果，巩固新生的红色政权，卢翠英把村里习武的年轻人组织起来，成立了60人的基干民兵大队，以摔跤见长的年轻人魏谦任大队长，下设两个中队，八个行动小组，分片包干，昼夜巡逻。

卢翠英在基干民兵大队成立会上说：“现在，国民党残匪还没有完全肃清，外面的情况非常复杂，敌人就像老鼠一样，躲在阴暗的角落里，趁机出来捣乱破坏。共产党打江山不容易，保卫江山更不容易。敌人绝不会善罢甘休，我们必须提高警惕。上级发给我们十几杆枪和几箱手榴弹，我们一定要把这些武器保管好、利用好，誓死捍卫咱们的红色政权！”

农会刚成立不久的一天夜里，卢翠英带领李福中队在街上巡逻，当走到村北的一个小胡同时，恰巧遇上一股保安团残匪准备进村砸农会。卢翠英探明情况，带领民兵主动迎击，双方发生枪战，残匪最终被打退，逃进了深山。

还有一次是在秋收时，凌晨两点，人们正在熟睡之中，马德福匪帮进村抢粮，刚摸到“西洼子”地边，就被正在巡逻的井德如中队发现。听到枪声，卢翠英迅速带领民兵增援，经过半个多小时的对峙，几个残匪丢下口袋向西逃窜。从此以后，各类反动势力销声匿迹，没敢再来村里滋事。新中国成立后，周口村的第一个秋收，没有丢失一粒粮食。

说起卢翠英带领民兵保卫秋收、保护土地改革的胜利成果，当年村里的宣传委员——现年 84 岁的肖文奎老人，一直对卢翠英不怕困难、不怕牺牲的革命精神赞不绝口。他说：“你们都知道电影《洪湖赤卫队》里的韩英吧？当年卢翠英和她长得特别像，也是圆方脸，浓眉大眼，身体壮实，腰扎武装带，斜挎盒子枪，威风凛凛。她除了安排民兵昼夜巡逻外，只要自己不外出开会，每次巡逻都冲在前头，遇事敢打敢拼，不怕敌人。在她的带领下，周口村民兵大队远近闻名。”

妇女能顶半边天

封建社会，男尊女卑，女人不能抛头露面，不能参加社会活动。平日只能围着三台（锅台、碾台、磨台）转，不然会遭人耻笑。姑娘嫁到婆家，有许多规矩，首先要伺候公婆，承担家务。周口村当年流传着这样一首歌谣：

清晨早起来，
先把尿盆端。
二老面前去问安，
递水带点烟。
…………

周口村本来就是个穷村，不仅人多地少，而且土地贫瘠。即便好年景，村里的土地也仅能维持八个月的口粮，开春儿就有许多人家揭不开锅。因此，家里的男劳力除了种地，农闲的时候还得寻找其他门路，靠走窑、烧石灰、外出卖工等副业养家糊口。

卢翠英当干部后，就有了许多在外学习的机会。她得知，早在1928年，毛主席在井冈山就颁布了《井冈山土地法》。穷苦百姓有了自己的土地，妇女也能和男人一样下地种田。卢翠英因此非常高兴，心里更有了底气。她清醒地意识到，妇女要想真正翻身得解放，就必须走出家门，同男人一样下地干活儿。

1950年春节过后，卢翠英参加了区里召开的“三月生产会议”。回家的路上，她就反复琢磨：灰窑煤窑需要雇工，如果把妇女都动员起来，同男人一样下地种粮，腾出的男劳力外出卖工多赚些钱，既解放了妇女，又增加了劳动力，岂不解决了大问题？

于是，她挨户上门，向大家宣传妇女解放政策。她说：“现在是新社会了，实行男女平等，咱们就不能只围着锅台转。女人要自立，首先就要解放思想，和男人一样下地干活儿，我们不能再像以前那样，只

1950年秋参加第一届全国工农兵劳动模范大会的青年劳模与团中央书记冯文彬合影（前排右三是卢翠英）

会靠男人吃饭。劳动最光荣，我们也要走出家门，劳动发家呀！”

然而，几千年的封建意识根深蒂固，解放思想谈何容易。尽管卢翠英苦口婆心，挨家挨户地做工作，最后也只有卢玉芹、许淑琴、孙淑兰等五名青年妇女，愿意跟她一起走出家门，参加生产劳动。她们当中最大的20岁，最小的卢玉芹只有16岁。因为说话和气，办事齐心，她们自己取名叫“合心组”。这是土地改革以后，周口村成立的第一个互助组，也是全县农业生产最早的互助组。

“合心组”倡导男女平等，成立的当天，卢翠英就挽起袖子，扛着锄头，带头走上田间。仅一个春天，“合心组”就点种棉花、花生13亩，栽树60棵，种瓜500棵，累计出勤65个，省下55个男工上窑背煤，挣回玉米4石多。“合心组”为全村妇女树立了榜样！

为了尽快掌握耕作技术，卢翠英邀请种地能手付宝良到田间指导，帮助姐妹们尽快掌握动作要领。卢翠英因经验不足，扶犁时总是耕不到地边，而且因为心急被犁铧碰破了脚面，可她还是咬牙坚持，直到掌握了动作要领为止。她说：“甭管干什么，只要你跟它较上劲儿，就没有学不会的。”

春天栽种白薯，挑水的活儿最累。她二话不说，挑起水桶冲在最前面，每天要比别人多跑好几趟。从水井到地头儿，近的有几百米，远的要跑二三里地，而且要跨越沟沟坎坎，男人们也对她竖起了大拇指。一天下来，卢翠英累得腰酸背疼，可她还是硬要坚持，姐妹们劝她休息一会儿，她说：“过去，咱们给地主家干活儿，总是觉得又苦又累，现在给自己干，就是再苦再累也觉着甜！”由于肯吃苦，多用心，她很快掌握了干各项农活儿的技术。大田里的耕耩锄刨，场院上的扬场打垛，样样都不在话下。1950年3月28日《人民日报》以《卢翠英——一个领导生产的女支部书记》为题，报道了她不怕困难、带领群众互助生产的典型事迹。卢翠英受到表扬，干劲儿就更足了。

“五月专属生产会议”后，大田开始间苗除草。卢翠英为了照顾困难家庭，主动和姐妹们商量，将军属冯玉臣家拉进“合心组”。冯玉臣家里孩子多劳力少，开始的时候姐妹们都不同意，卢翠英耐心说服大家，“合心组”最终才接纳了他。春天播种时，冯玉臣家只出了两个工，其他工作全部交给姐妹们去做。仅一个春天，“合心组”7户人家共省下180个男工，上窑背煤挣回玉米9石4斗。

入夏，区里为防止土地撂荒，出台了现行鼓励政策，号召各村开荒种粮，现有的荒滩坡地，谁先开垦出来撒上种子，以后就归谁耕种。“合心组”得到消息，立刻发挥互助优势，仅几天时间，就在村东与邻村接壤的地方，抢开荒地28亩，种上了最后一茬荞麦。这片从前界限不清、杂草丛生的荒郊野地，从此永久地留在了周口村！

转眼到了秋收季节，卢翠英更忙了。她一方面要布置全村的秋收任务，一方面还要与姐妹们商议“合心组”的秋收方案。

下面是1950年房山区档案馆保存的，卢翠英与“合心组”姐妹们制订的秋季劳动计划：

1. 除耕地以外，其他农活保证不用男人上工；

2. 保留棉田；

3. 全部浸种，田间选种；

4. 除保证自己收割外，早晚帮别人掐谷，每人保证挣一件棉衣或一头小猪。

冬天，卢翠英带领“合心组”利用农闲搞副业加工：纺线、做鞋卖鞋、开豆腐坊，从北京买电石拿到煤窑上去卖。总之，凡是她们能想到的点子，“合心组”都尝试着去做。

卢翠英不仅样样干在前头，而且还要求大家互相帮助。每当有人提起她的成绩时，她总是把功劳推给大家。自己获得的劳模奖章，她让“合心组”

的姐妹们轮流佩戴；上级奖给她的木犁，她交给互助组轮流使用。大家拥护她，称赞她，夸她心眼儿好，能干事儿。

“合心组”不但生产干得起劲儿，还利用休息时间学习文化。她们在田间地头儿互相提问，互帮互学。有一段时间，她们有事不用嘴说，常常用笔写信，相互提高读写能力，增加记忆力。七个人从一字不识，到第二年，已经有四人能写平常信，其余三人也认识300字以上。

“合心组”的姐妹们每天快快乐乐，一边劳动，还一边宣传妇女解放的道理，她们自编了一首顺口溜，走在大街上反复传唱：

撒足剪发好，
又得颠儿来又得跑。
女人学种田，
腾出男工去挣钱。
…………

在“合心组”的影响带动下，妇女工作逐渐有了转变。卢翠英看准时机，组织干部包片下户。到1950年夏季生产时，全村有劳动能力的263名妇女，已有193人自愿报名，组成了24个临时互助组，参加了送粪、刨坑、点种等大田劳动，替下男工1500个，挣回玉米50石。通过互助合作，全村基本上度过了粮荒！

上级夸赞周口村——“谁说女子不如男？妇女顶起半边天！”

大田生产

解决了吃粮问题，就减轻了干部的后顾之忧。卢翠英忙里偷闲，又在反复思考，要提高农业收入，单靠种粮不行，还必须打破旧的生产模式，搞多种经营。

1950年，周口村种棉花62亩，因为雨水量大，缺乏管理经验，棉花产量低，第二年再动员各家种棉花时，群众的情绪低落。

魏张氏说："去年你叫我们种棉花，我们二话不说，可到秋后，一亩地才摘了一小篮子，要是种白薯够吃一冬天的了。"

卢翠英解释说："去年种棉花收成不好，主要是咱们缺乏种植技术，棉田欠收拾，我劝大家种棉花不是为了我，是为了大家能多挣钱，过上好日子，也是希望将来咱们国家由农业国变成工业国。大家想一想，看一看，咱们头上顶着的，脚下踩着的，哪一样离得开棉花呀？"

其实，卢翠英早就看出了大家的情绪变化，于是召开群众大会，请种棉受益户付以仁现身说法，介绍自己种棉获益的事实。付以仁说："我家去年种了半亩棉花，摘了70斤籽棉，交到县上收购站，所得收入，能顶三亩左右的粮食产量。只要粪大、勤收拾，种棉花比种什么都合算。"

打消了群众的思想顾虑，这一年全村种棉花167亩，超出原定计划17亩。卢翠英吸取前一年的经验教训，把主要精力用在了推广植棉技术上。

去县里开劳模会时，卢翠英主动与其他劳模交换植棉经验，把学来的管理技术牢牢地记在心上，回村以后，就在自家的田里搞试验。然后再把妇女代表召集到田间，手把手教她们收拾棉株，并要求每个代表回去以后，至少要教会本片儿的两名妇女。

通过互助组互相帮助，大多数妇女掌握了种棉技术。锄草、掐尖、打杈、"捋裤腿"、去病叶……不同时期的田间管理均已安排到位。

棉苗长到一尺多高的时候，植株上起了蚜虫，大家无可奈何，不知道该怎么处理。村里有人趁机造谣说："蚜虫是天灾，是'神虫'下凡，谁也治不了它，越治会越多。"

卢翠英偏不信这个邪，在县里开会时，不停向熟人打听。有人告诉她，烟叶泡水能去除蚜虫，可她摸了摸衣兜，一时又拿不出钱来买烟。回到家，她就召集干部们一起商量解决办法。最后，他们采纳了实业委员付宝良的意见，决定用土办法消灭蚜虫。

“三合杀虫水”就是他们用土方配制的杀虫剂，用附近山上的中草药五加皮、芫蒿，与生石灰放在一起配制而成。卢翠英当天就带领干部上山，挖回草药200多斤，捣碎以后，连夜熬了五大锅，早上拿到自家地里做试验。

棉株洒上药水后，黑乎乎的蚜虫很快就变成了一层白霜，叶片渐渐舒展开来。乡亲们接到通知，提着水桶端上水盆，抢着来取药水，蚜虫很快就被消灭了。

由于管理得当，种棉人家终于取得了好收成。优等地块亩产籽棉300斤，稍差的地块儿，亩产也在100斤左右。卢翠英家种的“斯字艮棉”产量最高，每亩达到了400斤，秋后换回小米1000多斤。

卢翠英推行农业技术指导，村里成立了“技术委员会”，除了吸收有生产经验的老农参加外，还邀请乡里的知识分子肖怀当顾问。技术委员会根据各家的土壤状况，分别提出参考意见，调整粮棉油生产种植。

周口村地处山区与平原结合部，耕地多为沙性土质，漏水漏肥。技术委员会经过分析，要求各户到村外的土坑取土挖泥，改良土壤品质。那段时间，人们一有空，就去村外的土坑挑土，全村大部分耕地土质，都在那个时候得到了改善。

雨季，是压青肥、沤绿肥的最好时机，卢翠英要求每个互助组，把除下来的杂草铡成小段，拌上粪水，在地边刨坑沤肥。荆子野蒿气味独特，沤出的青肥不仅肥力足，而且还能赶走地下的蝼蛄。同时，她还号召年轻人上山打草割青。

以前，周口村的麦田从来不除草。村里有人说：“除过杂草的麦田，麦粒是扁的，地里没有野芥花还不长麦子呢！”

在封建迷信面前，卢翠英不急不恼，她找到村里的种田好手付宝良，请他向大家讲解麦田锄草的好处。付宝良说：“麦田除草不仅能巩固肥力，而且还能抗旱保墒。”随后，卢翠英带领干部来到大街上，向群众宣传“锄麦”的好处。她说：“锄麦不是多此一举，是为了提高粮食产量，多一份干劲儿就多一份收成，咱们多打粮食才不挨饿呀！”

首先，她带领互助组来到军属杨维家的麦田，义务帮助他家麦田除草。七天的时间，她就带领大家把全村所有麦田除了一遍。其中一半以上是发动妇女所为。每天下工的时候，她都绕个圈子回家，检查出不合格的户，就通过组长动员他们返工。

一分耕耘，一分收获，经过一年多的生产实践，卢翠英已经摸索出一套切实可行的农业生产管理经验。到了秋天，周口村呈现出一派丰收景象，颗颗玉米籽粒饱满，车车棉花运往县城。1950 年，周口村取得了历史上从未有过的好收成，乡亲们再也不用为吃粮而担忧了。

1950 年年底，县里召开农业生产检阅大会，经过民主评定，生产模范村的流动红旗，当之无愧地插在了周口村。房山县妇女联合会在全县开展妇女劳动竞赛，提出了“学习卢翠英，向卢翠英看齐”的口号。一场比学赶帮超、轰轰烈烈的农业大生产运动，在西南京郊迅猛展开。

入　社

1951 年，中央制定了《关于农业生产互助合作的决议（草案）》，1952 年，周口村与邻村云峰寺村合并为周口村小乡，卢翠英担任乡党总支书记。

第二年春天，周口村响应政府号召，在互助组基础上创办初级社。卢翠英再次走家串户，做宣传动员工作。她说：“还是入社好，入社以后咱们就能合理安排生产，统一调配农具，发挥集体优势，心往一块儿想，劲儿往一处使，团结就是力量。”大家觉得她说的有道理，就连云峰寺村的乡亲们也纷纷站出来表示赞成。

过了几天，问题出来了。卢翠英发现，登记入社的人员名单都是那些条件较差的互助家庭，交上来的农具，也仅是一些简易的铣镐锄耙，别说大牲畜，就连耧犁推车也没有几件。卢翠英心急如焚，急忙下户了解情况。

没有登记的那些人说："同样是入社，别人只交了几件'家伙'，凭什么让我们家交牲口，你们这么做不公平，这个社，我们不入了。"

条件参差不齐，登记又暂时停了下来。

卢翠英觉得，虽然这部分人有些计较，但不无道理。于是召开干部会，研究解决办法。会上有人说："大牲畜当然不同于普通农具，就说耕地吧，一头牛能顶三四个壮劳力，一头骡子干的活儿，要五六个人才能行，不如把牲口折成劳力记工分儿，年底按工分儿分红，问题就解决了。"大家也觉得这样做有道理，纷纷表示赞成。为了稳妥起见，卢翠英又召开了群众大会，向大家说明情况，最后达成一致意见。全村大多数互助家庭，带上农具用具，赶着牲口，报名参加了初级社。

入社后，卢翠英重新规划粮棉油种植，带领大家平整土地，打井修渠，劳动场面热火朝天。秋后算账，初级社的粮食亩产比前一年翻了一番，达到了 300 斤以上，比未入社的几户家庭，高出了近一倍。年底，乡亲们全部加入了初级社。

1956 年初，周口村响应上级号召，农业生产体制由初级社转为高级社，实行"按劳分配"的农业政策，多劳多得，少劳少得。卢翠英带领大家搞科学种田，选种施肥、兴修水利，农业生产资料迅速增加，毛驴、骡马、耕牛等大牲畜达到了 152 头，大车增加了 31 辆，全村的粮食产量，达到了 110 万斤。年终，乡亲们赶着大车，车上插着红旗，浩浩荡荡，向国家交公粮、卖余粮。

历　练

1956 年年底，房山县行政区划调整，周口村与周口店村、云峰寺村、山口村、官地村等相邻几村，合并为周口店大乡。卢翠英服从组织安排，调离周口村，任周口店乡党总支副书记。工作变了，职务变了，她的农民本色没有变，一有空闲，她就往乡下跑，帮助村里解决生产问题。

1958 年，党组织为培养锻炼卢翠英，将她转为脱产干部，先后调她到周口店铁厂、盲人厂、耐火材料厂等乡办工厂担任主要领导职务。卢翠英每到一个新地方，工作总是身先士卒，雷厉风行，企业正常运转以后，又被调到新的岗位。那两年，经她创办的工厂有五六个之多。但她从来没有过任何怨言，还经常自豪地说："共产党员是块砖，哪里需要就往哪里搬。"

1960 年，卢翠英调到霞云岭大公社，任妇联主任兼第五管理区区长。平时除了乡里有会，其他时间，她自带干粮，来往于下河、四马台、四合村等几个偏僻小村，帮助那里摆脱贫困，忙的时候往往顾不上吃饭，甚至连续几个月都不能回家，但她从来不在别人面前叫苦叫累。

1962 年冬天，国家为克服暂时的经济困难，精简机关工作人员。卢翠英在本不为精简对象，却又不忍精简他人的情况下，高风亮节，主动提出精简自己。自此，她又回到周口村农业生产一线，埋头苦干了 40 年。后来，国家经济形势好转，组织部门多次发文，给 1962 年回乡干部、市级以上劳模发补助金。但每次都被卢翠英婉言谢绝，她说："当年回村，就是为了减轻国家负担，现在条件好了，村里也没少照顾我，再说家里还有几个孩子呢，我不能再给组织上添麻烦！"这期间，她多次谢绝组织上的安排照顾，始终在村里做一名普通农民。

史　册

打　井

农谚："有收无收在于水，收多收少在于肥。"

新中国成立前，周口村两百多户人家，只有五眼吃水井，全村 2000 多亩土地全部是旱田。卢翠英深知，要提高农业产量，靠天吃饭绝对不行，且莫说浇水灌溉，就是点种栽秧，去个人家里的水井挑水，既不方便，又耽误时间，更耗费精力体力，但水的作用至关重要。

农业生产稳定以后，卢翠英就与几位有经验的老农商量，向他们提出："能不能趁农闲的时候在地里打几眼水井？"老农告诉她："打井并不难，难的是选点儿，找水眼，不然白费功夫。"

当时确定井位，既无勘探技术，也无实际操作经验，仅凭老辈人说的土办法。他们从家里拿出几只饭碗，在低洼潮湿的地方临时选择几个点，把碗扣在上面，每天早上查看，哪个碗里的水汽大，持续时间长，就在那个点上开挖。那些天，起早的人们总能在地里看到一个个"小蘑菇"伏在地上。

打井很危险，见水以后仍然要挖一两米深，弄不好就会塌方。周口村当年的地下水位有十几米深，口径一米左右的水井，一般要挖开四米左右宽。施工时，壮劳力蹲在井底，用钎子一层一层地往下戳，然后把泥沙装进土篮子，用滑轮一篮一篮地往上拉。出水以后，用大块石头把底盘撞实，再一层一层地砌上来。这期间，还要连续不断地把水掏干。卢翠英求成心切，也同男人们一道轮流下井。当年，用于大田生产的几眼水井，都是这么打出来的。

1956 年，周口村成立高级社，卢翠英继续带领大家兴修水利，在初级社打小井经验的基础上，又在大田集中的地方，打大口机井五座，修垄沟水渠 4500 米，为现代农业稳产丰产奠定了坚实的基础。

建果园

"果园在北坡，苹果梨桃几千棵。"这是卢翠英在解决了大田生产之后，提出的又一个发展思路。在一次全国妇女代表大会期间，一位供销社代表与她聊天时说："现在城里的商店，水果供应十分短缺，不管什么水果，进店后立刻就被抢购一空。"说者无意，听者有心。卢翠英经过反复思索，霍地站了起来："对！建果园！这不正是多种经营、发财赚钱的好机会吗？"没等回村，一个大胆的果树种植方案就在她的脑子里形成了。

周口村北面有一座荒坡，荆棘丛生，土壤贫瘠。多少年来，人们宁可到村外去开荒，也很少有人对它问津。不能种粮，正好栽果树、建果园！卢翠英回来后就抓紧和大家一起商量。

付宝良说："建果园是个好主意，只要树苗成活，稍加管理就能有收益。"也有人提出不同意见，说："坡上全是沙石，存不住水，果树能不能存活都很难说，这会儿谈收入，早了点！"

卢翠英胸有成竹地说："没有水，咱们就从下面往上挑，没有土就用筐往上背，现在吃点苦，将来一定能尝到甜头！"大家见卢翠英决心很大，也深受鼓舞，意见很快统一起来。

在坡上挖树坑光靠锨镐不行，还得用钎子戳、锤子砸。卢翠英首先给自己下了定额，每天必须完成三个坑，树坑挖好以后，还要到山下背土，用好土把坑填满，不完成定额绝不回家。别人干完以后回去吃饭，卢翠英不行，她还要和干部们一起检查质量，不合格的树坑一律返工。

为了筹集现钱买树苗，卢翠英号召乡亲们厉行节约，宁可少抽一袋烟，少买一件新衣裳，也不能耽误栽种树苗。她带头从自己家里拿出 50 元钱，大家在她的影响下，也纷纷行动起来。团支部副书记李淑芬当时正准备结婚，但为了集资购买树苗，把自己买衣服的 10 元钱也捐了出来。

三年后，4000 多棵果树开花结果，北坡披上了绿装，成了一片花果山，周口村每年盛产苹果、梨、桃、大枣、核桃等 30 多万斤。卢翠英把水果分给各家，挑出最好的送进县城市区，换回钱年底给大家分红。

婚姻自主

1950 年，中央人民政府颁布了《中华人民共和国婚姻法》，卢翠英下地干活儿时，经常把宣传册带在身上，歇息的时候拿出来读给大家听。入冬以后，村里为宣传落实婚姻法，组织大家成立了小剧团，演员从党团组织积极分子和基干民兵中挑选。

当年，边区的名剧小品《小放牛》《兄妹开荒》在群众中深受好评。民兵小队长刘福、妇联会积极分子邢艳香在排练《夫妻识字》时渐生情愫，偷偷地处上了对象，他俩在台上配合默契，台下报以热烈掌声，大家都夸他俩是天生的一对。

按本地风俗，婚姻大事理应由父母做主，明媒正娶。他俩恋爱的消息传到邢家，艳香的父母十分恼火。把她找回家，向她表明态度。父亲说："他家房无一间，地无一垄，你要是跟了他，以后就别进这个家了！"艳香反驳说："现在是新社会了，婚姻自由，不兴父母包办，我的事你们甭管！"母亲听了艳香的话，一气之下，将她的衣物翻出来扔进灶膛，不许她出家门半步。

其实，邢家二老也并非不通情达理，而是思想上因循守旧，在乡亲面前磨不开面儿，怕别人说闲话。另外，刘福是外来人，小时候随父母逃荒落户到周口村，在村里没有至亲，而邢家又只有艳香一个闺女，他们怕将来自己家人气不旺，遇事吃亏。

卢翠英了解情况后来到邢家，对两位老人说："您别担心，现在是新社会了，新事新办，您也不是不知道，刘福人品好，手脚勤快，又会干活儿，现在有点困难，将来准是个好女婿。"接着，她又把新社会妇女解放、婚姻自由的道理讲给二老听。

在卢翠英的劝说下，两位老人终于打开心结，同意了这门亲事。邢艳香与刘福结婚后甜甜蜜蜜，卢翠英又动员他俩搬回邢家，陪二老一起生活，两位老人心情舒畅，逢人便夸："还是共产党的政策好，婚姻自主好。"

惜才助人

原房山农业银行干部——现年 83 岁的退休老人侯春城，在谈到卢翠英的为人处世时，毫不掩饰自己对她的敬重之情。他说："卢书记在任的那些年，没比群众少出过一个工；在分配上，也没比群众多拿一粒粮；即使去县里区里开会，回来后也要起早摸黑，把当天的生产定额补上。当年，卢书记年轻有为，不光工作有魄力，还是个热心肠，只要是对别人有益的事，她都努力去做，从她的身上，我学到了许多好品格、好作风。”侯春坡老人还讲了当年卢翠英热心助人的几段事例。

1950 年冬天，门头沟煤矿来村里招工，报满了 48 个名额，招工代表折上表格就往区里赶。刚走一会儿，付义的妈妈就找上门来，“我们家住得远，不知道这会儿招工，这可怎么办呀？”老太太急得直拍大腿。

卢翠英说：“先别着急！应该不会走太远，你在这儿等着，我这就追他们去。”当时，周口村所在的五区，办公地点在大韩继村。卢翠英抄近道儿一路小跑，终于赶在招工人员上报之前，恳求他们增加一个名额，把付义的名字添上了。卢翠英返回周口村，付义的妈妈心里的一块石头落地，满意地回家了。

同年，京西矿区组织部龙部长到五区布置清匪反霸工作，听完卢翠英的汇报后，就想到周口村看看，顺便招一名工作人员。15 岁的魏振兴勤快机灵，又是村里的积极分子，卢翠英就把魏振兴推荐给他，龙部长见魏振兴生龙活虎，就把他带回京西矿区。魏振兴跟随龙部长，工作上兢兢业业，后来又回到房山档案馆工作，从局长位置上退休后，他始终念念不忘自己参加革命的引荐人。

侯春坡老人还讲述了一段自己的亲身经历。他说：“村里成立了互助组以后，我也腾出时间到窑上去卖工，因为有些文化底子，1953 年村里成立初级社的时候，卢书记招我回村当会计。1956 年初，信用社从村里招聘职工，我符合条件，准备去信用社上班。村里的干部们得知以后都有意见，他们说刚把我培养出来，就给别处干事去了。在当时，如果村里不出证明，不给盖公章，想外出工作，根本不可能。最后，还是卢书记力排众议，劝大家说，‘出去工作是件好事，有发展前途，我卢翠英绝不在村里埋没人才！’”

照顾烈军属五保户

新中国成立初期，周口村有两户烈属、五户军属和一户五保户。烈属魏崔氏的丈夫参加过解放战争，后来牺牲在抗美援朝战场上；军属魏广志在家里劳力不足的情况下，依然克服困难，响应政府号召，送儿子到部队当兵；五保户肖白氏本来孤儿寡母，抗战时期，儿子被日本兵抓到二站，用枪挑死。这些家庭情况特殊，各家有各家的困难，卢翠英不仅在生活上对他们给予帮助，还在精神方面默默关心。平时只要能腾出一点时间，她就到这几户家里串门，嘘寒问暖，帮助他们解决生活当中的实际困难，从各个方面关心照顾他们。自打当书记的那天起，卢翠英每次外出开会，只要有几天不在家，回村后的第一件事，就是先到这几户家里看看。上级补助给她个人的几十斤小米，她没有一次拿回自己家，都直接分给这些家庭，让他们感受到党的关怀，感受到新社会的温暖。卢翠英在村里任职的八年间，周口村没有一户挨饿受冻，没有一人外出逃荒要饭，烈军属、五保户更没有为吃粮担忧。

观　礼

1949 年 10 月 1 日，北京，天安门。

卢翠英应邀走上观礼台，参加中华人民共和国开国大典。周口村的共产党员、共青团员、妇联会以及部分基干民兵 30 多人，也在这一天来到天安门广场。

原“合心组”成员，现年 84 岁的卢玉芹老人，回忆起这段经历，至今仍然心潮起伏，兴奋不已。她说：

“那天早上，天还没亮，我们就来到周口店火车站，站在拉煤的火车上，先到广安门，然后又来到天安门广场东侧。大典开始以后，扩音器里传来了毛主席的声音。广场上人山人海，一片欢腾。我们由东向西通过广场，听到毛主席‘农民万岁’的声音，我们就高呼‘毛主席万岁！’”

到了晚年，卢翠英由长子卢永春陪着，来北京重温故地。在天安门广场，她指着天安门西侧观礼台，饱含深情地说：“就是那儿，第4排5号！”

参加工农兵劳模大会

1950年至1956年，卢翠英先后参加了第一届全国工农兵劳模代表大会，第一次、第二次全国妇女代表大会；多次参加察哈尔省、河北省等省级劳模大会；七次受到毛主席、周总理等党和国家领导人的接见。

她永远也不会忘记，1950年9月26日至10月2日，她代表河北省通县专区13个县，参加第一届全国工农兵劳模代表大会，受到毛主席、朱总司令等党和国家领导人亲切接见时的情形。在两千多人的大会上，政务院总理周恩来亲自为她佩戴了“全国战斗英雄与工农兵劳动模范”奖章。那些天，她与全国著名拥军模范“子弟兵的母亲”戎冠秀、“纺织英雄”郭爱妮住在同一个房间。一起开会，一同授勋，亲亲热热就像一家人。

政务院在中南海怀仁堂举行宴会，招待全国各条战线上的英雄模范。周总理敬酒过后刚刚离去，毛主席、朱总司令也来到桌前。毛主席看了看个子不高、年龄又小的卢翠英，微笑着问她：“这位小姑娘是哪里的啊？”

日夜思念的伟大领袖就在自己身边，卢翠英激动得热血沸腾，她没听懂毛主席带着乡音的问候，一时不知道该怎么回答，憋得满脸通红。还是朱总司令看了看桌上的人，在一旁打了圆场：“她啊，华北的！华北的！”

卢翠英不会喝酒，但她清楚地记得，那一次，桌上所有敬给她的酒，都是开国上将李克农代劳的。1962年9月，李克农去世，卢翠英得知消息后悲痛万分，心情沉重了好长时间。

丰　碑

2006年11月21日，卢翠英老人与世长辞。前来吊唁的领导和乡亲们络绎不绝，人们自发来到她的灵前，向她鞠躬行礼，缅怀她为党为公的奋斗精神。不少人在她的灵前长跪不起，失声痛哭，花圈摆满了院内邻街。

2016 年，北京明城墙遗址公园，梅花和青松环抱的劳模广场，几尊青白巨石巍然屹立。巨石正面，并列镶嵌着两枚超大型纪念奖章——全国劳动模范、全国先进工作者。古铜色图案，麦穗、齿轮，映衬着天安门、五星红旗，熠熠生辉。

奖章右侧，楷字端庄，镌刻着从 1950 年到 2015 年北京市全国劳动模范和先进工作者的名单。

“人民创造历史，劳动开创未来。新中国成立以来，在首都经济发展社会建设各个时期，劳动群众中不断涌现和成长壮大着一个闪亮的群体——劳动模范，他们以高度的主人翁责任感、卓越的劳动创造、忘我的拼搏奉献，铸就了爱岗敬业、争创一流、艰苦奋斗、勇于创新、淡泊名利、甘于奉献的伟大劳模精神，成为践行社会主义核心价值观的优秀代表。他们是民族的精英、国家的栋梁、社会的中坚、人民的楷模。作为时代的领跑者，他们始终激励着一代又一代劳动群众为实现中华民族伟大复兴中国梦奉献力量。”

石质青白，导语谆谆。一个个响亮的名字，犹如一座座不朽的丰碑，铭记着中华人民共和国各个时期、各行各业社会主义生产建设的优秀代表。

林巧稚、时传祥、张秉贵、倪志福、王忠诚、聂卫平、李素丽……

徐庆文、仉振亮、田雄、孙志强、尤西森……

龙乡女杰卢翠英，巾帼不让须眉，位列劳模榜首位！

龙骨山下，西河岸边，卢翠英安眠在鲜花和绿树丛中。洁白的汉白玉石碑上，铭刻着她为党为民、艰苦奋斗的一生：

心系百姓千家事，

血沃龙乡半壁红！

王砚香：穿越时空的“背篓精神”

王砚英

2009年，中华人民共和国成立60周年，举国欢庆。中华全国供销合作总社评选了“影响中国供销合作社60年60人·60年60事·60年60社”。北京市房山区黄山店供销社名列其中，王砚香获得“影响中国供销合作社60年60人·文明传承奖”。

王砚香

解放初期，黄山店供销社属于京西矿区周口店供销社的一个分销店。当初只有六名职工的分销店，改变了多少年来的“坐商”传统，在王砚香同志的带领下，坚持常年背背篓上山，送货到村民家门口，千方百计支援农业生产。宁愿自己千辛万苦，不让群众一时为难。又卖货，又收购，兼顾国家和群众利益，顺应群众需要，愿意做好一分钱的买卖。售货员背背篓送货的行动，让群众打心眼儿里感到温暖，他们亲切地称黄山店供销社为“背篓商店”。

在伟大的社会主义建设中，国家面貌日新月异，新生事物层出不穷。“背篓商店”为之增添了光鲜色彩，成为全国学习的先进典型。

“背篓商店”实行上山送货，是从1958年开始的。1958年初春，朝气蓬勃的王砚香已经是黄山店分销店的负责人。他第一次背背篓上山是到长流水村送货，当时走了12里山路，距今已经60多年。60多年间，全国有24个省市的商业职工、领导到“背篓商店”学习、体验、交流。电影《红色背篓》传遍祖国。

1965年，中共北京市委、中共中央华北局相继发出通知，号召学习“背篓商店”的革命精神。“背篓商店”脚踏实地为生产、为人民生活服务，为建设社会主义新农村而工作。把做买卖同整个革命事业的伟大理想和目标联系起来。正确地执行了党的“发展经济，保障供给”的方针。把国家和人民的利益放在第一位，是完全正确的，应该的，是做得很出色的。商业部门的职工，一定要发扬革命精神，使工作真正地面向农村，下决心钻到农村去。大力帮助农村开展副业生产和发展多种经营，以便有力地起到促进工农业互相支援、共同发展的作用。

今天，重温上级党组织50多年前对“背篓商店”的表彰，重新学习党对商业工作的要求，对建设社会主义新农村的关切，对促进工农业互相支援、共同发展的期盼，对人民群众生活的牵念，仍然感到质朴、真切，正是不忘初心，方得始终的历史诠释，使人由衷地心怀敬意。

现在，谈起“背篓商店”，人们还是津津乐道。“背篓商店”被公认为是社会主义商业的一种改革创新，一种服务典范。

2018年6月12日，中共房山区委宣传部、周口店镇党委，在黄山店村，重塑了“背篓商店”场景，启动了“红色使命领航工程”之“弘扬光荣传统，传承‘红色背篓精神’”系列活动。“背篓精神”穿越时空，继续发扬光大。

呼声唤起“背篓情”

黄山店是革命老区。1939年年初，萧克司令员率领挺进军，以山区为依托，自平西抗日根据地腹地百花山向房山、涿县、涞水平原地区进发。从霞云岭、南窖翻过青峰岭和葫芦棚，走了十余里羊肠小道，经过黄山店到达平原，输送革命火种，筹集抗战物资，形成了抗日战争时期的红色步道，黄山店也就成了抗日根据地前沿阵地。

1941年，日本侵略者多次合围、扫荡根据地。失败后，又采取封锁、蚕食战术，自长操、周口店、娄子水沿山边至张坊、易县西，挖出宽5~6米，深3~4米的壕沟，阻止八路军出入。设立碉堡据点，对根据地实施军事、政治、经济、文化、交通相结合的“总力战”，妄图以“囚笼政策”困死八路军，摧毁抗日根据地。黄山店是根据地和敌占区的紧密接触地，担负着保卫根据地、支持根据地的重要责任。黄山店地区的群众，经历了与日本侵略者、国民党反动派、叛徒的生死斗争，经历了艰难困苦，目睹了流血牺牲，深知胜利来之不易。珍惜新生活，感谢共产党，建设新中国的热情越发高涨。

黄山店1948年土地改革，1951年成立互助组，同年入股成立供销店。房山县政府总结了黄山店邢玉芬模范互助组先进经验，并在全县推广。1952年，黄山店女青年许淑英被评为北京市农业劳动模范。老区人民表现出了建设社会主义的高度积极性。

1957年，在北京市京西矿区的领导下，一场平整土地、开山修渠、建设水浇地的战斗打响了。处处呈现出男女老少齐上阵，各行各业都支农，区长、社长带头干，不到天黑不收工的火热场面。在这红火的社会主义建设高潮中，“背篓商店”孕育而生。

在和社员一起平整土地时，已经是黄山店分销店负责人的王砚香听到大娘、大婶们唠叨：天天这么忙，买东西的工夫都没有。张家盐没了，李家煤油用完了，晚上收工买吧，供销社关门了。针对乡亲们遇到的困难，王砚香回到店里和同事们商量，决定开夜市。每天从太阳落山到夜里12点以前，供销社里都点着油灯，开着窗户，当作售货窗口，方便群众买东西。这下子，社员高兴了，生产队长也高兴了，再也没有人向队长抱怨了，供销社开夜市的举措，方便了百姓的生活，支援了农业生产，几天下来，夜市里买东西的人越来越多，供销社成了“不夜店”。

一天又一天，一夜又一夜，每当送走最后一拨儿顾客，有一个声音就会在王砚香的耳边回响——那些住在供销社十几里以外的乡亲们怎么买东西？他们什么时候买？

从黄山店往山上走，还有六个村。近的二三里，远的20多里，晚上黑灯瞎火的怎么办？要是把货物送到山上去，不就解决了群众的困难吗？能不能背背篓上山去送货？王砚香和同事们进行了激烈的讨论。有的说，开商店做买卖历来是等着顾客来，没有出去送货的；有的说，我们都是国家干部，背着篓子上山送货，有点寒碜；还有的认为，我们已经开放夜市了，忙了半宿，白天再上山送货，太累了；还有的人提出，离开商店去卖货，人手少，账目错了就说不清了。面对同志们的这些顾虑，王砚香思绪万千，想了很多、很久。

1953年，王砚香高小毕业，成了他们村子里的文化人。在同学白玉章、乡长安佩云的推荐下，他进入了供销社工作。乡长语重心长地对他说：“大家推荐你去供销社工作是信任你，要听党的话，服从领导，团结群众，干好工作，不要辜负群众和组织的期望。”

王砚香高小毕业时，已经23岁了。六年小学，他断断续续念了11年。新中国成立前，他家生活困苦，父亲外出打短工，母亲、弟弟和自己三个人，一升小米要吃10天，每人每天只吃半两粮，几乎全是靠野菜充饥。

他把领导的话牢牢记在心上，听党的话，跟党走，干好工作。自从参加工作后，他始终专心致志，勤恳工作。1954 年和 1955 年连续两年被评为周口店供销社和京西矿区门头沟分社优秀工作者。1956 年 2 月，他参加了北京市供销合作总社在广安门举办的农民服务所门店经理综合培训班的学习。就是这次学习，奠定了王砚香胸怀社会主义建设大业，做好商业流通，热情服务农民的赤子情怀。

当时，北京外城七门都设有农民服务所，这是叶剑英市长、彭真市长特别建立的城乡商业服务联络处。农民进城做买卖，都可以住在农民服务所，到城里的商号去联系业务。城里的商户，也可以派人到农民服务所来洽商，这样就方便了城乡商品的流通。这是一个固定的专门服务于城乡物品交流的场所，是共产党夺取全国胜利后“发展经济，保障供给”的英明举措。

农民服务所的建立，初心就是落实共产党深切关心群众、服务群众，加强工农联盟，建设好首都，建设好祖国的重大部署。王砚香到这里参加学习，深刻受到了党的路线、方针、政策的教育，提高了觉悟，第一次系统学习了从事商业服务的本领，完成了从一个普通农家子弟到以国计民生为己任，围绕农业办商业，全心全意为人民的商业先锋战士的蜕变。

在半年多的学习中，农民贫家子弟王砚香学到了这么多新知识，眼界开阔了，心胸开朗了，恨不得立刻回去，把学到的本领用到实际工作中。

经过农民服务所培训，王砚香被任命为黄山店分销店负责人，从瓦井分销店调回家乡。乡长安佩云再次和他谈话，乡长说：“三年前，你出山沟，去当售货员，是我们送你去的。今天，你回到山沟，是我们要你回来的，组织安排你学到了不少新知识，要把学到的技术知识用到实际工作中去。通过供销社的工作，贯彻党在农村的路线、方针、政策，为乡亲们的生产、生活服务，就是为社会主义建设做贡献。”

一席话，说到了王砚香的心坎上，这正是他想做的。这次谈话为他今后的工作指明了方向。

王砚香成为周口店供销社黄山店分销店的负责人后，团结并带领大家按照上级的要求做，为群众的生产、生活服务。办成了群众满意的“不夜店”，支援了农业生产。如果把货物送到山上六个村，让村民在家门口就能买到所需要的生产、生活用品，不仅能方便更多的群众，对社会主义建设做出更大的贡献，还可以常常听到群众的呼声。有了这个想法，王砚香心情激动起来。职工意见不一致，自己可以先去试试。

1958年早春的一天，王砚香起了个大早，装了满满一篓货物，有食盐、醋、酱油、煤油、火柴、铅笔和球鞋等。他清点好，记了账，走了十多里山路，来到长流水村。当时正赶上村民午休，大家都觉得很新鲜，一下子围了过来。一群孩子满山跑着，大声呼喊着：“有人背背篓儿送货来了！有人背背篓儿送货来了！”家庭主妇们争着买东西，老人们睁大了眼睛观看，眼神里流露出惊喜。

党支部书记蔡旺安排卖货的地方，生产队队长贾祥、副队长王树增找来门板和板凳，其他村干部帮助维持秩序，一会儿工夫，背来的货物就卖光了。买到货物的群众有说有笑，高高兴兴，不停地称赞。生产队队长贾祥拉住王砚香的手，深表感谢，连声说道：“你替我们解决了大问题，这篓子货物省去了多少人工啊！你不来，群众请假下山买东西，来回20多里地，耽误多少时间啊！你一个人来了，问题全解决了，真是太谢谢你了！”党支部书记蔡旺，拉着王砚香的手，深情地说：“砚香啊，辛苦你啦！看到你背背篓上山送货，想起了当年给八路军送粮、送盐的事。那时候日本侵略者封锁根据地，民兵往南窖、长操送盐、送粮，也是背着篓子，拄着棍子，走的就是你刚才上山的路嘛！那时候，我们背背篓送货给八路军是为了抗日，现在，你是国家的人了，背背篓送货为老乡，真像是当年的八路军让你回来送货给乡亲们。背背篓送货为抗日，背背篓送货为乡亲，都是天大的好事啊。”

听了蔡书记的话，王砚香想起不久前乡长安佩云的嘱咐：“你回到山沟，是我们要你回来的……通过供销社的工作……为乡亲们的生产、生活服务，就是为社会主义建设做贡献。”安佩云乡长，是个老八路、老党员、老干部，他传达的是党的声音，代表的是山区农民的呼唤。想到这儿，王砚香更加心潮澎湃，感慨万千，背背篓上山送货的决心更坚定了，上山送货的劲头更足了。

1958 年的那一天，在这高高的北京西山上，革命老区的小山村，孩子们的欢蹦乱跳，老人们的殷切期望，家庭主妇们买到急需用品的喜悦，抗日根据地老民兵的期许，汇集在王砚香心头。他没顾得上喝一口水，吃一口饭，一路小跑下了山。

晚上，回到店里，带着满心的喜悦，王砚香向同志们讲述了当天售货的情景。革命老区的群众，把售货员当作亲人，这说明他们多么需要商店职工经常上山送货啊！生产、生活的迫切需要，召唤着商店职工背背篓送货上山。之前的各种疑虑烟消云散，每个人都心潮澎湃，愿意背背篓上山，愿意走在革命先辈们通向胜利的红色步道上，支援农业生产，为社会主义建设做贡献！

“背篓商店”就这样诞生了。

继承共产党一心为人民的传统，发扬共产党关注农民、服务农民的满腔热忱。走红色步道，背背篓送货上山，为生产、生活服务，为建设社会主义服务，成为“背篓商店”的历史灵魂。

火热的社会主义建设，映照出“背篓商店”的鲜红色彩。

全心全意为人民

1953 年，王砚香参加供销社工作，1954—1966 年，他年年被评为先进工作者。1960 年以来，《北京日报》《人民日报》《北京支部生活》《大公报》等，不断登载文章，报道王砚香和“背篓商店”的事迹。“背篓商店”的影响越来越大。

中共十八大以来，以习近平同志为核心的党中央，高举中国特色社会主义伟大旗帜，带领全党和全国人民牢固树立中国特色社会主义道路自信、理论自信、制度自信、文化自信。全党和全国人民意气风发，斗志昂扬，决胜全面建成小康社会。60 年来，“背篓精神”穿越时空，历久弥香，生动体现了“背篓商店”在社会主义建设时期的道路、理论、制度、文化的正确，给人们以自信的力量。支撑自信力量的源泉，就是全心全意为人民服务。

1958 年春天，第一次背背篓上山送货的尝试，给了黄山店分销店六名职工极大的鼓舞。原来背背篓上山送货，不光是改变了在社会主义建设时期“坐等上门”的旧经商观念，树立了新社会“发展经济，保障供给”“上山下乡，为生产、生活服务”的新风气，还背负着中国革命和建设的历史重任。

王砚香带领年轻售货员背背篓上山

抗日战争时期，革命老区民兵背背篓送粮、送盐，支援八路军打日寇，是平西儿女的历史功劳。八路军、共产党牵挂人民，教育商业职工热心为农民服务，为工农业生产服务，为乡亲们的生活服务，就是为社会主义建设做贡献。有了这样的思想基础，背背篓送货上山的困难都解决了。

黄山店地区 50 多平方公里，7 个行政村、500 多农户，近 3000 人，分散居住在 40 多处山坡和山沟里。除了黄山店村，离供销社最近的村有三里地，远的有 20 多里。按照每个村每周至少送货一次计算，每周需要四次上山，走四条送货路线。两个人一组，轮流上山送货，出发前，货物登记，晚上回来后，记账核实。后来，又增添了收购业务，建立了收购账目。

为了使每个村的群众都能在家门口买到东西，“背篓商店”确定了四条送货路线：

黄山店—小旮旯—大旮旯—涞沥水—小锯齿—大锯齿；

黄山店—黄元寺—修配厂—老虎台—孔家湾—泗马沟—二里沟；

黄山店—黄元寺—修配厂—下寺—葫芦棚—骆驼鞍—平塔窑；

黄山店—黄元寺—修配厂—野场坡—长流水。

四条路线送货范围覆盖了五十二个居住点。其中涞沥水、泗马沟、下寺、长流水，每周送货两次，黄元寺、平塔窑每周送货一次。

根据 1964 年到 1965 年的核算，分销店的销售额，上山送货的销售额占 10% 左右，收购的畜禽、鸡蛋、药材等零星农副产品和废旧物品，除了在黄山店门市部收购的，其余的 80% 左右，都是从山上背下来的。可见，“背篓商店”的职工所付出的时间和体力是很大的。正是由于他们的付出，节省了山区群众购买货物的时间，缓解了他们的疲劳。这就是宁愿自己千辛万苦，不让群众一时为难的“背篓精神”，这个商店因背背篓送货被当地群众亲切地称作“背篓商店”，进而感动了社会，被社会广泛赞扬。

从生产出发，支持农业发展

黄山店公社山多地少，有的村粮食不能自给自足。分销店坚决支持群众“与天奋战，誓夺粮食丰产”的愿望，总是及时地把农具、农药送到生产第一线。

1964 年夏天，长流水大队 70 亩谷子生了黏虫，生产队晚上打电话告诉“背篓商店”，第二天早晨天刚亮，六六粉、喷雾器就送到了。他们先后三次为生产大队送农药、喷雾器，协助生产队迅速消灭了害虫。收割的时候，谷子亩产达到了 300 多斤。社员说：“这要是在过去，我们别说吃谷子，连草也没有了，还是社会主义好。”

黄山店的山沟里是一片片果树林。柿子、核桃、花椒、杏、梨等产品，占黄山店公社收入的 1/3。分销店把支援当地发展林木生产当作一项重要任务，商店职工经常提前准备好手锯、剪枝剪刀、喷雾器零件、农药等物资，一旦发生虫害，就及时送货到队、到田间。

一次，他们送完货回商店的路上，发现下寺大队一棵核桃树落下的叶子上有虫子，就爬上树去，查明是一种繁殖很快、危害性很大的毛毛虫。他们及时汇报给公社，并且通知下寺大队对核桃树普遍进行了检查，喷洒了农药。分销店还帮助各个生产队储存了一部分农药，一旦发生虫害，随时可以用。群众反映：过去是虫子等药，现在是药等虫子。

黄山店分销店主动为生产队出主意当参谋，帮助生产队因地制宜地发展多种经济，增加生产队收入。随着经济条件的好转，这个地区的群众由原来烧山柴改烧煤炭了，如此一来，上山砍毛梢子的少了，荆条产量也随之减少，编织水果筐还要由外地调入荆条。群众说：“荆条是越割越多，不割就没有了。”但是要增加荆条生产量，必须解决毛梢子的出路问题，分销店职工积极帮忙寻找销路。

1964 年冬季，分销店职工发动生产队收割毛梢子，一部分卖给煤矿，一部分由队里留下熏肥，并选择荆条资源多的山谷，建立了 200 多亩荆条生产基地。

1965 年柿子丰收，生产队劳动力紧张，不愿编筐包装出售。分销店职工帮助生产队干部算了笔收入账，并且协助生产队安排劳动力。当年，分销店职工组织生产大队编制篓筐 2000 多个，不仅保证了柿子的质量，还增加 3400 多元收入，平均每人一元多。

上山下山，又购又销，社员日常生活中需要的一些东西，分销店职工背篓送上山去；群众卖出的零星荆条、药材、鸡蛋、皮张、头发、废品等，他们就背下山来。他们说："艰苦的路我们不走，群众就得走。我们走一趟，省得群众走一趟。"

通过背背篓上山，分销店职工看到了、听到了在分销店里难以知道的群众生活中的许多问题。他们看到群众上山背东西费衣服，就想办法采购垫肩供应社员；冬天群众整修梯田手指裂口，他们就把九分钱一盒的胶布送到地头；生产队搅拌农药需要胶手套，他们就反映给上级供销社，义务代买后，再送上山。

多年来，"背篓商店"千方百计支援农业生产，农业丰产后，又为富裕城乡提供了宝贵的资源。黄山店地区每年出产的磨盘柿，达 100 多万斤，平均每人为市场提供 300 多斤。平均每人每年可向城市居民提供半只商品羊，三斤鸡蛋，还有核桃、梨、花椒等，丰富了城市居民的餐桌，为工农联盟做了贡献。

通过药材的收购，他们发现黄山店地区的苍术、知母、柴胡、桔梗、黄精、蝎子质量上乘，受到药材公司和药店的认可。同仁堂把黄山店地区的大青蝎子作为优质药源进行展出。优质药材的确立，为以后的医疗保健和旅游产品开发打下了基础。

1975 年，王砚香担任了房山县供销社副主任，主管农产品采购等工作。通过调查研究，认定了房山县的磨盘柿和花椒优于全国同类产品，质量上乘，应该提高收购价格，让利于民。报请上级主管部门批准后，他适当调高了花椒、磨盘柿的收购价格，增加了农民收入，促进了特色农产品的生产，稳定了农副产品的市场供应。

关心群众生活

1961 年春，有 35 户社员响应公社党委的号召，上山定居，以便于提高农业生产能力和加强果树、畜牧业的管理。分销店职工也不辞辛苦，经常送货上山，给社员以关照。住在锯齿山上的贫农许士海，给生产队看管羊群，想买一口水缸，可是没有时间下山。得知这个情况后，王砚香便和杨守林两人，轮流把一口近百斤重的大水缸背到了山上。

地处山坡上的涞沥水生产队，在国家的帮助下，解决了引水下山问题以后，也希望能像平原地区一样，吃上自己种的韭菜。“背篓商店”的职工闻讯后，就去周口店基层社和县供销社给社员找韭菜籽。因季节已较晚，均已没有货，他们又用电话联系了附近的几个基层社和分销店，也都说没有货。“背篓商店”的职工，考虑到种韭菜是山区人民多年的愿望，过去没有条件不能实现，现在有条件了，不能让他们失望。于是他们又抽出两名售货员，串村到生产队去找。这样做辛苦不说，也谈不上有什么利润，但他们只想着群众的需要。他们由近而远，跑了一个又一个生产队，一直由黄山店公社跑到一二十里地外的周口店公社，一共走访了20多个生产队，终于找到了韭菜籽，赶忙给涞沥水社员送了过去。社员见到韭菜籽，高兴地说：“这下子我们可以吃上自己种的韭菜啦！”

有一次，售货员李环到泗马沟去送货，回来时听一个正在山坡上放羊的老人说，贫农社员隗永常家因为大人忙着做饭，一眼没看见，一个不满周岁的孩子从炕上摔下来掉到粥锅里了，造成了严重的烫伤，连奶也不能吃了。李环听到以后，立时想到自己的责任，晚上回来以后就准备了代乳粉和白糖，第二天一早就送到10多里外的泗马沟。隗永常夫妇正为孩子病重不能吃奶着急，接过“背篓商店”售货员主动送来的代乳粉和白糖，感动得热泪盈眶。隗永常激动地说：“你们真是毛主席教育出来的好售货员，我要念毛主席的好啊！”

山上的社员理发要走很远的山路下山去理，很不方便。为解决社员的理发问题，分销店的职工们又代购了理发工具，并向社员们传授理发技术。看到社员去二三十里地远的周口店焊补铁桶，就组织职工学习焊桶技术，为社员焊补水桶、铁壶。

雷厉风行，时刻听从召唤

已经快到后半夜了，黄山店公社党委还在开紧急会议，研究落实县委紧急电话会议精神，布置消灭玉米钻心虫的事。

“王砚香能在这里就好了。”公社党委书记因为考虑到急需农药，打电话到分销店找王砚香，听说他到周口店基层社开会去了，很盼望他能够回来。恰在这时，却见汗流浃背的王砚香出现在会议室门口。大家不免奇怪：他怎么知道公社开紧急会议呢?

原来，王砚香在周口店基层供销社的招待所已经睡觉了，基层社主任把他叫醒，告诉他县委刚刚开了紧急电话会议，有些公社发现了玉米钻心虫，希望全县各公社都立即检查，发现虫害立即消灭。王砚香再也没有困意，不管夜深路远、山道难行，蹬上自行车风风火火地赶回黄山店公社，接受党委布置的任务。

第二天一早，“背篓商店”的职工们背着农药，随着公社组织的虫害检查组到了几个生产队，果然在两三个生产队发现玉米钻心虫赵来越多。他们放下农药，又返回来背了一趟，帮生产队及时消灭了害虫。

“闻风而动，雷厉风行”是“背篓商店”职工为山区生产服务的一个突出特点。几年来，黄山店公社各生产队的农作物，差不多每年都遭到这样那样害虫的袭击。有的来势凶猛，蔓延迅速，农药供应稍不及时，就会造成灾害。但是由于“背篓商店”这种“闻风而动，雷厉风行”的作风，供应农药非常及时，为生产队及时消灭害虫提供了有力保障。

热心做小买卖

一天下午，青年女售货员李金藏走到王砚香面前，用一片杏树叶捏着三只蝎子，一只有拇指那么粗，另外两只小一点，都已经被踩得奄奄一息。李金藏说：“王主任，您看看，这三只蝎子值多少钱？”

王砚香把这三只蝎子接过来，一边端详，一边像是对李金藏说又像是自言自语：“按规定，只收晒干的蝎子，这种蝎子是不能收的，但要是不收，让社员再拿回去晒干，增加了麻烦，一出门没准儿就扔了。”他抬起头来对李金藏说，“收下啦！值5分钱，我放到仓库里边窗台上晾起来。”在仓库里边的窗台上已经摆满了包着蝎子的小包，有的包里只有一只蝎子。就是说，平时“背篓商店”的职工，连山区群众送来的一只蝎子也是照常收的，在当时价值不超过5分钱。

收购蝎子，只不过是“背篓商店”收购的几十种药材当中的一种，收购药材又只是他们整个购销业务当中的很小一部分。不嫌弃小买卖，热心做小买卖，是“背篓商店”整个经营活动中一个非常突出的特点。

在门市部的柜台前，每天总可以看到这样的情景：一会儿一个小学生用几个子弹皮换走了一支铅笔；一会儿一个老太太拿来一个鸡蛋换走了一把盐或几根针；一会儿，又有人拿来一点药材，卖了几分钱或换走了自己需要的小商品……这些小买卖，是夹杂在几元、几十元的大买卖之中进行的，大买卖加大量的小买卖，使“背篓商店”生意倍加红火。小小的门市部从早到晚顾客络绎不绝，尤其是中午和傍晚时刻，社员休息了，学生放学了，门市部的柜台前更是顾客盈门，男女老少，熙熙攘攘，非常热闹。

王砚香他们背背篓到了山村，也是又卖又买，不仅热心做大买卖，也热心做小买卖，到了哪个村子，哪个村子就立刻活跃起来，尤其到了几个较大的村庄，摊子摆开，就像小市场一般热闹。

1965年6月25日，“背篓商店”的职工到了距黄山店分销店12里远的长流水村。这个村共71户人家，500多口人。上午10点至下午两点，售货员在村头的一棵大树下摆开摊子，等候多时的群众立刻蜂拥而至，直到下午两点，来买卖东西的村民依旧不断，有的买盐，有的打醋，有的买

王砚香（中）和同事程汉琨（右一）到长流水售货

日用小百货，有的卖药材，有的卖鸡蛋和各种零星废品等。群众从中得到极大的方便。

背篓商店1965年5—6月两个月的统计情况如下：平均每个社员买东西大约115次，销售额共为79元9角6分，平均每人次买货花6角9分。平均每个社员卖东西181次，共计43元4角3分，平均每人卖货收入2角4分。除去一部分几元一宗的买卖，大都是几分钱一宗的小买卖。这些买卖虽小，却给当地社员的生活带来了很大的方便。

小买卖作用大，一点也不假。仅1965年5–6月两个月，“背篓商店”已经一点一滴收购了1000元的药材；从1964年10月到1965年3月，近半年间已经零星收购了3000多斤碎铁和近200斤杂铜，这不仅给国家增加了财富，也解决了社员的一些生活问题。许多社员用这些收入解决了油盐酱醋问题，孩子们买本子、铅笔、橡皮的零花钱也不用愁了。黄山店贫农社员许振兴，就用这种零星收入，攒了5元钱，给儿子买了一双球鞋，孩子高兴极了。

这样大量的小买卖，虽然给“背篓商店”的售货员带来不少麻烦，增加了不少工作量，但是，他们从来不嫌麻烦。要问“背篓商店”的职工为什么能做到这样，还是他们自己说得好：为人民服务就不能嫌麻烦，人民需要我们怎样做，我们就应当怎样做。

买卖公道，说话实在

“背篓商店”的职工送货上山时，经常遇到这样的情形：有的社员准备买布或者买鞋，在背篓里没有挑到合适的，就把钱交给“背篓商店”的售货员，请他们回去挑选合适的下次送货时一起带来；有的时候，在黄山店门市部的柜台前，从山上下来的小顾客，递给售货员一张大人写好的纸条，请售货员帮助挑选布匹、鞋子等商品。可见，他们对“背篓商店”多么信任！“背篓商店”的职工为什么这样受社员的信任呢？通过仔细观察，在他们日常一件件细小的经营活动中就可以寻找到答案。

有一天，一名中年妇女来门市部给弟弟买结婚用品。她买了几样商品以后，还想挑一对同样花色的茶碗。王砚香拿出一部分茶碗任她挑选，她挑了一对白底红花的。王砚香发现，其中一个碗边上有个小裂纹，仔细看才能发现，虽不影响使用，但有碍美观。于是王砚香主动告诉顾客，询问顾客是否换一换，尤其是结婚用品，别回去落埋怨。可是顾客挑来挑去，还是觉得这一对茶碗好看，表示有点残也认了。王砚香考虑到商品残损是商业部门的责任，不能加在顾客身上，就主动把这个茶碗的售价适当降低了几分钱。

一天早晨，人们刚起床，见到王砚香和售货员白金海两人已在门市部隔壁的房子里忙着打算盘。一打听，原来他们前一天收购了长流水大队社员王孝的一头肥猪，当时言明，按出肉率定等级计价，并且先按三级猪预付了货款。这头猪屠宰以后，一过磅，实际出肉量达到一级。虽然当时卖猪的社员不在场，但他们也绝不欺骗社员，按一级猪作了价，给社员王孝补了价款。

在门市部的副食品部卖橘子时，有些顾客在准备买以前总爱先问一声“酸不酸”，“背篓商店”的售货员有时候回答“酸”，有时候回答：“刚进的货，我们还没吃过，要不您先买个尝尝？”他们的回答总是实实在在的。

“背篓商店”的售货员当中，也有个别人曾经犯过错误。有一次，一个售货员背背篓送货上山时带了一部分代乳糕，因销售不畅，这个售货员为了快点卖出去，向社员说：“这是特意照顾山区社员的，还不买点？”回来以后，另一个售货员就把这件事反映给王砚香。王砚香马上找这个售货员谈话，对他进行了批评。这个售货员承认了错误，类似情况再没有发生过。

俗话说：“日久见人心。”“背篓商店”的职工就是用这种不允许说一句假话的态度做买卖，多少年如一日，终于在山区广大社员的心目中赢得了真正“童叟无欺”的信誉。

有一次，“背篓商店”的售货员到长流水送货时，社员吴奎的母亲让售货员回去以后给她挑 20 多尺蓝布，并说售货员看着好就行。当有人问她怎么这么信得过“背篓商店”的售货员时，她说：“他们办事实在，准没错”。

当有人问到“背篓商店”的职工，做买卖这样实事求是、童叟无欺的原因是什么时，他们回答：“我们社会主义商业就应该实事求是，每一次买卖都要完全对人民负责。哄骗群众是严重的个人品质问题。”

黄山店地区出产的花椒籽脱得净，质量上乘。有一次长流水生产大队交售了 100 多斤花椒，色泽很好，就是籽太多了。如果按“一九椒”，也就是含籽 10% 收购，国家吃亏；如果按“二八椒”，也就是含籽 20% 收购，生产队不满意。分销店没有从价格上死卡，而是组织职工帮助加工，用簸箕簸出了 20 来斤花椒籽，花椒卖了一级价。簸出的花椒籽生产队可以榨成油分给社员，这样一来，既兼顾了国家利益，也维护了群众利益。

新“生意经”

在“生意经”当中，有揣摩顾客心理这么一条。揣摩的目的是什么？过去常听人们说，是投其所好，别让买卖跑了。在一次次目睹了“背篓商店”

售货员的售货过程后，恍然明白，人们常说的那种“生意经”不是“背篓商店”的“生意经”，不是社会主义的“生意经”。

那么，“背篓商店”的售货员揣摩顾客心理的目的是什么？他们的“生意经”到底是什么呢？

五月中旬的一天傍晚，门市部来了五位顾客，说准备挑选结婚用品。售货员从这五位顾客的年龄、相貌和言谈话语中，判断出他们的关系，大约一位是将要结婚的姑娘，一位是她的母亲，还有两位是她的亲友，最后一位是男方的亲属。

姑娘含羞低头不语，母亲没有主见，主要是两位亲友说话，男方的亲属付钱。他们先买了一件女式毛衣，又买了一双女式布鞋和一双球鞋，还买了几尺灯芯绒布。这时候，售货员敏锐地察觉到，男方的亲属在挑选商品和付钱时的表情，已经不像开始那样痛快了。在这种情况下，如果按“别让买卖跑了”的“生意经”行事，售货员应当劝说女方多买卖些商品。可是售货员却这样想：男方已经花了几十元，再多花会不会造成结婚后生活困难？于是他决定设法让男方少花钱。当女方的亲属主张再买一些平绒布时，售货员说：“咱们都是庄稼人，下地劳动还是穿价格便宜、耐用的布料的衣服好。”结果，女方改变了主意，买了价钱比较便宜的布。

“背篓商店”的售货员，揣摩顾客心理是为顾客过日子着想，使顾客少花钱、买到经济实用的东西。不是必需的东西，哪怕是几分钱也最好不花。

有一个时期，市区商店的售货员来“背篓商店”学习。在山村摆摊售货的时候，手里摇晃着糖，逗引站在面前的孩子说：“快回家跟大人要钱买糖吃。”“背篓商店”的职工对这种做法并不赞成。有一次，在涞沥水生产队，有一个智障村民，在别人的鼓动下，一下子掏出一元多钱要买糖。“背篓商店”的职工为他今后的生活考虑，耐心劝说，使他最后只花了两毛钱买糖。他们说：“山区社员的生活水平比不上城里人，他们的钱主要是用来买油盐酱醋、鞋子、布料等生活必需品的，不能整天给孩子买糖吃。

咱们这样逗人家的孩子，大人是不高兴的。”

“背篓商店”的售货员把送货上山的商品分成两种：一种是社员生活必需品；一种是特殊需要的商品，如水果、糖、饼干等，一般是在社员看望病人或走亲戚时才买。对这些特殊需要的商品，“背篓商店”的售货员从来不做更多宣传。

但是，“背篓商店”的售货员为了帮助社员购买生活必需品，态度却是极为热情的。

1965 年 4 月的一天，长流水生产队一个 10 多岁的男孩儿来黄山店门市部买球鞋。他挑了一双可意的，可是数了数身上带的钱，差 3 分，非常着急。售货员白金海也为孩子着急，忽然看到孩子把来时穿的旧鞋扔在门外了，就主动捡回来当废品收购，正好可作价 3 分。白金海仔细看了看那双旧鞋，感觉还能凑合着穿，当废品卖挺可惜，劝小孩把旧鞋拿回去再穿，他会把欠的 3 分钱货款帮小孩垫上。这个小孩表示坚决不要这双旧鞋了，白金海只好把旧鞋当废品收购了。孩子穿上新球鞋，高兴得欢蹦乱跳。

“背篓商店”的职工介绍情况和交谈时，从来没有说过自己有什么“生意经”。但是，人们觉得他们确实有自己的“生意经”。要问他们的“生意经”到底是什么？其实很简单，就是全心全意为人民服务，帮助山区人民过好日子。

好“班长”

“背篓商店”能成为一个充满革命精神的好商店，当然主要靠党的正确领导和全体职工的努力，同时与这个商店有一个好“班长”——共产党员王砚香也是分不开的。这个商店的销售员从 1958 年起开始背背篓送货上山，多年来，人员几经变动，一次又一次老人走了换新人。但是，在王砚香的领导下，这个集体始终团结紧密，干劲儿充足，生意越做越红火。王砚香是怎样当“班长”的呢？

以身作则，事事干在前头。在背背篓送货上山的第一个冬季，一天夜里，随着呼啸的北风，下了一场雪，到处白茫茫的。有两个售货员在院子里一边扫雪一边念叨。一个说：“今天不能背背篓上山了吧？”另一个说：“看吧，让去就去。”王砚香听见了，他知道，如果在这点困难面前就退缩，背背篓送货上山就不可能坚持下去。但是他没有责怪自己的同事，而是委婉地说：“今天天气不好，门市上的事情也不少，你们俩留下照应一下吧！今天我一个人上山就行了。”说罢，背起背篓就走了。这是无声的命令，这是最有力的示范。从此以后，凡是规定送货的日子，一般的风雨天气大家从不犹豫，背上背篓就出发。

“处处以身作则，事事干在前头”是王砚香一个很突出的优点。什么工作最艰苦，他就抢着去干什么工作。

背背篓送货上山比在门市部站柜台售货累得多，他就抢着背篓上山。他虽然每年都要外出参加会议，但是背背篓送货上山的次数却一点儿也不比别人少。

收购生猪是一件脏活累活。当社员把猪送来的时候，只要他在门市部，总是抢先干。

在日常生活当中，凡是吃苦受累的事，他也都抢着干。商店的伙房太热，需要开天窗，他就带头挑水、和泥，上房当起了泥瓦匠。

王砚香说：“一个人的能力是有限的，只有靠大家，事情才能办好。”王砚香在经营业务上可以说已经是内行了，但是在商店经营管理的问题上，从来不自以为是、独断专行，遇事总会和大家商量，虚心向同志们学习，听取同志们的意见和建议，然后再作决定。

1965 年 4 月，有的售货员提出来进女式短袖上衣，但是王砚香认为这是第一次进这种商品，最好还是多听听大家的意见。果然有的售货员表示反对，他考虑了双方的意见，决定先进几件试销，结果很快卖了出去。大家的认识一致了，然后才多进这种商品。

王砚香（右一）和青年职工一起上山送货

送货上山的具体方案和办法，也都是他同全店职工一起商量后决定的。路途偏远、难走的平塔窑、锯齿山、野场坡、猫耳山，他也同样按时送货，绝不食言。

王砚香还注意以他人之长补自己之短，虚心向大家学习。售货员白金海收购药材的业务比他强，他遇到不懂的，就向白金海请教。青年女售货员李金藏、李玉珍、郑春藏都是初中毕业，文化比他高，他就虚心向她们学习文化知识。

用火热的阶级感情培养新一代。“背篓商店”的青年女售货员李金藏、李玉珍、郑春藏都是刚参加工作不久的初中毕业生。由于她们从小生长在平原地区的城镇里，没怎么走过山路。如何帮助她们在这里安心工作是一个问题。王砚香认识到，是党和上级组织把她们交给了他，她们的家长也信任他，他一定要对党负责，对她们家长负责，把她们带好。

王砚香首先从思想上提高她们的阶级觉悟。一方面同她们一起学习毛主席著作《为人民服务》《纪念白求恩》，一方面利用一起背背篓上山的机会，同她们讲山区人民在旧社会的苦难生活，革命老区人民支援抗日的功绩，山区发展的美好远景，以及供销合作社对建设山区所担负的光荣任务，激发她们为山区人民服务的思想感情。

黄山店地区七个村，都是革命老区，其中，第四区区政府驻在黄山店。红歌作者曹火星，在霞云岭堂上村创作了《没有共产党就没有新中国》，通过红色步道，较早地传到了黄山店。曹火星奔波当地多时，经常和时任第四区区政府的宣传委员、后任房山区人大常委会副主任的孟常友及村里先进青年付连等人商谈工作，吟唱红歌。黄山店地区是打起霸王鞭唱红歌较早的地区。曹火星还根据当地民间的美好传说，创作了舞剧《石义砍柴》。黄山店张氏后人张林，是解放军十一纵排长，为了中国人民的解放事业，他托起炸药包，炸毁敌人桥头堡，时年23岁，是舍身炸敌桥头堡第一人。长流水的贾文兴，先后把三个儿子送上抗日前线，其中两人壮烈牺牲，深受人们敬重。民兵站岗、放哨，拆毁日军修筑的铁道，围打日军修建的岗楼，到平原运粮，受到晋察冀报社的表彰。

这些抗敌事迹，鼓舞年轻人革命路上当尖兵，赤胆忠心为人民。

三名女青年都开始树立了为山区人民服务的思想，并且相互之间进行“三比”。一比工作，二比学习毛主席著作，三比艰苦朴素。王砚香还有计划地帮助她们过体力关。办法是让她们先不背背篓空身跟着走，然后让她们三个人背一个篓，装的重量也慢慢增加，走的路程也是，经过一段时间的锻炼，她们对爬山比较熟练以后，再爬比较高的山。在这个过程中，她们需要坚强的意志才能克服一个又一个的困难。有时候，王砚香同她们一起学习毛主席著作，读《愚公移山》，大家边读边议，从中汲取精神力量。就这样，这三名女青年逐步变得坚强起来，不仅树立了比较明确的为山区人民服务的思想，还可以背着几十斤重的背篓翻山越岭，把商品送往各个山村。

即使在“文化大革命”那段特殊岁月里，背篓商店的职工依然坚持背背篓上山送货，从未间断，因为他们坚信，为人民服务永远没有错。“背篓商店”职工坚持为人民服务，初心不改，气壮山河。

王砚香是一个革命的好“班长”，“背篓商店”是一个革命的好商店，“背篓商店”的职工个个都是好样的。下面摘录的“背篓商店”售货员的日记，真实地再现了20世纪60年代，“背篓商店”职工学习、工作、生活的场景和人生体会，以及抗日根据地人民对革命的贡献，对“背篓商店”

革命精神的影响。

“背篓商店”售货员日记：

白金海，男，共产党员。“对待自己的工作，本领必须得过硬。背背篓上山是我们的工作需要，一定要有过硬的背背篓本领。每逢下乡的时候，就是练硬功夫的好机会。山越高，路越不好走，越要向上跑、向前冲，天气越热越要练，只有这样才能练就过硬的本领。我一定要沿着“背篓商店”的老同志走过的艰苦道路前进，特别是要学习王砚香同志坚持六年如一日背背篓送货上山的革命精神。”

“为了练负重爬山的硬功夫，每次我回家休假的时候，中间路过一座山，总是扛着自行车爬山抄近路走。昨天我扛着车子爬山碰见一位解放军同志，他小声说，‘本领过硬。’我听到这话以后，觉得离解放军的过硬本领还差得很远很远，以后要加强锻炼。”

“今天我到涞沥水生产队去送货，一位贫苦大娘给我讲起新中国成立前她当妇联主任和敌人斗争的情况，使我受到一次很深刻的阶级教育。老大娘没儿没女，只有一个老伴儿。我决心要做贫下中农的儿子，忠心耿耿为他们服务。我对这个大娘说，‘以后您缺什么东西，就给商店打个电话，我们就给您送来。’”

李金藏，女，共青团员。“昨天，李玉珍、李环我们三人到葫芦棚大队去送货，当我们爬那一段陡坡的时候，我累得喘着大气，腿都懒得抬了，我们坐下来休息，念起《毛主席语录》的句子来。毛主席说：“我们的同志在困难的时候，要看到成绩，要看到光明，要提高我们的勇气。”这时候，我联想到了河南省石板岩供销社的同志们说的‘山高高不过我们的脚板’这句豪言壮语，同时又想到葫芦棚的社员正等着用我们送去的盐做菜，用我们送去的布裁衣……想到这里，全身立时有了劲儿，起身后一口气爬上山去。”

“县供销社的王主任，在百忙中教我们编草帽辫，希望我们传授给社员，帮助他们找到副业门路，增加他们的收入。而我现在生活在农村，工作在农村，却没有主动给社员出主意想办法增加收入……这说明我还没有真正树立起彻底为人民服务的思想。”

李玉珍，女，共青团员。“以前，我们背背篓送货上山，带一些油盐酱醋，也知道是人民群众需要的，但是累得要命，卖钱不多，觉着不如背百货布匹，又轻便卖钱又多，工作情绪有些低落。今天晚上我翻开了毛主席写的《关心群众生活，注意工作方法》这篇文章，毛主席说，一切群众的实际生活问题，都是我们应当注意的问题。对照起来才发现自己的想法是不符合主席思想要求的。我们把油盐酱醋这种生活必需品送到社员家门口，就省得他们下来，耽误生产。我们送货上山虽然流了一点汗水，腰酸一点，腿疼一点，这又算得了什么呢？能解决群众的实际生活问题，这是我们革命者最大的快乐，最大的幸福。”

郑春藏，共青团员。“今天有三个同志下乡了，门市上留下三个人。工作紧一会儿、松一阵子的，显得还不算太忙。这时候，有一个中年妇女，穿着整齐的衣服，背着个口袋，里边装的像是粮食。她把口袋放在柜台上，我看见她的口袋有个小口直往外漏粮食，就在柜台下找了根旧麻绳帮她把口袋上的小口扎起来，她感激地连说谢谢。这件事，给我一个启发，就是以后站柜台也要随时想着帮助顾客解决困难，方便顾客。”

李环，男。“我学习《为人民服务》以后，进一步懂得了要为人民而生，为人民的利益而死的道理。学习了毛主席的著作，我的心里更明亮了。决心干到老、学到老，人老少年心。学习毛主席的著作更有劲儿。”

红色步道　哺育背篓人

1938 年，日本侵略者的一架飞机撞毁在黄山店附近的韦子沣山尖上，日本侵略者认为是八路军游击队所为。当时，民团司令胡振海正与八路军邓华政委联合抗日，沿着山边一带打击日寇。黄山店曾是胡振海的胡公馆所在地。日寇掌握了这个情况，对黄山店村进行了扫荡。打死村民七人，烧毁房屋 14 间，其中包括王砚香三伯的两间房。日寇的暴行激起了黄山店村民的极大愤怒。民兵给八路军送粮、送盐的热情更加高涨，抗日行动愈加频繁，频频袭击日寇修建的炮楼、拆毁日寇修筑的军用铁路运输线。

1941 年，日寇修建壕沟，封锁根据地以后，民兵也加强了站岗放哨，保护根据地。同年，根据地成立了第四区区政府，政府设在黄山店宝金山玉虚宫内，由方区长、杨区长和另外五六个工作人员领导当地的抗日斗争。黄山店村还成立了抗日联合会，由付连山任抗联主任。经萧克司令员的部下介绍，黄山店村村民付善询在圣水峪加入了中国共产党，被任命为八路军的粮秣干事，负责为根据地筹集军需物资。

“背篓商店”的前身是黄山店股份制供销店，就是由付善询在 1951 年筹建的。

1943 年，王砚香 13 岁了。村里的大人们常到 30 里地以外的房山城里买盐，然后拿到本家大爷开的杂货铺里，交给根据地来的人。粮秣干事付善询负责接洽。八路军都是用边区票或小米换取老百姓买到的盐，从来不白白拿走。

盐不是每天都卖的，一个月就固定那么几天卖，需要排队才能买到，每人只许买 2 斤。王砚香常常和父亲一起到县城买盐。他们父子俩每人排一回队才能买到 4 斤盐。为了每次能多买几斤盐，他们总是想办法请别人帮忙排队。

去县城时，他们可以通过日寇的封锁沟，回来时就不行了，需要走山路回家，绕道 10 多里，爬过两座山，每次都是半夜才回到家。

过了不久，杂货铺交换盐的事情被人告了密：说是黄山店村东头杂货铺通八路，给八路军送盐。日寇就把王砚香的大伯抓到了在娄子水村建造的岗楼里，给他灌辣椒水、灌煤油，然后用木杠用力压他膨胀的大肚子。

王家赶紧找人搭救，请娄子水村的头面人物出面说情。几天下来，日寇已经把人折磨得差不多了，也不想让人死在岗楼里，也就送了个人情，同意放人。

王砚香从黄山店一个亲戚那里借来一头驴，到娄子水村把大伯接回了家。没过多久，大伯就去世了。现在看来，就是肝脏急性中毒，引起肝脏衰竭而死亡的。日寇害死了自己的亲人。国恨家仇，给少年时代的王砚香留下了深深的烙印。

根据地的儿童，也会跟着大人为八路军做点力所能及的事情。

新中国成立后，王砚香有机会到大韩继村上小学。1952 年，王砚香加入了共青团，1953 年参加供销社工作，满怀激情地投入到工作中。1954—1966 年，他年年被评为先进工作者，1959 年，光荣地加入了中国共产党，当干部、当劳模，后来还受到伟大领袖毛主席和中央领导人的亲切接见。王砚香曾先后 4 次作为全国劳模代表参加国庆观礼。生活越来越幸福。

说起幸福生活，就要说到王砚香的老伴儿魏淑珍，说到王砚香和魏淑珍在红色环境中的成长经历，说到红色步道小背篓，说到父辈情深牵姻缘的巧合。

魏淑珍的舅舅杨万利，是王砚香的父亲王刚当年给八路军送铁时穿越红色步道的向导。那次送铁前后几天的接触中，杨万利和王刚聊了很多，彼此有了更多的了解，这也为日后杨万利做媒，成全王砚香和魏淑珍这对有缘人打下了基础。

1951 年农历九月初九王砚香和魏淑珍结为夫妻。与其说是父辈成就了他们的美好，倒不如感谢红色步道牵线搭桥。

1945 年 11 月，抗日战争胜利后，在国民党反动派的鼓动下，黄山店发生民兵叛变，杀害了第四区区长杨春茂，同时受害的还有第四区区大队长杨永生、区民政助理王世英。和第四区区政府同一个院居住的魏淑珍一家也受到迫害。

国民党搜查第四区区政府和魏家，捆起了魏淑珍的父亲魏文志，用枪指着魏淑珍和她的奶奶，盘问区政府其他人员的去向。

一家三代人，奶奶 60 岁、父亲 34 岁、魏淑珍 10 岁。三代人坚贞不屈，在反动派的枪口下，严守秘密，始终不肯说出区政府人员的藏身处，展现了红色堡垒户的坚强和忠贞。最后反动派将魏淑珍的父亲带走，抢走了家里的东西，还赶走了魏家替第四区区政府养的一头猪。

魏淑珍的父亲虽受到拷打追问，却始终没有说出第四区区政府的秘密，在乡亲们的帮助下，保释回家。也是在乡亲们的帮助下，魏家渡过了一个个难关。

区长杨春茂等人的牺牲，激起了根据地军民的愤慨，他们发誓报仇，也对魏家人保护红色政权的忠心赤胆表示钦佩。新中国成立初期，黄山店历届乡政府领导都是从革命老区来的老游击队员，都曾拜访魏家这个红色堡垒户。

1953 年，安佩云担任黄山店乡乡长，也到魏家拜访。得知魏淑珍和杨区长的闺女同岁，是好姐妹，好伙伴。又得知魏淑珍与王砚香结为夫妻，打心眼儿里高兴。

正是有了红色步道，才产生了红色路上小背篓，父辈情深牵姻缘；正是有了革命前辈的拜访和举荐，才有了王砚香参加供销社工作，孕育出“背篓商店”的可能。这一切，是巧合，是机缘，更是社会大变革、大发展背景下的人生际遇。

1956 年，王砚香回到家乡黄山店分销店，不忘老干部嘱托，全身心地投入工作。“背篓商店”的孕育诞生，充满着为人民服务的先进文化、革命文化和平西抗日根据地的红色文化的基因。

1960 年 2 月 9 日至 15 日，王砚香出席北京市人民政府召开的群英会；1961 年，被北京市人民政府授予先进工作者；1966 年，被评为北京市六好职工标兵。这些荣誉离不开周口店供销社王德和主任、房山县供销合作社吕永珍主任、房山县的领导、北京市供销合作总社杜逢明主任等领导的扶植与栽培。他们都是革命老区的干部，老游击队战士，都多少次走过从霞云岭、南窖到黄山店的红色步道，到敌占区开展工作，为根据地筹送物资。“背篓商店”的名字一出现，各级领导都被吸引。对背篓的感情，使得他们产生共鸣，热情赞扬这一社会主义商业服务的新典范。

杜逢明主任1938年参加革命工作，抗日战争时期，在平西门头沟山区一带打游击，身上带有8颗日本人机枪子弹的伤痕。1960年，担任北京市供销合作总社主任，是北京市供销社系统最高行政领导，是高高举起“背篓商店”红旗的旗手。

1964年10月5日，杜逢明主任签发了北京市供销合作总社文件，号召全市供销社系统职工向“背篓商店”学习，学习他们“背背篓上山送方便，把群众利益放在第一位”的革命精神。

1965年1月，杜逢明主任来到黄山店分销店，和“背篓商店”的职工一起背上货篓，到最远的葫芦棚村送货。山路弯弯，货篓沉重，走上走下，受伤的腰隐隐作痛。同行的人，个个累得气喘吁吁，身上头上直冒汗，寒风吹来，眉毛上便挂起一层白霜。杜逢明主任和“背篓商店”的职工一起体会着背背篓上山的滋味，在红色步道上传送党和政府对山区群众的关怀，共同挥洒着为人民服务的汗水。

一连几天，杜逢明主任都住在黄山店分销店，亲身体验背背篓送货到长流水、涞沥水、下寺、泗马沟等山村。北京市供销合作社的大主任，干起了收购羊骨头、卖醋的山区售货员的工作，一边卖货，还一边听取社员群众的反映。

深山老区的群众，不知道这位老售货员是北京市供销合作总社的主任，是个大干部，只感觉到他服务热情、态度特别友好，说的话都是山里人说的话。

王砚香和“背篓商店”的职工也感到1965年的冬天格外温暖。北京供销总社最高领导和自己背着同样的货篓，走着同一条道路，干着同样的工作，虽然山路崎岖，但心里特别敞亮，不由自主地唱起：“我们走在大路上，意气风发斗志昂扬，毛主席领导革命队伍，披荆斩棘奔向前方。向前进！向前进！革命气势不可阻挡，向前进！向前进！朝着胜利的方向……”

这首发自肺腑的革命歌曲，也成为电影《红色背篓》的重要插曲。

杜逢明主任“沉下心来下农村，背上货篓上高山”的亲身经历，给“背篓商店”注入了强劲的动力，鼓舞着王砚香和“背篓商店”职工向“三八式”老干部学习，发扬革命传统，争取更大光荣，全心全意为人民服务，做好商业工作。

杜逢明主任到黄山店分销店背背篓送货，有时住几天，连续上山送货几次；有时是会后匆匆赶来，背背篓送货后匆匆离去，连饭都顾不得吃；有时吃一个窝头，赶忙又去开会，或者到其他单位商谈工作。他看到分销店院子脏了，拿起扫帚就扫，碰到马车送货来了，立刻上前帮忙卸货。他为培育“背篓商店”倾注了满腔热情。

1965 年春节到了，大年三十晚上 10 点钟了，杜逢明主任还在黄山店分销店里为山区群众卖东西。这件事令王砚香和其他职工们备受感动。王砚香含着泪几次劝说：“杜主任，您回城过年吧！”杜逢明主任说：“我们干的工作就是做买卖的工作，只要有一个顾客在，我们就不能走。”

这一切，王砚香都看在眼里，铭记在心中。有这样的好领导做表率、指方向，王砚香和他的职工们更加有干劲儿了。

1965 年 3 月，北京市供销合作总社在黄山店分销店召开了学习“背篓精神”现场工作会，会议由杜逢明主任主持。北京市各区县供销社主任、商贸系统各单位负责人齐聚黄山店，学习毛主席著作，讨论社会主义商业服务方向，走一走红色步道，背背篓上山服务。三天的会议，热烈生动，“背篓精神”深深地刻印在参会者的心中。

杜逢明主任高高举起了红色背篓大旗，自此“背篓精神”在全市弘扬开来。王砚香和“背篓商店”职工备受鼓舞，更加坚定了永远跟党走、听党的话、全心全意为人民服务的信念。

“背篓商店”创建60多年，王砚香从事商业工作40载。几十年的访谈问答、讨论思考、思想升华，在他心中渐渐形成“坚定跟党走，坚决听党话，坚持为人民”的信念。这种信念在他心中从未改变，随着时光的流逝愈发坚定。

2018年6月12日，中共房山区委宣传部主办、周口店镇党委承办的“弘扬光荣传统，传承‘红色背篓精神’”红色使命领航工程启动仪式在黄山店村隆重举行。活动的主题就是“坚定跟党走、坚决听党话、坚持为人民”。这正是：革命先辈指明前进路，红色步道哺育背篓人。

“背篓精神”与国计民生

总结“背篓商店”和王砚香的成长历程，有三个重要节点。

一是1953年，老革命、老游击队员安佩云乡长等人推荐王砚香参加供销社工作。

二是1956年，领导安排王砚香到北京市供销合作总社广安门农民服务所进修学习。

农民服务所继承了毛主席主持的农民运动讲习所的优秀理念，十分关注农民问题，这是中国革命重要的历史基因，有此基因，才有了农村包围城市，最后夺取全国胜利的结局。

在农民服务所，王砚香不仅学到了购销、调存、转运等许多商业知识和为农民服务的本领，更是深刻理解了党的农村和农民政策，加深了对农民的感情，树立了为农民服务的思想，坚定了为农民服务的信念。

1957年，在农村社会主义建设高潮中，王砚香深入其中、深刻思考，把为农民服务的方针政策，切实贯彻，创新地提出并实践了“开夜市”“背背篓上山”“送货上门”的服务方式。成为围绕农业办商业，全心全意为人民服务的榜样。

三是各级领导的热情扶持。领导的意图和先进分子的想法往往是一致的。有了领导的支持，先进分子才能够如鱼得水，顺利成长。有了领导的支持，创新的想法才能落地生根、开花结果。“背篓商店”和王砚香的成长，就是在各级领导的关怀帮助下实现的，进而得到社会的广泛认可。

苔花如米小，也学牡丹开。在社会主义革命建设和改革洪流中，新生事物层出不穷。一个地处深山区的小小的农村供销社分销店，能够进入国家领导人的视线，得到民众热情支持和广泛关注，正是因为它的理念和实践，切实融入了国计民生的大政方针中。

1965 年 6 月 10 日，中共北京市委发出了《关于号召学习“背篓商店”的通知》。通知中讲道：“背篓商店”不愧为毛泽东思想挂帅的红旗单位。这个商店的职工把商业工作看作是一种革命工作，不是为做买卖而做买卖，而是为着建设社会主义新农村而工作。他们勤勤恳恳地为人民服务，把国家和人民的利益放在第一位，时刻关心群众的生活，千方百计满足群众的需要。他们把困难揽在自己身上，使群众得到方便。他们正确地执行了党的“发展经济，保障供给”的方针，从生产出发，从群众利益出发，积极地扶植生产的发展，增加社员的收入。而为群众服务得怎样，对生产促进得怎样，正是衡量我们商业工作好坏的主要标志。他们做了在许多人眼里看来是不值得做的小事情、小买卖，实际上这些小事情、小买卖是生产需要的，是人民需要的，也就是革命需要的。他们这样坚决地去做，是完全正确的，应该的。当然，他们的工作也不可能没有缺点，但是总的说来，是做得很出色的。他们所以能够做到这样，归根到底，是由于毛泽东思想挂帅，以毛泽东思想来改造思想，指导业务。经验证明，只有我们的同志真正认识商业工作是无产阶级革命事业的一部分，不是为做买卖而做买卖，而是为社会主义革命和社会主义建设做买卖，把做买卖同整个革命事业的伟大理想和目标联系起来，真正全心全意地为人民服务，我们的商业工作才能做好。

这个通知是1965年6月10日发出的，至今已经53年了。现在重新学习，仍然感到亲切、朴实、深刻、温暖。

1965年6月12日，中共中央华北局转发了中共北京市委的通知，并提出以下指示：“背篓商店”的职工，数年如一日地攀山越岭，背篓上山，脚踏实地地为生产，为人民生活服务的革命精神，很值得学习。商业部门的职工，特别是县以下供销系统的人员，一定要发扬革命精神，使工作真正地面向农村，下决心钻到农村去，钻到深山沟里去，及时收购，积极推销，大力帮助农村开展副业生产和发展多种经营，以便有力地起到促进工农业互相支援、共同发展的作用。

50多年前，中央制发的文件，关注农村、关注人民生产、关注人民生活、关注精神建设。情深意切，仍然是指导我们工作的方针。

也是在1965年，分管财贸经济工作的李先念副总理，亲自批示文件，“背篓商店”的事迹印发10万册，全国发行。北京电影制片厂以“背篓商店”的事迹为原型，拍摄了影片《红色背篓》，在全国产生了很好的影响。“背篓商店”是中国革命和社会主义建设培育出的新型商业服务典型，是我国商业服务文化和精神文明建设的一个成功典型，一抹亮色，是中国特色社会主义道路自信、理论自信、制度自信、文化自信的有力诠释。

王砚香28岁第一次背背篓上山送货，至今已经60多年，上级党组织的有关文件仍然闪烁着时代的光辉，指导着普通党员、干部不忘初心，全心全意为人民服务。

60多年过去了，“背篓商店”历久弥香，依然红火。领导的支持是重要的，社会的认可、参与则是基础性的，实践检验性的。

中共北京市委和中共中央华北局的通知发出以后，北京市百货大楼、天桥商场、东风市场等商业单位纷纷组织职工到“背篓商店”学习、体验、交流，他们一致赞扬“背篓商店”全心全意为人民服务的精神和对国家的贡献。

1965 年中共房山县委、房山县人民政府确立“背篓商店”为房山县 12 面红旗之一，号召全县人民学习。

1965 年《北京文艺》第十期刊登了房山县商业系统职工张广明的一首诗，诗中写道：

…………
背篓商店有多大，
一只背篓装天下，
别看一只背篓小，
工农联盟金桥架。
…………

这首出自民间普通人的哲理小诗，真实地道出了“背篓商店”和国计民生的密切关系。

1966 年 3 月 20 日，《人民日报》头版刊登了杜逢明主任深入“背篓商店”的感人事迹，同时刊载社论，称杜逢明为“人民的好勤务员”，赞扬“‘背篓商店’好得很”。

北京市政府领导、后任卫生部部长的崔月犁把上中学的孩子送到“背篓商店”，让孩子走一走“背篓商店”送货的山路，学一学为山区群众服务的革命精神。

1974 年，深受“四人帮”迫害、病重在床的杜逢明主任，关心的还是“背篓商店”这个刚刚兴起的新生事物。在他的心目中，“背篓商店”的道路是正确的，他渴望自己出院后还能到“背篓商店”再背一次篓，再送一次货。他留下的人生的最后一句话是：“背篓商店”的道路是正确的，是对的，要相信党，是非一定会澄清的。

1974年12月15日，中共北京市委、北京市人民政府在东郊体育馆召开大会，为天桥商场和“背篓商店”平反。1975年，王砚香以房山县供销社副主任的身份回到黄山店分销店蹲点，继续开展服务农村、农业、农民的工作。

继王砚香之后，张志亮、赵祖英、白金海都担任过黄山店供销社的负责人，背背篓上山送货从未停止。白金海还被评为北京市劳动模范，主题评语就是“坚持背篓，热心支农”。一批批年轻的售货员继承了“背篓精神”，不怕困难，艰苦奋斗，磨炼自己，坚持背背篓上山送货。其中苗桂荣作为房山县的妇女代表出席了全国妇女代表大会；杨保和舍得卖力气，背的篓子最大，装的货物最多，被群众亲切称为“百货大篓”，事迹见诸报端；王炳春开了红色背篓主题餐厅，成为郊区红色餐饮一族。

1980年，北京市昌平西峰山供销社北庄分销店组长王国明，发扬“背篓商店”精神，热心支持农业生产，被北京市政府授予“八十年代新背篓，雷锋式的售货员”的光荣称号，“背篓精神”在新时代继续发扬。

1999年，北京市供销合作总社成立50周年，“背篓精神”被确立为北京市供销合作总社的企业精神，鼓舞商业职工在新时代做出贡献。

原北京市副市长、原商业部副部长郭献瑞题词：艰苦创业求发展，背篓精神代代传。中国人民解放军原总参谋部原顾问孙毅将军题词：发扬背篓精神，再展供销社风采。

2017年，北京市委书记蔡奇叮嘱要关心老劳模，发扬“背篓精神”，建设好新农村。

如今，“背篓商店”的发源地黄山店村，在北京市劳动模范、北京市党代表、北京市人大代表、村党支部书记张进刚带领下，传承红色基因，壮雄心，披肝胆，创伟业，建家乡。黄山店已经成了山青水绿的生态宜居地、全国文明村、中国乡村旅游金牌农家乐。

位于幽岚山坡峰岭的“红色背篓餐厅”，注重饭菜质量，诚信服务，打造农家特色。饸饹、豆浆、野菜包子……味道好，价格实惠，营养，深受顾客喜爱。

王砚香家的老宅院，交付给村委会，由村委会改建成特色民居，名为“姥姥家”。其中蕴含的淳朴、安逸、亲切的设计理念吸引了众多国内游客。2018 年 4 月荣获意大利设计金奖。

黄山店村至今已有 8 人被评为市级劳模。商业劳模王砚香、白金海；教育劳模栗国栋、史淑琴；农业劳模许淑英、王雅清、张进刚；卫生劳模王砚英。一个小山村涌现出 8 名市级劳模，这在全国也是少见的。王砚香本人及其妹妹王雅清、弟弟王砚英更是多次被评为北京市劳动模范。

王砚香的老伴儿魏淑珍是红色堡垒户家中的长女，姐弟七人中五人是共产党员。王砚香的五个孩子都是单位里出色的员工，也都是中共党员。“背篓商店”及王砚香本人对家庭、对社会的影响都是很深远的。黄山店可以说得上是劳模之乡，尽显了北京西山那抹红。

21 世纪，中国改革全面发力，特别是十八大以来，办成了许多以前想办而没有办成的大事，解决了许多以前想解决而没有解决的难题。社会面貌万象更新，商业流通领域春风化雨。一夜之间，电子商务覆盖全国，遍地是上门送货的身影。不同的是，互联网时代，网上下单，家中取货，方便了地球人。

王砚香也学会了从网上买东西。手指一点，货物就被送上门，便利快捷。享受到改革开放、科技进步的成果，背篓老人满心欢喜。

2016 年 1 月 8 号，IT 专家网，发表了题为“‘小背篓’里装着大数据”的文章。提出了：供销社在我国已有 60 多年的历史，其保留下的精神财富（“小背篓”精神）一直深深刻在老百姓心中。从以前身背“小背篓”，将百姓急需的生活物资、生产资料送上家门，到如今电子商务的便捷……北京市供销合作总社负责人表示：“北京供销大数据集团的成立，标志着北京市供销合作总社完成了从‘小背篓’到大数据的历史性跨越，充分体现了北京市供销合作总社66年来积极创新、与时俱进的开拓与拼搏精神。”

高高举起“背篓商店”大旗的领航者杜逢明主任1974年去世，时年52岁。可以告慰杜老的是“背篓精神”依然在传承。

2016年11月3日，北京大学公共卫生学院师生来到周口店镇黄山店村，举行主题党日活动，学习“红色背篓”全心全意为群众的情怀，又一次拉开了传承“红色背篓精神”的序幕。北京大学公共卫生学院是研究国家、国民公共健康利益的社会精英群体，从知识分子视角，敏锐察觉到“背篓精神”的社会普惠性、共同价值观，其红色资源属性和优秀服务品牌是社会主义先进文化的一部分。

2018年6月12日，中共房山区委宣传部、周口店镇党委启动了红色使命领航工程之“弘扬光荣传统，传承‘红色背篓精神’”系列活动，推出了“重走背篓路”徒步体验活动。旨在通过“重走背篓路”，使广大党员干部了解“背篓精神”的历史背景，聆听“背篓故事”，切身感受跋涉于险山峻岭之间的不易与坚持，重温“红色背篓精神”。

自此，不断有国家机关工作人员、学校师生及社会各界人士来黄山店村重走“背篓线路”。

60年“背篓商店”历久弥香，“背篓精神”穿越时空。

徐庆文：高擎粮旗展京郊

赵喜成

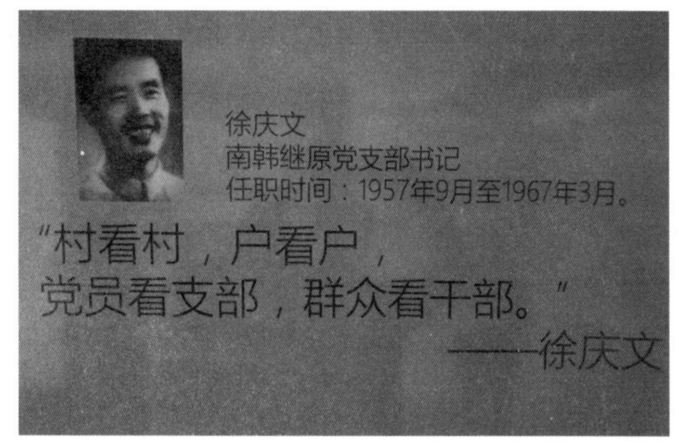

中华人民共和国之后，房山地区劳模辈出，一面面全国典型的旗帜，展示着时代楷模的风采！ 在“以粮为纲”，全国农业学大寨的60年代，北京市树立了一面“思想插红旗，产量步步高”的旗帜，这一杆独树的粮食夺高产的红旗，就在原房山县周口店公社南韩继大队。那位高擎粮旗的旗手就是红遍京郊、平凡而伟大的徐庆文。

徐庆文是南韩继本土人，1956年任前进高级农业生产合作社社长。1957年任南韩继村党支部书记。1979年至1980年任中共房山县委副书记。他先后被选为第三、第五和第六届全国人大代表，两次被评为全国劳动模范。

徐庆文同志40多年如一日，无私无畏，勇敢顽强，坚定共产主义信念，为党的事业做出了卓越的贡献。在社会主义建设中，他带领全村干部群众，自力更生，艰苦奋斗，使南韩继村几度成为京郊农业战线的红旗单位，受到了人民的尊敬和组织的信赖。他多次得到毛泽东、周恩来、朱德等老一辈无产阶级革命家的亲自接见；多次当面受到彭真、刘仁、万里、赵凡、郑天翔等北京市老一辈领导人的夸赞与勉励。当年，由中央新闻纪录电影制片厂摄制的大型纪录片《北京农业的大跃进》中，徐庆文和南韩继人占据了全片镜头的30%。于是，“徐庆文和南韩继人”的知名度在全国广传开来，他们所凝聚的正能量也一代又一代地传播下去。

为祖国疆场效命

南韩继村位于北京猿人的故乡——周口店的龙骨山南，东邻石楼镇支楼村，南接石楼镇大次洛村，西毗周口店镇瓦井村，北连周口店镇新街村，明代以前成村。原属大韩继村，后因居大韩继南，故名南韩继村。村域总面积1.41平方千米。新中国成立前，南韩继村村民主要依靠种地为生，靠天吃饭，生产力低下。特别是抗日战争和解放战争时期，村民遭受侵华日军、伪军、汉奸和国民党还乡团、特务、地主、富农的剥削压迫，生活贫苦不堪。

1922年5月18日，一个弱小的生命降生在南韩继村中一个世代饱受饥寒交迫的贫苦农民的土坯房里，为了让他生存下来，大人还给他起了一个乳名，叫“小百岁儿”，他就是徐庆文。父亲常年给地主扛活儿，一年到头仍然是养活不了一家老小，只好向地主借粮、借钱度过荒年。徐庆文打从记事起就没有吃过一顿饱饭，穿过一件新衣。他无法忘记，在他8岁的时候，家中因交不出租子，8家地主吃了他家的“伙锅”（债主把债务人家的田产、房产及其他财产全部霸占并抢走），在他幼小的心灵里，早就埋下了反抗阶级压迫的种子。在徐庆文12岁那年，父亲被地主逼债逃出了家乡。家里的东西差不多都被债主抢光了，12岁的小百岁儿就承担起了家庭生活的重担。每天天刚亮，他就赶着全部家产——家里唯一的一头瞎驴，驮着石灰或煤块，来到离家 40 里以外的涿县县城集市。大冬天，没鞋穿，母亲用一点破棉花包在他脚上，不大一会儿，棉花就磨掉了，石灰钻入脚底，脚又痛又冷，好不钻心！可是，为了能够挣一元钱，买点粮食维持一家人的生计，他，一个还没有毛驴高的孩子，顽强地挣扎着，忍受着，这让他一辈子也忘不了。好不容易挨到春天，日子刚好过一点儿，可有一天，他又累、又饿、又困，骑在瞎驴背上，经过铁路涵洞时，头撞到洞壁上，从毛驴上跌了下来。那紧紧攥在手心里的刚挣来的一元钱也一下子被风刮跑了。小百岁儿哭了，找啊找，哪里还能找得到？回到家，一家人再也揭不开锅，只得卖掉瞎驴活命。好不容易卖了 8 元钱，地主又抢走了 4 元。用完之后又该怎么办呢？母亲无奈，只好把 9 岁的妹妹给人家当了童养媳，3 岁的弟弟也送了人。母亲拉着徐庆文哭着说："穷苦的日子什么时候能熬到头啊？"最终他实在忍受不下去，他逃走了。

1938 年他参加了平西抗日游击队，1939 年成了一名八路军，这时徐庆文只有 17 岁。由于作战勇敢，1940 年他光荣加入中国共产党。在南征北战的部队生涯里，他先后参加过百团大战、平津战役、解放石家庄战役，在战场上英勇杀敌，曾先后 7 次负伤，9 次荣立战功，多次被评为战斗英雄。历任班长、排长、连长、副营长、营参谋长等职，为民族解放和新中国成立立下了汗马功劳。1948 年在解放石家庄的战役中，他在新保安战斗中受了重伤，前胸肋软骨碎裂，双腿无法行走。他开始拄双拐，后来拄单拐，直到在北京陆军医院取出了嵌在大腿骨头里边的磷弹片，他才逐渐丢掉拐杖。但由于身体虚弱，他再也不能从事部队上的繁重工作了。他反复地想："干什么去呢？难道就这样等着国家供养吗？不，共产党员可不是这样的人！"于是他一再申请回到农村去。他想，即使不能再做什么，也可以减轻国家的负担。在住院治疗期间，不甘寂寞的徐庆文，学习了党在过渡时期的路线、方针、政策。有目的地参观了李顺达和耿长锁组织发展起来的合作社。他领会到走集体化道路，发展生产，多打粮食，支援国家建设是党的召唤、人民的希望。他决定出院后，好好建设自己的家乡！

1954 年秋天，徐庆文从部队转业回家。当他骑着毛驴经过房山县城，回到离别了十几年的故乡时，他的心情久久无法平静。当他的毛驴渐渐靠近那小岛一样高高地突出在黄土岗上的南韩继时，他的心沸腾起来了："贫穷的南韩继，落后的南韩继，不能叫它永远贫穷落后下去。有党，有毛主席，我们这个时代的人是可以翻天覆地的！一个战士不能在战场上战斗了，但只要心还在跳，血还在流，回到农村依然可以战斗下去……"想到这里，他苍白的脸上有了笑容，吆喝着毛驴加快了脚步。

"老牛亦解韶光贵，不等扬鞭自奋蹄。"胸佩军功章的徐庆文，谢绝了部队首长和地方领导的关怀，拖着多次战役之后的虚弱身躯，义无反顾地回到了家乡南韩继。

为集体敢为人先

新中国成立前的南韩继，用当地民谣形容："南韩继、旱高台，缺粮又缺柴，场了地光衣服破，盼到秋后还挨饿。南沟北港缺水源，东面黑沟西面滩，偏坡溜岗十八沟，十年九旱八不收。"新中国成立前，一亩地好年景也就打上 100 多斤粮，村里人能吃饱饭的不到十分之一。

1948 年冬天，南韩继人翻身得解放。1949 年春天，南韩继村进行土地改革，受苦农民分到了土地，没房住的分到了房子，农民当家做了主人。土地改革激发了农民的生产积极性，全村到处洋溢着新气象。1951 年，南韩继村干部王文忠、孙凤成带领 13 户农民组建了第一个互助组，第一年就获得了丰收，全年粮食亩产 220 斤，比单干户的亩产量增加 70 多斤。到了 1952 年，全村各种形式的互助组达到 12 个。1953 年冬天，王文忠、孙凤成互助组在原有基础上，又吸收了 9 户，共计 22 户农民率先成立了初级社。1954 年春天，王文忠、孙凤成的初级社取名为"曙光生产合作社"。

随之又有 17 户农民组织起来，成立了“光明生产合作社”。全村入社户数达到 39 户，170 口人。成立初级社，土地入股统一经营，这是南韩继人在社会主义集体化道路上的一个巨大进步。同时，这也是个体农民和千百年来的私有制的一次重大决裂。

走集体化道路是一种历史的改革和大胆的尝试。南韩继村的两个生产合作社，一个很富裕，一个较贫困，发展极不平衡。党支部书记孙凤成正为村里的情况苦恼着，听说徐庆文回来了，赶快找到了他，并说：“现在村里成立了两个初级社——光明社和曙光社。人家光明社好过的户多，大骡子大马在外边搞副业，大把地挣票子；曙光社尽是些贫农，只有一辆破车，社员还缺口粮。看着人家大把挣票子，曙光社的社员守着这‘累死龙王爷’的薄地，也有点儿干不下去啦。”徐庆文想了想，直率又认真地说：“咱农业社当然要搞农业。他光明社不好好种庄稼，光在副业上打算盘，那是走了邪道，咱们可不能眼馋那个。”接着徐庆文加入了曙光社，把 1000 元残废军人转业费拿出来，其中 700 元给曙光社里做了发展基金，支持社里发展生产。都是乡里乡亲，他用另外的 300 元支援光明社。徐庆文与曙光社积极搞农业生产，经过一年的艰苦奋斗，获得亩产 280 斤的高产，这是南韩继历史上从来没有过的。光明社把徐庆文支援他们的 300 元钱买了一头骡子，400 元买进，一转手卖了 500 元。徐庆文听说后火了。他说：“我可不支持你们走邪道。”立刻毫不留情地把钱收了回来。这年，搞副业的光明社，只有少数人挣了钱，大多数社员却赔了本。这件事让徐庆文更加坚定了信心——曙光社的方向是对的。农村就是要以农为本，就是要大办农业。种地就是干革命。

接着，徐庆文遇到了更加严峻的斗争和考验。1955 年冬，全国农业合作化高潮到来了，1956 年 3 月南韩继和附近的大韩继、支楼等村成立了联社，名叫“前进高级农业生产合作社”，徐庆文当选社长。前进社一些干部拿公款吃吃喝喝，占公家便宜。徐庆文看不惯，批评了他们，但他们并没有改正。接着，为了“办什么样的社”“走什么样的道路”的问题，徐庆文跟有的干部吵了起来。那些干部认为：“种地是土里刨食，没有奔头，不如把大部分劳力都拉出去搞副业。等手里有了票子还怕没粮食吃吗？”徐庆文一听觉得不对头。他皱着眉头，掷地有声说出了自己的意见：“党号召咱们组织起来是为了发展农业生产，支援国家建设。假如每一个农业社都只顾搞副业挣钱，谁给国家生产粮食呢？咱们的工厂、军队、机关、学校的人吃什么呢？不行，咱们要坚持党的方针！”

可是，这些主张搞副业的干部有自己的想法，他们不接受徐庆文的意见，还是把许多劳力都弄了出去搞副业。种地的人少了，大片土地草苗齐长。徐庆文焦急地找到一位上级派来社里工作的干部说：“快组织社员拔草吧，眼看着草比苗都要高了。”那位干部受了那些主张搞副业的干部的拉拢和影响，对徐庆文冷冷地说：“徐庆文，你怎么光看见骨头，看不见肉呢？”徐庆文抑制不住心头的急火，马上顶上来：“你怎么光听见那类坏话，听不见好话呢？你怎么能向县委谎报说没有长草呢？”接着，徐庆文挨斗争了。在会上，那些干部批评徐庆文不尊重上级派来的干部。多年的部队生活使他养成了说话严肃、坦率、毫不含糊的特点。他说：“我就是不尊重这样的干部！明明800多亩地荒了，你们为什么说没有荒地？”

斗争更激烈了，大韩继集上出现了无名帖，“控诉”徐庆文的“十大罪状”。他看了觉得可笑，但又忍不住一阵心痛。党给了自己这么重要的任务，自己却没能够很好地完成，难道惯于拿枪的手，一离开枪杆就毫无作为了吗？不，不能！在田野的路上，他反复思量着，内心斗争着。那时，他身体很不好，经常吐血。但为了党的事业，他总是每天天刚亮就来到合作社处理繁杂的事务，晚上，要到深夜一两点他才穿过漆黑的田野回家睡上一会儿。他对社里的主要干部进行了分析，分析过后，他壮了胆，社干部孙凤成，从一解放就入了党，一直当领导干部，工作有办法。虽然有些小毛病，可只要有人一提他过去受的那份儿苦，他就能站到党的立场上来。

是啊，他怎么能够忘掉小时候，自己都十几岁了，数九寒天还光着屁股的痛苦生活呢？白天，小小的孩子要干大人干的重活；夜里，一家6口一条破被，他们只好用柴草把炕烧得滚烫，所以直到今天，他弟兄几个一个个都有满身的烫疤。除了孙凤成，徐庆文的坚强助手还有副支书王文忠和副大队长葛万成。这是两位铮铮铁骨的硬汉，都是扛活出身，苦水里泡大的。王文忠在打井时，一口气在井下干了三天三夜，老婆生了孩子，他也不肯回家。葛万成，大高个子，有力气，哪里有重活、累活，他就到哪里带头干，是个能吃苦的干将。

徐庆文坚定不移走搞好农业之路，他想到"要'抢荒'，无论如何要先把粮食夺到手！"荒地虽然在大韩继，可徐庆文发动不了大韩继的人，他只得发动南韩继的人到大韩继去'抢荒'。南韩继的群众，尤其是贫下中农，是了解和支持徐庆文的，为了共同的事业，他们响应党的号召，几乎全村出动，来到大韩继的地里拔草。那年雨水特别大，天气热得出奇。南韩继本队的草都拔不过来，徐庆文却拖着伤腿，带领着南韩继的社员们，在大韩继的地里，像打仗一样和野草、炎热的毒太阳战斗起来。他指挥着，自己也拔，有的人正干着，忽然倒在地里起不来了。尽管这样，他们还是顽强地坚持着。一连10多天，南韩继人地里吃、地里干，一直干到把这800多亩荒地的草全部拔完。

接着他又组织发动了两场战役。第一场战役是改变南韩继的"风水"。南韩继的沟沟岗岗有几十道，水土流失严重。老辈人常说："咱南韩继风水不好。沟沟洼洼，存不住水，挡不住土，留不住肥，穷定了。"可是，觉悟了的南韩继人，在党的召唤下，就是要改变这穷"风水"。腊月二十六，春节眼看就要到了，可南韩继的150多户，出来了150多个壮劳力，他们来到村东大沟上，闸沟筑坝。天上下起鹅毛大雪，地上白茫茫一片，他们就在雪水和汗水当中，猛力地挖土、铲土、拉土。牲口少，他们就用人拉车，雪大路滑，大车忽地滑到几丈深的沟底去了，"来呀，干啊，拉上来！”大个子葛万成一声吆喝，谢宝成、谢宝林、孙凤友等几个壮汉，也跟着大喊一声，猛力一提，大车就驯服地被提了上来。就这样一连拼了五天五夜，人们奋战到大年三十的夜里。在这十几丈宽、四五丈深的大沟上，筑成了一座 4000 土方的大坝，把村东大沟拦腰切断，再不叫水土从这里流失。紧接着，支部又发起一个七天七夜的突击，把附近的几条小沟筑成了三条副坝。老年人吃惊了，从前做梦也没想到的事，如今说实现就实现了。他们怎能不钦佩党的政策，怎能不钦佩共产党人说干就干的精神呢！

就在闸沟筑坝的同时，另一场战役也开始了。南韩继是有名的“气死龙王、烫死蝎虎”的旱高台，全村只有三眼井。赶到旱年，人吃水都困难，更甭说浇地了。要想改天换地，要想叫南韩继的产量增上去，就必须打井，必须把旱田变水田。可提起打井又是一场斗争。支委会上有人说：“日本人在西地折腾那么长时间，也没打出水来，咱这里是沙石层，没水源，甭瞎闹了。”也有人说：“咱这里地下水位太深了，是不到黄泉不见水，打井白费劲。”徐庆文听到这些意见，暗想：“难道南韩继真的只能在老天爷眼皮底下讨饭吃吗？不，不行！当年八路军小米加步枪，消灭了强大的敌人，就是因为有战胜敌人的坚定信心。对，要有信心！打井这个谜要是解不开，南韩继的面貌就永远也改变不了。这井一定要打！”他就是这样一个敢想敢干的人，调查好了，想好了，决定做出来了，就千方百计去实现。于是，他就一次、两次、三次地召开支委会，反复讨论打井的事，试图说服大家打井。有些同志还是信心不足，最后才决定先打一眼试试。刚过了第一关，徐庆文、王文忠和几个贫农党员骨干就组成了打井班，他们抱着不打出水来誓不罢休的决心，在数九寒天茫茫风雪的漫野里，向大自然开战了。天寒地冻，一镐下去，碰到坚硬的石头火星飞迸，震得大家一个个虎口发麻。越打石头越多、越大，困难也越多。但他们毫不气馁，300 斤以下的石头，用抬筐拉出井筒，出现四五百斤重的石头，就用大锤砸碎再往上拉。困难虽大，可人们越干越有劲儿。副支书王文忠真是把好手，他

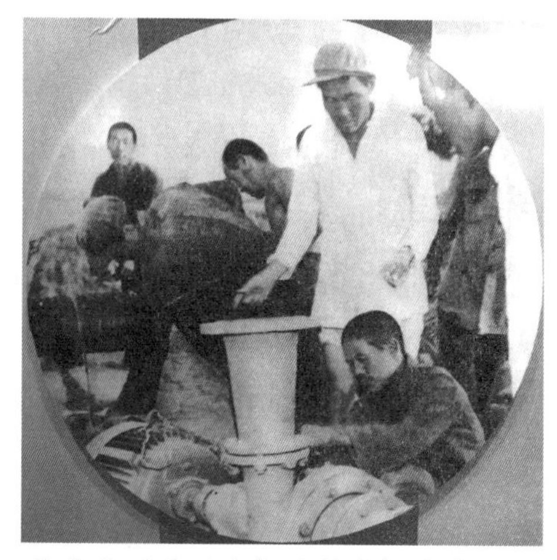

徐庆文（右下方）为村中机井修水泵

个头不高，两眼带神，说话慢条斯理，挺风趣，可干起活儿来泼辣、能干，处处带头。他和队员们一起下到井里，穿着单衣，一干就是几个钟头，出井后两腿冻得紫红，烤烤火，接着下井又干。徐庆文腿骨上的老伤，时常发炎，肿得老粗。但是，这个忘掉自己的人，对待每一场战役都是：哪里困难，哪里危险，哪里有问题，他就出现在哪里。夜深了，人倦了，是容易出毛病的时候，他来了；雪飘扬，风刺骨，是人们不大好受的时候，他又来了。每次打井，他总是先下到井里仔细检查，确定不会有危险才叫队员下去。时常，他拖着疲乏的身子、疼痛的伤腿刚躺在炕上，忽地又跳下地来。他爱人担忧地说："歇会儿吧，夜这么深，风这么大，又上哪儿去呀？"他是个不爱多说又不讲寒暄的人，每次都是头也不抬，哼也不哼，提上鞋就走。一走就是半夜，甚至一夜。打井还在继续着，一天，几个硬汉正干得起劲儿，一位70多岁的老汉拄着拐杖来到井边。这位老汉名叫谢洪钧，是村里有名的庄稼把式，他用拐杖点着地，叹着气冲着井里的人说："你们干点儿什么不好，怎么专喜欢在地里钻窟窿玩儿呢？要说打井呀，甭癞蛤蟆想吃天鹅肉啦！"王文忠在井里应声回答："有毛主席和共产党的领导，我们就是要吃上天鹅肉！"昼夜轮班，人们苦干了20多天，南韩继人自己的第一眼井终于打成了。这一天已是腊月三十。王文忠敲开供销社的大门，买来了南韩继在历史上从来没有用过的第一部水车，连夜安装好。大年初一，村里的老老少少不去看戏，都带着新奇喜悦的心情，像赶庙会一样来看水井，看那哗哗流着的金子一般贵重的清水。谢洪钧老汉拉着王文忠的手激动地说："孩子，你们真成！真成！还是毛主席领导得好。”王文忠笑着说：“大家今天不用迎喜了，就来迎水吧！”试验的井打成功了，不能打井的咒语被打破了，干部和群众对打井有了信心。趁热打铁，党支部又领导群众大干一冬一春，一口气儿打了16眼井。在不到一年的时间里，他们又打了25眼砖石井。从此，南韩继有水浇地了。1957年，他们的粮食亩产达到了356斤，达到历史最高水平。从此，千百年来沉甸甸、血淋淋的“缺粮帽”被摘掉了。徐庆文上演了一幕“数风流人物，还看今朝”的壮举。

为时代树起旗帜

1958年4月1日，国务院第72次会议决定，将河北省通县专区的房山、良乡两县划归北京市管辖，并将两县合并，设置北京市周口店区，辖管43个乡，423个行政村，区址设在房山城内。1958年9月4日，城关、周口店、石楼、黄山店4个乡的66个行政村高级农业生产合作社，合并为房山人民公社（后改为城关人民公社），下设4个管理区，南韩继村改为南韩继大队，下设5个生产小队。1958年，徐庆文继续坚持走大力发展农业之路，当年的粮食亩产达到了562斤。

南韩继的又一个农业生产战役是大搞积肥。“你的地上过粪了吗？”“上过了，鸟飞过来拉了一泡粪。”南韩继过去流传着这么个笑话。人们被地主逼着，勉强种块地落个秋饱，完了就去走窑背煤，哪里顾得上给地上粪。徐庆文回到家乡后，常常去访问老农，学习他们的种地经验。一次，他请教庄稼种得好的老农谢文元，说道：“您把种地的经验谈谈吧。”谢文元说：“没啥，就是在粪上多下功夫。多上粪一来防旱防涝，庄稼长得好；二来培养地力，地越种越肥。有收无收在于水，多收少收在于肥，多积肥是根本。”

徐庆文把这段话牢记在心。支部研究后同意他的建议，从1958年起，各小队都成立了专业积肥队，长年累月一年四季专管起棚、垫圈、拾粪、淘厕所、压绿肥。每天天不亮，在周口店周围的马路上，人们都可以看见南韩继的拾粪能手们推着小车儿，赶着毛驴，奔走在风雪中、烈日下。在南韩继的拾粪积肥工作中，妇女们可起了大作用。开始，她们觉得背着筐、推着车在人们眼皮子底下拾粪是件丢人的事。可是后来，她们变了。党的“劳动最光荣”的教育，使得妇女们挺起腰板儿，拿起粪叉干起许多男人都做不到的事。葛书华、王广霞、徐振英等一些可爱的小姑娘，每天天刚亮，就推着小车带着干粮跑到 10 多里外去拾粪。一人一天能拾上粪肥 200 多斤。1963 年从麦收到年底，光葛书华一个小姑娘就捡了肥料 4 万多斤，得了 2500 多工分，比一般男劳力得的工分还要多。

每年挂锄后，南韩继就运用大兵团作战方式，组织几十名青壮年妇女到西北大山上去采荆子。她们在山上“安营扎寨”，在山上吃，在山上住。每天吃了早饭就出去采荆子，太阳落山才回来。高山没有路，满山是荆棘，衣服被撕破了，手被刺破了，鞋子掉了底儿，但是她们光着脚，忍着痛，不完成任务坚决不回去。一个夏天她们能采回几万斤荆子，把它炒熟、压碎，作小麦底肥，既可肥田又可防虫，是一种很好的肥料。南韩继这样做，不仅给本队的生产带来了好处，更重要的是，他们把周围大队的积肥热潮也带动了起来。从那以后，房山县许多公社生产队都到山上，到各个有肥源的地方去拾粪。这样，南韩继的拾粪积肥工作虽然不如过去方便，但是，他们却感到很高兴，感到了一点儿火星能燃起漫天大火的幸福。

肥源少了，南韩继人就千方百计寻找肥源。他们趁春初、夏中、秋后三个活少肥源多的季节，抽出劳力脱坯给社员换炕，打青草压绿肥，把小麦秸秆和几十万斤玉米秸秆铡碎沤成肥料。社员家里养猪的肥料分质论价交给队里，这也是一项重要肥源，占到全队肥料的 48%。不怕累、不怕脏、舍得下力气，千方百计寻找肥源，这是南韩继增产的秘诀之一。他们积肥一直积到了房山县城的机关里，把那里的厕所的粪便都拉回来。南韩继每年能积 1800 多万斤肥料，每亩地可用 1.5 万斤有机肥料。渐渐地，他们的土地变了模样，瘠薄的黄土地已变成肥沃的黑土地，赖地施肥更多，好地赖地的差别也已不大了。这给连年稳产、高产打下了坚实的基础。徐庆文常说："咱们要想富在地面上，先要富在地底下。"

虽然他们的做法取得了成效，但过程中也有过分歧。1960 年，正当打青草压绿肥时，有人对徐庆文说："老徐，现在一辆大车拉运输，一天能挣上三四十块钱，还是先搞副业再积肥吧。"徐庆文毫不犹豫地回答说："现在是积肥的好时候，别说一天挣 40 元，就是挣一车金豆子，咱们也得先积肥。"

由于肥料充足，南韩继的小麦又丰收了，平均亩产 483 斤，总产达到 44.06 万斤。但是，他们并不满足于这点儿成绩，继续寻找肥源。除了原有的许多办法外，又多抓了两手：一手是抓小麦秸秆还田；一手是将试验成功的高温堆肥措施在全大队推广。

1962 年，南韩继村仍以生产大队作为基本核算单位，而在劳力、耕地、耕畜、农具方面实行"四固定"政策，食堂停办，大队腾退出多占的房屋，归还给原户，给社员 7% 的自留地和一定数量的饲料地，鼓励社员从事养殖业生产。1962 年 7 月过后的南韩继村还未出现降雨，天气奇旱，原来打的井都旱得不能用了，情况很不乐观。这时，富裕中农徐振玉说起了泄气话："你们总说人定胜天，要我说，人离不了天，天作庄稼人做梦。"群众当中泄气的也不少。但是党支部没有泄气，在徐庆文的带领下，他们组织了 36 名党、团员骨干，专门突击打井，一场大战又开始了。有的社员，尤其是那些富裕中农，以为麦子种不上了。可是，支部领导着社员，一边打井，一边用刚打出的水浇地种麦。这一年，周围有不少村子没有种上小麦，而南韩继的麦子却全部按计划适时播种上了。那个说"天作庄稼人做梦"的人不得不认了输。这次打井因天旱，地下水位忒低，每一眼井都要打好几丈深，甚至 10 多丈深。井下流沙多，石头多，打井是件费力而又危险的工作。这时，徐庆文、王文忠、扈万成几个主要干部都分别带领着打井队，哪里危险，他们就坚守在哪里。打深井的时候，井壁砂石不断坍塌，王文忠三天三夜没有离开，他爱人生了孩子，他也顾不上回家看看。当他在队员们的一再催促下，回家休息的时候，平时俊气、才30多岁的王文忠，变成了两眼通红、满脸胡子茬儿的小老头儿，连他爱人几乎都没认出他来。他躺下后刚一合眼，梦见他们正挖着的井忽然坍塌了，下面还有人，他猛地大喊一声惊醒过来。虽说是个梦，但他再也睡不着了，揉揉眼睛又跑到井上去了。

徐庆文从公社开会回来，立刻奔到正打着的井下，他仔细观察后发现，井壁的掉土情况有些异常，这时天色已晚，他想了想，说："该休息一夜了，你们都上去吧。" 打井的队员们正在劲头儿上，一个个说："快打成了，正在节骨眼儿上，我们还是干吧。"徐庆文对王文忠说："一定得上来！王文忠，你先上来，他们也就上来了。"井里的人一个个攀着绳子上来了，徐庆文这才对他们说："这井恐怕要出问题，天又黑，不好观察，要干，咱们明早再干。"好容易把打井的人动员回了家，徐庆文这才回家去吃饭。他一边吃一边想着刚才的情景。一撂饭碗，他立刻跑到刚才几个打井的社员家里去。孙凤友不在，孙孝不在，孙银也不在。他们家的人都同声回答："一撂饭碗都奔井上去了。"仿佛千斤重担压在肩头，徐庆文虽关心打井，但他更关心社员们的安全。此刻，他毫不犹豫地做出了决定，对孙凤才说："去把井里的人都叫回来！就说大队等着他们开紧急会议。"几个满身污泥的打井队员来到队部，急着问徐庆文："什么会这么急？" 徐庆文说："开个紧急休息会。你们今晚的任务就是休息。谁再偷着下井，就算违反纪律。"他一脸严肃，又恢复了当年指挥员的风度。社员们没再说什么，一个个耷拉着脑袋走了。第二天天刚亮，几个打井队员急着奔到井边，一看，一个个倒抽一口冷气。好险呀！夜间，就在他们离开不久之后，井全部坍塌了。人如果埋在里边，那是几天几夜也刨不出来的。于是村里一时传开徐庆文是"神仙"的说法。其实，正是由于他和党支部对群众安全的高度负责态度，才做到了神仙也不能做到的事情。他们一共打过50多眼井，没有出过一点儿事故，原因就在这里。

南韩继人除了攻破水、肥这两道大关外，还虚心向各地的先进集体学习经验，从全局均衡增产出发，采用了一套先进的耕作技术。种地必须有一个全局均衡增产的观点。一块地、一种作物、一季庄稼要服从全年总产的提高；一年的增产要服从多年平稳增产。缺乏这个全局观点，即使有一种两种作物搞得出色，或暂时取得丰收，也终归不能算丰收。南韩继大队进行种植安排时，采用的每项具体措施都从这样一个全局的战略思想出发，做到了每块地增产，每样作物增产，每季庄稼增产，全年增产，年年增产。他们依靠的经验主要有以下三条：

一是多种高产作物，白薯间作玉米。这个大队粮食作物占 1100 亩耕地，1964 年种了 800 亩小麦，剩下 300 亩春地，种白薯 210 亩。麦茬种夏玉米 635 亩，白薯 130 亩。玉米和白薯合计 975 亩，约占总播种面积的 52%。白薯单位面积产量最高，达 3825 斤，折粮（五折一）765 斤；加上间作玉米 167 斤，则单位面积粮食产量达 932 斤。这一年全大队粮食总产为 103 万斤，其中白薯（加间作玉米）占 30.7%，玉米占 45.1%，二者合计占 75.8%。除去小麦，其他低产作物（谷、黍、高粱、豆子）面积只占总播种面积的 7.5%。

玉米种植面积历年很平稳，在总播种面积的 30%~40%。值得一提的是扩种白薯对增产有着巨大的作用。在作物布局上，南韩继大队提出“好地双茬化，赖地高产化”的原则。浇水方便的平地搞小麦、玉米，一年两熟。偏坡溜岗浇水不便的赖地多种白薯，以达到均衡增产的目的。还采用白薯地带玉米和芝麻的措施，除收白薯外，每亩地还能多收玉米 167 斤，芝麻 20 斤左右，多年来的实践证明，这是一条好经验。一方面，每亩只带四五百株玉米、三埂白薯和一沟玉米间作，玉米尽量留双株，这样一来，通风透光好，白薯不会被欺；另一方面，玉米在白薯栽后一星期内要及时点种，这样玉米早种早熟，不会影响白薯后期的生长。

二是抢农时，赶茬口，狠抓复种。在水利条件解决以后，南韩继大队狠抓了扩大复种面积这一项重要增产措施。1964 年冬小麦面积由 1963 年的 546 亩扩大到 800 亩。这年，小麦产量由于严重的锈病而减产了 1/3，但亩产仍然达到 271 斤，总产达到 21.68 万斤，比 1963 年增产了 3 万多斤。1965 年，这个大队进一步扩大复种面积，种上了 920 亩小麦。

复种增产的基本条件有四个。第一，建立了旱涝保丰收的基本农田。由于是上岗地，小麦旱时能浇水，夏玉米又涝不了，两茬都能稳产高产。第二，地力壮，肥料足。第三，地少人多，全村 1166 亩集体耕地，890 多人，每人约合 1.3 亩地，劳动力资源充足。第四，党支部领导的政治思想工作做得好，社员干劲儿足，在农忙季节能充分调动人的积极性，在农活儿上打硬仗，因此能高效率地完成繁重的任务。

要想复种增产必须争取两茬高产。把“两年三熟”制改为“一年两熟”制，茬口安排紧，效益随着来。但是，如果弄不好，不是丢了前茬，就是丢了后茬，甚至会破坏周而复始的农业生产。南韩继之所以能做到前后两茬都高产，是因为他们能够瞻前顾后，全面安排，正确处理前后茬的矛盾。他们在抓复种增产的方面主要有三条经验：（1）麦行套种“小八趟”玉米。“小八趟”玉米是高产品种，但生长期较长，有 120 多天，10 月 1 日以后才能收获，这样就种不上适合节气的小麦了。于是他们采用了套种技术，6 月初种上，9 月下旬就能收获，种上冬小麦没有问题。套种玉米不能过早，过早会导致玉米苗在麦行中受刻薄的时间长，苗期生长过弱，会减产；也不宜过晚，过晚成熟也会晚。套中的麦行以一尺三四寸为宜，这样的行距，既能保证小麦增产，又能套进玉米。套种前要浇足底墒，保证全苗。割麦后要紧三遍，先播苗眼，再串背，防止荒地。套种玉米要早追肥，促使小苗迅速生长，玉米只要前期生长快，就可以提早一些成熟。（2）麦茬栽火秧白薯。大队的老农多年来摸索到一条经验，即麦茬薯只要赶在夏至以前栽上，产量和早栽的春薯相差不多（1964 年测定，“农大红”品种的白薯，春栽亩产为4160斤，夏栽为4060斤），过了夏至栽的就要显著减产。为了赶节气，他们合理安排白薯上炕的时间，利用火炕末茬秧子（火秧）栽种，经过几年试验十分成功，他们把春薯改为夏薯，复种增产效果显著。(3)合理密植。合理密植必须和土壤肥力相适应。南韩继大队在土壤肥力提高的基础上，对各种作物都采取了较高的密植规格，使土地能够发挥出最大的潜力。小麦播种量由过去的8~9斤提高到现在的25斤（冬小麦），白薯由过去每亩2500株提高到3500株，玉米由过去1800株提高到2650株，1964年经过科学地考察，据16块地调查结果，“小八趟”玉米在这样高肥水平下，亩产凡在700斤以上的，株数都不少于2700株，每亩株数超过3000株的，才有显著减产趋势，在南韩继玉米地中，空秆极少，穗子发育很正常。从调查材料分析中得知，2000~3000株之内，单株发育差异不大，可见，在肥沃的土地上适当提高密度，是很重要的增产措施。

三是选用优良品种，实现良种化。原有的地方品种，适用于干旱赖薄土地的条件，在水肥条件改善后就无法适应需要了。几年来他们陆续引入各种作物优良品种，通过对比试验，优良品种逐步取代了原有的品种。1959年引入的“小八趟”玉米比原有的“小海里红”品种增产将近一倍。1964年小麦用的是“农大183”和“北京六号”，白薯用的是“553”和“农大红”，谷子用的是“竹叶青”和“平阳186”，高粱用的是“2004”。南韩继大队已经基本

徐庆文（左三）给村干部讲解科学种田

上实现了良种化。

另外，他们还“见缝插针”地种地。这个大队的地角、地边、渠旁、沟边、井台等一切可以种地的地方，都没有荒废，全被开垦出来，种上了庄稼。村边的几条大岗沟，过去不但不能种地，而且水土流失严重。1957 年这些地方闸上了大坝，不仅防止了被冲蚀，而且淤出的 20 多亩地也全部种上了庄稼。这样每年要多收入几千斤粮食。这一条措施是很平凡，但又是很可贵的。

到了 1964 年，南韩继每个社员平均占有粮食 1200 多斤。1963 年、1964 年国家给了他们每年 30 万斤的统购任务，他们却每年交售了 40 万斤。小小的 1100 多亩土地的村庄，除去人吃马喂，能够每年支援国家 40 万斤粮食，这真是一件有意义的不寻常的事情。假如全中国 16 亿亩农田，每亩产量都能达到南韩继一样高的水平，那么中国农村建设的面貌就要从发生改变了。南韩继累计储备粮高达 93 万斤。用徐庆文自己的话说：“我们不仅能向国家多交售商品粮，就是来两个营的解放军在我们村驻扎一年，我们的储备粮也吃不完。”

南韩继像一座突兀的山峰，在华北地区广阔的土地上崛起了！然而，由于浮夸风的影响，有人开始怀疑南韩继的产量。在这种情况下，当时的北京市委第一书记彭真派第二书记刘仁率工作组来到了南韩继。在春风和煦的田野上，刘仁同志和南韩继的社员一起拉耧、下种，了解南韩继的耕作制度和增产措施。工作组的同志一点一点地亲自丈量土地。经过半年的时间，问题搞清了：南韩继的实际土地亩数和高产是名副其实的，没有掺一点假。

1965 年，南韩继亩产达到了 1069 斤，由于南韩继在农业上取得了重大成绩，多次受到市、县委表彰，1965 年被评为“北京郊区发展农业生产先进典型”，成为房山县 12 面红旗单位之一。

北京的各个县、各个公社、各个生产队的干部，纷纷来到南韩继参观、学习。学习他们“种地就是干革命”的精神；学习他们时时想着“全国农业发展纲要”的指标；学习他们老老实实按照“农业八字宪法”办事的宗旨。参观、取经的庞大汽车队，一辆辆停在村旁，甚至一直停到远远的马路边上。人们听着徐庆文向参观的人讲述南韩继增产的经过和措施，看着他领着参观者越过田野和麦浪。徐庆文这面种粮获高产的红旗，在京郊大地上飘扬！马克思说得好：“劳动创造了人。”

为人民再立新功

1966年，“文化大革命”发生了。在这场突如其来的风暴中，南韩继的“红旗”变成了“黑旗”。徐庆文也受到了不公正的对待。当有人强逼他诬陷原北京市委领导同志时，他表现出一个共产党员的凛然正气：“我不能给国家干部栽赃！人家没有说的我不能胡编！”他的家被抄了，书、日记本、照片被抄得一点儿都没剩。战斗英雄奖章和劳动模范奖章反而成了他犯罪的“铁证”。他被批斗，一家人受株连：妻子不止一次地陪他挨批斗；家里的口粮也被克扣了，没有吃的，十几岁的大儿子只得去村外砖窑边的地里挖野菜，回来当饭吃，他的父亲也饿死了……“不抓粮食，总有一天要天下大乱。”十几年以后，在市委发给他的《毛泽东选集》第五卷精装本的一页上，徐庆文发现了这句话，并在这句话下面用红笔重重地划了一道曲线。

即便在这样艰苦的情况下，他坚定的信念丝毫没有动摇。他不止一次地对家里人说：“这种情况不会长久下去的。”“共产党早晚有一天会为我平反昭雪的。”“革命，谁是真的，谁是假的，时间早晚会证明的。”“要相信我们的党”。这些话，饱含着一个共产党员对他的党的无限忠诚。时间会证明的，历史终将会证明的。

徐庆文就像屹立不动的巍巍峰峦一样，任何磨难都不能使他折服。当他艰难地从这段曲折历史中走过来后，他头脑更清醒，目标更远大，步伐更坚定。他胸怀坦荡，跑得开马，撑得开船。“雄关漫道真如铁，而今迈步从头越。”1970 年，领导找他谈话，请他出来工作，告诉他，南韩继离不开他，仍然需要他掌舵。于是徐庆文再次担任党支部书记。他把个人恩怨置之脑后又继续领导南韩继人大踏步前进了。

事实就是最好的证明：在徐庆文“靠边儿站”的两三年里，南韩继的粮食产量大幅度下跌，徐庆文一上台，产量马上就上来了！他上任后，第一句话就是：“我上任就是要抓好农业生产，不抓生产不行。”他常说：“搞社会主义就得动狠的，掏真的，想远的，干大的。”他是这样说的，也是带领南韩继人这样干的。

还是请看看下面这些数字吧！

从 1970 年冬开始，经过三冬两春，动土 60 多万方，在大东沟平整土地 170 亩。

70 多人大干 73 天，修成从北庄到南韩继长达 3000 米的地下暗渠，实现了“东水西调”，可浇地 1040 亩。

1971 年，削平起垫四埂九沟十一坑，大平大整土地 510 亩；修路 10 里，动土 157 万方。

1973 年冬至 1974 年春，平整北大洼、西河滩，改滩造田，平整土地 156 亩，动土 32 万方。

1975 年冬至 1976 年春，完成井渠配套，打一口大井，一眼机井。修成水泥构件防震渠 3000 米，实现了“西水东调”。

从这些数字中，我们看见了南韩继人的汗水，徐庆文的心血。然而也仅仅是如此了。至于说他们是如何淌的汗，流的血，那场面究竟是怎样的壮观感人，我们已无法知道。徐庆文没有说过，南韩继的人们也没有说过，他们不爱表现自己。这些数字，并不是南韩继人艰苦创业的全部，但历史再次证明和诠释了徐庆文的价值。

他始终坚持实事求是的思想路线。人们比较关心的一个敏感问题，就是南韩继是怎样实行生产承包责任制的。关于这个问题，只用一句话就可以回答：徐庆文同志的思想始终是和党中央的思想保持一致的。

1979 年，徐庆文再次当选为全国人大代表，出席了第五届全国人民代表大会。他再次被选为全国劳动模范，并被选为房山劳动英雄。这以后，他方向更明确了，决心更大了。正如一份报纸的有关报道所讲的：“他对实现农业现代化怀着满腔热情，不仅积极地和大家绘远景、搞规划，而且废寝忘食地拼命干。即便在疾病百般折磨他的时候，他仍以惊人的毅力坚持战斗。”

实行生产责任制，是一个伟大的创举，是一场变革。这场意义深刻的变革，同样要受到“左”的和右的干扰。有的地方实行“一刀切”，把什么都分了下去，就像解放初期单干那样。有的地方对责任制抱有抵触情绪；有些人甚至打着南韩继的旗帜，行自己之事。一时间，有关徐庆文的谣言四下传开了。 那么南韩继究竟是怎么搞的责任制呢？这期间，徐庆文又干了些什么呢？

这期间，多种疾病在折磨着他。但为了领会中央的精神并与中央精神保持一致，他把学习抓得更紧了。他每天睡眠时间很短，夜里十一二点学，早上起来还是学。读书、看报、听广播、记笔记，哪怕是正在吃饭，只要喇叭一响，他就搁下饭碗，掏出本子。不断的学习，使他吃透了中央的精神，他有了主心骨。不落实责任制是不对的，而盲目地搞“一刀切”也是不对的。南韩继集体经济基础坚固，资金雄厚，领导力量强，科学管理水平高，为什么一定要分田到户？联产承包不也是责任制的一种形式吗？县委领导根据南韩继的具体情况，做了认真研究，也认为他们的责任制是切实可行的，完全符合中央的精神。

为了保证粮食增产，南韩继从 1978 年就开始实行生产责任制，当时叫“田长制”。将全村土地分成九个责任片，每片由一名懂技术会管理的骨干担任“田长”，并配备一定数量的社员，采取“死将活兵”的生产管理办法，初步改变了吃着“大锅饭”，干着“小拨轰”的状况。在徐庆文的日记本上，清清楚楚地写着他们的具体方法：某某地块由某某人负责，产量多少，完成了怎么办，完不成怎么办。条文具体明确，赏罚分明。在大批资本主义的年代里，敢于走这条路，并且坚持下来毫不动摇，这是一件多么不容易的事啊。1982 年徐庆文根据本村的实际情况，实行了“统一经营，分级管理，专业承包，联产到组”的农业生产责任制，将大队分为农业、工副业五条专业线。在农田管理上大生产队实行“四定一奖”，生产队对作业组实行“两定一奖、六统一”。统筹种植计划，作业组对劳动力实行“小段包工”“定额管理”的措施。同时，对林、工副等各业实行专业承包，使干部、社员的责、权、利明确，农业生产大幅度增长。1978 年到 1982 年，粮食产量不断提高，亩产平均每年递增 143 斤。1982 年，南韩继亩产达到了 2048 斤，在历史上首次成为吨粮村。

他没有把土地一条条切开，而是坚持集体规模经营。事实证明：徐庆文是正确的，房山县委支持他的决定是正确的。1982 年冬，在平谷召开的有各县县委主要领导参加的会议上，焦若愚同志也对南韩继的责任制给予了充分的肯定。

在“农业学大寨”的运动中，徐庆文没有盲目地、机械地照抄大寨的具体做法，而是主要学习大寨人艰苦奋斗的精神。根据本村“旱高台、偏坡溜岗十八沟”的实际情况，大搞以改土、治水、积肥为中心的农田基本建设。基本上解决了“东水西调”的问题。完成了机井配套工程建设，完善了深浅水汇流的井灌系统，削平、垫起了 28 个沟岗，平整土地 510 亩，整修田间路 10 里，动土 3.5 万方，使土地连成片，大大地改善了农业生产条件。对促进农业生产的发展，确实起到了积极作用，为后来实现农业机械化打下了基础。

南韩继人没有就此止步，他们在继续健全和完善责任制的同时，又向着多种经营和产品商品化的方向前进了。1982 年以前，产业结构一直比较单一，村办工业和多种经营的步子缓慢。村办企业只有七〇砂厂、铁钉厂和镀锌厂，年利润仅50万元左右。1983年，徐庆文组织支部一班人认真学习中央一号文件，并第二次到河南省刘庄参观学习，确立了“立足农业，大力发展企业，带动其他各业”的指导思想，开始了新的发展。一是因地制宜：根据本地矿产资源丰富和有人才技术的优势，建设年产5万吨的水泥厂。二是大厂带小厂：以水泥厂为龙头改造水泥纸袋厂、水泥构件厂、水泥设备零件加工厂，兴建镀锌厂和一座年产500万块砖的砖厂。三是扩大生产：通过挖潜、革新、改造的办法，根据市场需求，提高原有企业生产能力。

房山西北部山区史家营有个大村涧村，日值7块多。徐庆文说：“年产5万吨的水泥厂要建好了，我让南韩继日值增加到15块！”年过六旬，身患多种疾病的老人，就是以这样的决心和气魄继续描绘新蓝图的。水泥厂投资巨大，牵动着全村人的心。有关人员估计，建设水泥厂需投资500万元。徐庆文说：“顶多300万！”勤俭节约是他的美德，他会有办法的。1983年末，水泥厂眼看要竣工了。在这关键的时刻，他一连20多天，日夜守在工地上，厂里吃，厂里住。“春蚕到死丝方尽，蜡炬成灰泪始干。”就在他守在工地的第27天——1984年1月3日凌晨，他悄悄地离开了大家。1984年水泥厂正式竣工投产，为纪念徐庆文同志，该水泥厂被命名为“继文水泥厂”。他说过：“水泥厂一天不建好，我一天不离开！死，也要死在水泥厂，骨灰也要洒在水泥厂！”这就是他的遗嘱。遵照他的遗嘱，南韩继人含着热泪，把他的部分骨灰撒在了水泥厂工地上！

为百姓披肝沥胆

徐庆文对待老百姓，心里总是装着一团火。但从外表看，徐庆文却是个死板、冷漠的人，甚至有些不近人情。这些都是他大公无私，严于律己，大爱无疆，不拘小节造成的。

人们都记得，当初搞合作化，他的母亲不想入社。徐庆文左说右劝都没用。最后他火儿了：“您不入？我瞧您入不入！”结果老太太被拘留了15天。

1963年麦收后，他的父亲看场。他深夜查场，竟看见父亲靠在麻袋上打盹。他立即发火了：“您是我爹，各方面都要起好作用，睡着了丢了集体的东西谁负责，干得了您干，干不了回家待着去！”

爱发火，易激动，这是他性格的一个方面。这大概是军人的“后遗症”吧。但人是多面性的，徐庆文也不例外。

“一般的时候，和蔼可亲。”他的大儿子评价他说。

“徐庆文直爽，平易近人。”社员们说。

他有时会像暴风雨一样，迅猛、无情。但风雨很快过去，依旧是天朗气清，这就是他的性格。

在生产上，在原则上，徐庆文从不让步。到了家里，他是儿子，是父亲，是爷爷。父母心疼他，体谅他。在他稍稍得闲的时候，孙子也爱在他面前撒娇。他的家庭是一个和睦的家庭。

徐庆文饭无定时，很少能和家里人吃到一块。“人人都有自己的一摊事。”他总是为别人着想。所以他不愿意麻烦他们为他做饭，常常是自己吃自己做。回到家，先歇一会儿，抽烟、喝茶、看报。待烟尽茶足，报也看完了，一扭身，奔厨房去了。油锅一响，飘出一阵香。生的变熟的，凉的变热的，吃饱了，不饿了，一抹嘴，走啦！

是啊，村里村外多少事，徐庆文哪件事不操心？他什么时候踏踏实实吃过一顿饭？

他对自己的家庭很满意，他没有后顾之忧。

从某种意义上讲，他并不是一个十全十美的好父亲，哪有不关心儿子婚事的父亲？1979年二儿子结婚，徐庆文叫来大儿子，说：“你二弟结婚，一切事你看着办，我就不管了，可得办好喽，你在组织（意即在党）呢。”

知心者，莫如父子。结婚那天，几十里路，自行车接来新娘子，婚礼简单，人们高兴。

也有不了解他的。徐庆文的一个亲侄子来找他，让他给活动活动，跳出农村去。凭他的荣誉、地位，这点小事还不容易？年轻人满怀信心。“有能耐你考去！我不拦着！”徐庆文迎头一盆冷水。“要干这事，我徐庆文早晚得垮喽！你年纪轻轻的也干这个？你得长出息，长志气！”年轻人又羞又愧，红着脸走了。但徐庆文在心里一直挂念着侄子的就业问题，等他找到用武之地后，徐庆文在心里偷偷地乐。

人们很想知道徐庆文的业余爱好。

他爱学习。夜深了，没有了千家灯火，唯有徐庆文孤灯一盏，那是他在学习。他学习的范围很广，重点学习有关农业科技的知识，南韩继的高产离不开科学种田。他也涉猎成语典故、时事政治等。他留下了一箱子“百科全书”——日记本。他也写过诗，虽写得不太好，却有一股真情。

他也爱看《新闻联播》。当然，有一个故事片他是必看的，那就是《解放石家庄》。他曾在那场战役中冲过锋，陷过阵，负过伤。那上面有他多少回忆啊！徐庆文的视野越来越开阔，他不断在摸索，南韩继不断在前进。

说起徐庆文的个人生活，也有故事。刚转业回来，许多乡亲好意地劝他：“你是老干部了，身体又不好，吃点、用点、生活好点，人们对你没意见。”也有人劝他：“到现在还租房住，有那么多复员费，盖几间房吧。”可徐庆文呢，他的生活和一般社员没什么两样，甚至有的地方还不如一般社员。他抽着用纸卷的大叶烟，穿着破了袖子的旧棉袄，把自己土地改革中分得的房屋让给小学校用，他自己却另租了别人的房子。他的家里，除了一架收音机，再也见不到一件像样的东西。然而，那简单朴素的小屋，却带给每一个客人一种丰富而深沉的思想，他才是一个与群众同甘共苦的革命者。他当选为第三届全国人民代表大会的代表后，去北京开会前，先去见县委书记，书记一见他那身衣裳，急得说：“不行啊，徐庆文，赶快做一身换换吧。”在县委书记的操持下，缝衣社连夜给徐庆文做了一身新棉衣。可人民代表大会过后，他就把这身新衣打入了“冷宫”。到上海去参观，他还是穿着那身旧衣裳，他爱人急了，甚至哭了，说：“你这是在丢南韩继人的脸。”他这才把新衣换上。他说：“我要穿好的，社员们穿什么？生活要逐步提高呀。”

徐庆文这个人有许多特点。

他突出的特点是坚持真理，敢于斗争，不怕失败，不怕个人受委屈。

南韩继从高级社成立之日，就一直坚持以粮为纲、大办粮食的正确方针。在关于徐庆文的事迹中，还有这样一件不同寻常的事例。三年困难时期，许多地区粮食都减产，南韩继粮食不仅没有减产，而且还在稳步上升。上级听说这种情形，认为这里一定有许多宝贵经验，于是派了干部来总结经验。这给那些反对徐庆文的干部创造了机会。他们反对搞集体经济，想趁自然灾害造成的损失，抹黑集体经济。徐庆文虽然对他们进行了严肃的批评，却也因此招来了他们的嫉恨。他们想通过把徐庆文搞倒，来达到自己的目的，于是就在那些派来的干部面前百般挑拨，对徐庆文造谣污蔑。而有的干部恰恰就偏听偏信，他们怀疑徐庆文隐瞒大队土地数量，虚报成绩，骗取荣誉，怀疑他贪污粮食，甚至公开叫他坦白，说他变质了。

“不是我变质了，我看是你变质了！”徐庆文再也压抑不住心头的怒火，公开顶撞批评他的人。虽然有许多群众为他鸣不平，但被阴云笼罩的徐庆文在精神上依然是痛苦的。然而即使在这种情况下，徐庆文的革命意志也没有丝毫的动摇，他仍然积极工作，仍然坚决斗争，仍然日夜在村子周围巡视。因为他相信这不是上级的精神，问题终归是会弄清楚的。果然，后来那几个兴风作浪分子的违法行为被他抓住了，再加上上级又派人来仔细调查，事情的真相水落石出，违法分子被处理了，徐庆文还是徐庆文！这个毫不计较个人得失，心里只有党和人民利益的人，经过又一场暴风雨，依然生活在人民群众的爱戴中，给南韩继，给整个北京市京郊广大社员干部，树立了光辉的榜样。

从表面上看，徐庆文这个人见人不会寒暄，不会客套，好像是过于严肃、过于冷漠了，但他的内心，你只要稍稍靠近他，你就会感到他的热烈，感到他对党和群众的无限深情。他希望家家户户都吃得饱、穿得暖，关心他们有没有米和煤，但他不允许任何人去搞资本主义。村里有一户人家，一年之内大人全死了，留下了三个孤儿，支部和大队把三个孩子的生活和学习全部包了下来。这显示了人民公社集体化的巨大优越性，也显示了徐庆文热爱贫下中农社员的阶级情感。许多社员都这样说 ：“我们的徐书记呀，他在南韩继，不但治好了地，也治好了人。”

徐庆文总是通过历史对比来教育干部和群众。每当工作遇到困难时，徐庆文常对干部们这样说：

“你披大片（要饭时披的麻包）时困难吗？”

“你给地主跪着时困难吗？”

“你睡‘霸王炕’时困难吗？为什么烂眼边儿，落下浑身的伤疤呢？”

“我为什么 13 岁就去扛小活，把弟弟、妹妹全给了人？”

“过去咱们叫地主管，现在又不好好干，是还想叫地主再管咱们吗？”

“干部不好好干工作，客观上就是帮助了阶级敌人和帝国主义、修正主义。”

他点燃起干部和群众的革命热情，使南韩继人总是带着那股革命热情，战胜一个又一个困难，取得一个又一个胜利。

徐庆文身上有一种革命军人特有的素质，那就是作为一个指挥员，他永远站在第一线，永远和群众同甘共苦。他既是个出色的指挥员，也是个合格的侦察兵、战斗员和尖刀兵。他很少坐在办公室里听汇报，往往都是先了解情况后再听汇报。各小队的种子都播下了，社员们可以喘口气了，可徐庆文仍然不断地到地里转呀、看呀，发现什么问题，就立刻解决什么问题。有一年，一队有一块玉米地有大小苗，苗子有黄有绿，徐庆文检查到这里，立刻把队长找了来，对其进行批评教育后，还组织各队来参观。这么一来，哪个队能不多加小心呢？哪个队能不奋起直追呢？徐庆文不光在地边看，而且还会钻到一块块密密的庄稼地里去看。当他发现一块地里有 16 棵玉米叶子黄萎了，他又立刻把小队长喊了来："你怎么不检查庄稼呢？这是人民的财产，咱们当干部的不时时刻刻把庄稼放在心上可不行呀！"挨了批评的小队长，脸上虽然不好意思，可是心里怎能不佩服支部书记的高度的责任心呢？他们马上组织人力追施肥料，加强管理。不久，黄萎了的叶子又变得青翠了。

徐庆文清楚地明白，要想多打粮食，就得及时掌握庄稼生长的情况，及时解决发生的一切问题。每当麦收、秋收的大忙季节，他更是日日夜夜地待在地里、场里。秋收前，他把全大队的庄稼生长情况侦察得了如指掌，才听汇报,才召开各种会议,研究先收哪块,后收哪块,先种哪块,后种哪块。根据具体情况，做出全盘规划，然后集中力量，把要收的、要种的庄稼一气儿突击完。

徐庆文善于集中优势兵力打攻坚战、善于战后及时总结经验。这一套办法，得益于他对毛主席著作的学习，得益于对毛泽东思想的理解，也得益于在军队里长期工作培养出的魄力和顽强精神。关于他善于打歼灭战，有这么个故事：秋分时，一位南韩继的姑娘来住娘家，她经过地里时，看见这里还长着高高的成熟了的玉米。邻近村的地里，小麦已经种了不少，南韩继的地里却还动也没动。可不过四五天，等她回婆家又经过地里时，她惊呆了：南韩继的地像神话般，大片大片的玉米忽然全不见了，小麦已经整齐地种在了润湿的土地里。是什么原因使他们动作这般神速呢？用徐庆文的话说，就是集中人力按时节争分夺秒，也就是集中优势兵力打攻坚战。他们一年两种两收，不鼓舞起群众的高度劳动热情，不抢农时，不集中兵力是办不到的。

徐庆文就是这样一个"横眉冷对千夫指，俯首甘为孺子牛"的人。

为后人勒碑刻铭

1984年1月3日，徐庆文同志因公殉职。1月8日上午，他的追悼会在八宝山革命公墓礼堂举行。彭真、万里以及全国人大常委会、中共北京市委、市人民政府、市人大常委会送了花圈。郑天翔、段君毅、赵鹏飞、焦若愚等领导和徐庆文同志的生前友好300余人参加了追悼会。中共房山县委做出《关于向徐庆文同志学习的决定》，号召全县人民向徐庆文学习。学习他坚定的共产主义信念，始终不渝坚持社会主义方向；学习他艰苦奋斗、勇往直前的革命精神；学习他清正廉洁、克己奉公的高尚情操；学习他爱国家、爱集体、助人为乐的共产主义风格；学习他实事求是、按客观规律办事的科学态度。

1991年6月3日，徐庆文同志的雕像在房山城西卧虎山前落成。基座正面镌有全国人大原委员长彭真亲笔题词：“为祖国为人民服务”。原北京市委、市政府领导郑天翔、王宪为雕像揭幕。雕像所刻文字如下：

徐庆文同志，系北京市房山区南韩继人，中国共产党党员，全国劳动模范，第三、第五、第六届全国人大代表，曾任中共北京市房山县县委副书记。

他一九二二年出生于贫苦农民家庭，一九三九年参加八路军，一九四〇年入党，在部队历任班长、排长、连长、副营长之职，参加过“百团大战”、清风店战役和解放石家庄的战斗。十几载军旅生涯，南征北战，七次负伤，九次立功，为民族独立和人民解放事业做出了贡献。他不居功图报，一九五四年十月，作为二等残废军人转业后，放弃国家干部待遇，抱着改变家乡面貌的决心，毅然还乡。一九五六年担任合作社社长。一九五七年任村党支部书记。他不顾伤残之躯，躬勤劳碌，沥胆披肝，和全村人民一起创业，使昔日“偏坡溜岗旱高台，十年九旱八不收”的南韩继村，成为北京市农业战线稳产高产的一面红旗。一九六五年全村平均亩产越千斤，一九八二年超过双千斤。党的十一届三中全会后，他锐意改革，开拓进取，在搞好农业的同时，积极发展多种经营，带领南韩继人走上共同富裕之路。一九八四年一月，因筹建村水泥厂，不幸以身殉职。

为嘉扬徐庆文同志对党的事业的无限忠诚，为国家为人民无私奉献的崇高精神及业绩，特塑像树碑永志。

中共北京市房山区委员会
北京市房山区人民政府
一九九〇年九月

徐庆文同志，是南韩继人的骄傲，是周口店人的骄傲，是房山人民的骄傲，是北京郊区乃至全国农民的骄傲。

中央政治局委员、北京市委书记李锡铭为纪念徐庆文在雕像揭幕式上做了隆重讲话，高度评价了徐庆文为党、为家乡、为人民、为祖国艰苦奋斗的一生。以文为记：

李锡铭同志在徐庆文同志雕像揭幕仪式上的讲话

（1991年6月3日）

同志们：

今天，房山区委、区政府隆重举行徐庆文同志塑像揭幕仪式大会，这是房山人民，也是全市人民政治生活中一件很有意义的事情。徐庆文同志离开我们已经七年了。今天我们为他修建这座塑像，是为了表达对他的深刻怀念之情，是为了号召全市共产党员和各级干部向徐庆文同志学习，把徐庆文同志的革命精神和优秀品德作为加强党的建设、加强首都两个文明建设的宝贵财富，激励我们永远前进。

徐庆文同志是我们党的优秀党员，是郊区农村干部的杰出典范，是全国著名的劳动模范。他几十年如一日，以坚定的社会主义和共产主义信念，以对党和人民的无比热爱和忠诚，以艰苦奋斗、无私奉献的革命精神，以吃苦在前，享受在后，严以律己，廉洁奉公的优秀品德，团结带领南韩继人，沿着社会主义方向不断前进，为首都郊区的改革开放和现代化建设做出了卓越的贡献。徐庆文同志既是实干家，又是开拓者，既是群众的带头人，又是群众的贴心人。他的一生是光辉的一生，他的业绩虽然是平凡的，但是是伟大的。

中国共产党从成立到今天，已经走过了近70年的艰苦历程。近70年来，我们党造就了千千万万的优秀分子，他们前仆后继，英勇奋斗，为建立新中国，为推进社会主义革命和社会主义建设，为振兴中华，实现“四化”贡献了所有的一切。中国共产党之所以伟大、光荣、正确，正是由于我们党，尤其是我们党的优秀分子坚持了以马列主义、毛泽东思想为指导，坚持了工人阶级先锋队的性质，坚持了全心全意为人民服务的宗旨，坚持了理论联系实际、密切联系群众和批评与自我批评的三大作风，从而产生了巨大的凝聚力、号召力和战斗力，也广泛赢得了广大群众的拥护和支持。徐庆文同志就是用他自己的一言一行和所作所为，充分证明了这一点。在我们进入实现我国经济和社会发展第二步战略目标的新的历史时期里，我们党的各级领导干部和广大党员，都应该毫不动摇地按照党章党纲严格要求自己，充分发挥先锋作用和模范作用，团结和带领群众为建设有中国特色的社会主义努力奋斗。今天，在我们为徐庆文同志塑像揭幕的时候，市委、市政府动员并要求全市共产党员、各级干部，特别是郊区农村干部开展向徐庆文同志学习的活动，以实际行动迎接中国共产党建党70周年的到来。

第一，我们要学习徐庆文同志牢记共产主义的伟大理想，矢志不渝走社会主义道路的坚定信念。

徐庆文同志16岁参加革命，在党的培养教育下，逐步树立起坚定的共产主义理想和信念。在革命战争年代，他出生入死，英勇作战，曾七次负伤，九次立功，为祖国和人民的解放事业做出了杰出贡献。转业回乡后，他保持战争年代的光荣作风和传统，积极带领南韩继人，一心奔向社会主义，不断巩固壮大集体经济，走共同富裕的道路，努力建设现代化的社会主义新农村。

他和南韩继人一起，始终不渝地重视粮食生产，用自己勤劳智慧的双手，改变了南韩继“十年九旱八不收”的落后面貌。全村粮食生产1957年“上纲要”，1958年“过黄河”，1963年“跨长江”，1965年闯过千斤关。南韩继村成为北京市农业创高产的一面红旗，为国家做出了巨大贡献。

党的十一届三中全会以后，徐庆文同志带领南韩继人从本地实际情况出发，坚定地贯彻执行党的十一届三中全会以来的路线、方针和政策，坚持改革的正确方向，实事求是地选择了符合本村生产力水平，以集体专业承包为主，联产到组的责任制形式，促进了集体经济的进一步发展，不仅使粮食生产又上新台阶，而且使全村经济结构不断优化，向着多种经营方向发展，逐步实现了从传统农业向现代农业的转变，从自给自足的自然经济向较大规模商品经济的转变，使南韩继村的生产发展水平和人民的生活水平都得到大幅度的提高。

徐庆文雕像

第二，我们要学习徐庆文同志牢记党

的宗旨，全心全意为人民服务的崇高思想品德。

徐庆文同志的一生是努力实践自己入党誓言的一生。他牢记党的“全心全意为人民服务”的根本宗旨，牢固树立了“公仆意识”，“先天下之忧而忧，后天下之乐而乐”，心里时刻装着群众，一切为了群众，无私奉献，鞠躬尽瘁，真正成为一个高尚的人，一个纯粹的人，一个有益于人民的人。

1954年，他拖着二等乙级残废的身躯，谢绝组织在工作上的关怀照顾，毅然回到家乡，立志挑起改变家乡面貌的重担，并把自己仅有的1000元转业费，献给集体，用于克服困难，发展生产。

他时时处处以普通劳动者的面貌，出现在群众中，当干部几十年，不脱离群众，不脱离劳动，南韩继村的家家户户都装在他的心中，南韩继村的每一寸土地，都留下了他辛勤的汗水。

他时刻关心群众的疾苦，想着为群众排忧解难，群众有话愿跟他讲，有意见愿跟他提，有困难愿找他解决，都亲热地称呼他为“贴心书记”。

他身在南韩继，想着天下人，一心为祖国和人民多做贡献。在国家面临经济困难的时候，他教育群众多替国家分忧，主动压缩上级批准的口粮标准，自愿过“瓜菜代”的苦日子，硬是将50多万斤余粮，全部交给国家。无论房山什么地方发生灾害，徐庆文总是代表南韩继人前去慰问，并慷慨相助。

他把自己的一切都献给了带领南韩继人奔向共同富裕的事业。为了加快村办水泥厂的建设，他带着多病的身体，吃住在水泥厂工地上，连续奋战27个昼夜，直至生命的最后一息。

第三，我们要学习徐庆文同志坚持党性原则，是非分明，严于律己，廉洁奉公的革命本色。

徐庆文同志在党的培养教育下，具有坚定的党性观念，深深懂得没有共产党的领导就没有人民的一切。他和党支部其他同志一道，努力把党的方针、路线、政策宣传到群众的心坎上，并转化为跟党干社会主义的行动。几十年来，他和党支部成员始终注意认真学习和深刻理解党的各项方针政策，坚决贯彻党的指示和决定，始终保持清醒的头脑，保持坚定的政治方向，努力为实现党提出的奋斗目标而积极工作。即使在“极左”路线干扰和影响我们党的事业的时候，在受到残酷人身摧残和迫害的情况下，他对党依然忠贞不渝，保持了共产党员的革命本色。

党的十一届三中全会以后，徐庆文同志在新形势下更加注重教育党员在政治上、思想上与党保持高度一致，在原则问题上做到是非分明，立场坚定。当社会上一度出现资产阶级自由化思潮的时候，他带领南韩继村党员干部，以“社会主义好”为题，开展大讨论。用亲身体会和耳闻目睹的事实，大讲社会主义的优越性。由于徐庆文同志以身作则，南韩继村党支部真正发挥了战斗堡垒作用。

徐庆文同志党性强，还表现在他一贯严于律己，廉洁奉公。他当干部 20 多年，集体的钱粮他不欠，公家的便宜他不贪，额外的报酬他不要，吃吃喝喝他不沾。他和南韩继党支部一班人，从 1970 年就明确提出党员干部必须做到“五不准”：不准依仗职权谋私利；不准脱离集体生产劳动；不准用任何手段侵占集体和村民个人的利益；不准吃请受礼；不准违背集体决议擅自决定重大问题。徐庆文作为“班长”，坚持身体力行，率先垂范。他当干部期间，从来没有为自己的子女和亲属搞特殊，谋私利。

第四，我们要学习徐庆文同志脚踏实地，艰苦奋斗，开拓进取的革命精神。

徐庆文同志有几句口头禅：“干社会主义就是要说真的，干实的！”“要说到哪干到哪！”“不能说大话，说空话，图虚名，求好看！”他是这样说的，更是这样做的！南韩继村1000多亩耕地，从有名的“旱高台”变成连续多年稳产高产的“吨粮田”，是他发扬脚踏实地、艰苦奋斗、开拓进取的革命精神带领南韩继人干出来的。

为了从根本上改变农业生产条件，他带领全村人大搞农田水利基本建设，从1965年开始，20多年奋斗不止。为了找水，他们从1956年到1970年，投工4万多个，一口气打了107眼浅水井，1972年，又从外村打井引水，修了6里长的地下拱渠；以后，又陆续打了十几眼机井，完成3里长的“西水东调”工程，使全部粮田实现水利化。为了平整土地，从1971年到1977年，全村先后削平了4座山岗，填平了18条沟，全部耕地平整了一遍，累计动土310万立方米，用工30多万个，终于把“偏坡溜岗十八沟”建成了土地平整，成方连片，旱涝保收的稳产高产田。在南韩继改天换地的斗争中，哪里最艰苦，哪里最危险，哪里就有徐庆文。

徐庆文同志注意把脚踏实地的拼搏精神，与严格的科学态度结合起来，坚持实干苦干，但从不蛮干，始终尊重科学，重视科技进步，努力将先进的科研成果用于生产实践。在科学种田、改革耕作制度等方面，南韩继村每个时期都有新套路，走在京郊农村的前列。

同志们，徐庆文同志不愧为我们学习的榜样。他虽然已经离开了我们，但他的革命精神和优秀品德，他带领南韩继人所创造的成绩和经验，将永远留在全市人民的心中。当前，我们正在党的十三届七中全会精神的指引下，以昂扬的斗志，去实现“八五”计划和十年规划。让我们把徐庆文同志和全市各条战线上涌现出来的优秀共产党员的革命精神发扬光大，坚定不移地贯彻执行党的基本路线，坚持以经济建设为中心，坚持四项基本原则，坚持改革开放，去夺取新的更大的胜利。事实已经证明，一个徐庆文故去了，但更多的徐庆文已经成长起来。我们党的事业永远兴旺发达，永远后继有人！

李锡铭同志的讲话，全面高度概括了徐庆文同志艰苦奋斗的一生。恰如习近平总书记所说，人民是历史的创造者，人民是真正的英雄。波澜壮阔的中华民族发展史是中国人民书写的！博大精深的中华文明是中国人民创造的！历久弥新的中华民族精神是中国人民培育的！中华民族迎来了从站起来、富起来到强起来的伟大飞跃是中国人民奋斗出来的！

2007 年 10 月，新一届村党支部确立，群情振奋。全体党员缅怀老书记创业功绩，强烈要求将雕像奉归本村。党支部、村委会在镇党委、镇政府的支持下，呈请房山区委批准，于 2008 年 7 月将老书记雕像安放故里。村民决心继承老书记遗志，把南韩继建设成为富裕、靓丽、文明、和谐的社会主义新农村。

我们不能忘记徐庆文同志，义无反顾，为党和人民奋不顾身的革命精神；不忘初心，矢志不渝走社会主义道路的坚定信念；严于律己，廉洁奉公，率先垂范的高尚情操；执政为民，“先天下之忧而忧，后天下之乐而乐”的优秀品德；实事求是，尊重客观规律，严谨务实的科学态度；永标青史，资政育人的光辉事迹。他为党史英烈书写了浓墨重彩的一笔，为全国劳模宝库增添了一颗璀璨的明珠，为广大农村党员干部创塑了时代楷模。这面红旗将永远飘扬在神州京郊大地，将永远飘扬在广大人民的心中！

仉振亮：矢志共同富裕道路

刘文江

立志跟党走

人们常说，实践出真知。出生在19世纪20年代的仉振亮，经历过军阀混战时期，当过日伪统治下的亡国奴，经受过国民党反动派的黑暗统治，亲身感受了翻身解放的幸福时光。正是这些人生经历，让仉振亮选择了一生跟党走的人生道路。

苦难经历

仉振亮的巴巴（回民称爷爷为巴巴）是村里一位贫苦的清真农民，以赶脚为生。不管是刮风下雨，还是冰雪交加、寒风刺骨，他都要早起晚归，往返于煤窑与村庄之间。

1928年5月13日，仉振亮就出生在普普通通的脚户家。

仉振亮刚一出生，巴巴就过世了。

子承父业，仉振亮的父亲仉海仍然以赶脚为生。依旧去驮煤贩卖，和村里的丁龙、白草洼的孙德荣三人，一人一头小毛驴，一驮子100多斤，勉强养家糊口

1937年农历八月十二，日本侵略者路过窦店村，只是那么一过，捎带

手，便在窦店村残杀了 82 个人。

9 岁的仉振亮随同家人和村里人一块儿逃跑。一路上，他目睹了日军轰炸扫射，百姓横尸遍野，土地弹坑累累，小小年纪，心灵深处便激起了对侵略者的仇恨。

以赶脚为生的父亲经常走京城、过集镇，见识过社会上方方面面的人。他深知识文断字的重要，对家里的姐姐、哥哥们讲，再穷也要让仉振亮读书，不能当睁眼瞎。仉振亮自 12 岁那年开始在村中的私塾读书。

父亲看仉振亮学东西很快，很聪明，希望仉振亮有一个好饭碗，两年后，他便托人把仉振亮送到了北京丰盛胡同广生堂中药店拜潘医生为师。仉振亮悟性强，入门快，潜心阅读了《黄帝内经》《伤寒论》《金匮要略》《温病条辨》等中医必读医书。

仉振亮学习了三年半，便熟悉掌握了中医望、闻、问、切的诊病方法，熟悉掌握了必要的药性药理和处方，熟记了常用的汤头歌。但由于三哥有病，仉振亮只能忍痛辞别药堂回家。

1945 年 8 月 15 日，日本政府宣布无条件投降。

饱尝日本侵略者欺凌的老百姓，听到日本投降的消息，顿时扬眉吐气，欢呼雀跃，许多人敲锣打鼓走上街头欢庆胜利。

仉振亮在田间

日寇投降后，老百姓以为这回可好了，不再受日本侵略者压迫了，谁知国民党来了日子也没好多少。国民党军队占领窦店地区后，抓老百姓修炮楼，抓壮丁补充兵源，强迫村里老百姓每天为炮楼的国民党兵送吃的喝的烧的，殃及家家户户。谁有不满，就以“通匪”为名，对其加以迫害。

有一次，仉振亮被抓去修炮楼，由于繁重的劳动得了重感冒，在家歇了一天，狗腿子第二天便找上门来，声称要罚仉振亮 10 个工，并要求他立即去干。仉振亮病还没好，他说：“我还在病着，等我病好了给补上。”

狗腿子横眉立目：“不行，你昨天没去上工，今天就得去补上！”仉振亮不敢正面顶撞，只是嘟囔着：“这是谁的主意？我这有病都不行吗？”“联保长的主意！怎么，你敢不服？”当时仉振亮正是十八九岁，年轻气盛，血气方刚，脱口而出：“联保长也是他妈混蛋！”这下惹下了大祸。

第二天中午，不去皮磨的谷面蒸的贴饼子，仉振亮咬了一口还没咽下，突然来了一排国民党兵把他抓走了。同时抓走的三人中还有一个白发苍苍的老太太。

三人一块儿被押到了炮楼，六七月，天正热，国民党当官的解下腰上的皮带，朝仉振亮的身上猛抽猛打。仉振亮被打得满地滚。从脖子到脚后跟，浑身上下没有一处没有伤，青一块紫一块。

幸亏村里的木匠郭大哥，正在炮楼干活儿，赶忙跑过去说情，才把仉振亮救下来。

老百姓都这样说，出了日本人的虎口，又进了国民党反动派的狼窝。老百姓期望早日解放。

开始新生活

1948 年 11 月 7 日，人民解放军进驻窦店村，窦店村获得解放。

1949 年 2 月，良乡县在一、二、三区、城关区的 148 个村子进行新区土地改革。

窦店地区的国民党员、“三青团”员较多，兼有“一贯道”“慈善会”

等十几种道会，又有待编的傅作义军队分驻良乡一带，国民党残渣余孽与封建会道门、“地富坏”分子相勾结组织反动武装。或凶杀暗害，纵火暴动拦路抢劫，或造谣惑众，扰乱社会秩序威胁土地改革积极分子。

仉振亮有股犟脾气，认为国民党残渣余孽没啥了不起，对那些谣言、威胁根本不理睬。家里的事都放下，按工作组的要求，积极参加村里的土地改革斗争，成为窦店村土地改革工作的积极分子。在当时，他又算是村里的大文化人，所以深得大伙信任，当选为窦店一街的农民代表会委员。

土地改革结束后，村里建立了村政权，仉振亮当选为窦店一街的财务委员，负责一街的财务工作。

参加土地改革以来的不断学习，让仉振亮的心豁亮了。在日伪统治下做学徒，在国民党统治下挨国民党兵的皮鞭抽……在党组织领导下闹土地改革、分土地、搞合作化。这共产党就是给老百姓做主，就是得民心，跟共产党走是一条光明大道。新旧社会的鲜明对比，让仉振亮对共产党的信念坚定了。这一年，仉振亮正式要求加入党组织。

1955 年 7 月 8 日，仉振亮加入中国共产党，成为一名光荣的共产党员。1955 年秋天，窦店村的 13 个初级社合并成高级社。1956 年 1 月，28 岁的仉振亮当选为窦店村党支部书记，成为窦店村高级社的领路人。

抓生产没有错

“文化大革命”从城市到了农村，作为村党支部书记，仉振亮自然也被“靠边站”。领导职务没有了，指挥权没有了，人“靠边”了，但仉振亮对集体、对党的事业的责任心没有“靠边”。

转眼到了麦收季节，被罢官的仉振亮，自己找到三队生产队长，要求当车把式。仉振亮把一辆没有车把式的牛车拾掇好了，从地里往场院拉麦子，比那些常年的车把式，拉得还快、还多。

拉完小麦种上二茬庄稼，精耕细作，庄稼长势良好。积肥备秋，生产井然有序。收了二茬庄稼，抓紧秋播种麦。

仉振亮积极参加三队的生产劳动，悄悄地给三队当参谋。

让仉振亮没想到的是，解放军找到他，让他写大字报。

大字报通常是群众给当权派写的，哪有当权派给别人写大字报的，但仉振亮答应了这件事。

1967 年的秋天来得比较早。小雪节气前必须给冬小麦浇上冻水，否则稀稀拉拉的麦苗就会被冻死，明年的产量难保。怎么引起各生产队的重视呢？“支左”解放军决定让仉振亮用大字报的形式，向全村干部群众讲明加强冬小麦管理的利害关系。

仉振亮不想写，不愿写，也不敢写。

但解放军同志说得对，他虽然不是支部书记了，但还是共产党员，还要发挥共产党员的先锋模范作用。

仉振亮没有再说什么，回到家里，挥笔写出了两张大字报。大字报的主要内容是告诉大家，抓革命，促生产，为了保证明年小麦丰收，必须搞好小麦的越冬管理。

小麦快过冬了，在小雪节气前无论如何要浇一次冻水。小麦越冬前浇冻水的好处是：把地表封住了，小麦的根须冬天还往下往深里伸，有了墒情，它们就不会干死。如果不浇灌冻水，待立春后，春天风大，风一吹，地表一干，麦苗就干死了。仉振亮号召革命的社员同志们，无论如何要把这一环节抓住！

仉振亮的大字报一贴出，就遭到了一些人的反对。解放军态度鲜明地支持仉振亮，对仉振亮说道：“抓生产没有错。解放军支持你。”

事实证明，仉振亮和解放军是对的。一个生产队没有给小麦浇冻水，1967 年产量 12 万斤，1968 年产量仅有 2 万斤出头。

1968 年 4 月，窦店大队成立革命委员会。

房山县革命委员会领导和解放军几次找到仉振亮，请仉振亮担任革命委员会主任。仉振亮三番五次推脱，但解放军看准了，窦店大队的掌舵人，就得是仉振亮。

仉振亮也是一个吃五谷杂粮的人，挨了三次批斗，自然有些情绪。但“共产党员”几个字，使他很快放下了自己的个人情绪，重新走上了领导岗位。

发展集体经济不动摇

1982 年对于中国农村来说是极为不平凡的一年，对于仉振亮来说，更是经历严重考验的一年。

面对改革，农民们不知有多少个夜晚睡不着觉。

仉振亮脑海中一遍遍过旧社会、新社会的“电影”，躺在床上过，甚至办公室没人时也在过。

中华人民共和国成立前，一家一户单干，亩产百十斤。中华人民共和国成立后，搞互助组、合作社，发展水利，平整土地，科学种田，土地连成片，机械化生产，水利设施一体化，粮食亩产年年提高。窦店村的粮食平均亩产从 1977 年的 757 斤，到 1982 年达到了 1368 斤。

如果无法把土地分到每家每户进行机械化耕作，无法保障每家每户自由播种水利设施，无疑是生产力的倒退。

但作为党支部书记，必须贯彻落实中央和上级党委的决策。

仉振亮一次次召开干部会、党员会、全体社员会，把中央一号文件一字不落地传达给每一位干部、党员、群众。

党总支研究决定，只要有人愿意分田到户，就可以拿出大队最好的地块，让他耕种。

但无论怎样征求意见、展开讨论，都只得到一个声音：不分。

如何落实党的政策，仉振亮需要找出答案。

《邓小平文选》出版发行后，仉振亮如获至宝。他反复阅读《邓小平文选》，从中寻求理论指导。《邓小平文选》第二卷《关于农村政策问题》

仉振亮（右一）与市县农业科员人员在一起

一文，深深吸引了仉振亮：“我们总的方向是发展集体经济……”

通过学习，仉振亮茅塞顿开，思想豁然开朗。他认为改革的关键是发展生产力，一定要从当地具体条件和群众意愿出发。仉振亮毅然决定，从本村现实出发，依据党的政策，改革“队为基础，三级所有”旧的管理体制，搞多种形式责任制，不搞一刀切，决定实行以“统一经营为主，分级管理，专业承包，责任到人，联产计酬”责任制，走专业化规模经营的路子。

1986 年 4 月 28 日，几辆小轿车依次驶入窦店村办公大楼的院里。国务院副总理田纪云在北京市领导的陪同下，来到了窦店村。

仉振亮按照事先打好的腹稿，按照时间要求，既流畅又言简意赅地讲了 10 分钟。

他说，我们窦店的改革，首先土地没有分！为什么没有分？群众一致不要地，讨论的结果是：大家不愿分地，是说我们的家底具备了，物质家底厚实，农业机械化形成了。其次抓工副业，一气建成 18 个企业。许多农民成了工人，进厂不进城，离土不离乡。群众把企业，把农业机械化，都看在眼里。你再分地给他，让他到地里去劳动，他不干了！坚决不要地……仉振亮说着说着，低头一看表，10 分钟到了，立刻戛然而止。

田副总理正听得津津有味，仉振亮突然一下打住了，他不由得一愣：

“怎么不说了？”

仉振亮说：“不是只让我讲 10 分钟嘛，到了。”

田副总理说：“不要受时间限制，说吧！请接着讲下去，讲详细些。”于是，仉振亮细致地向田副总理汇报了窦店村成长、发展的过程，以及今后的远景规划等。

听完仉振亮的汇报，田副总理沉思良久，然后很兴奋、很激动地说：“窦店村做得很好！你们创造性地执行了三中全会的政策，坚持了社会主义方向，走的是农业现代化的路子！”

田副总理视察窦店村之后，紧紧握住了仉振亮的手，说：“窦店是社会主义现代化新农村的雏形。你们做了了不起的工作，做出了了不起的贡献，正在干着了不起的事业！要把窦店的经验总结一下，向全国宣传。”

坚持党的领导不动摇

带领群众建设社会主义现代化新农村，走共同富裕道路，必须坚持党的领导。坚持党的领导，关键是要有一个党性强、思想新、作风正、干劲足的领导班子，而这个班子建设中关键是要有个以身作则、起带头作用的好班长。

仉振亮处处以身作则，起模范带头作用，发挥了村党组织对全村各项工作的领导作用。

为提高党支部一班人的领导素质，仉振亮组织党总支一班人不断加强学习，他们利用每天班前半小时的“晨读”或“早点名”时间，组织党总支成员，村委会委员及各项工作的负责人进行政治学习。

仉振亮坚持制度建设，1982 年制定了党总支和党支部工作条例，1986 年又对条例进行修订。在工作条例中，对党员，特别是党员干部提出了“六查”和“七带头”的行动准则。

为加强党的领导，增强党组织的凝聚力、战斗力，仉振亮不断调整党的组织设置，以利于发展经济，严格管理党员。1982 年，针对党员分散，难以正常管理的问题，他对党组织设置进行了调整，将村党支部改建成党总支。将 139 名党员按照行业和党员的分布，建立了九个党支部，这样既加强了党组织对经济工作的领导，又严格了党员的管理教育，使党内组织生活正常化。

仉振亮带领一班人，深刻理解党的宗旨，自觉做廉洁奉公和密切联系群众的模范，时时刻刻“心里装着群众”，勇于抵制社会上的不正之风。仉振亮始终严格遵守自己规定的纪律，不管是谁来，他一律不陪客吃饭。在分配上，他始终拿全村劳力的平均工资。

仉振亮把带领农民发展壮大集体经济、实现共同富裕定为全体党员的中心任务和奋斗目标。为实现这一中心任务和奋斗目标，他结合各个时期党员思想实际，利用“三会一课”，开展经常性的教育活动。提高了党员干部的政治素质，增强了他们加快发展、多做贡献的责任感和紧迫感。

窦店村连续六年被评选为市“文明单位”，连续三年被评选为“首都文明单位标兵”。

窦店村的社会主义建设事业从雏形走向成熟，把社会主义现代化新农村建设提高到了一个新水平。

以粮为纲夺高产

1948 年窦店村解放时，全村人均口粮不足 300 斤。种好地多打粮食，解决全村人的吃饭问题，是村党支部多年的奋斗目标。

打井取水灌溉大田

自从人民解放军解放窦店村后，窦店村年年有变化。

1956 年，仉振亮当选为窦店村党支部书记后，深感肩上的责任重大。年轻的村党支部书记，日夜思考着如何让窦店村改变贫穷落后的面貌。

全村的土地，哪儿平坦，哪儿是岗，都装在仉振亮的心里。

怎样多打粮食，怎样增加大伙收入，他不仅自己思考，也坐在炕头、蹲在地头一次次向老农请教。

多打粮食是根本出路。

但自古以来，窦店没有水，种旱田，5000多亩土地有一半是偏坡、溜岗，存不住水，土壤不保墒。世世代代只能是靠天吃饭，看龙王爷的脸色过日子，老天赏脸下点儿雨就多收两斗，老天生气不下雨大田庄稼就打蔫。

是毛主席的教导，使仉振亮终于从疑惑中清醒，从思维的困境中走了出来：窦店要多打粮食，不再靠天吃饭是出路。“水利是农业的命脉”，必须兴修水利，扭转靠天吃饭的老传统。

贫穷到了头儿就要背水一战，置之死地而后生。改造窦店村，必须从平地打井着手。仉振亮与党支部、管委会最后决定，组织人打井解决水的问题。

打井！

打井取水，和老天争高低。

仉振亮有雄心，敢想敢干。他东奔西走，借来1万多元，请来了县里的打井队，管吃管喝，打了好几个月。钱花光了，打出的井却是干井，土都不带潮气。窦店大队因此背上1万多元的债。这在当时，是很大的包袱了。对于靠天吃饭的窦店大队来说，这是社员多少个日夜的汗水啊。

年轻的党支部书记仉振亮，蹲在枯井台上，吧嗒吧嗒地直掉眼泪！

窦店大队的地下，不可能没有水。

仉振亮请村里的能耐人，组建窦店大队的打井队。他不信窦店大队的地下打不出水。

仉振亮找到本村的陈泉和孟宪宗，问他俩：“有件事想让你们干，不知你们愿意不愿意？”“什么事？”“打井！”“县打井队打不出水，让我俩打井？我们也没干过，开玩笑吧？”“没开玩笑，就是让你俩外出学习，回来打井。你们俩拿上30块钱，到打井的地方去看看，瞅瞅。啥时候你们觉得脑袋里的想法成熟了，可以设计打井机了，你们再回来，咱们再合计怎么干”！

不到10天，两人回来了！告诉仉振亮：自己设计打井机，能行！

“需要多少钱？”仉振亮问。“也就花个四五百块钱吧！”陈泉说。仉振亮一听，心里打了个愣儿。当时，四五百块钱，对窦店来说，也是个不小的数目，便问道：“你们都要什么材料？”“两根大梁，还得要最好的齿轮！”“使什么料？”“工字钢！”“木头的代替，行吗？”仉振亮说，“工字钢咱买不起！”

二人互相瞅瞅，下决心地咬咬牙，点点头！“从村里，挑憨的，放倒两棵树，弄成方的当大梁。然后把齿轮套在大轴上，再钉到大梁上。”仉振亮这样给陈泉他们布置。

仉振亮又让他们到长辛店二七机车车辆厂、首钢这些大厂子的废铁堆里，拨拉拨拉，踅摸踅摸，人家不要的齿轮、大轴什么的，挑出来，跟人家哭哭穷，少要俩钱就弄回来。

农民兄弟向工人老大哥求救。二七机车车辆厂和首钢的工人，积极热情，甚至帮助他们在废铁堆里挑挑拣拣，6分钱1斤，没花多少钱，他们就把需要的齿轮、轴等，足足挖回来一大车。

但是，拉回来的齿轮和大轴，和做打井机上的尺寸要求并不一致。

房山县的农机修理厂在窦店有个修配点儿有车床，两家关系一向挺好，修配点儿占的又是窦店的地方，陈泉他们把东西拿去刨刨、锉锉、磨磨啥的，也就不要钱了。前后筹备了两个多月，终于把打井机给鼓捣出来了。

窦店大队从麦秋开始打井，到长大白菜的时候，用了40多天，终于打出了窦店村的第一眼井。

这第一眼井，水质好，水源旺，村里人欢天喜地。

这第一眼井，不但打出了水，更打出了窦店社员发展集体经济的信念、力量和希望!

丁玉田任打井队的队长，陈泉任管业务的副队长，一共7个人连续奋斗了四年，打出了57眼井。窦店大队平均不到百亩一眼井，土地全部变成了水浇地，依靠自己的力量，初步改变了靠天吃饭的老传统，为窦店村各项事业发展奠定了基础。

全部实现井水灌溉，这是窦店大队改天换地的第一件大事!

改土平地打造良田

窦店村靠近京西燕山余脉，5000余亩耕地至少有一半地需要平整。有些地，千年冲刷遗留下来的塔似的大土坷垃，深谷似的大深沟，七沟八岔，偏坡溜岗。

地不平整，不能井水灌溉。不能实现井水灌溉，还是靠天吃饭。地不平整，不能实现机械化。不能实现机械化，农业现代化就是一句空话!

必须下大力气，变坡田为水平田。平整土地，功在当代，利在千秋，劳苦一代，造福子孙!

1969年初冬，仉振亮主持召开支委会，通过了关于平整土地的决议：从今年起全大队每年出400个劳力，一人一辆小推车、一把铁锨、一把镐，种完麦，一冬一春平整土地!

今年这样干，明年还这样干!愚公挖山不止，窦店社员要平地不止!啥时候把窦店5000亩土地平整得像镜子一样平，啥时候才能放下小推车，放下铁锨、镐头!啃骨头，就要捡最硬的啃!

平地大军一开始就集中到六队。六队的这块大坡地是45亩，一亩地仅打了45斤谷子!

窦店大队摆开了平整土地的战场。田野里红旗迎风，彩旗招展，小车飞跑，锨镐飞舞，广播站搬到了工地上，大喇叭不停地响，一派热火朝天的景象。

可是骨头没啃几天，仉振亮突然发现：整个工地上欢欢火火，六队的人却拿着锨不愿干活。怎么回事？一了解，原来是六队有人在社员中散布：毁喽！咱们这一平地，好土翻下去黄土翻上来，多少年养好的地，这下全完了。你们听我的没错，咱们一个人买一个砂锅，削一根枣树条擎着，拉棍要饭吧！

窦店大队的土地要平整不像一般地平平土即可，有的一块土坷垃有几万方土，有的高低落差五六米，往下挖四五米才能取平，小推车要推好远好远。真是有点深翻地的意思。

其他生产队也有不少闲话。“大冬天的，眼瞧着社员闲着点儿啦，当干部的心里难受了吧？变着法儿找点活儿让咱们干！”“他们不给咱找点事儿干，上面来了看咱们都歇着，他们怎么说呀！”

工地广播站的大喇叭响了，全体集中开大会。仉振亮在大会上慷慨激昂地说：“平整土地，是咱们支部决定的，是市里号召的，支委会、队委会是搞了调查的，是请了老农当参谋的。平了地，咱们村打的57眼井也就用上了，实现水浇地；不平，粮食亩产只能百八十斤、几十斤，不要说‘过黄河跨长江’，琉璃河都过不去！永远翻不了身！”

平整土地，劳动量大。

为了鼓励社员，仉振亮决定，挖一方土补贴二两小麦，挖五方补一斤。加上社员每天一斤的定量一共二斤，出一斤八两面粉九个馒头再搭些菜，干活没问题。

窦店村平整土地骤然间又掀起了一个高潮。

仉振亮告诉大伙儿：“对外，可千万别说挖一方土补贴二两小麦！物质刺激不让搞！你们要说出去了，我可成了死不悔改的走资派了！”

县里、公社来了检查团，看着窦店村平整土地时，大伙一个个赤膊上阵、满头大汗，龙腾虎跃。他们纳闷：不少村的社员平地穿皮袄大棉猴，还冻得抄着手，直打哆嗦。这个老仉，会使神法还是魔法？怎么把社员玩得团团转?

有的领导知道了“一方土二两小麦”的事,也不点破,暗地里笑着骂道:“这个仉振亮,死不悔改!”

开春平完了六队的地,仉振亮背地里嘱咐副大队长:大会也批了,群众干劲儿也起来了,咱还真得重视,明年可不能减产啊!只能增产不能减产!填完沟土松,得往里灌水,水往下沉瓷实了,然后再平,再浇水再平。春天种一茬大麦,多施点儿磷肥,收了大麦再种一茬玉米。

1970 年,六队大沟坡平了以后大麦亩产 306 斤,玉米亩产 310 斤。现场各队干部、社员代表齐刷刷围了一地,当场划地块,收割,过称,验收。亩产 616 斤!一亩地比不平整时多打了 571 斤粮食。

平整土地从六队一炮打响,路改直了,土地成方连片了,粮食增产了。事实教育了社员,启发了干部。各个队长都着急了,争着要到本队平地。

仉振亮在场院

仉振亮每年抽 400 劳力集中在一个队平地,一连干了 8 年!共平整土地 2280 亩,动土 160 万方。窦店大队 5000 亩土地,井水灌溉一遍,仅仅 5 天时间完成。

大干夺丰产。中华人民共和国成立以来,窦店村在全村耕地面积不断减少、粮食播种面积不断减少的情况下，粮食产量却年年上升。1990 年播种面积 3902 亩，平均亩产 1899 斤，总产约达到 741 万斤。比起 1970 年，20 年增长了 5 倍多。

改革耕作制度

传统耕作制度多为一年一熟，春种秋收。随着村里水井出水，水井数量不断增多，特别是随着农业机械的不断增加，一年一熟的土地面积迅速减少，一年两熟及一年三熟的土地面积迅速增长。

20 世纪 60 年代末，京郊平谷县许家务、岳各庄等地搞起了三种三收。也就是一年种三茬庄稼，收获三次。

三种三收的田垄，是七尺半的畦，70 公分的田埂，畦里占 12 公分，小麦播种 12 行。统一的规格便于浇水。这样，大大提高了农作物的产量。比起有史以来农民混乱的耕作制度，三种三收是先进的。北京市看好平谷县兴起的三种三收的耕作方法，在全市大张旗鼓地进行推广。统一了北京市耕作制度，大幅度地提高了全北京广大农村的粮食产量。

但是，耕作制度像其他任何事物一样，有双重性，既有优点，也有缺点，有先进的一面，也有落后的一面。

就拿施肥来说。麦田地大，埂上不种小麦，待来年五月，小麦长到齐腰高趋向成熟时，小麦地里套种玉米。一人一把锹，破埂施肥，也就是把畦埂破开，把粪肥用背筐一筐一筐地背到地里，撒在破开的埂里。

套种玉米时，满地都是人，真是蔚为壮观！

一人一杆铁管儿的扎枪头子，杆里头是空心的，枪尖有个小洞，可以漏出玉米，在麦垄当中 20 公分的地里播种玉米。

麦子快熟了，下地播种玉米不能踩到麦子，只好脚尖对着脚后跟儿，一步一步往前移动。不，是一脚一脚往前挪动，挪一脚，将扎枪头扎进土地，再从挎包里摸出两粒玉米，从扎枪头上端的口放进去，种子顺着铁管儿掉在枪尖，拔出扎枪种子便留在了土里。然后，再往前挪动一脚，再把扎枪头插进土里。如此循环不止，这就是麦地里套种玉米的播种方法。

尤其割了小麦之后，在板凳高的玉米中间还要种一茬高粱。且不说割麦时播种高粱，玉米苗被踏倒无数，就是该种麦时高粱也不过刚扬花，还没灌浆呢！轮到高粱收获时，籽粒都是瘪的。那杂交高粱质地发涩，连猪都不爱吃。

三种三收中，中茬欺三茬，三茬容易撂荒，总是三茬套种，不可能实现机械化。社员的大田耕作太辛苦太劳累了，从而限制了大面积土地的再增产。

事物总是在不断地发展，在发展中不断地完善。因此，到底是三种三收好，还是两茬平播好呢？农业的根本出路，在于机械化！

仉振亮在思考，三种三收的耕作制度，有其优点，但就是不利于机械化耕作，还把农民紧紧捆绑在土地里，面朝黄土背朝天。这没有出路。只有改革耕作制度，才能实现机械化！

一个偶然的机会，仉振亮看见县农科所副所长张中兴，蹬辆破车吱嘎吱嘎来到窦店村。仉振亮两眼一亮，赶忙抢上前："你怎么来了？""我怎么不兴来？""来干什么？""看看窦店，看看你呀！"他们很熟，谈得很投机。

仉振亮和盘讲出了自己对三种三收的看法。希望能改革这种耕作制度，找出一种适合机械化的耕作制度。张中兴告诉仉振亮，他在城关北市大队搞了两亩试验田，一亩增产 200 斤！两人一拍即合。

当时有人说，谁不搞三种三收就是路线问题，就是不服从党的领导问题，甚至连南韩继的劳动模范徐庆文想改革三种三收的做法，也立马有领导说："你要不搞三种三收，我三年不到你这里来。"

三种三收改革，是个敏感的问题，压力不小。

但张中兴不负前约，1976 年 9 月种麦的时候，带着 40 多项试验的设想，来到了窦店村。

仉振亮从第九生产队最好的耕地中选了 200 亩做试验田，同时安排 10 余名技术员配合试验。一是改良“三种三收”播种，二是试验“两茬平播”新方法。

改良“三种三收”的方法，是前茬播种小麦，中茬在畦埂栽种白薯，三茬栽种白薯、播种花生或玉米。“两茬平播”是前茬播种小麦，二茬播种杂交玉米。1976—1978 年，共进行了 7 种种植方式的 60 余项试验。

试验证明，“两茬平播”优于“三种三收”。

但一个尖锐的问题摆在了仉振亮和实验人员的面前，那就是品种的生长期和产量，无论是“两茬平播”还是“三种三收”，都需要新品种。

培育良种

1973 年，仉振亮听说河北宣化县有杂交一代玉米种子，亩产 1200 斤，便派人拉了一车小麦去换玉米种子。

1974 年秋天，玉米秀穗以后，天一大热，玉米就瘫倒了。后来河北来人说，换来的那些种子，只有 1500 斤是杂交一代种子，剩下的不过是商品粮，根本不是种子。由于盲目引进杂交 2 代做种，结果当年减产 70 万斤。

仉振亮决心向科学实验要产量。

他和县农科所副所长张中兴到农科院，找到了党委书记兼院长的常浦。常浦听了他们的来意很高兴，表示一定支持。

没过几天，常浦果然陆陆续续派了六七个技术人员来到窦店村。1977 年春天，农科院的一辆大卡车开进窦店的大队部院里。车上是一麻袋一麻袋的粮食。仉振亮心中高兴极了，头一年就给这么多种子，真不赖！

当他准备找人卸车时，有人从车上把两个塑料袋装的种子，递给仉振亮，说：“不用卸车，就这两袋种子是你们的。”

仉振亮掂了掂手中的两个塑料袋，一袋也就六七斤！

两个塑料口袋一个装的是“京早 7 号”玉米种子，另一个装的是“京单 403”玉米种子。

他望着车上那鼓鼓的一麻袋一麻袋的粮食，十分眼馋！

两个塑料袋里的种子，外观上，瘪不拉几、毛毛茬茬，估计扔在大街上都会被人当成垃圾。

但仉振亮像捧着两袋金豆子。与农科所、农科院的技术人员和两个插队的知识青年，一块儿来到试验田。这是仉振亮和科技人员搞的 43 项科学实验的其中两项。

平时播种一亩地得六七斤种子，搞试验拿高产就得十斤种子。仉振亮掂量着手中的这点儿种子，心想：咱可不能那么大手大脚地种！咱不能扶耧播种，不然，那样一播，这点儿种子种不了两亩地就使完了！

仉振亮带着个皮尺，捡根树棍儿量量，七寸长，撅下来，一人手里拿一根七寸长的树棍儿当尺子，量一个七寸点一粒种子。

仉振亮告诫大伙：一个窝只许点一粒种子，不管大小粒只点一粒，省着点儿！一亩二斤种子，最好不超过一斤八两。

旁边地里干活的男女社员，停下手里的活，瞪圆了眼珠子往试验田这边瞅。“他们那是干吗呢？该不是绣花吧？种一辈子地都没见过拿棍儿量着种的！真新鲜！”一个坑一个籽，一天下来，一个个腰酸腿疼。

看着播种好的种子田，仉振亮心里又不踏实了，就是这几亩地，产量再高，也无法解决明年秋天播种时需要的种子。要等后年才能全部改种新品种。

怎么办？

县农科所和农科院领导建议，为了提早一年扩大高产良种的种植面积，可以派人到海南岛的天涯海角南繁育种。那里，四季常青，气候适宜，冬春季适宜玉米生长，可以提前一年获得新品种。

仉振亮召开支委会，一致同意南繁育种。

1977 年 10 月 9 日，受村党支部和科研人员的嘱托，徐广坤和张金永背着 20 斤亲本良种离开北京。经过南宁、湛江，越过琼州海峡，穿过整个海南岛，到达了海南最南端的崖城，真正到了“天涯海角”。

临离开北京时，仉振亮再三叮嘱他们：“咱们窦店村明年的试验田，能不能扩大种植面积，大幅度提高产量，全看你们能不能从海南岛拿回种子了！全村人，可都眼睁睁地等着你们哪！”

经过多方努力，徐广坤和张金永找到了 15 亩地供育种用。条件是，每亩地给当地生产队 700 斤粮食指标 70 元钱，当地生产队给一些农家肥，借一条牛使用。

苗出来时正赶上天旱，徐广坤他们便借几个桶挑水把 15 亩地的玉米苗浇了一遍……

终于盼到了收获的季节，总共收了 1500 斤玉米种子。1978 年 4 月 21 日，玉米种子运回了北京。

仉振亮听说海南岛育种的人把种子运回来了，激动得不得了，立刻组织人去火车站拉玉米种。

6 月收割完小麦，立刻种上了从海南岛拉回来的玉米种子。

1978 年的秋天，仉振亮是在兴奋的期盼中度过的。有了优良的种子做支撑，他把两茬平播的土地面积毫不犹豫地扩大到 1200 亩。窦店大队农业生产大跃进，1979 年，窦店大队平均亩产 1232 斤，总产 517.6 万斤，当年增产 173 万斤，每亩增产 465 斤。

这一年，窦店村首次向国家超交余粮 100 多万斤。

实现农业机械化

1978 年以前，窦店大队的农机主要是手扶拖拉机，三十几台分散在各生产队。

两茬平播的成功试验，推进农业机械化的任务更加紧迫。为推进农业机械化，仉振亮开始把村办企业的大部分利润用于提高农业机械化的水平。在窦店村农机维修站组成了窦店大队的“机改小组”，负责全大队的农业机械化发展。

仉振亮把十三队一块近百亩的好地，划给他们搞试验。希望在小麦玉米两茬平作油料作物缺乏的情况下，能在经济作物方面提供较好的机械化耕作模式。

1979 年，窦店大队与各生产队集资 20 万元，购置了五台拖拉机、三台联合收割机和一些配套农具，接着又将各生产队拥有的 30 多台手扶拖拉机和其他农机具收归村里统一管理。在科技人员的直接参与下，机改小组开始了对机务人员的培训和对农业机械的引进、改造和试验工作。

当时凡是比较先进的农业机械，仉振亮经常就是一个字“买”。对买回来的农业机械，不适宜两茬平播耕作的，立即进行技术改造。

窦店大队购进了 B 机 6 型的玉米播种机。它的通用机架，是可以进行玉米播种、施肥的多用机型，效果不错。可是它的播种盘到了窦店却不适用。它原是适合一次下两三粒大马牙种子的穴播，而窦店村是京早 7 号的条播。不对其进行改造，钱就白花了。维修站将播种盘齿轮的转速比按照窦店的条播要求重新设计，齿轮等部件重新铸造。王超铁、程序、朱维元他们设计出来，李才就能根据图纸重新改造。

购进的玉米收割机是当时我们国家唯一的玉米收割机厂生产的。适宜东北大秋玉米收割，马力小，玉米秸含水量必须近乎干燥。窦店的两茬平播玉米收割时，玉米秸还带着浆，必须进行改造。

维修站大胆改革，把原来的二次升运机中的剥皮、二次升运机去掉了，改为直接收割、直接进斗。原厂的工程师来到窦店，很欣赏这种改革，主动和窦店的技术人员合作，共同设计出新产品，通过了国家农场局的鉴定。

窦店大队改造的两种新机型，以及玉米高秆粉碎机，都获得了科技成果二等奖。

田间作业的机械化，解放了大批的劳动力。

1988 年 12 月，窦店村党支部书记仉振亮获得了国家科委颁发的国家首届“星火科技奖”。

生态农业写新篇

庄稼一枝花，全靠肥当家。20 世纪 50 年代初，政府就号召并鼓励农民多积肥，积好肥。在仉振亮的带领下窦店村历经广积肥、秸秆还田、过腹还田，畜牧业得到了快速发展。窦店村终于成功走出了传统农业窠臼，真正做到了以农养牧，以牧肥农，农牧并举，两业相得益彰，实现了生态农业的良性循环。

过腹还田

经过科学种田，1978 年窦店大队余粮 150 万斤！这是窦店有史以来的头一回，破天荒地成了余粮大户。

科学种田夺高产的事实教育了全大队的干部党员群众。全村人赞不绝口：科学种田就是好，听仉书记的错不了。

面对干部党员群众的称赞，仉振亮没有沾沾自喜。在支委会上，仉振亮给大家提出了一个很现实的问题：“我当书记 20 年……我们余下这 150 万斤粮食怎么处理？”

仉振亮（右二）在田间与村民交谈

是啊，150 万斤粮食，这可不是个小数目，怎么办？窦店人打破了往昔的沉静，都在思考：这 150 万斤粮食怎么办呢？

技术人员在与仉振亮聊天中，无意中讲了一句话：长期使用化肥就会使土地板化，造成粮食减产。不管说者是有心还是无心，但仉振亮把这句话记在了心里。

仉振亮早有所闻，美国农业专家韩丁一向实施“秸秆还田”的耕作方法。做法是用联合收割机把玉米收割下来，脱了粒直接入库，玉米秆切碎还田，用翻地机把土一翻把碎秸秆压在土里。经过一冬一春，沤烂了就是肥料。第二年开春种地正合适，但这只适合两年三作。

为了学习韩丁的做法，仉振亮在五队搞了 100 亩的“秸秆还田”试验。窦店大队是一年两茬平播。秋天收了玉米“秸秆还田”，接着就得种小麦。麦苗出来以后，过冬前麦苗齐整，可是一到春天便出现点片死苗现象，补苗没法补，一连试验 5 年都是如此。所以，秸秆还田的方法在窦店大队是行不通的。

那么怎么办？要想保持产量持续上升，一定不能输在化肥上，一定要大力发展农家肥，让土地一年比一年肥沃。天上不会掉馅儿饼，农家肥从哪里来？那就必须发展畜牧业！

仉振亮和科技人员反复思考研究，提出了“过腹还田”的大胆设想。即让牲畜吃了秸秆变成粪再还田，称为“过腹还田”！这样，才能做到种田和畜牧的良性循环！

但新的问题来了。养什么？怎么养？养羊，没有牧场，而且不适应大量造粪。养牛可以，但没有牧场。而造粪最多、最快的是养猪。汉民养猪没有问题，但窦店村是回民村，怎么解决这一问题？最好的办法是建立集体猪场，请汉民饲养。

有人提出异议，养猪也不挣钱！有一个队都是汉民，养了一年猪，挣了 2.02 万元，赔了 2.7 万元！没粮食吃，猪也养不好！要是再把 150 万斤余粮投到这上面来，一旦搞不好怎么办？

争论了三四个月也没有结果。仉振亮请了农科院养猪专家给大家上技术课，讲了科学养猪的措施，保证赔不了钱。一是必须规模化养殖；二是淘汰猪仔的旧品种，改换优良品种，由农科院负责引进猪秧和饲料配方；三是改变过去坑养的方法为栏养，这样既卫生又长得快；四是改变过去稀汤灌大肚的方法为配方饲料，喝新鲜凉水；五是将过去“一天三上朝、一朝两大瓢，爱长不长”的管理方法，改为自由采食的做法。干料只能伸进脖子吃，不糟蹋还干净，而且想什么时候吃就什么时候吃。

窦店大队组织汉民养猪，成功解决了余粮的出路问题。养猪由赔钱变为赚钱！1977 年养猪 380 头，1978 年养猪 800 多头，1980 年养猪 1000 头，1990 年养猪 5500 头。

组织汉民养猪，将猪粪发酵，杀菌灭虫，肥力好。很好地解决了种地的有机肥料来源，窦店的农作物又成为真正的有机食品。

年终分配，一算账，养猪一项就比卖余粮分的多多啦。于是群众说：“还是咱仉书记看得远！”

发展养牛业

养猪，仅仅是解决了余粮和肥料的问题。但是，如何将大量的玉米秸秆儿变废为宝，成为仉振亮反复思考的新问题。

20 世纪七八十年代，北京郊区的重要定位是服务首都、服务中央。郊区农村重要的任务是向首都市场供应肉蛋奶蔬菜。

仉振亮决定，发展养牛业。

牛粪是“过腹还田”的好农家肥！但是养什么样的牛才能不赔钱呢？肉牛还是奶牛，本地牛还是外地牛？他始终决定不下来。

“老仉，买点奶牛，牵回来养，然后自己繁殖！”技术人员说。

仉振亮思忖了半晌，说道：“怕不行吧，在我们这儿靠自己繁殖，一准儿赔钱！”技术人员不知道，仉振亮打小放牛，从小就懂牛经！

农科院的一名技术员从山西买回了几十头种牛放到二队场院。引来不少社员前去观看。

仉振亮听说了，赶忙放下手里的活也去了二队。到那儿一看，他心里“咯噔”一下，暗自叫苦不迭：这下可毁喽！这牛，一头都不该要！老了！瘦得要命！根本没有繁育能力了！

“这买的是老牛。”仉振亮告诉大伙儿说。“不老，就是瘦点儿。”不知谁这么说，“喂几天就肥了！一肥就能下崽儿！”

仉振亮哭笑不得，心疼那些买牛的钱：“想要繁殖得买小岁口牛，这些牛马上就得赔钱！买来搁这儿，不用喂料，再卖就得赔！”

这群牛真买上当了。买的人不服气，觉得牛买得不错。

仉振亮围着牛群转了转，每头牛都是皮包着骨头。仉振亮告诉在场的人：“这群牛，春天那会儿赶上了一场雨，给淋了！大概是中午牛身上晒得暴热，然后淋了一场暴雨，汗毛眼儿给憋住了。这牛的皮淋了雨，牛皮一板，不长肉不长个儿！再加上口齿太大，不可能再生育。”

事实证明，这些牛是近亲交配的山西当地柴牛。这一次损失了七八万元。仉振亮难受了好长时间！

但增加窦店村玉米秸秆儿使用价值、扩大肥料资源的紧迫感、责任感始终在催促着仉振亮购买高质量种牛，发展窦店村养牛生产。

1981 年，仉振亮带着农科院的两名技术员和与他一块儿放过牛的丁方田，去唐山买牛。仉振亮凭丰富的识牛经验，买回 12 头牛。

窦店的奶牛很快发展到 200 多头，每年生产 80 到 100 头小奶牛。

不但要养殖奶牛还要养殖肉牛，供应首都，打入国际市场。仉振亮根据科技人员从内蒙古买架子牛到内地来易地饲养的建议，决定派人去内蒙古买肉牛的架子牛。

内蒙古的畜牧场，牛的品种很多，有许多是澳大利亚、加拿大等国家引进的优良品种。窦店从内蒙古购买了23头“力木赞”品种的架子牛，都是杂交一代牛。

仉振亮将23头架子牛放到十二队喂养。易地育肥法能使每头牛每天增肉量由原来的七两达到两斤多。但是牛肉的质量仍不过关，把牛肉送到建国饭店、长城饭店，他们不要，说窦店的牛肉没有外国的好。

仉振亮和农科院的专家们商议，每年拿出一两万元，探索科学饲养肉牛的办法。养高档肉牛则要喂80%的精料，20%的饲草，这饲草还都要新鲜的。

经过不懈的努力，窦店村饲养出了高质量肉牛。

从内蒙古买来的架子牛，易地育肥，用科学的配料方法和管理方法，经过6~8个月的喂养，每头牛的体重由200斤左右长到800斤以上。牛肉的质量达到国际先进水平，成为北京地区高档次的商品牛肉，并通过香港向世界其他国家转销。

那年春节前，他们宰了两头肉牛，剥了皮把肉吊起来一看，就是不一样。

1988年，窦店村请来了一位法国厨师对窦店饲养的架子牛牛肉质量进行鉴定。他们把用5种不同方法、产地饲养的牛肉混合在一起，摆在案子上。法国厨师操起刀切开一种牛肉摇摇头，再切一种还是摇头。切到架子牛牛肉时，一刀切开，肉内有白色大理石样的花纹，肉是浅紫色的。法国厨师伸出大拇指称赞叫好，还说那白色花纹越宽越好，这样的肉才味美鲜嫩，营养高。

1988年6月，窦店的牛肉参加了在建国饭店举行的评比活动。参加评比的有新西兰、澳大利亚、中国、美国的牛肉。北京市副市长出席了评比活动。英国、美国、法国、中国的4位专家对牛排的色、香、味以及鲜嫩程度等进行评比。按照当时的评选标准划分，新西兰的被评为1.5级，澳大利亚的被评为3级，窦店的被评为4.5级，美国的被评为5级。

从此，窦店村成了建国饭店牛肉供应的定点单位。人民大会堂、民航，甚至上海民航也不定期向窦店购买牛肉。

1991年底，窦店村共饲养3500头肉牛，每年向首都市场提供50万斤牛奶、3000头肉牛，其中有1000多头肉牛运到香港，再转售到世界各地。

农牧业的良性循环，带动了饲料工业、食品工业、商业等各业的协调发展。

窦店菜上日本人餐桌

1988年8月的一天，日本丰田汽车零件公司总经理小岛先生和东京株式会社经济贸易有限公司经理郑山先生来华访问，到窦店村参观。

小岛原先计划上午9点到窦店，参观两个钟头，11点钟离去。仉振亮一边陪他观看，一边给他讲解。快到11点了，仉振亮介绍到无公害蔬菜，小岛听了非常感兴趣。他主动提出中午在窦店吃饭，下午再走。

吃过午饭，小岛要求下午去看田园蔬菜队的蔬菜。这儿种植蔬菜不上化肥，用沼气渣子做肥料，各种蔬菜都长得那么丰满、鲜亮、水灵，这些蔬菜吸引了他和郑山先生。

那天下午5点，小岛和郑山先生离开窦店村的时候，约请仉振亮去日本访问。

小岛和郑山先生回国后第二天便打来电话，正式邀请仉振亮去日本访问。

1989年5月，仉振亮在日本访问了11天，回国那天，小岛提出合作，希望每年给郑山先生供应一定数量的无公害蔬菜。

仉振亮回国后向区里做了汇报，1989年供应日本郑山先生和小岛先生100亩的蔬菜。第二年以后，每年供应他们300亩的蔬菜。

自从1989年5月仉振亮去日本和小岛先生签订出口无公害蔬菜以后，窦店已经把出口日本的蔬菜扩展到300亩。尽管小岛再三地恳求：中国北京房山窦店村的蔬菜，有多少他要多少，越多越好！但是，因为窦店村田园队还负担支援首都市场的需要，目前只能种植 300 亩蔬菜出口日本！

建养鸡场

随着改革开放的发展，人民生活水平提高，需要大量地向首都市场供应鸡和蛋，农村生活膳食结构也在不断变化，也需要鸡和蛋。

但养鸡就怕闹鸡瘟，一场鸡瘟，将一败涂地。养鸡赔钱的思想，在窦店大队根深蒂固。

但为了服务首都人民，提高村里老百姓的生活质量，必须养鸡。

在全村上上下下还没有规模养鸡意识的时候，仉振亮便派出两个人到北京农科院学习关于鸡的防疫知识，历时半年。

为了摸索规模养鸡知识，仉振亮自己养了 100 只鸡，每天早起晚睡，亲自投料，刷石槽，捡蛋，清理鸡舍，消毒，等等，对鸡的整个生长过程都做了记录。这样一来，不仅积累了经验，并且，一年下来净盈 1000 多元。

1983 年底，仉振亮开始筹资建鸡场，1984 年 5 月，鸡场投产，1986 年开始扩建第二栋鸡舍。

1987 年，北京市政府决心解决北京市民的菜篮子和肉蛋供应紧张的状况，决定在京郊扩建发展 200 万只鸡的鸡场。房山区接到了 10 万只蛋鸡的任务，全部交给窦店村。

仉振亮亲自请了各方面的专家，整个鸡场的规划、筹建、放线、施工，他自己从头到尾也参加。即使从北京开会回来很晚了，天黑了他也要骑车到鸡场工地去看看。

建鸡场，尤其像建造容纳10万只鸡这样大规模的鸡场，搞三边（边建筑、边安装、边养鸡）生产，困难非常大。

但是为了尽快投产尽快获益，他大胆地采取三边政策，建一栋鸡舍，安装一栋，立马投放小鸡，再建另一栋鸡舍。可是这样做，一旦传染上疫病，就会全军覆没。而且要掘地三尺，深埋消毒，三年不能在此地养鸡。实在危险！

仉振亮严格把关，严格纪律，严格消毒制度。1987 年 10 月 14 日，老玉米还长着呢，砍了一块玉米地开始放线破土动工。1988 年 2 月 2 号进鸡，3 月 28 号鸡上架，开始正式养鸡了。1989 年 7 月，所有的鸡舍大都养上了鸡，而第一栋鸡舍的鸡已经换上第二代了。全场 10 万余只蛋鸡，两万余只雏鸡，4 万余只中雏鸡，全部周转是 17 万只。

1991 年，窦店鸡场被市里评为二级企业。

窦店鸡场，1990 年的产值是 600 万元，利润是 63 万元。1991 年产值指标是 700 万元，利润指标是 100 万元。

1991 年，有几个月鸡的产蛋量有所下降，仉振亮 5 次亲自组织鸡场场长的场务会，查找产蛋量下降的原因。

仉振亮让兽医解剖鸡，请专家来分析内脏。同时到饲料站查原料，把各种经过科学对比配方的饲料给鸡吃，仉振亮每 10 天要一份试验资料。经过一个月的分析检查，终于发现产蛋量下降的原因出在饲料上。

原料进来时有点潮，由于保管不善有些发霉。仉振亮下了一道强硬的指令：凡是发霉的饲料，必须处理掉而且绝不能喂鸡！

他对大家说："鸡场、药厂、服装厂、建筑业，是咱们窦店村发展的四大经济支柱。四根柱子支撑咱们的房子，你们鸡场这根柱子要是软的话，咱这房子可能就会塌！畜牧业算一条腿的话，以鸡场为龙头绝不能软，绝不能短！"

鸡不怕冷，因为密度大却怕夏天太热。

1990 年 7 月 24 日，一个多小时就死了 5000 多只鸡。1991 年，仉振亮拿出 30 万元决心解决鸡舍顶的保温问题。

保温材料、施工标准，仉振亮亲自参加和建筑队的谈判，签订合同。在施工期间，自己四五次上房查看质量。

功夫不负有心人！

窦店村每年向首都市场提供 260 万斤鸡蛋、10 万只肉鸡。

窦店村为保证北京市民的菜篮子，做出了重要的历史贡献。

多种经营增效益

从 1982 年开始，窦店村基本实现了农业生产的全程机械化，全村 5200 亩地，只需约 100 人即可完成。1800 多名劳动力从农田作业中解放出来，成了多余的人。作为窦店大队的掌旗人，仉振亮在这一历史转折的关键时刻，大力发展社队企业，实现了窦店的新发展。

艳丽服装厂

人民公社化以后，广大妇女投入到生产劳动第一线，没有了在家里做衣服的时间。窦店大队成立了缝纫组，专门为社员加工制作衣服。

为了提高缝纫组的缝纫水平，仉振亮请“文化大革命”中被北京服装三厂轰回窦店村的傅传信到缝纫组当师傅。缝纫组有的妇女不会剪裁，有的不会缝纫，耿直善良的傅传信，便手把手地教授她们。

由于的确良布不要布票，随着社员收入水平的提高，不少社员到商场买衣服穿，缝纫组的活茬不断减少。

缝纫组十几个人，经常没活干。傅传信常常自己背着干粮到北京给缝纫组找服装加工的活儿。仉振亮知道后，不但表扬了傅传信，还决定由大队补助粮票和钱，让傅传信进城联系服装加工的活儿。

还“戴着坏分子帽子”的傅传信，感恩仉振亮，感恩窦店大队，他为缝纫组找到了给某个工厂做劳保服的活儿。劳保服做得了，缝纫组就可以为村里创收了。

仉振亮又牵线搭桥，让傅传信与萧桂英喜结良缘。傅传信重新感受到了家庭的温暖，把全部力量投入到窦店大队的服装生意中。

1979 年，改革开放的春风吹到了窦店。傅传信根据仉振亮的指示，回到北京服装三厂联系生产合作事宜，促成了两家的联营合作，建立了窦店服装厂。

窦店和北京服装三厂的合作，主要是从事棉大衣、童装、上衣等的加工。窦店村 1980 年收入达到 110 多万元。窦店服装厂迅速发展，职工最多达到 300 多人。

当时，民服市场刚刚显露衰退势头。仉振亮高瞻远瞩，18 次跑到北京联系业务，前后历时三个月，终于揽到了给长城风雨衣做加工的项目，为艳丽服装厂（窦店服装厂）转产奠定了基础。

1981 年，艳丽服装厂开始生产“长城牌”风雨衣。

1985 年，服装厂的加工收入达到 215.5 万元；截至 1988 年，靠傅传信一个人的技术带动群众，给窦店村创造了 1000 万元的价值；1990 年单给职工发工资已达 98 万元，上缴利税 89 万元。

在与德国柏林 UK 服装公司两年多的合作中，北京艳丽服装厂取得了信誉，产品在柏林获得好评。UK 公司在艳丽服装厂的订货单逐年增加，1988 年下半年是 4 万多件，1991 年达到 15.3 万件。艳丽服装厂 1991 年获利 120 万元，产值 1100 万元，成为房山区的重点企业。

艳丽服装厂三年上了三个台阶！

仉振亮在生产车间

1992 年，北京艳丽服装厂可容纳 800~1000 工人的服装大楼建成了。全场拥有职工近 600 人，固定资产 400 万元，总产值 1365 万元，占窦店大队集体工业总产值的 23.3%，销售收入 1198 万元，占窦店大队集体工业销售收入的 24.3%。

建窦店珐琅厂、制药厂

仉振亮的两眼总是瞄着那些有技术特长的人。

北京有个珐琅厂，有一位退休的老师傅，姓刘，是个技术权威。因为没儿没女没老伴儿，孤零零一个人，通过朋友的介绍，退休之后来到窦店村落户。

刘师傅的特长是做佛头像，过去他在工厂时就做佛头像出口。

仉振亮派人和刘师傅谈，希望他出来帮窦店村建立一个珐琅厂。

刘师傅人虽然退休了，但是他闲不住，他希望有活干，他害怕孤零零一个人整天混吃等死。与仉振亮一拍即合后，两人着手建立珐琅厂。

1978 年刚开始筹建的时候才几个人，后来扩充到十来个人。刘师傅毫无保留地传授给他们技术，同时又跑外贸公司要活儿。金丝、铜板等料都是外贸公司方面提供，窦店珐琅厂负责加工，做的活儿再送到外贸公司出口。

刘师傅一个人，没有伴儿，每天干完活后，没人给做饭，自己现生火现做饭，要什么没什么。他一忙起来，村里还得派人给他做饭。仉振亮看在眼里，记在心上，从河北省涿县给刘师傅寻觅了一个老伴儿。

在仉振亮的关怀下，珐琅厂给刘师傅盖了两间砖房，买了台电视机。如今又有个老伴儿照顾他，回家热汤热饭有人给端上来，冬天也有暖被窝的了。刘师傅更是一心一意地扑在工作上。

他感激仉振亮如此细致地关心他的生活，他感激村里的领导和珐琅厂的领导，他更加有信心、耐心地把技术传授给年轻人。

仉振亮学过医，对医药的生产有着与别人不同的认识。他一直在思考着，能够在窦店村建一个制药厂。

1988 年，仉振亮投资 1000 万元，与中国医学科学院医药生物技术所联合经营，建了抗生素实验福利厂，成为窦店村资金、技术密集型高的企业。

制药厂由技术所提供技术、品种，1989 年正式批量生产。1992 年以前，主要生产螺旋霉素。在取得较好效益的基础上，又上马国内独家生产的治疗淋病的特效新药盐酸大观霉素。

1992 年，制药厂的产值 1234 万元，销售收入 675 万元。成为窦店村的又一支柱产业。

改善民生不停步

仉振亮一心跟党走，一心按照党的要求去做，没黑天没白日地带领群众苦干，就是为了改变窦店村的落后面貌，就是为了让窦店人都过上幸福美满的日子。

尊师重教

尊重科学、发展教育是仉振亮一贯的思想。

“文化大革命”前，他主张大队每年从公积金中提取一部分留做建小学用，积攒了 3 万元，“文化大革命”开始后，仉振亮建小学校舍的梦想并没有实现。

随着窦店村科学种田、多种经营，集体经济快速发展，集体积累更丰厚。仉振亮建设窦店小学校舍的梦想，有了强有力的资金保障。

1990 年 5 月，由集体和村民集资 320 万元，仉振亮决定在村子的西南，新建中心小学。次年 12 月，中心小学竣工。

为了增加资金，更是为了使每个干部、每个党员、每个村民对发展窦店教育事业都有一种参与感、责任感，从而提高教育的地位，获得全村村民的重视。1990 年初，仉振亮在三楼会议室召开了一个捐资助学动员会。参加动员会的都是党员、干部。

仉振亮在会上号召，每一个窦店党员、干部，都要献出一份爱心，为重建窦店小学做出贡献。

仉振亮带头捐资 400 元，随后，大家争先恐后，一共捐资 23.7 万元。

主体楼工程，夜以继日挑灯夜战。仉振亮亲自宣布建筑队的奖惩制度。即使他从北京开会回村，也定然骑上自行车到学校教学楼工地去转一圈。教学楼建成，仉振亮又到北京参观那些最好的学校，看看他们的教学楼刷的都是什么色。建窦店小学大楼的多年梦想终于实现了，他要把这座教学楼刷上既雅观又鲜亮、十年之后也不显得落后陈旧的颜色。

主体工程建成以后，有一天下大雨，仉振亮一早便撑着伞把整个大楼转了一圈，瞧瞧有没有地基塌陷的地方，能不能经得起暴雨的冲击。

盛暑时节，仉振亮带领村委会、党总支委员会的干部义务劳动了七八次，组织各企业的一把手来学校修操场、平整校园、排除积水、推土填坑。仉振亮戴草帽，操铁锹，一马当先。

1991 年 5 月，窦店中心小学剪彩。北京市副市长以及市高教局、区教育局、市民委等领导同志都来参加了窦店中心小学新教学楼的剪彩仪式。副市长陆宇澄同志为学校题写了校名：窦店中心小学，制成横匾挂在校门口，同时还题写了“教育沃土”四个字，镌刻入石，立碑校园。

仉振亮对师生的早点和夏天的冷饮非常关心，派专人为师生直接从冷冻厂拉汽水、冰棍到学校供师生消暑，兼卖早点。如果有哪一天不卖早点，仉振亮不过中午就会知道，马上赶去亲自处理。他说：“你没有人，我给你人，你没有工夫，我告诉阳乡饭店专门给你们做。你们想吃什么让他们做什么，派人去取，月底结账。卖得了就卖，卖不了再给阳乡饭店送回去。”

白天，他还专门派一个人在校园里搞卫生，另派一个人在校园里负责管理花木。

学校教职工都是国家干部，每月拿的是结构工资，本不该另拿奖金。全校一共 28 个人，仉振亮每年给他们另拨 3000 元作为奖励。1990 年，仉振亮拨了 1 万元作为教师年终奖金；春节时，每人还给 5 斤牛肉、5 斤羊肉、两瓶香油。一入冬，每人还给 600 斤大白菜，一吨煤。这些都是白送，一分钱不要。

仉振亮还特别规定：凡是学校用车只要来个电话，一律开绿灯保证使用。哪怕是给各企业工厂打电话要车，也都要支持学校用车。仉振亮对校长说："村里不怕付出代价，只怕你的老师没能力把孩子们教好！"

教师们解除了后顾之忧，情绪十分高涨，心甘情愿地为孩子们泼洒心血！

建设新农村

历史上的窦店村，虽然地处交通要冲，但多年疏于建设。中华人民共和国成立后直到改革开放前，窦店村的村容村貌改变也不是很大。

随着窦店村经济的迅速发展，集体经济实力的不断增强，特别是 1987 年被列为全国小城镇试点以后，全村基础设施建设进程不断加快。

1987—1990 年，窦店村投资 120 多万元，改造全村的道路。修建完成了三条柏油路，狭窄的街道变成了宽广的柏油路。柏油路宽 15 米，全长 7 公里，将窦店村与四条国道紧密连接在一起，上北京，下广州，为窦店村经济发展添上了翅膀。

窦店村的经济发展，同科技人员的科技贡献是分不开的，为了进一步吸引科技人才，留住科技人才，仉振亮和村党总支决定，建设现代化

仉振亮在为兄弟大队介绍经验

科技大楼和专家楼，为窦店村科技发展奠定基础。

为节约耕地，美化村庄，从1990年起，窦店村先后建起了5栋高层住宅楼和二层小楼，公寓楼高六层，外观新颖别致，居室格局科学合理。昔日的“破街烂镇”已成为村容村貌整洁、环境优美、欣欣向荣、初具规模的社会主义新农村。

窦店是回族村，1987年重修窦店清真寺。1981年，为了满足穆斯林群众开展宗教活动的要求，由市民委拨款2000元，房山区拨木材两立方米，对水房进行修复。1987年，维修大殿、讲堂。1988年，清真寺恢复使用开放，穆斯林群众重新在寺内开展宗教活动。同年6月，由窦店村投资30万元，市民委拨款4万元，穆斯林群众及各界人士捐款5.5万元，在清真寺大殿原址上翻新改建了一座阿拉伯风格的清真寺。2003年春，又将讲堂、水房进行了改扩建，改扩建面积达到800平方米。

修葺一新的清真寺大殿宽敞明亮，门额用阿拉伯文书写：呼唤信仰的人们在星期五做礼拜。殿内面积177平方米，面阔三间，进深三间。环顾大殿，整洁简朴，为方便穆斯林群众做礼拜，殿内灯具、暖气管道一应俱全。

赤脚医生为村民

仉振亮和村党组织始终关注村民的健康。1964年，村里设立赤脚医生岗位，1968年正式建立合作医疗制度。社员每人每年交3.6元，集体补助每人10元，社员每次看病只需交5分钱出诊费。大队划拨一些土地，由赤脚医生种植中草药。合作医疗团队学习快速针灸疗法，用中西医结合的方法为社员治疗简单的疾病。

合作医疗团队负责全村的卫生防疫工作，在疾病流行季节对村中进行消毒，给各家各户送预防药物。特别是到三夏大忙季节，熬制预防中暑、预防痢疾等疾病的中草药汤剂，为社员做好防疫工作。赤脚医生总是随叫随到，方便了社员看病治疗。

1985年，窦店村实行医疗改革，村里规定各企业每月为本企业职工提供两元医疗费，职工包干使用。卫生站实行自负盈亏，行医用药自负其责。

为了子孙后代的健康发展，窦店村虽然有奶牛场随时供应牛奶，但是多年来，仍然坚持倡导母乳喂养的原则，号召绝大多数母亲保证婴儿母乳喂养，促进了大多数婴儿的健康成长。

1983年3月，窦店村建立了计划生育办公室。1983年底，在村党总支扩大会议上，讨论制定了窦店村“计划生育管理制度”，严格遵守生育政策。窦店村的计划生育工作，不折不扣贯彻执行了计划生育三个为主的方针：一是以经常性的工作为主，二是以宣传教育为主，三是以避孕、绝育为主。工作细致入微，很有成效。

窦店村的妇女，改变了旧的“养儿防老”“多子多福”“传宗接代”等生育观念，一切以国家的发展为己任，积极主动配合村里的计划生育工作。从1986年起，窦店村连续多年被评为计划生育先进单位。

一身正气立丰碑

自从在药店当伙计，仉振亮就悟出了一个道理：干事如同看病，是医生就得对症下药，是伙计就得照方抓药，干啥有干啥的规矩。担任党支部书记以后，仉振亮给自己立下了当好支部书记的规矩，就是听党的话跟党走，吃苦在前不图享受，一个心眼儿给大伙办事。

“不通人情”的“约法四章”

常言道：吃了人家的嘴软，拿了人家的手短。当好村里的领路人，先要管住自己的嘴。

上任支部书记没几天，一场考验就降临在仉振亮面前。

村里陈家一直和仉振亮关系不错。陈家大儿子结婚，提出请仉振亮去陪新亲。几千年的官本位社会，书记陪新亲，这是给当事人一个脸面。现在如何办？

常言说，熟不讲理。陈家哥儿仨硬是把仉振亮架到了家里，推上了正坐。这饭是吃还是不吃？一般人都会用下不为例来处理。但仉振亮没有这样做，他不允许自己有下不为例。

仉振亮端起酒杯，向当事人表示祝贺后，告知大家，自己在支部会上说过，当干部绝不吃请。

说完，毅然告辞，离开了酒桌。

仉振亮明白，老陈家的喜酒，只是开头，还会有老张家的酒、老王家的酒……这不行。要给自己定下一个铁的规矩：不管谁家有红白喜事，绝不上桌，滴酒不沾。

仉振亮跟自己“约法四章”：给烟不抽、给酒不喝、请吃不到、送礼不要。从1956年到2000年，在担任村党组织书记的44年中，他严格按照这个“约法四章”要求自己。

仉振亮常说的一句话就是：“咱们共产党员要带领群众共同致富，不能让群众戳脊梁骨。”

仉振亮恪守“约法四章”，从来没有含糊过。从1956年开始，村里无论谁家红白喜事的宴请，他一概拒绝，就连领导的邀请也动摇不了他。

1987年夏，中顾委主要领导来窦店村视察，到中午该吃饭时，领导说：老仉，今天这顿饭我拿钱请你，一块儿吃顿饭吧。仉振亮说：“不是钱不钱的问题，我个人请也请得起，不过请首长原谅，我30多年不陪客不吃请，就是这么走过来的，我都快60的人了，不想破自己给自己定的规矩。”

领导深受感动，大大赞扬了仉振亮的“不通人情”，更支持仉振亮“不通人情”的做法。

仉振亮告别各位领导，回到家里简单地吃了一点东西，就赶紧回到了办公室，继续陪同领导检查工作。

对于送到家里的东西，仉振亮仍然坚持自己的规矩。所有的礼品他不是原封退回，就是照价付款，实在不好处理的就交到村里，连儿子结婚时收到的礼金也被他一一退回。

规矩好定，坚持一年两年也没问题，关键是能坚持多久，能不能始终坚持。仉振亮就是仉振亮，他毅然坚持了 50 多年，始终未变。

不能占公家的便宜

人民军队不拿群众一针一线，所以深受人民群众拥护。集体的每一根稻草都是大伙儿的，当干部，一根稻草的便宜都不能占。

仉振亮从当支部书记开始，不仅是这样说的，也是这样做的。

1960 年，全国处于经济困难时期，仉振亮一面想尽办法带领村民发展农业，一面严于律己，宁可全家饿肚子，也绝不占公家便宜。

那时，窦店村每个劳动力，一天只有 7 两口粮，难以果腹。村中有一位老人每到吃饭时，就去仉振亮家里串门，看见仉家的饭桌上天天是普通村民吃的粮食，量也不多。他逢人便说："仉振亮是个好干部，他家顿顿吃的是玉米淀粉团子和菜粥，没有比咱社员多吃一口粮食。"由于工作量大，仉振亮得了胃病，在医院治疗了 10 多天。那时，还没有合作医疗。为了偿还住院的药费，他不得已拆了自家的两间旧房，卖了砖瓦木料，而公社送给他的慰问金全被他送给了村里的困难户。

村里发展集体事业，仉家一亩二分的宅基地被占用，最终只得到三分三厘的新宅基地。面对家人的埋怨，他耐心开导："我是个党员干部，理应带头执行大队的发展规划，自己吃点亏又算得了什么！将来集体的事办好了，大家都富裕起来，咱家也落不下。"

改革开放以来，仉振亮带领村民发展了多种产业，兴办了 30 多家企业，但他从未想过要从这些企业中为自己捞好处。1980 年，大队砖厂销路不畅，积压了很多砖。这时，有人找上门来，准备包销 50 万块砖，条件是每块砖要收 3 厘钱，总计 1500 元。大队干部开会讨论时，仉振亮算了一下账，诚恳地对大家说："为砖厂打开销路是好事，可是村里还有很多社员家住房破旧，希望每块砖能降价一分钱，并卖给社员盖房，这样可以一举两得。"干部们都一致通过了仉振亮的意见，积压的砖很快销售一空，群众也得到了相对便宜的建筑材料，很是高兴。

养鸡场是仉振亮一手操办起来的。1984年，鸡场处理一些公鸡和鸡蛋，鸡场场长对手下人打招呼："给仉书记留三只小鸡、五斤蛋！"

下了班，场长提着鸡和蛋到了仉振亮家，见到仉振亮妻子胡春玉，问道：

"老婶，我老叔还没回来吗？"

"他去北京开会还没回！陈泉，你有事？"

场长说："鸡场处理便宜鸡和蛋，我给老叔留点儿。我收别人多少钱，也收你们多少钱就行了。我老叔这阵子瘦得够呛！得好好补补！"

谁知仉振亮从北京开会回来以后，了解情况后，把场长叫到办公室，好一顿批评，场长不服气，说：

"卖给谁不是卖？你仉书记怎么就不可以买？我又不是贿赂你，又不是白送你，该收多少钱，我收多少，这我都跟我老婶说明白了。我不过心疼你瘦得跟猴似的！"

仉振亮说："既然是便宜鸡和蛋，就不该给我留！当干部的，哪能看见有便宜事儿就往前上？我知道你是好心，可我今儿个占了这点儿便宜，明天说别人就不硬气了，懂吗？"

仉振亮当即按高价交了那几只鸡和几斤蛋的钱，然后在一次干部大会上，特别提出这件事，做了自我批评，他强调："不管大事小情，凡有便宜的事情，要先群众，后党员干部。"

谁都知道场长给仉振亮送去三只便宜小公鸡和五斤鸡蛋的事，仉书记在大会上一通教育，一下澄清了许多不良风气。

仉振亮的好思想、好作风影响了整个窦店村的干部，他们以仉振亮为榜样，严于律己，一心为公，不搞特殊化，赢得了窦店群众的支持和信任，村党总支也被评为北京市先进党支部、全国先进基层党组织。

仉振亮经常外出开会，经常外出联系业务，凡有吃饭、招待等一切开销，都是自己出，从来不到会计那里报销。大家觉得他太劳累，个人往公事上贴的太多。

几位支委觉得老书记太辛苦，决定给老书记一点儿补贴。

他们告诉仉振亮："算你仉振亮在内，一共九个支委，八个人共同决定，给你 1000 元。叫奖励也好，叫补贴也好，反正是总支委员会的决定，你无论如何也得收下。"

仉振亮想了想，腊月二十八，眼看就要过年了，说别的不合适，让他们高高兴兴地过个年吧！

"好吧，谢谢你们这么照顾我！"他说，"大伙儿赶紧回家去过年吧！甭为这点儿事等着我了！快走快走！回家过年！"

过了年，正月初六一上班，仉振亮就把出纳员叫到了办公室。他让她把这 1000 元钱收回去！谁知出纳员绷着脸，斩钉截铁地说：

"不行，这是支委会讨论决定的，而且每个支委都签字了！我可做不了这个主！"

仉振亮让她别声张，悄悄地把钱收回去不就得了嘛！可是，怎么说也不行。

仉振亮没有办法，他只能按照支委会的决定，收下了这 1000 元。

后来，仉振亮还是硬逼着出纳员把这 1000 元钱送到了幼儿园。

镇里每个季度给各村的支部书记、副书记、农工商经济联合社社长、村民委员会主任、主管会计每人 200 元左右的奖金。三夏和三秋还给这 5 个人两个 500 元左右的奖金。仉振亮一分钱不取，全部入账，到年底和群众统一分配。

劳力中，年终分配的最高数是 5000 多元。仉振亮只拿平均数，还没有一个技术员挣得多！

20 世纪 80 年代以来，仉振亮领导的窦店村对国家的贡献有目共睹，仉振亮先后被选为北京市特等劳动模范、全国劳动模范、党的十三大代表、市人大常委、区人大常委会副主任，可是他每年的收入是多少呢？和一个在大田里劳动的农场场长相比尚且不如。

不能让亲属搞特殊

常言说“虎毒不食子”。所以古往今来，很多为官者，为了子女，失掉了自己的道德准则。而仉振亮竭尽全力守住了自己的防线。

仉振亮的二儿子高中毕业考上了司机，在东方红油厂开车。二儿媳妇是师范学院毕业，在中学当老师。1982 年初，农历大年三十，小两口儿回爹妈这儿过年。

停薪留职搞个体，是国家政策倡导和支持的。鼓励少数人先富起来，提倡万元户，倡导“八仙过海，各显其能”。

初二一早吃饭，儿子边吃边对仉振亮说：

“爸爸，我想停薪留职，买辆汽车搞运输。我跟我们车队队长都说好了，他同意支持我。我和我三弟干几年。您是不是给我们找俩钱儿，帮我们弄一弄，买辆车。”

仉振亮怔了怔，想了想，问他：

“你们车队队长都说可以？”

“对，他说行！”儿子兴奋地把盘算了好久的打算一五一十地说给当支书的老爹爹听，“我和三弟弄辆车干个三四年，准能挣几万。您只给趟趟路子就行了，别的您什么都甭管，三年保证交给您 5 万元！”

仉振亮听了儿子的话以后，琢磨了好长一阵子，才说：“这样好吗？”

儿子愣住了：“咋不行嘛，国家政策允许嘛，咱们也不干那违法的事儿，在政策范围里干，咋就不行呢？”

仉振亮耐心地给儿子解释：“你们都是国家培养的工作人员，你搞单干，他搞单干，这国家还要不要了？这对得起国家的培养吗？我在窦店村领导大伙儿搞社会主义集体经济，儿子却在搞单干挣大钱，群众会怎么看？我在群众中说话办事，腰杆儿还硬得起来吗？当然，现在改革开放，不是分田到户、家庭联产承包嘛，搞个体运输没有错，这在别的村畅通无阻！可窦店怎么弄？你老老实实在那里工作，这件事以后咱再说！永远别忘了，你爸爸是共产党的干部！”

仉振亮还对儿子说：

“我要是想发财用不着你，村里这么多企业，我包了哪一个，一年也能赚几万！”

在改革的过程中，社会上有些党员干部钻改革的空子，只顾自己捞钱，还美其名曰：带头致富！

仉振亮没有这样干！仉振亮也不让儿子这么干。

仉振亮告诉儿子：

“我要是一年拿好几万，群众才拿几千，我还是什么共产党的干部？共产党的干部，就要带领群众走共同致富的路，不是个人带头致富！”

1984年，仉振亮的另一个儿子要结婚了，老仉心里思忖，因为他是窦店村的党支部书记，因为他在窦店村担任了近30年支书，因为他的崇高的威信，因为他与邻里乡亲的密切关系，趁他儿子结婚的机会来送礼、随份子的肯定少不了。这怎么行？怎么能让乡亲们破费呢？共产党的干部，怎么能借儿子结婚的喜事广收财礼份子钱呢？那还算什么党的干部？当时这种事情在各地屡见不鲜，仉振亮心想：我管不了别人，但是我管得了我自己，党风民风要从自己做起！

仉振亮嘱咐家里的人，嘱咐他的儿子和新娘，结婚的事要严密封锁消息，不要告诉任何人。但是，不知怎么，还是被邻居猜度出来了，被乡亲们知道了。办喜事那天，乡亲们纷纷来送礼、随份子。

仉振亮想：如果当场回绝，当场让人家把礼品收回去，把份子钱拿回去，这未免有点不近人情，同时也会影响儿子婚礼的喜庆气氛。于是，他让儿子把礼品、份子钱一笔一笔都清清楚楚地记下来，谁谁送来多少钱，谁谁送了多少礼品，一笔不差。

婚后第二天，仉振亮让新郎、新娘挨门挨户去道谢，同时把礼品和份子钱，都给退了回去。

父亲在孩子面前，如同党的干部在群众面前，一言一行，就像一本摊开的书，孩子和群众都会看得清清楚楚。

胡春玉是仉振亮多少年荣辱与共的结发妻子，是与仉振亮同舟共济的贤内助。多年来，她体弱多病。有一次，仉振亮用公车到良乡为老伴儿接了两趟医生。事后，他向会计交了200元钱的车费。有人问他："老仉，干吗交这么多的钱，这比出租汽车还贵呀！"

仉振亮说："带头人就得这样！带头人不能让妻儿老小沾自己的光，不能带这样的头！带头人要带好头！"

窦店村到处都是自家盖的楼房，街道两旁小楼林立，千姿百态，美观优雅。村里食堂做饭的炊事员，一家4口，盖了一栋两层12间的住宅小楼，除了卧室，每个人还都有一个会客室。仉振亮住的，却依旧是10年前盖的那几间平房。

朋友劝仉振亮："把房子修理一下吧，你没有精力我们可以帮助你。"仉振亮婉言谢绝了一位朋友的劝说，告诉他们："等村里人都住上楼房，我才盖呢！"

每年到窦店村来参观的人，总不下10万人次。参观者听了仉振亮一身清白、高风亮节的事迹，没有不感动的，没有不佩服的！多少人由衷地感叹道：

"仉振亮，是真共产党！"

田雄：创业英雄

贾克忠　张永顺

田雄

一个有希望的民族，不能没有英雄。一个有希望的乡村，不能没有先锋。浩渺的历史长河，奔腾的改革浪潮，奋勇的搏击者前赴后继，谱写出了一篇又一篇惊天地、泣鬼神的英雄诗篇。

田雄，就是一位改革开放浪潮里涌现出来的创业英雄。他高举中国特色社会主义伟大旗帜，以一个共产党员的博大胸怀、赤子之心、非凡胆略，倾注了自己的智慧、精力和心血，把韩村河父老乡亲对美好生活的向往作为奋斗目标，秉持坚定的理想信念和顽强的拼搏精神，以独特的发展思路和高尚的人格力量，带领韩建集团走过了40年坎坷而又辉煌的奋斗历程。他带领韩村河人民，把昔日贫穷落后的“寒心河”建设成了富裕文明的“幸福河”，创造了社会主义新农村建设的恢宏奇迹，成就了中国美丽乡村韩村河的梦幻传奇，闯出了一条乡村振兴、村民富裕、社会和谐的成功之路。

让我们沿着他闪光的足迹，重温那段热血沸腾、激情燃烧的岁月……

艰苦创业　放飞梦想

低洼臭水沟，水来一片洋。
晴天尘土飞，雨天烂泥塘。
灾荒年年有，野菜半年粮。
冬天少棉衣，住着破土房。
年年盼安康，何日好时光。

韩村河村，曾是一个名不见经传的小村落。这里七沟八坑一条河，一群面朝黄土背朝天的农民日日在沟沟壑壑间回旋着，梦想着幸福，却收获着微薄的希望。在那些寒心的岁月里，他们经常望着头顶的苍穹昂首叹息：为什么我们这样辛劳，却又如此贫困？可是，问天天不应，问地地不语，没有人能告诉他们，韩村河的出路究竟在哪里。他们如同暮色苍茫中的行者，渴望有一位向导，带领他们走出闭塞与落后，闯出一条致富路。

1978 年，韩村河人终于迎来了改革开放的好时代，迎来了带领他们摆脱贫困、创收致富的领头人——田雄。他借着改革开放的东风挺身而出，带领韩村河人艰苦奋斗，用一把瓦刀攻克了城乡壁垒，以一颗赤诚的丹心托起了乡亲们的希望，倾尽满腔热血书写着韩村河春天的故事。

一把瓦刀白手起家

“一张白纸，好画最新最美的图画。”生于 1946 年的田雄， 由于家里兄弟多，家境贫寒，从小就和哥哥、弟弟一起到野地里挖野菜，拾柴火，拾粪。早早尝到了生活艰辛的田雄，很小就知道心疼劳累的双亲。他经常把自己碗里的饭拨给弟弟，让父母少为兄弟们的饱暖挂心。直到细心的母亲发现了这个秘密，心疼地抱着他流下了眼泪。他和乡亲们一样，在心里不知幻想过多少回：韩村河的乡亲们过上了衣食富足的日子，房屋宽敞整洁，村里鲜花盛开，人们口中的“寒心河”变成了“幸福河”。

田雄希望用知识改变自己和家乡的命运，实现这个美好的梦想。他从小就努力学习，成绩一直名列前茅。然而，他在高中毕业的时候正赶上“文化大革命”，十年浩劫击碎了他的大学梦。田雄成了中国历史上“老三届”中的一员，只能无奈地返回贫穷的韩村河。作为有理想、有抱负的知识青年，田雄不甘心过祖祖辈辈那种面朝黄土背朝天的日子，他和一群志同道合的朋友时常在一起讨论对社会、对人生的看法，谈自己将来的打算。可是，韩村河一不挨河，二不靠山，自己的出路究竟在哪里？经过再三思考，他决定学一门手艺，拜师做了泥瓦匠，开始了漫长的建筑生涯。由于有文化又肯苦干，他很快就在本乡泥瓦匠中小有名气。

1978 年 12 月的一天，用自行车驮着一对粪筐下工回家的田雄，一进村就感觉到不一样。村头墙上“以粮为纲”“农业学大寨”的标语不见了，取而代之的是崭新亮眼的“解放思想、实事求是”“实践是检验真理的唯一标准”等标语。联想到前些日子从广播和报纸上得来的信息，他兴奋得连家都没回，就把几个志同道合的伙伴召集到一起，提议道：“现在不割‘资本主义尾巴’了，咱们搞个建筑队吧！”

田雄是“老三届”高中生，算得上村里少有的“秀才”，而且具有扎实的建筑本领，深受村民的信任。有田雄挑头，再加上村党组织的支持，没几天工夫，一支 30 多人的农民建筑队就成立了，开始了白手起家的艰苦创业历程。

创业伊始，几把瓦刀、三四辆小推车、十几把铁锨铁镐，再加上几把大铲，就是建筑队的全部家当。几辆双轮小推车还是租借甲方的，干完活就得还。由于建筑队无资金、无机械设备，“甜活儿”轮不上，只能干些零活儿，别人不愿干的苦活累活他们都愿意干、抢着干。几度寒暑、几度春秋，在披星戴月、风餐露宿的几年里，他们征战于燕山石化、房山、良乡、琉璃河水泥厂、周口店采石场等建筑工地，赢得了“人实在、肯吃苦、能卖力气、工程质量优良”的好名声。

经过几年的发展，田雄逐渐认识到，房山周边的建筑工程有限，百十支大小建筑队都在抢饭吃，想要获得更大的发展，必须闯进北京城，承揽像样的大工程。

可是，一个农村建筑队想在建筑企业林立的京城立足谈何容易！1982年冬天，他们好不容易联系上一个装修宿舍楼的活儿，甲方要求采用干粘石。由于没有经验，他们粘出来的石子一片一片的，不均匀。甲方管理建筑的施工员得知他们是村里出来的，当时就找到田雄，急赤白脸地对他说：“一个村建筑队，还想装修大楼，开什么玩笑，走走走……”田雄上前解释，赔着笑脸。那名施工员脑袋摇得像拨浪鼓，连听也不听，“甭说了，我们不用抹花秸垛的！”初进北京，就碰了一鼻子灰，这个经历深深刺痛了田雄。

“没有金刚钻，揽不了瓷器活儿。”田雄明白，要想在北京建筑市场站稳脚跟，光会耍瓦刀、抹大墙不行，必须掌握更多的建筑本领。他凭着一股不服输的劲头，憋足劲儿抓了三件事：一是提高技术水平，不惜花费大价钱，派人到大专院校学习深造，到大型企业学习锻炼；二是健全企业管理制度，全面培训企业管理人员；三是不断加大投入，提高设备水平。三件事一起抓，建筑队的技术装备、工程技术和管理水平提高很快，施工能力和水平也明显提升。而他自己则是白天脚手架上练筋骨、夜晚孜孜不倦啃书山，自学了大学工业与民用建筑的全部课程。专业知识的积累和建筑工地的历练，为韩村河建筑队驾驭高、大、精、难的建筑工程积蓄了文化智慧和科技资本。

凭紫玉饭店项目立足京城

1984年，北京市政府为了接待日本访华青年准备建设玉渊潭紫玉饭店工程。这是一项政治工程，总建筑面积7300平方米，还有8400平方米的现代化的内装修，一式仿古建筑，雕梁画栋，曲径回廊，花活儿多，工程难度大，要求 3 月份开工，10 月 1 日必须交付使用，晚一天也不行，而且甲方没有完整的工程图纸。面对苛刻的要求，许多大型建筑企业应声而来，却纷纷摇头而去，都称没有一年半工夫根本干不下来。田雄却认为：活儿虽难干，但韩村河建筑队要想打出名、站住脚，就必须抓住这样的机遇。别人不愿干、不敢干的工程，如果韩村河建筑队干好了，那就在北京打响“头炮”了，在社会上的信誉就树立起来了，进军北京建筑市场的梦想也就能实现了。

田雄找到玉渊潭乡政府，说明来意，但是遭到拒绝。他不甘心，索性那几天不回家，在办公楼门口“堵”有关领导。精诚所至，金石为开。田雄的执着和诚心打动了有关领导，决定先让他们包一部分基础工程试一试。

工程开工时，玉渊潭乡主管工程的经理就在工地对面的楼里住，见到田雄的队伍每天天一亮，人到位，料备齐，除了吃饭，一干就是到天黑，组织性强，又肯下功夫，活儿干得也不赖，就把整个工程全都交到田雄手中。

面对紧张的工期，田雄制定了 24 小时不停运转的快节奏工作制度，迸发出了令城里人刮目相看的能量。他把五六个工程队全都拉到紫玉饭店来，制定出周密的施工计划与最佳的工程分配方案，集中全部优势兵力干好这个工程。他把工期精确到以小时计算，每天的施工进度严格分解到每个班组、每个人身上。每天三班倒，昼夜奋战，即使风雨交加，电闪雷鸣，工程也照干不误，一刻不停。他还制定了“现场警察”管理制度，严格纪律，严保安全，确保各道工序都合乎要求。整个工地犹如一部严密的机器，有条不紊地运转，每个人都使出浑身解数，挥汗如雨，把精力发挥到极致。

在田雄的指挥下，主体工程进展很快，可是仿古屋顶的最佳设计方案却迟迟定不下来，如果不按时拿出图纸，整个工程都将延期。田雄心急如焚，拖着沉重的脚步沿着京密引水渠漫无目的地走，脑海里不时蹦出古建筑图样，想抓住却又一下子飞走了。之前研究过的古建筑图在脑海里一片混乱，加上连日的辛苦，他感到一阵阵晕眩，倒在了护坡的草地上。睡梦中，他看到了一幅奇妙殿堂的景象，庙宇、园林、画廊在阳光下熠熠生辉……

他从梦境中惊醒，疯了似的往工地跑，把自己关在工棚里，别人敲门叫他都不知道。一个晚上过去了，一个白天过去了。当又一个黎明的晨光从工棚缝隙里透进来的时候，田雄终于拿出了紫玉饭店仿古屋顶的设计图纸。当他把设计图交给甲方工程师时，他们都惊呆了：如此巧夺天工、别出心裁的图案，竟然是这位“抹花秸垛”的泥瓦匠设计的。甲方领导握着田雄的手，一个劲儿地说：“真是太好了，太感谢你了……”田雄设计出的仿古屋顶图纸得到了甲方的肯定和赞赏，工程如期进行，之前的危机也烟消云散。

在那个炙热的夏季，北京的雨水特别多。入夜后，像小飞机似的蚊子“嗡嗡嗡”地在工棚四壁乱飞，田雄和工人们一起同吃同睡同劳动。吃饭时，他和工人们蹲在工地，边吃饭边说事，讨论工程中碰到的难题；睡觉时，别的工人休息了，他还在闷热的工棚里挑起灯火，研究工程的各项环节。他起早摸黑，工地上，到处都能见到他忙碌的身影。

在工程进入白热化阶段的时候，田雄接到家里打来的电话，说他最疼爱的女儿高烧不退，已经住院了。他虽然十分担心着急，却始终没顾上回去看一眼。

对于田雄来说，质量就是建筑队的生命，稍有不慎，就会万劫不复。哪怕工期再紧，也不能阻挡他对质量的追求。在浇筑餐厅二层时，田雄发现有的钢筋有轻微错位的现象，虽然甲方认为问题不大，但他却不允许有这种瑕疵：“在质量上不精益求精，企业哪来的信誉？甲方不追究，我们自己也不能放过。”吃完晚饭，他带领工地管理人员和后勤人员，一锤一凿地把已经浇筑好的钢筋全都砸了重铸，干了整整一夜。他这种执着精铸的工匠精神，不仅令工人信服，更令甲方佩服。

在田雄的精细管理下，紫玉饭店工程比预定工期提前半个月交付使用，得到了北京市政府的表彰,韩村河建筑队也因此在首都建筑市场站稳了脚跟。

在带领建筑队创业的过程中，田雄曾多次向党组织递交入党申请书，并经常向党组织汇报思想和工作，积极向党组织靠拢。1984 年 7 月 1 日党的生日那天，紫玉饭店工程如火如荼之际，田雄火线入党，实现了多年的心愿。田雄回忆说：“那一天，我热血沸腾，既兴奋又紧张，感觉有一种巨大的力量撞击着我的心。自己上初中时的梦想，经过 20 多年的努力终于实现了，我终于成为中国共产党的一分子了。入党了，要干得更好。入党是我为党和人民艰苦创业再立新功的开始。”

集体企业就是为了村民共同富裕

紫玉饭店工程的成功，让韩村河村建筑队挣到了有史以来最大的一笔钱：建筑队除了工人开工资和上缴税金、利润外，还剩下 11 万元，这在农民眼里简直是个天文数字。当时的中国，农村人均年收入只有 300 多元，哪个村出个万元户，不仅是十里八乡的大新闻，还会披红挂彩得到上级表彰。那时的口号是“交够国家的，留够集体的，剩下全是自己的”。面对金钱的诱惑，众人蠢蠢欲动，“长这么大也没见过这么多钱。”“分吧分吧，我家那老房子早就该翻盖了。”“我老婆孩子几年都没添件新衣服了，今年总算能过个舒心年啦！”……队里有人沉不住气，私底下找他：“队长，今年大伙儿可真是累惨了，我都三个月没回过家了，好在这罪没白受，挣得还真不少。”田雄知道，这是来打听这钱怎么分呢！田雄理解大家的心情，他自己家也是“一分钱掰成两半花”，可是就这样挣点分点吗?

想到韩村河建筑队未来的发展以及自己的梦想，他动之以情、晓之以理地给大家做工作：“我们建筑队是集体的，要发展就和全村老少爷们儿一起发展，我们不能自个儿吃独食。”大家内心都很清楚，田雄是建筑队的承包人，如果把钱分了，按照政策，率先变成富人的就是他。他都这样说了，大家还有什么理由不支持他呢！

经过商定，建筑队最后只拿出少部分钱分给大家，剩下的一部分用来购置现代化施工设备，提高建筑队的装备和技术水平，另一部分用来为村里修建了第一条水泥路，建起了一座新的小学。坚持发展集体经济、走共同致富道路，从此成为田雄毕生坚守的信念。

梦想是什么？是灵魂，是信仰，是力量！

干完紫玉饭店工程，韩村河建筑队已经被公认具备了承接大工程的能力，但是没有资格承建国家重点工程，因此与许多工程都失之交臂。

为了尽快壮大企业规模，田雄实施“借船出海”战略。1988年9月，房山区组建建筑集团公司。韩村河建筑队主动申请第一批加入，挂上了“房建集团第二工程公司”的牌子，经过验收升为国家二级企业，开始大踏步闯进北京建筑市场，一鼓作气承建了北京前门全聚德烤鸭店、长春堂、京瑞大厦、金伦大厦、司法部办公楼、火柴厂高层住宅楼、甘露园小区、建工西里危改小区等工程。其中建工西里5号高层住宅楼工程荣获北京市优质工程“长城杯”奖，中国民用航空总局计算机中心业务楼工程被评为市级优秀工程，北京劳动力市场业务用房工程获得了结构长城杯，竣工长城杯和鲁班奖，玉林小区29号楼工程被评为国家样板工程。很快，“二公司”成了房建集团经济发展的中坚力量。

1994年，踌躇满志的田雄带领队伍单独成立了“韩村河建筑集团总公司”，成为全国乡镇建筑企业中第一家被建设部批准的国家一级建筑企业，开始了龙腾虎跃的新阶段。

20世纪90年代中期以来，全国掀起了企业产权改革、改制的热潮，很多建筑企业已经完成了改制。韩建集团一直忙于韩村河新村建设，改制工作一拖再拖。区里主管领导打来电话：不要拖全区的后腿，尽快改制，或者直接变成私企。

在改制潮流的冲击下，韩建集团的动向，引起了社会各界的高度关注。在改制的进程中，出现了一股否定集体经济的潜流，那时候发展集体经济，似乎显得很不合时宜。当时有很多人劝田雄 “解放思想”。

韩建集团有可能“私有化”的议论搅得人心惶惶：他们会不会借成立集团之机，把企业变成几个人的私有财产？

为了让大家安心，田雄几次在会上说：“面对改制，企业和村里都有不少活思想，但大多数村民是不赞成把集体企业改成私企的。改了股权怎么分？我们几个创业的领导分大头？那不合适！那样人心就散了！把韩建集团改成私营企业，对我个人是有好处，一转眼钱都进到个人口袋了，那村里的老百姓怎么办？韩村河的公共事业怎么办？要想发展，不能各自打各自的小算盘，得把大家的力量聚在一起，共同奋斗，这样才能让全村人都过上好日子！”

为了寻求更好的改制方案，田雄一次次请教专家学者，并与村里的各级干部反复座谈，终于下定了符合实际、顺应民意的企业改制的决心。2000 年，他按照建立现代企业制度的要求，在巩固集体资产、发展壮大集体经济的原则下，对韩建集团进行自主经营、自负盈亏、多劳多得的公司制改革，正式更名为韩建集团有限公司（简称“韩建集团”），打造了北京市建筑企业的航母。这一做法，不仅没有把集体经济股份量化到个人手中，而且更好地巩固和促进了韩建集团和韩村河的发展，成为中国农民建筑工人投身城市建设的典范。

“欲穷千里目，更上一层楼。”随后，韩建集团开始进行特级争创工作。2002 年，韩建集团凭着多年的社会信誉和实力，一次性通过特级资质审核。当时全国的特级建筑企业有 30 家，北京仅 4 家，北京韩建集团名列其中，成为北京市第一家通过验收的集体性质的特级企业。

回想这段历程，田雄说：“这就是我入党后向党组织交出的第一份答卷。”

气壮河山　创造奇迹

“山重水复疑无路，柳暗花明又一村。”2003年，韩建集团曾遇到两大发展难题：一方面，随着北京建筑市场的开放，传统单一的建筑施工领域竞争越来越激烈，工程造价越来越低，使得韩建集团收入降低，发展缓慢。另一方面，韩村河村是韩建集团一手建设起来的，建设的时候就投入了10亿元资金。建设完成以后，还得不断提高村民生活水平、完善韩村河新农村建设。田雄认为，办法只有一个，那就是发展。他提出，韩建集团的发展战略目标是做好做久。他决定实施二次创业，以市场为依托，优化调整产业结构，扩大产业范围，培育适应市场形势的核心竞争力。

亮剑南水北调工程

引滚滚长江之水，润泽华北大地流进首都千家万户，保证首都用水安全，是世人瞩目的发展工程。2002年12月27日，举世瞩目的南水北调开工典礼在北京人民大会堂和江苏省、山东省施工现场同时举行，标志着萦绕新中国几代党和国家领导人关怀，凝聚新中国几代科学技术人员心血和智慧，连接海内外中华子孙共同期望的划时代工程正式拉开序幕。

2003年9月，一个爆炸性新闻从北京韩建集团总部传出，韩建集团将斥资3亿元进军南水北调预应力钢筒混凝土管（简称PCCP）工程！

随着田雄令旗一挥，韩建集团的人流、物流，迅速向PCCP工程集中。一时间，和这个项目有关的调研、征地、拆迁、设备订购、安装、调试等工作，如水银泻地般展开。

在制定战略决策的过程中，田雄与韩建的精英团队对兴建PCCP管材生产基地项目进行了周密的调查研究。筹建小组三下江南，两上东北，马不停蹄，行程近2万公里，对国内PCCP管材的生产应用、设备制造、附属配套设施等进行了认真的考察与论证，并请有关水利设计院进行可行性分析研究。经过反复严密的论证之后，韩建集团确立了“建立全国规模最大、

田雄在工地指导工程建设

技术水平最高、产品最新的华北水泥制品基地”的目标，组建北京河山引水管业有限公司，承担南水北调北京段工程的PCCP管材生产任务。

万事开头难。一个生产常规管材的企业想要完成这一项目，面临的难关是常人无法想象的。生产PCCP管材是当今国际水平的高新技术，国内在南水北调工程中使用PCCP管材尚属首次。PCCP管材应用在国内也没有先例，生产工艺技术也没有成熟的经验借鉴。南水北调工程北京段全长55公里，要将这种超大口径、重量级的管材铺满全线，对运输车的制作和管材的装卸等都提出了新要求。面临这些难题，田雄在内心深处也为自己捏着一把冷汗！

攻克技术难关勇担风险

要成功把握住发展机遇，突破技术的重重难关是关键。一个又一个的技术难题，使得生产PCCP管材成为南水北调中线北京段建设的一个咽喉工程，也是风险工程。一旦生产的管材不合格，质量达不到国际规定的标准，那么这些投资将白白打“水漂”。PCCP管材的研制开发，将是一次巨大的风险投资。经过反复研究、论证，田雄下了决心：这件事对国家有利，也是提升韩建集团科技、文化素质和管理水平千载难逢的机遇，这个风险我们担了！

田雄全身心投入到PCCP工程中。从工程选址、土地规划到设备、供电、修路、绿化等环节，他都多次过问，做到心中有数。他每天都通过电话询问工程建设情况，每周都要到基地检查工程进度、质量。那段时间，在傍晚的时候，人们经常会看到一位老人穿着背心短裤，在工地一边查看一边沉思，不开车，不打招呼。他走到哪里看到哪里，看到问题不管下班不下班，就把几个主要负责人叫到一起，随时开起碰头会。

为攻克 PCCP 工程难题，田雄提出了“借势反弹、苦练内功、全面提升企业科技文化素质”的设想。吸纳高科技人才，诚聘国内外高级专家组成顾问团，在 PCCP 整个生产过程中，韩建的技术人员对设备进行了 30 余项革新改造。

功夫不负有心人。2004 年 6 月 12 日晚 8：00，中国本土第一根内径 4 米 PCCP 管材试生产成功了！第一根内径 4 米 PCCP 管材的诞生，让所有关注这个事情的人看到了希望。建设部的领导感慨地说：“田雄同志具有非常超前的意识，我们中国人什么都能干出来！”

一位当事人这样描绘当时的情景：“太令人兴奋了，我当时就像接生自己的孩子一样。”现场很多人眼睛里都含着泪水。田雄当时也在现场，但他的面容似乎很平静，大家看不到他有多兴奋。当一件期待并为之奋斗已久的事情的成功真正摆在眼前时，他反而特别冷静，他想的是下一步怎么走。过去的成绩在他眼里就是“过去”，他心里永远想着“明天”。PCCP 管材试生产成功了，国家用还是不用？ 55 公里的工程会不会有韩建的一份？在多大程度上中标？ 3 亿多的投资，能不能抓住南水北调工程带来的发展机遇？这些都是让他揪心的未知数。

中标　韩建集团迈出崭新的一步

在 2005 年那些烈日炎炎的日子里，田雄家门前大院里树荫下的石桌俨然成了他和韩建集团领导班子成员进行心灵沟通的见证。田雄提出“破釜沉舟、背水一战”的决策。他说，我们不但要生产出管子，还要具备运输、安装、配件、回填一条龙的能力，时不我待，从现在开始就要马上投入到工作中去，用成果说话。

他们凭着开明真诚的工作方式，广泛寻求合作，把自己的对手变成合作伙伴。韩建集团领衔河山管业、美国普莱克斯公司、中国建筑材料科学研究院、江苏天目建设集团等 8 家单位组建投标联合体，为参加投标打下了坚实的基础。

2005 年 11 月 14 日，隶属韩建集团的河山管业有限公司如愿以偿，一举中标南水北调中线工程（北京段）惠南庄至大宁庄的 PCCP 制造标及土建标，土建及装填管工作正式向前推进。

韩建河山管业研制生产的内径 4 米 PCCP 管材，填补了国家技术空白。在南水北调 PCCP 管材的生产和安装任务完成以后，韩建河山管业又先后承接了哈尔滨磨盘山、淮水北调、山西坪上、山西万家寨引黄二期工程、辽宁供水等国内知名的水利项目，逐步形成了点面融合、协调发展的业务架构，足迹遍布大半个中国。山西省万家寨引黄入晋北干线 PCCP 输水工程安装Ⅱ标于 2013 年 7 月 9 日被正式授予第十一届中国土木工程詹天佑奖，成为全国同行中的佼佼者。

“一花引来万花开。”在夺取了 PCCP 胜利的同时，田雄带领韩建人在房地产和建筑施工领域也取得了重大的突破，成功打造了金贸大厦、瑞雪春堂、富水良、富囍良等知名项目。韩建施工以质量为保障，以诚信为基石，先后建成了中联部办公楼、北京市高级人民法院、北京市劳动力市场业务用房、中关村 CEC 大厦、中国电影博物馆、石景山体育馆、亚洲沙滩运动会海阳生态体育场等一大批科技含量高的地标性建筑，囊括了鲁班奖、中国土木工程詹天佑奖、国家优质工程奖等建筑业荣誉。

在田雄的带领下，韩建集团依靠抢抓机遇、捷足先登的创新精神，依靠强强联合、自主开发的现代企业发展模式和实力，发展规模不断壮大。

目前，韩建集团下设22个下属分公司，11个直属公司，12个子公司，总资产达100亿元，最高年上缴税金5亿元，银行信用等级为AAA级，融资能力达30亿元。韩建集团连续多年被评为全国、相关部委及市、区模范集体和先进、明星企业，荣获全国优秀施工企业、全国建筑业诚信企业、全国守合同重信用企业、全国工程建设质量管理优秀企业、全国建筑业500强等称号。

惜才育才　助力发展

了解田雄的人都知道，在事业的发展中，他一直都十分惜才爱才，不遗余力地为人才提供舞台。韩建集团在1978年初创时，是一支仅有30多人的修缮队，1983年开始闯进京城建筑市场时，也不过是200多人的队伍，曾被人讥讽是只能“搭鸡窝”“盘火炕”的泥腿子。田雄深知，要想在强手如林的京城建筑市场站住脚，就必须有出色的技术和管理人才。成立韩建集团后，他主张，对于进了韩建集团的人，要根据其自身特点，按照工作和事业发展的需要培养他、使用他，让他学有所长，长有所用，用有所绩，绩有所奖。也正是凭着这样的人才观，韩建集团广纳贤才，优化人才队伍，锻造了一支乐于奉献、勇于开拓、富于创新、善打硬仗的现代企业管理团队，创造了“想干事业有机会，能干事业有舞台，干成事业有前途”的发展氛围。韩建集团就像一个快乐、和谐的大家庭包容着每一位韩建人，给予每一个韩建人不断提升能力和努力实现人生价值的机会，更给予每一个韩建人广阔的事业天地和充满希望的未来。

培养有一技之长的建筑队伍

市场竞争是人才的竞争，带头人既要当伯乐，善于发现人才，又要能留住人才。创业初期，“下海”“跳槽”成风。那时，田雄的韩村河建筑队吸引人才没资本，自己花钱培养人才又怕“飞”了。怎样才能培养人才，并使人才留得住、用得上呢？田雄从《孙子兵法》中得到了启发。古人云："上下同欲者胜。"上下同欲，就是要有共同的理想、共同的追求，用共同的事业把大家凝聚起来。他以"情"为纽带，将自己与上千个韩村河人紧紧地联系在一起。

1984年，紫玉饭店工程完工后，田雄带着他的那群"泥腿汉子"转到新的战场。他突然发现，队伍中少了两员大将，一个是集团副总经理，一个是企业处处长。有人悄悄告诉田雄，两人在紫玉饭店工程中表现优良，紫玉饭店把他们留下了，答应把他们招为国家职工，转为城市户口。田雄一听，头都要炸了。当年，一个农民如果转为城市户口，简直比在美国拿个"绿卡"还要珍贵。面对如此巨大的诱惑，谁能不动心呢？田雄连夜赶去找他们，发现两人的铺盖卷儿还没打开。看到田雄，两个人都愧疚地低下头，等着田雄的批评。田雄鼻子一酸，哽咽着对他们说："咱农民摊上这样的好事不容易，我真不忍心叫你们回去，可是，咱们的企业需要你们啊，我代表韩村河的父老乡亲求你们了……"说完，田雄朝两人深深地鞠了一躬。两个硬汉子坐不住了，他们紧紧握住田雄的手，声音颤抖地说："您别说了，我们跟您回去……"后来，两个人都成了韩建集团的领导骨干，田雄让他们第一批住进了村里的别墅楼。他们不辱使命，为韩建集团事业的发展立下了汗马功劳。田雄以"情"动人，不仅留住了他们，也留住了无数个像他们一样的人才，为韩建集团的发展奠定了坚实的基础。

善于发现人才　公平使用人才

企业由小变大的一个重要原因就在于选准一个人，用好一批人。在这方面，田雄有独到的见解。在用人时，他能让"一个和尚挑水吃"，就不让"两个和尚抬水吃"，更不让"三个和尚没水吃"，坚决杜绝人浮于事的现象。对于每个干部的使用，田雄都本着让他"跳一跳，够得着"的原则安排。他认为，这样有利于最大限度地开发每个人的潜能，使之迅速成长起来。

韩建集团许多公司经理和技术干部就是这样脱颖而出的。

张信是河北省涿州市百尺竿乡一名普通的瓦匠，1986年外出打工来到韩建集团。他从一名普通的工人到班组长、工段长、质检员、副队长，一步一个脚印，一路稳稳地走来。当初韩村河建新村时，村里要建一个容纳千人的大礼堂，三个月的工期，年底就要交付使用。田雄只提供了一张图纸，配了两名副队长，就把这个工程放心大胆地交给了张信。张信在“三秋”大忙时节回到老家涿州“招兵买马”，组建了一个工程队，拉到韩村河礼堂工地。一天，田雄陪着区领导来到张信的工地，众人都被眼前的场景震惊了：工地环境整洁，秩序井然，每个岗位都有工人忙碌着，既丝丝相扣，又环环相接。他望着这个朴实而又能干的年轻人，欣慰地笑了。礼堂高标准、高质量如期完工后，田雄又把一个几万平方米的大工程交给张信，他又打了一场漂亮仗。田雄发现了张信的才能，破格提拔他为工程处长，让他领导四个工程队。

田雄深知：在激烈的市场竞争中，光凭一腔热情是远远不够的，还必须牢牢掌握现代科学技术。早在80年代初，田雄就把拿惯了瓦刀的职工们，分期分批送到国营大建筑公司学习。建设紫玉饭店时，尽管工期紧张得分不清白天黑夜，他还是把人精密编排开，轮流去上课。很多人回忆起当年的求学经历，至今仍记忆深刻：“干了一天的活儿，累得骨头都散了架，站在公共汽车上都打晃儿。坐在教室里，哪怕困得眼皮打架也不能睡，手里拿根钉子，困了就往大腿上扎……”后来条件稍好些了，他又不惜血本，选派业务骨干参加北京建工学院等高等院校举办的业余函授班。从1991年开始，韩建集团每年从本地区或其他省市招收50~200名高中毕业生，送到大专院校学习，一切费用均由集体支付。他们投资兴建了集幼儿园、小学、初中、高中和大专为一体的教育中心，由韩建集团和北京农业工程大学联合创办大专部，通过教育回归建筑本行，培养了一批批工民建专业技术人才。而他自己则依靠自学成为高级工程师，还带出了100多个工程师和6000多个持证上岗的技术人员。

打铁更要本身硬

带头人只有不断学习“充电”提高自身素质，才能使企业创造辉煌。田雄在挖掘人才、培养人才的同时，一刻也不放松学习，努力提高专业知识和管理水平。他在艰苦创业的生涯中，养成了动手写作的习惯，凭着深厚的文学功底笔耕不辍。1986年，田雄在厦门参加了为期三个月的企业家学习班。在他的同学中，有不少是先富起来的人，也不乏慷慨大方的潇洒者。可田雄却“寒酸”得连个傻瓜相机都没有，到各处参观访问，别人抢着照相，他却悄悄躲到一边。回来以后，他却写出了《企业家与孙子兵法》《如何当好工程队长》等文章。

工作之余，他把自己的工作体会，在报刊上发表的文章，在不同场合的讲话、发言及汇报材料等进行整理，陆续编辑出版了《创业韩村河》《创新韩村河》《自律韩村河》《和谐韩村河》《发展韩村河》《幸福韩村河》六本著作。2017年，又出版了新著《田雄创业路》，真实记录了他带领韩建人40年艰苦创业的历程，字里行间贯穿着一个思想——共同致富，奋发着一种精神——百折不挠，反映出一种智慧——与时俱进，体现出一种品德——先人后己，展现出一种胸怀——海纳百川，奉献出一个成果——幸福韩村河。

一路走来，韩建集团从一个村级建筑队发展成为国家特级资质的大型企业集团，这不仅得益于专业技术人才的有序培养，得益于经营管理水平的持续提高，更得益于田雄积跬步以至千里、积小流而成江海的远见。

建设美丽乡村　让父老乡亲过上好日子

在炎热的庄稼地给玉米除草时，田雄曾发誓：“一旦将来有了本事，我要让韩村河的父老乡亲换个活法儿！” 随着韩建集团经济实力的增强，田雄开始实现心中的梦想。他从基础设施抓起，一步步改变韩村河村的落后面貌。

坚守美丽乡村梦

要彻底改变一个村子的落后面貌，必须对思想观念、生产方式、生活方式等方面进行根本性变革，不可能一步到位，田雄采取了循序渐进的方法。

1983年春，韩村河建筑队在全村修建了四座水塔，安装自来水，解决了村民用水、工业用水、农业用水问题，韩村河村民结束了祖祖辈辈打井、掏井、担水、打辘辘的古老取水方式。过去，人们为吃水累弯了腰，不知用坏了多少个水桶、多少条扁担、多少条麻绳子。但那时候的水质总算是好的，没有污染。 自从得知韩村河路北有两眼井的水有很浓的汽油味后，田雄又开始关心起韩村河的水质了。有一天，他看见村里用自来水浇过的菜地两侧都是白色的，有点纳闷儿：那是什么东西？是盐？是碱？还是其他东西？田雄当即把村委会的几个主要干部叫到了现场，问是怎么回事。他说 ：“只知道咱们前些年打的深井有污染，怎么咱们吃的水也污染了呢？”当时，水电处负责人说：“咱们村共有五眼井，现在只有路北的两眼井有了污染。但是，全村的供水系统都是联网的，否则，高层那边水压低，上不去水。”田雄一听急了，他当即向村干部们下达了紧急任务：第一，把两眼污染井关闭，禁止使用；第二，水压不够就马上再打几眼井，保证高层村民的饮用水；第三，把全村的井按小区范围给断开，不能再联网 ；第四，赶快取水去化验，看看水质到底怎么样；第五，尽快解决资金，建设全村用水安全网络；第六，正式接通镇里从二龙岗山泉水系主管道引来的水。总之，禁止饮用地下水，要让乡亲们喝上纯净、矿物质丰富的山泉水。

在这次解决村民饮用水的施工过程中，尽管田雄非常忙，但他还是多次找有关人员询问工程建设情况，多次到现场检查指导，并反复叮嘱施工

田雄（中）为山泉水入户揭幕

人员加快施工进度，尽快让乡亲们喝上无污染的山泉水。在田雄的关心与监督下，韩村河村委会仅仅用了76天的时间就完成了这项民心工程。

开通全村的山泉饮用水本来是要收费的，但是，怎么收费呢？田雄在充分考虑村民的利益后，要求村里对村民饮用水进行实测实量，看看每人每月到底用多少饮用水。经过测量，每人每月用0.5立方米的水就足够了。于是，田雄提出，这部分水不收费。但是，为了杜绝浪费，多出来的部分要交费，他把可以直接饮用的山泉水引到各家各户，解决了村民的安全用水问题。

发展产业，解决村民就业，这是农村城市化的关键环节。从1986年开始，田雄围绕建筑主业发展，筹措资金在村里建起了建材总厂、构件总厂等村办企业，形成了围绕建筑业发展工业项目的经济发展格局，提高了生产经营能力，形成了稳定的村民就业渠道。

新农村建设，还必须解决村民种地问题、吃粮吃菜问题。1992年，田雄他们投资近1000万元购买大中小型农机具，对全村农业统一实行专业农场经营，全部利润返还给村民，解决了家家户户的种地问题。不养猪，不造粪，不堆柴，比自己种地还合算，村民还有另外的工作收入。新农村建设，必须解决村民烧火做饭问题。1993年，他又投资建成村液化气站，解决了村民的洁净能源问题。

在田雄的推动下，原本只有一两个小企业的村子一下子充满了生机。“咱是韩村河人，要为家乡做贡献。”田雄抱着这种思想不断往身上压担子。

1993 年 3 月，田雄全票当选为韩村河村党总支书记。物质上和组织上的力量都齐备了，田雄知道，实现他诺言的时候到了。

在韩建产值、效益不断翻番的情况下，有人提出给群众分钱，田雄没有同意。他说：“咱要攒下钱，在村庄建设上给大伙儿圆一个最美丽的梦！”

由于历史的原因，韩村河村村民的宅基地分配不科学，侵街占道、互相攀比、邻里相争的现象时有发生，这与全村经济发展极不相称。田雄和班子成员统一了认识：发展小城镇是韩村河的战略方向，规划是城镇建设的基本蓝图，要按照 50 年不落后的原则，高起点地科学制定韩村河小城镇建设发展的总体规划。他主持制定了《韩村河新村建设规划》，决心在努力发展韩建集团的同时，本着“企业要建村、企业要富村、企业要养村”的原则，把村子建设成一个高起点、高标准、50 年甚至 100 年不落后的小城镇，让韩村河成为“村在林中、路在绿中、人在景中、家家住别墅楼、文明富裕和谐”的京郊第一村！

田雄把心中的宏伟构想形成了这样几条简练的文字。（1）目标：中国特色的社会主义新农村。（2）指导思想：邓小平理论。（3）原则：以建筑为主多元化发展，走集体共同富裕道路。（4）标准：①住，全村 791 户都住上两层别墅小楼，集体供水、供电、供气、供暖；家家实现电气化；②行，大部分户有自己的卧车或工具车；③吃穿，三产比较发达，村中有大小饭店，一年四季穿中高档服装；④玩，工作之余和节假日，有公园、礼堂和文化中心，可去全国或世界旅游；⑤工作和工资，人人有工作，人均年收入在 2 万元左右，60 岁以上的老人有养老金；⑥时间要求，8 年时间实现上述目标。

1993 年下半年，韩村河新村建设正式拉开帷幕。这是一项艰苦的“工程”，丝毫不逊色于当年闯北京建筑市场的苦涩。在农民传统的思维里，谁要动他的地，就是“要他的命”。特别是宅基地，那可是老祖宗遗留下来的，乡里乡亲什么话都好说，一扯到宅基地，就得比个高低。在新村建设中，村民最关心的是旧房怎样折价，新楼价钱多少，三口之家给多少楼房，五口之家给多少楼房等。田雄坚持标准公开，把村民代表会讨论通过的一整套规定印成小册子，一家发一本，又开大会逐条解释，充分体现了民主自愿的原则。田雄等一班党委干部还挨家挨户亲自上门，苦口婆心地讲解一番。不会算账的人，还得给他们算一笔账：自家的旧房子，集体以每平方米多少钱“收购”，别墅楼盖好后，又以低出造价一大截的价格给你，地基还是你的，你平添了一栋楼。有好些家这样一抵账，集体还得补贴他家一笔钱呢！守旧的痼疾被田雄拔掉后，拆迁的关键问题便迎刃而解了。

为了拆迁，村民得先搬进周转房去住，可有的户挑三拣四，集体把周转房里的水、电、暖气、电视、电话全装好了，他还要求给垒猪圈和鸡窝。田雄和班子成员不厌其烦，能满足的要求尽量满足。有一户人家不搬，是因为他家老宅院里有一棵杨树，拆迁工作人员按规定给树量树腰，论粗细给予作价补偿，可是这家的主人非要量最粗的树根部分。双方争执不下，有人报告田雄。田雄说：“那就依他，量树根吧！”手下的人不理解。田雄说：“农民的日子还不富裕。他们可以只考虑个人利益，但咱心里装的是整个村！我们办事不就是为了全村老百姓好吗？等将来条件变好了，你让他计较他还不计较了呢。”集体让一点没多大损失，新村的建设却因此大踏步地向前推进了！

2012年7月21日，房山区遭遇百年不遇的特大洪灾，韩村河镇也是重灾区，各村普遍受灾，出现了房倒屋塌、断水断电等现象，韩村河村却无积水，道路通畅，供水、供电、通信正常，村内无重大财产损失，无一例人员伤亡事故，村民的正常生产生活秩序没有受到影响。这一切都要归功于田雄的远见卓识。在新农村建设过程中，田雄深深记得爷爷给他讲的一个“故事”：韩村河村地处牤牛河边，属于洪涝灾害多发地区。1939年，天降暴雨，冒着白沫的洪水涌进院子，眼见着就要进屋了，一家人挤在简陋的平房里，却无能为力，只能诚惶诚恐地祈祷天晴水退。

前事不忘，后事之师。痛苦的灾害记忆，使田雄在进行新村建设的时候，特别注重防灾减灾。他明确提出：“建设绿色生态现代化新农村，是几辈人的大事，一定要注意防洪抗灾。”田雄对全村进行统一布局，坚持生产生活合理分区，将岳琉路以北作为主要生产区，路南作为生活区；坚持道路房屋合理分布，建设东西 9 条路、南北 14 条街，将全村分成 9 个小区；坚持顺应地形地势合理避险，根据全村地势西北高、东南低的特点，将全村开发建设重点集中到村庄北部。此外，田雄还根据多年搞建筑开发的经验，坚持把基础设施作为村庄建设的重点，把整个村子的地基垫起一到两米高，将全村沟坎填平，道路硬化。全村水、电、气、暖、通信等管线全部入地，并建设了高标准的村庄排水系统。他还以建设绿色生态现代化新农村为目标，高度重视环境保护和生态建设。在村南修建了占地 150 余亩的休闲公园，公园内种植了各种树木、花卉和草坪；在牤牛河堤旁种植大面积杨树林和柳树林，形成了村南的一道绿色屏障。

80 多岁的李凯老人，住在 4 区一栋 240 平方米的别墅楼里，楼后有一个小院，院中有两座低矮的旧平房，一座 3 间，一座 5 间，都是斑驳的灰黄土墙，水泥抹的灰色的房顶刚刚到新楼房的门槛，比新楼房整整矮了两米。这两座旧平房在富丽堂皇的别墅区中显得那么渺小，那么可怜！“这原来是我和弟弟的房，是老书记田雄特意让保留下来的，目的是和现在有个对比，更好地教育后人。”李凯老人说，“1939 年发大水，我家放在条案上的掸瓶都进了水。那时一下雨我们就不敢睡觉，怕土坯房让水泡塌了，整天提心吊胆的。北京‘7·21’特大暴雨，跟那年差不多，但是我们的觉睡得踏实着呢！那么大的雨，水都没进院。要不然，我们真要受灾了！”

当别的村忙于救灾、急需外援的时候，同样位于灾区的韩村河村不仅不需要救援，反而捐款 180 多万元支援全区救灾。房山区委研究室在认真

美丽韩村河

调研的基础上，于2012年8月20日在《决策参考》刊登了《韩村河村坚持“五有”平安度过“7·21”》的调研材料，全面介绍了韩村河村的防洪抗灾经验，房山区委书记亲自批示，要求全区学习韩村河村的防洪抗灾经验。

11年间，韩建集团投资10亿多元，建成了11个高标准住宅小区、581栋独门独院的别墅楼和21门公寓式多层住宅楼，910户村民全部搬进了新楼，村民们过上了都市般的生活。2012年，韩建集团又新建成了2.6万平方米的云龙阁小区，本着公开、公正、公平的原则，按成本价供应给符合条件的村民，进一步满足了村民居住的新需求。现在，全村住房总面积21.15万平方米，村民人均住房面积达到72平方米。这些小区被东西9条路、南北14条街串联起来，形成了美丽的乡村高级别墅区。

健全美丽乡村公共设施

为保证新农村的正常运转，韩村河村成立了水电处、花木公司、清洁队等服务机构，专门为乡亲们服务。在创建美丽乡村、幸福韩村河的过程中，每个人既是建设者，也是维护者。

“韩村河人人都是清洁员！”根据村民大多住独门独院别墅楼的特点，村里采取了户户门前三包（绿化、卫生、治安）的措施，规定每家每天出一个人把自家门口打扫干净并对集体种植的苗木花卉进行管理，村里给予每户一定的报酬。村里制定的卫生标准是：车过不起烟，雨后没有泥，没有死水坑，人过没脚印，雪后四小时要保证路面无积雪。

韩村河村林木覆盖率达到60%，负氧离子也比城里高得多。为了使韩村河的环境更加生态环保，近年来，韩村河村率先完成北京市首个集中式电采暖示范工程，将煤锅炉改造成为电锅炉，使韩村河村结束了烧煤取暖的历史，步入了利用清洁能源供暖的新时代。

走进韩村河村的大街小巷，绿树成荫、花团锦簇、草坪青翠，别墅楼院中栽种的桃树、李树、杏树、枣树等果树，春季鲜花烂漫，秋季硕果累累，全村犹如一个自然生态大公园。街道旁、公园里摆放的花卉每年要大换两次，确保三季有花，四季有绿。韩村河也因此荣获“全国绿化造林千家村”“国家AAA级旅游景村”“全国农业旅游示范点”“全国生态文化村”等称号。

韩村河建成城镇化美丽乡村，设立多部门服务机构进行日常管理是必须的。要让它顺利正常运转，每年需要6000万元的投入。这笔巨资不是国家给的，也不是村民拿的，而全部由韩建集团出。“我们不但要让全体村民住得进别墅楼、住得起别墅楼，还要让全体村民住得好别墅楼，让靠市场发展起来的韩建的阳光，永远温暖村民的心，照亮村民的生活愿景。”这是田雄的心声。

“韩村河村民不是包袱，是财富，是激励我们不断进取的强大后盾，也是我们圆梦的最好载体。俗话说，小河有水大河满。没有村民的支持，我们就会失去前进的动力。”尽管韩建对村里的投入一年比一年多，田雄有时有压力，但更多的是有一种成就感。他说：“把我们挣的钱给乡亲们花，看着大家都过上好日子，我乐意，我高兴。这就叫改革开放成果大家共享。”

韩村河村的优美环境聚集了越来越多的人气。每逢周末，十里八乡甚至河北省涿州等地的人都来赶集做生意，高峰时可达上万人。令人惊叹的是，每当大集散后两个多小时，集市场地就恢复了整洁的面貌，这是村清洁队及时清理的成果。村里对这个商贸大集提供全方位服务，却不收一分钱，所有的服务开销全由韩建承担了。

美丽新农村彰显新时代魅力

良好生态环境是最普惠的民生福祉。田雄坚定不移地落实习近平总书记“绿水青山就是金山银山”的科学论断。他坚持生态惠民、生态利民、生态为民，不断满足人民日益增长的优美生态环境需要。

韩村河2000年路口耸立着一块两人多高的巨石，“韩村河”三个红色大字赫然醒目，带着喜庆，带着热情，恭迎着南来北往的村民和天南海北的游客。顺路望去，眼前豁然开朗。宽阔的大街洁净靓丽，苍翠的松柏绿荫铺地，座座花坛争奇斗艳，栋栋小楼掩映其间。路边的麦田生机勃勃，绿油油的麦苗在初春的艳阳里茁壮生长，在温暖的春风中拔节吐穗，在金色的季节收获沉甸甸的希望。

2000年，路的尽头伫立着一座高大的建筑物——圣霄楼。汉白玉围栏，大理石底座，基座的青白石海龙戏水石雕栩栩如生，五千年历史文化图像雕刻精美。圣霄楼的主体是绿色玻璃结构的建筑模型，代表了韩村河村的主业——建筑业。主体周围环绕着形态各异的十二生肖和象征吉祥富贵的大象麒麟，喷泉划着优美的弧形喷洒在每只精灵的身上，映着五彩的虹，煞是美丽。可爱的孩子们围着圣霄楼跳着跑着，挥舞着小手，追着喷泉的水花，洒下一路甜甜的笑声。

鲁班路口，两根粗壮的青白石柱像两根燃烧的蜡烛，在风雨中默默矗立着，传递着燃烧自己、照亮别人的无私奉献精神。鲁班路两侧，一排排高大的银杏树郁郁葱葱，芬芳的鲜花和碧绿的草丛点缀其中。每到秋季，娇嫩金黄的叶子像蝴蝶一样从树上翩翩飘落，地上一片灿烂，似黄金铺地

韩村河水上公园

格外美丽，吸引了众多游客来韩村河赏秋、吟诗、拍照，鲁班路上热闹非凡。

鲁班公园的社会主义新农村档案展览室，一张张珍贵的照片，一段段生动的文字，一尊尊闪光的奖杯，一面面鲜艳的锦旗，承载着韩村河从无到有的历史变迁，书写着韩村河由穷变富的伟大变革，接待了一批又一批慕名而来的中外游客。登上 19.99 米形似长城箭楼的观景台，全村美景尽收眼底。纵横交错的水泥道路，大街小巷整齐划一。绿树和鲜花掩映着民族式、欧式、美式不同风格的两层别墅楼，红瓦白墙，气势恢宏，壮观美丽。观景台下，汉白玉栏杆环绕的韩村河旧貌微缩景观里，七沟八坑的杂乱街道，纵横交错的低矮房屋，与眼前的新村美景形成鲜明的对比。

京郊面积最大的以爱国主义为主题的村级水上公园里：退役的装甲兵坦克不失威武，周总理曾经坐过的伊尔 –18 客机神圣庄严，神舟五号飞船模型直冲云天，两架高射炮气势宏伟。它们默默诉说着历史的辉煌，寄托着韩村河人爱党爱国的情怀。公园里游人如织，或闲庭信步或湖面荡舟。湖水碧波粼粼，游船轻轻漂荡，岸边草木叠翠，小径蝶舞花香，假山错落有致，石间细水流淌。水光桥，生辉桥，硕果桥，各具风采，相互辉映，湖中倒影荡漾，恬淡静美。一群群红的、黄的、黑的鱼儿，时而自在地游来游去，时而聚拢抢夺小朋友投入的食物，孩子们的欢呼声此起彼伏，快乐洒满清澈的水面。美丽的硕果桥畔，婀娜的柳林岸边，雕梁画栋的石舫金碧辉煌。热闹的集市依桥傍水，货品新鲜，熙熙攘攘的人流，车水马龙的画面，好似一幅生动的新清明上河图。

在公园湖畔的影壁墙上，金光灿灿的《幸福韩村河记》诠释着韩村河的蜕变之路：

美哉韩村河，自唐显庆年间，碑记立村，今已一千三百年矣。辽臣韩昌修墓，明代官造石桥，今"中国幸福村"饮誉华夏，可谓人杰地灵，名流辈出。

盖千年岁月，南北文明交融，屈指朝代更迭，村民饱经风雨沧桑，虽年复一年，春种秋收，辛苦劳作，然食不果腹，衣不遮体，天灾人祸，民不聊生。新中国成立，人民当家做主，万民欢庆。但泱泱大国，一穷二白，村民期望摆脱贫困。

壮哉韩村河，一九七八年，田雄等回乡知识青年，不甘贫穷落后，沐改革开放发展之春风，载父老乡亲致富之梦想，走集体经济惠民之大道，行共同富裕之大业，数把瓦刀起家，自力更生，风餐露宿，艰苦创业，抢抓机遇，开拓创新，科学发展，无私奉献，三十余载功高名望，铸就韩建集团百亿元之基业。

时一九九三年，韩建集团斥十亿巨资，一手谋企业发展，一手抓新村建设，历时十一载，吃大苦，耐大劳，行大善，积大德，韩村河乃跨越百年，跃进美好新时代。昔日：风吹满街土，雨天满村泥，平房篱笆墙，几代一条炕。今朝：家家住别墅，户户新生活，花园新农村，大美韩村河。

伟哉韩村河，以田雄为核心的创业团队，创神奇于京郊，享美誉于大江南北，尤得百姓爱戴，齐颂曰："功高愈强忠贞志，位尊更坚公仆心。"为永世弘扬"为人民服务"之宗旨，传承"韩建永远是创业"之精神，村民共议立碑以铭志。

祈韩村河世代繁荣昌盛，愿众乡亲永远幸福安康！

爱心温暖父老乡亲

以田雄为班长的韩村河领导班子，在事业发展的每个阶段，始终把“让父老乡亲生活得更美好”当作自己的奋斗目标，谱写了韩村河快速发展的辉煌篇章。

民以食为天。从小挨过饿的田雄深知这一点。他提议，把全村千亩粮田统一由十来个人的村集体农场经营，韩建集团投资近千万元购置农机具和喷灌设备，实现粮田从种到收机械化，浇水实现喷灌化。科学种田不仅解决了家家户户种地的难题，而且种出了高效益，村民也得到了实惠。农场将产出的粮食卖给市场，村民每年领取600元的粮食补贴，每月发放30元的菜金补贴，春节再发100元的买肉钱，解决了全村人的吃饭问题。现在，村民每人每年的面粉和副食补贴已增至900元。

为发展优质、高产和高效农业，加大农业生产中的科技含量，促进农业产业结构的调整，韩建集团投资建成了600亩高科技蔬菜园区，按照产业化的思路，以北京市农林科学院蔬菜研究中心等单位作为技术依托，聘请教授级专家定期指导，招收农学院本、专科毕业生充实技术力量。园区以市场需求为导向，引进种植以色列的樱桃西红柿、韩国的黄香蕉西葫芦、荷兰的无刺黄瓜、日本的栗自曼南瓜、美国的加州牛角王菜椒，无土栽培泰国生菜以及“京玉”甜瓜、苦瓜等四五十种名特优新蔬菜，并与反季节大众菜相结合实现全年生产，被国家科委确定为“工厂化高效农业示范区”。

农民住上了楼房，成了城镇化的新市民，传统的谋生手段已不合时宜，怎么办？田雄认为，“离地农民要成为市民，应该每天有班上，每月有收入，这就要求我们创造条件让农民充分就业。”全村1800余名劳动力中，有近一半文化水平高的年轻人在韩建集团所属的各个企业中工作，留在村里的近千人大多是家庭妇女和岁数大、身体弱的人。韩建集团把这些人也都一一做了安排，即使是残疾人，只要手脚能动，也有了看树、浇花的工作，每月领取几百至上千元不等的工资，而且逐年增加10%，使住上楼房的农民成了从事第三产业的工人，韩建每月给在村里上班人员的开支就达130多万元。

为了让每户村民不管穷富都住得起楼房，村内明文规定，村民的旧平房一平方米换新楼房一平方米，楼房超出的面积，每平方米交300~400元。如果按规定时间搬迁，韩建集团对每户奖励3万元。这样，即使超出200平方米，最多也只需交3万~5万元。而今，当年每平方米300~400元的别墅楼，已经涨到每平方米万元以上了，每户韩村河村民仅凭房子这一项，就成了300~400万元的富翁。这可是韩建给村民的一个大红利！每当提起这件事，村民们就激动不已，热血沸腾，都说“韩建搞新村建设建出个大蛋糕！韩村河村民人人有份！”

为了让乡亲们生活得更舒适，韩村河冬季供暖时间比国家规定的要多出一个月。原来，韩建每年拿出1500多万元买煤烧暖气，而村民仅需象征性地交一点取暖费，全体村民缴纳的金额加在一起不足50万元。2012年11月，党的十八大闭幕后，田雄在村民大会上宣布：“从今年起，村民的冬季取暖费不收了，全部由韩建承担！”会场响起热烈的掌声。掌声过后，谁也没想到的是，田雄又宣布了一个决定：“当年收各户的买房款，韩建决定分几年退还给村民！从今年起，买别墅的每户每年退回5000元；买多层楼的，每户每年退回1000元。年年退，直到退完为止。”话音刚落，会场沸腾了，掌声雷动，不少人情不自禁地喊出了一声“好”。村民不花一分钱就住上了宽敞舒适、不断增值的住宅，享受到了最大的住房福利。

围绕全面建成小康社会，发展成果由人民共享，主动适应发展“新常态”，还有更多的“韩建福利”让人听着眼馋：作为别墅区，村里却不收村民一分钱的物业费，小区的路灯不收公摊电费，绿化费、卫生费……统统都不收。每月9号，是韩村河村老年人的“节日”：到村委会领取老人生活补助金。向60周岁以上的老人发放生活补助金始于20世纪90年代，当时是每人每月每岁 1.5 元，后涨到 3 元、5 元、7 元。为进一步提高村民的福利，2017 年涨到了 10 元，年满 80 周岁的老人每月可以领取 800 元的生活补助金。“以前养几个儿子也给不了这么多钱啊！共产党就是好！韩村河出了个田雄，我们可沾了大光啦！”当然，“沾光”的不止老人，还有孩子、残疾人直至全村的每一个人：韩建集团每年都会给教育中心的师生购买学习用具和服装；向残疾人每月定期发放生活补助金；每年给予因病致困的村民经济援助；为全体村民缴纳医疗保险；出资对村民楼房的门窗进行保温改造；新建 5000 多平方米的现代化幼儿园，为韩村河及周边的孩子创造了更美好的学习成长乐园；为村民投资更换空气源热泵热水器，进一步提高了村民居住环境的舒适度。特别是 2012 年，田雄带领韩村河领导班子，从生态、环保、绿化、文化、休闲五个方面入手，对韩村河公园进行提升改造。他多次组织专家学者召开座谈会，广泛听取意见和建议，在此基础上亲自设计规划图纸，并起早贪黑亲临现场指导施工。公园里的一花一草，一砖一瓦，一石一木，都成为他辛勤付出的见证。经过两年的努力，韩村河打造了一个青青草坪随处可见、湛蓝湖水触手可及、千姿百态假山林立、健康步道纵横交错、繁华热闹的集市傍桥而生的新公园，形成了一道具有韩村河特色的美丽乡村风景线。

田雄牢记共产党人的初心和使命，把韩村河父老乡亲对美好生活的向往当作奋斗目标，不断满足村民日益增长的美好生活需要，用实际行动践行了习近平总书记提出的“建设美丽乡村，是要给乡亲们造福”的指示和宗旨。全体村民过上了住有所居、幼有所育、学有所教、劳有所得、病有所医、老有所养、弱有所扶的美好生活，获得感、幸福感、安全感逐年增强。韩村河人在共建中共享改革发展成果，昔日的“寒心河”变成了全国闻名的美丽乡村，先后荣获全国先进基层党组织、“中国十大名村”“中国幸福村”“中国十大最美乡村”等荣誉称号。

党员干部就要为村民们谋福利

创业历程中，田雄始终围绕中心抓党建，探索出了“村党组织 + 企业党组织”一元化领导模式。他坚持韩建集团的事业发展到哪里，党的基层组织就建设到哪里。各项事业凡是适应发展需要组建新的管理班子时，必定建立相应的党组织。他们在各个时期都以党的路线方针政策指导发展的方向和步伐，韩建集团企业发展与韩村河美丽乡村建设在党建引领下，稳步扎实向前推进，集团党委的领导核心作用不断增强。目前，韩建集团党委下设北京总部、韩建建筑、韩建地产、韩建河山和韩村河村 5 个党总支，33 个党支部，共 565 名党员，成为韩建集团发展和韩村河美丽乡村建设的核心和中坚力量。

一心为民谋福利

田雄牢记全心全意为人民服务的宗旨，他时时刻刻关心韩建集团的员工，时时处处为韩村河村民办实事、办好事。非典肆虐的时候，田雄不顾个人安危，深入建筑工地和村里抗击非典第一线，关心每一位员工和村民的生活。在中联部办公楼工地，田雄作为韩建集团抗击“非典”领导小组的总指挥，亲自在工地门口为进出的民工测量体温，带领小组成员对工地的民工宿舍、生活区、办公区、施工现场、伙房、厕所、洗浴室等进行检查，亲自为民工发放口罩、手套等防护用具，购置新床，并拨专款提高民工的伙食标准，加强营养，增强民工自身的抗病能力。在田雄的检查和监督下，韩建集团全体员工和韩村河村民的工作和生活一切正常。

在韩村河新农村建设过程中，当第一批 18 户村民高高兴兴地住进别墅以后，曾经持观望态度的村民担心自己住不进去，急得像热锅上的蚂蚁，大家喧闹着争先恐后地抢购楼房，有的村民还想趁机占便宜。田雄的一个远房亲戚找到了他，说他的两个儿子每人订了一个楼座，能不能再给 10 岁的大孙子也订一座。田雄一听就火了：“你都算计好了，别人怎么办？”

亲戚说："咱们沾亲带故的，你的胳膊肘儿总不能往外拐吧？"田雄被气得脸红耳赤，狠狠批评了他一顿："我当书记，绝不是为了自己或村干部得便宜，而是为了全体村民，为了干事业，为全村人谋福利，要是自己得了哪怕一丁点儿好处，我绝不在村里当干部了，公事公办，既然是亲戚更应该体谅我。"就这样，田雄最后也没答应这个亲戚的要求。

为了让大家放心，田雄在村民代表大会上向全体村民公开承诺：等全体村民都住上了新楼，党委班子成员才入住新楼。有人打抱不平："领导干部也是人，为啥不能先入住？"田雄解释说："早一天住新楼是肉体上的舒适，晚一天入住是心灵上的安逸。"田雄的话掷地有声，给韩村河的父老乡亲们吃了一颗定心丸，从而化解了村民的焦虑。韩村河党委班子成员也践行了最初的承诺，尽管他们是最早筹划、筹资建楼的，却是最后一批才搬进新楼的。田雄搬进新楼的时间比第一批入住的乡亲整整晚了六年。

要富大家富，不做首富人

韩建集团是田雄和几名志同道合的伙伴，没要集体一分钱的投入艰苦创业拼出来的，但在企业的走向和资产的分配上，田雄始终坚持企业是集体的，资产是集体的。有人曾诚心相劝：你们风里来雨里去、撇家舍业的，也不容易。钱是你们挣来的，多分点，让老婆孩子跟着享享福，大家伙儿也不会说什么的……但田雄从建筑队起步阶段开始，就恪守规矩，坚决不多拿一分钱。

一天，市里某局的几名同志，穿着制服，气势汹汹，说是找田雄查账来了。当时，田雄感到很纳闷儿，好端端的怎么查起账来了。他叫会计把所有的账簿都拿出来，坦然地坐在一边看着来的人一本一本地翻。过了一会儿，那个领头查账的人叫田雄过去说话，口气比刚进门时缓和了许多。

那人指着一笔账说："田队长，不瞒您说，我们今天就是冲着这笔账来的。"田雄一看，原来是一笔 18 万元的现金入账记录。只是他不明白这笔账有什么问题。因为这笔钱当初入账的时候，队里的几个领导都知道，而且这一页的空白处还为这笔账做了详细的说明。

看着田雄疑惑的眼神，审计局的同志笑了。“田队长，我们本来是要来查你们的经济问题的，可是没想到你们的账目管理这么严格，每笔账的收支都做好了详细的记录，我们服了。”

原来，事情是这样的。韩村河建筑队在承包同京旅社工程时，要在旅社的后面建一座假山。甲方责成田雄设计和采购假山石。工程竣工后，甲方非常满意，分两次共拨了 18 万元的现金，作为采购假山石及设计安装的费用。当时，甲方用一张白条作为现金收据，让田雄在上面签了字。审计局在对甲方的一次例行查账中发现了这张收条，从而认定韩村河必定有经济问题，便把握十足地突审了韩建集团的账目。没想到的是，田雄把这 18 万现金一分也不少地入了建筑队的账，而且还在账簿上特别做了详细说明。

在韩村河企业发展过程中，田雄始终保持着艰苦朴素、清正廉洁的作风。有一次，他从市里回到村里已经是晚上 9 点多了，还没有吃饭，于是他和司机在村边的小吃店要了 4 两炒饼。那时的田雄，已经是掌管好几个下属企业的经理了，小店老板主动做了两碗汤，结账时说什么也不肯收汤钱，田雄坚持交足 4 元饭钱。他说：“好官首先得有好做派，有多少功臣、企业家就毁在这声色犬马、吃吃喝喝上啊！生活方式可不是小事，自己不警惕，碟子虽浅照样能淹死人。”

改掉“无礼不成事”的旧风气

有着 1300 多年历史的韩村河村，沧桑质朴，民风淳厚，形成了一个不变的传统，就是谁家有个大事小事的，乡亲们、亲友们都互相出份子，这既是一种风俗习惯，也是一种人情世故。对于村领导来说，最难割舍的是人情世故，最难处理的也是人情世故。凡是知道的喜事，田雄都让家人代他去随个乡亲份子，钱虽不多，但那是情谊，可他从不去吃饭，不仅自己不去，也不让家里人吃请。

1997年元旦，田雄的儿子就要结婚了。得知这一消息，很多村民都憋足了劲儿准备出份子。想到那些年田雄为大伙儿做的实事和好事，大家都心怀感激，都想趁他儿子结婚表示表示。可是到日子了，田雄家里却一点动静也没有。大家一打听才知道，人家只是和亲家在家里吃了顿饭，没办婚宴，也没有收份子。1998年12月31日，田雄的孙子出生了。乡亲们想，按村里的习惯，他不大办，应该会小办或是中办吧！大家都等着喝田雄家的“满月酒”。可到了孩子满月那一天，田雄家的院门依旧紧闭着，不请自来的乡亲们全都吃了“闭门羹”。

对此，田雄有一个很辩证的认识，他说：“我给乡亲们随份子，那是表达亲情，理所应当。乡亲们给我随份子就不一样了，事情就变味儿了。有人会以为我借机敛财。对于乡亲们来说，不给我随份子感到人情面子过不去，怕日后穿小鞋；要是随份子，少了感觉拿不出手，多了拿不出不说，心里也有点不情愿，这无形中就增加了他们的心理压力。所以，我干脆不办，省得乡亲们破费，还坏了村里干部队伍的风气。”

为民者得民心。老人们在村里见到田雄，总是关切地叮嘱他“多注意身体，别太累了”。

田雄并没有因为村民的信任和爱戴而沾沾自喜，而是更加自律。他始终坚持“打铁需要自身硬”的原则，在企业发展的各个阶段，都把带头守纪律、讲规矩放在班子建设的重要位置上。在韩村河的社会主义新农村档案展览室里，至今还悬挂着1992年田雄亲自起草的党员干部多年来廉洁自律的“九条规矩”：

一、乡亲们不能给我们送礼，要把钱用在自己的日子上，下属企业经理也不要给我们送礼，把事业干好就是对我们最大的支持；

二、婚丧嫁娶不准大操大办，不设账房，不收彩礼；

三、企业有了钱除自身发展外，首先要考虑小孩上学，老人养老，劳力就业；

四、我们不做首富人，大力发展集体经济，大家共同致富，我们的工资收入多年来掌握在中层干部的平均数以下；

五、办事公正，没有远近，不搞歧视，不搞家族，不搞宗族，不搞迷信；

六、村里要建楼，我们要最后一批住进去，给村民一个信心；

七、企业要守法经营，不坑害社会，有长远眼光；

八、上级让我歇，就歇；群众让我歇，就歇；自己干不好也要歇；

九、让村民通过我们来认识党、拥护党、跟党走。

这“九条规矩”，并不是写在纸上、挂在墙上的“风景”，而是扎根于以田雄为班长的韩村河领导班子成员心底不可动摇的行为准则。他凭着“为了乡亲们，不管吃多大苦，受多大累，着多大急，我都心甘情愿”的执着情怀，在党的领导下，以廉洁自律的“九条规矩”为指引，带领韩建人艰苦奋斗，为乡亲们创建了一个幸福韩村河，以实际行动践行了习近平总书记提出的“全面建成小康社会，一个不能少；共同富裕路上，一个不能掉队”的壮志宣言。

2009年3月25日，习近平同志到韩村河村视察，对田雄制定的“九条规矩”十分感兴趣。他说：“看到这九条规矩，就觉得是老的作风还在弘扬，非常具体，非常有现实针对性，而且感觉是用心做的这个规定，做了就准备去兑现。说得实实在在的，让我想起了红军制定‘三大纪律八项注意’时那些具体的规定。联系我们当前的实际，求真务实太重要，我们改变作风就是要改变‘假、大、空’，就是把身边的事、一点一滴的事做好，这就是实现远大理想的实际举措，这是一个共产党员的本色，一个领导干部的风范。”

尊老爱幼树新风

孝敬老人是中华民族千百年来的传统美德。乡下人交朋友有一个标准，那就是不结交不孝敬父母的朋友，不结交不尊敬老人的朋友。田雄是尊敬老人的模范。他经常说，老人都是韩村河的功臣，为韩村河的发展做出了非常大的贡献，不孝敬他们就是忘本。

其实韩村河村对老人的照顾已经很不错了，村里每个月为每一位年满60周岁的老人发养老金，这是韩村河周边的村都没有的事，但田雄觉得做得还不够。每年“七一”，他都会领着村里的老党员老干部外出参观旅游。9月份至11月份，果实成熟的季节，他总会抽出时间带着村里的老人们外出采摘。过年过节的时候，他总是去探望年迈的老党员老干部。尤其令人难忘的是，韩村河山庄建成以后，田雄做出了一个惊人的举动，他邀请全村的老人，作为山庄的第一批客人，入住山庄一宿。

“须作一生拼，尽君今日欢。”田雄的理由很简单，他要韩村河这些累了一辈子、盼好日子盼了一辈子的老人们享受他们平生都没享受过的“豪华”。那天，他亲手搀扶老人们走进宾馆，为老人们一一介绍屋内的各种陈设及用品，亲自为老人们打开热水开关，让他们舒舒服服地洗了个热水澡。老人们坐在松软的沙发里，看着电视，品着服务员为他们沏好的香茶……

田雄对老人们说：“你们都是打小看着我们长大的，辛苦劳累了一辈子，真是不容易！没有你们，哪来的我们，哪来我们的今天！”简简单单的话语，让老人们无不动情。

当时，报社的一名记者采访了一位30多年前嫁到韩村河的老人。老人动情地说：“现在好哇，比过去好得没法说。从前老说什么共产主义社会，我看我现在过的日子就是共产主义生活。”

精神文明结硕果

在村民生活水平不断提高的同时，田雄特别重视精神文明建设。韩村河村集体每年出资为每户村民订阅《农民日报》《北京日报》《京郊日报》，读报学习已经成为韩村河村民的日常习惯。田雄主持制定了诸多条款的《村规民约》，在村里建起了党员活动室、老年活动室、图书室等活动中心。宽带网络也接入了每一幢村民的小洋楼，韩村河村的父老乡亲早就“站在村头，放眼全球”了。田雄自豪地说：“要创出一番大事业，就要巩固基业谱新篇，没有高尚的思想境界不成，没有高素质的人也不成。”

正确的思想、有益的活动构成了乡风文明的基础，促进了家庭、社会的和谐。在韩村河，没有打架斗殴的，没有搞迷信活动的，没有上访的，全村安定团结，人心向善，家庭和睦，其乐融融。近年来，中央电视台农业频道举办的“美丽乡村快乐行走进韩村河”、农业农村部主办的中国“美丽乡村快乐行”、中宣部和中国曲艺家协会主办的“我们的价值观——曲艺走基层全国百场巡演”启动仪式暨首场“节俭养德”演出、中国精神·中国梦——首都艺术家文艺演出纷纷走进韩村河，韩村河村还举办了韩建集团、韩村河村知识竞赛活动等，大大丰富了村民精神文化生活。

多年的实践培育了韩村河人特有的“韩村河精神”：“团结、向上、文明、健康的新农村精神；坚定不移地走社会主义道路的集体主义精神；团结奋进、求实创新、拼搏奉献、勇攀高峰的敬业精神；珍惜荣誉、永不满足的进取精神。”

在田雄的带领下，韩村河村始终坚持先富带后富，先富帮后富，先富扶后富：先后与新疆哈密市陶家宫乡泉水地村、西藏堆龙德庆县东嘎镇东嘎村结成友好村，捐款建校资助学生，支持当地教育事业；为云南等边远贫困地区教育事业捐款、建希望小学、资助贫困小学；实施“教育富民工程”，出资为曹章、赵各庄和西东三个村各建一所小学；与蒲洼乡芦子水村结扶贫对子，向贫困村捐款；出资承办西部十省区乡镇干部培训班，为西部大开发做贡献；向抗击“非典”的一线医务人员捐款捐物100万元；向北京市慈善协会及残联捐款并出资兴建福利企业；向四川汶川灾区捐款130万元；向房山区“7·21”特大自然灾害重灾区捐款180多万元……截至目前，韩建集团为社会公益和福利事业捐款1亿多元。

牢记习近平总书记的话

作为新韩村河的缔造者和领导者，田雄以一名中国普通农民的身份，成为亿万农民的智慧象征；以一名中国村级党组织负责人的身份，成为全国著名的创业先进典型和中国共产党人的时代楷模，获得了社会各界普遍性的认同和赞誉，成为全国、全市、全区广大党员的学习榜样。

田雄先后荣获全国优秀共产党员、全国劳动模范、全国农村学习实践“三个代表”重要思想基层干部标兵、全国优秀建筑企业家、中国功勋村官、新中国成立60周年“三农”模范人物等称号，荣获国家基础设施建设和全国优秀乡镇企业家终身成就奖。2002年当选为中国共产党第十六次全国代表大会代表，2003年当选为第十届全国人民代表大会代表，2008年当选为第十一届全国人民代表大会代表。

2004年，田雄成为第28届雅典奥运会火炬手，从彭丽媛的火炬上点燃手中的火炬，在公路两侧群众的欢呼声中跑完了400米路程。2008年，他再次作为第29届北京奥运会火炬手，从著名相声演员冯巩手中点燃火炬，跑在龙骨山蜿蜒的山路上，把火炬传到了联合国副秘书长阿齐姆·施泰纳的手中。这熊熊燃烧的火炬，恰如他创业不息的热情，让他在人生的道路上，为了共同富裕的理想，无畏前行。

中央电视台、人民日报、中国组织人事报、农民日报、北京电视台、北京日报、新华网等多家媒体多次报道了他的事迹。北京电视台和市委组织部联合录制播放的“为你而歌”节目，生动地展现了他为民造福、永做公仆的精神追求。中共北京市委组织部拍摄的专题片《定规矩更要守规矩》

和房山区委组织部拍摄的专题片《用行动诠释党员形象》，立体地展现了他立足岗位、履职尽责、全心全意为人民服务的时代风采。房山区委区政府和韩村河镇党委镇政府也多次下发文件，学习田雄无私奉献、为民造福的公仆情怀。

习近平同志来韩村河视察时说："韩村河这个老先进，与时俱进，永不满足现状，不断根据形势任务的发展变化及时调整发展思路，完善发展举措，提高发展水平。我们有一批老典型至今仍然起引领作用，就是这种与时俱进的精神，韩村河作为全国代表，起到了一个引领作用。看到你们的村容村貌和发展规划，确实感到很受鼓舞，关键是有一种探求精神，也是非常的虚心、开拓、奋进，这样就会不断取得新的进步。"

田雄同志 1999 年至 2010 年连续担任房山区第四届、第五届、第六届人大常委会副主任。在他退休时，房山区委这样写道：

> 田雄同志党性观念强，勇于创新，善抓机遇，多年来在我区新农村建设和房地产业、建筑业、建材业发展等方面发挥了重要的引领作用，为地区经济社会建设做出了突出贡献。他担任区人大常委会副主任以来，自觉坚持邓小平理论和"三个代表"重要思想，积极践行科学发展观，坚决贯彻执行党的路线、方针、政策和区委、区人大的各项决议，具有较高的政治素质和较强的大局观念。他工作勤奋，作风务实，积极发挥自身优势参政议政，使一些群众关心的热点、难点问题得到妥善解决，很好地完成了各项工作任务。他作为北京市人大代表、全国人大代表，积极反映基层人民群众的呼声，提出了多项议案和建议，切实履行了代表职责。他为人谦和，待人诚恳，团结同志，廉洁自律，注意发挥"全国劳动模范""全国优秀共产党员"的表率示范作用，赢得了地区干部群众的信任和支持，得到了社会各界的好评。

对于取得的各种成绩和获得的各项荣誉，田雄始终保持着清醒的头脑，他在各种场合都真诚地说："韩建集团、韩村河村的发展一靠党的好政策，二靠各级领导的大力支持，三靠韩建人的艰苦奋斗！" 即使退休了，他始终坚守初心，矢志不渝。他说："党和国家给了我们很多荣誉，那是上级领导的支持，我们绝不能骄傲自满，要牢记习近平总书记的指示精神，不忘初心，牢记使命，继续前进，做出新的贡献！"

2018 年 1 月 22 日，韩建集团和韩村河村的党员干部收到了一份特殊的礼物——田雄亲手抄录的十九大报告书法画册。中国共产党第十九次全国代表大会在北京隆重召开之时，田雄认真听取了习近平总书记代表第十八届中央委员会向大会做的报告。当听及"发展集体经济实现共同致富"时，他联想到韩建集团和韩村河村的发展历程，感触极深。"让韩村河的父老乡亲过上好日子"不仅是他创业的初心，也是韩建集团和韩村河村党员干部当前和今后发展的使命。为了激励党员干部深入、认真、全面学习十九大报告，以之为镜，正言正行，共同推进韩建集团党委书记、董事长田广良确定的第三次创业目标，努力让习近平总书记提出的"经济发展要向高质量方向发展"精神尽快形成生动实践，田雄带头逐字逐句学习，从 2017 年 11 月 10 日开始动笔，至 12 月 26 日毛泽东同志诞辰之日止，用毛笔书法抄录了十九大报告，总共用时 46 天。

韩建集团和韩村河村的党员干部纷纷表示，在新春佳节即将来临之际、举国上下学习贯彻十九大报告热潮正盛之时，田雄以自己独有的行动带头学习贯彻十九大精神，其毅力之坚韧，用心之良苦，令人深受启发和感动。老书记的书法画册，笔锋遒劲，豪迈潇洒，是大家得到的最好的春节礼物，不仅是值得典藏的艺术珍品，也是激励韩村河后代子孙的精神财富。全体党员干部一定不忘初心，牢记使命，珍惜来之不易的幸福生活，时刻听从党和集团党委的召唤，时时处处发挥党员应尽的职责和义务，以实际行动贯彻落实好十九大精神，为韩建集团的事业竭尽全力、奋斗终身。

曾记得，在庆祝中国共产党建党 70 周年之际，书法家张有清被田雄艰苦创业、倾情建村、廉洁自律、无私奉献的英雄事迹所感动，曾为田雄题写了“创业英雄”的条幅。40 年来，田雄牢记中国共产党人的初心和使命，把父老乡亲对美好生活的向往当作奋斗目标，带领韩村河人坚持发展集体经济、走共同富裕道路，坚持以人民为中心，始终为乡亲谋幸福，成为大家心中当之无愧的创业英雄。

“不求人夸好颜色，但留清气满乾坤。”田雄，这个从黄土地中走出的创业英雄，不仅为我国农村的发展提供了宝贵的经验，也为全国广大基层干部树立了榜样，从人生观、世界观、方法论的角度给我们带来了无比珍贵的启示。

李玉芬：正义之歌的吟唱者

史啸思

说到《福尔摩斯探案集》，大家耳熟能详，讲述英国私家侦探，通过各种刑侦技术和推理，破获了一件又一件的大案要案，其故事情节扑朔迷离，惊奇无比，让人觉得侦探真有“范”。

当然，这只是文艺作品。现代真正意义上的刑侦技术，是非常严谨庄严的，它是国家司法鉴定的一种工种，也是公安机关刑事侦查核心力量之一。尤其刑侦技术中的痕迹检验，是刑侦破案的重要手段之一，它需要工作者熟练掌握数学、物理学、化学、生物学、光学、心理学以及计算机科学与工程的知识，面对刑侦过程中的各种困难，甚至还要牺牲个人健康和家庭。刑侦技术工作者有着很多我们不了解的心酸与苦闷。今天，我有幸与一位刑侦技术专家会面。她叫李玉芬，是痕迹检验高级工程师。提起北京市公安局房

李玉芬

山分局的李玉芬，北京甚至全国同行没有一个不认识她的。她曾被全国各大报刊报道过，被称为火眼金睛的“东方女福尔摩斯”。

入门拜师

在会见这位大名鼎鼎的李玉芬前，我所臆想的她就是《大宋提刑官》里的宋慈，冷峻坚定、断案如神、潇洒自如。但当我见到李玉芬时，她却与我想象的形象大相径庭，眼前的李玉芬消瘦，说话时气息短促，甚至还有些颤抖。可随着谈话的深入，我觉得我错了。当看到她几十年手捏铜镜而痉挛变形的手指，被暗室灯光刺激而睁不开的双眼时，我深切地感到刑事技术痕迹检验这份职业背后所蕴含的付出与牺牲非常人所能想象，我感到在这个女人瘦弱的身躯里，孕育着巨人般的能量，在这颤抖的音色中，夹带着公安干警应有的责任。

李玉芬是半路出家干的刑警，在从事刑侦技术这份神圣职业以前她是一名优秀的中学教师，并且在教育领域小有成就，可是她毅然决然地转行干起了警察。她最终选择当警察的根源来自她的家庭氛围，她的父亲是新中国成立初期的一名公安干警，兢兢业业，风雨无阻，日日夜夜保卫百姓的生命财产安全。李玉芬从小就受到这种家庭氛围的影响，并且由于父亲的工作缘由，她经常被带来工作单位，从记事起就吃在公安局，长在公安局，对人民公安的崇敬早已深深地烙印在她的内心，她的人生定位已被正义的精神所浸染，精神追求已被金色盾牌所定格。所以当面对物价局书记和公安局的调动选择时，她毫不犹豫地选择了公安第一线，身边的人都说她傻，刑警又累又苦，没有物价局来得实在，她的回答铿锵有力：“我的理想就是保卫国家和人民的生命财产安全，为保证社会和谐、人民平安，贡献一份力量。”

20世纪80年代，知识分子在各行各业都是凤毛麟角，公安系统也是一样，当时的房山分局想要建立一个指纹痕检中心，这个现在看似很常规的检测手段，在当时可算难坏了分局的所有人，都是一些大老粗的爷们儿，根本不会搞这些东西，上哪儿去找这样的人才呢？正在分局的人们焦头烂额的时候，有人推荐李玉芬，说她有优秀教师背景，有觉悟，有文化，兴许能干这个，为此分局领导的目光开始聚焦到李玉芬的身上。但由于她是个女性，又刚千辛万苦建好用于侦破抢劫杀人案的分局情报资料工作，她舍得放弃新成果接受痕迹检测这项工作吗？

“我接受这个任务，保证能干好！”

这是李玉芬的回答，坚定而有力。公安世家的熏陶，人民教师的历练，共产党员的担当，都让她不能打退堂鼓，不能推诿。而且她觉得自己的优势在于有一定的学识，为何不把它展现出来呢？在公安系统干，不一定都要冲锋陷阵地抓捕罪犯，运用刑侦技术为破案提供方向也是抓捕罪犯。

可是，光有信念是不够的，指纹鉴定领域在当时整个房山区是一片空白。对李玉芬而言，知识就像一座灯塔指引着李玉芬去寻求真理，李玉芬有幸在刑侦技术研究所速学三个月时，见到了指纹专家马建华先生，她虚心向他请教，想要学习指纹鉴别技术。马建华先生被这个女干警的执着和敬业所感动，十分敬佩这个女警察的品德，于是将他的《十指管理方法》送给她学习。厚厚的一大本，李玉芬如饥似渴地足足看了 20 遍，几乎每段都能够熟练背诵，每个专业名词都能信手拈来。然而学习中遇到的困难一个比一个严峻，指纹鉴定学科在当时是个非常冷门的学科，很多教材别说是书店了，连公安系统的学校也很难买到。尤其是指掌纹图谱，非常专业，当年这类教材几乎无法找到，她就照着马老师的图谱亲自用手绘制了一本，一次画不好她就再画一次，等到画到第 5 次的时候，她拿给马老师看，马老师甚至都分不清哪个是自己的图谱哪个是李玉芬绘制的了。

由于指纹鉴别是从国外引进的技术，因此国外同类技术非常先进，为此她又四处找寻相关学科的国外著作，可是这些文献大多都是英文版本的，李玉芬虽在读研究生时学过英语，但都是些生活用语，技术专业用语很难看懂。李玉芬也被难住了，身边的人也没有会英语的，她只得去书店寻求办法，在新华书店待了半天，终于在一堆书的夹缝里找到一本中英文词典，一忙完案子，她就一手拿着外文著作，一手拿着中英文词典，一个字一个字地啃，一个句子一个句子地看。同事笑她“找累”。

时光荏苒，岁月飞逝，经过几个月紧张的奋力拼搏，她不但掌握了指纹检测技术，还学会了痕迹显现技术，照相指纹管理。李玉芬用专业知识彻底地武装了自己，满载着理论操作方法回到了刑警队，还未待她稍作休整，严峻的挑战便接踵而来。

初显身手

1989年5月1日国际劳动节这天，人们都沉浸在节日休息放松的氛围里，然而房山城关地区派出所的干警们却没了假期，因为他们所管辖地域的某菜园发生一起杀人案，看菜的一个老人被杀。案发现场十分蹊跷，菜地所种的圆白菜全部被拔出并且踩烂了，菜叶子满地散落，现场没有提取到有价值的痕迹物证，只有大片大片的烂菜叶，这可难坏了在场的公安干警。俗话说“病急乱投医”，找不到证据的干警们一着急就将现场所有的菜叶装进了箩筐里，他们认为这上面肯定有犯罪分子的指纹，只不过他们没有办法检测出来而已。

这重任就落到了李玉芬身上，她是分局唯一懂指纹的技术人员，可见到一箩筐白菜叶子的时候，她还是愣住了。

“这是干什么呀，当我是收破烂儿的吗？”这让她多少感觉到被戏弄了。

“李工，我们也是没辙了，现场很乱，没有其他证据，就只能将菜叶子都拿过来了。”

看到刑警队长面孔严肃，眼神充满期盼时，她能感到刑警队长不是在开玩笑，更多的是对她的信任与寄托，因为只有她才能找出指纹，于是她收下了这一箩筐的烂菜叶。结果就是这么一箩筐的烂菜叶，让她陷入了思考，她以前只在书上见过从苹果等水果上提取指纹，并且苹果上提取指纹自己也从来没有操作过，在蔬菜叶上提取指纹的例子，听都不曾听过。刚上任的技术员就迎来这么大一个挑战。

本该陪同家人一起去逛公园，享受美好生活的时刻，李玉芬却拎着一箩筐的烂菜叶，一头扎进实验室。她要挑战自己，她认为路是人走出来的，破案方法也是可以创造的，她要挑战不可能的事情。因为她没有忘记自己是个党员，也没忘记自己是个公安干警，是那块要为百姓保驾护航的金色盾牌。

在暗室里，她用右手拿着手电顺着菜叶打着侧光，而左手则用镊子夹住一片片菜叶，翻来覆去地找，在叶脉上发现两款减层指纹痕迹，但不够鉴定条件，用各种方法都显示不成功，时间已经过去了很久，墙上的钟表已经定格在了凌晨一点的位置上，鉴定工作毫无结果，沮丧的心情加快了疲惫的袭来，李玉芬很快就感到头痛欲裂，眼睛模糊，身体站不稳甚至开始晃动了起来。她趴在桌子上很快就睡着了。顿时眼前的景象仿佛是在做梦：

一个老者仰天长叹："人生志远，命却休矣，您能帮我找到那个坏人吗？"

"我能！"

李玉芬身为党员的责任感油然而生，这份责任感将她推醒：不能这么睡着！她一下子又睁开了双眼，心里默念着："不行，不能睡觉，那个老人就这么没了，他的家人多着急啊！不能破案，这片儿的百姓也过不踏实！"想到这儿，她迅速站了起来，用凉水洗了把脸，清醒了一下，对着镜子告诉自己："不能退缩！"于是又投入到寻找指纹的工作中。

她活动活动右拇指，又一次拿起镊子夹着菜叶耐心寻找，左手用手电从不同角度打着光，还是用镊子一片片地找，用手电一遍遍地照，瞪大了眼睛观察。突然，她看到一片菜叶上有像被手指捏过的痕迹，可很快她就发现这两处指纹都是残缺的，没有任何鉴定价值，巨大的挫折感涌上心头，她一屁股坐在了凳子上，没了气力。眼看已经凌晨两点了，侦破工作又回到了起点。她一筹莫展，疲惫与失望交加，豆大的汗珠从额头滴下，落在了手上，恰恰就是这一瞬间，她灵感一闪，想到了一个重要的线索——犯罪分子用手拿过菜叶，肯定也会因为用力留下了汗液啊。

“天啊！”她尖叫了起来。

她找了一条通向真相的大道！她立刻回想以前学到的技术方法，只要破坏菜叶子的细胞，汗液的盐分就会发生反应，再用加温法将破损的水分蒸发，指纹线所触及的部分会暗淡下来，指纹就会呈现出来。

说干就干，她立刻将有指纹的菜叶放到刀柄上，用加热灯进行加热，随后用她已经困意甚浓的眼睛死死地盯着那些菜叶，又是几个小时过去了，她的眼睛始终没有离开过菜叶，甚至连眨一下眼的工夫都没有，生怕错过真相显现的一瞬间。慢慢地，菜叶上出现了一圈又一圈的纹线，不一会儿，一个斗型指纹出来了。就是它！李玉芬丝毫不敢怠慢，顾不上自己的喜悦之情，立刻拍照，拿到暗室冲洗，很快一张清晰的指纹照片被冲洗了出来，待一切完毕后，李玉芬才放下了那颗悬着的心，坐在座位上，仰望着天花板，回想着这一切。此时窗外传来了鸟儿鸣叫的声音，这时她才发现，天已经亮了，真是一个无眠之夜啊。通过这张照片上的指纹，三名青少年犯罪分子最终落入了法网。

李玉芬深知自己是一名党员，要起到表率作用，她守护的是人民的安全。百姓可以休假，而公安干警就不能休息，因为他们是百姓最后的守护人。

1989 年中秋节，本该是合家团圆的日子，李玉芬又没能和家人团圆，因为房山坨里乡某村发生特大凶杀案，指派电话里说得很急，这让李玉芬感到这个案子非常严峻，她明显看出同去的干警们表情凝重，气氛非常紧张。

“我也到现场看看吧！”

“你到了就知道了！”

李玉芬（前右一）受到表彰

李玉芬立刻用食品袋装上海鸥相机，带着一瓶蓝色药水和一个吸管，上车赶赴现场。当快要抵达现场的时候，闪烁的警灯、围起的警戒线以及站岗刑警严肃的表情，都在告诉她：这起凶杀案非比寻常。

案发现场在一个阴暗的小山洞里，当见到死者时，即使干过多年法医的李玉芬，也被吓得浑身的汗毛都竖了起来。死者是一名十来岁的小女孩，女孩的头朝下被塞进了石缝中，头部被卡得死死的，脖子被折断了，形成一个 90 度的弯曲，变形非常严重。头部被砸得血肉模糊，只能通过头发辨认出那是个头颅，一双大眼睛死死地盯着前方，充满血丝。她死不瞑目。

这简直是野兽的行径啊，李玉芬第一次出凶杀现场，就遇到如此惨烈、令人发指的场面，她站在那里愣了足足 5 分钟才缓过神来。她紧握双拳，下决心要想尽一切办法，找出凶手，为死者申冤。她分别运用侧写技术和观察学、心理学方法进行勘查，初步确定为强奸未遂杀人灭口，但还需要找出观察方向和破案证据，光有这些推断还是不够的。

以往这类案例，野外现场很难找到痕迹物证，于是她首先从尸体上及周围找寻痕迹。

“小姑娘，对不起了，我要在你身上涂药水了。”

说着，她先用吸管往尸体皮肤上滴药水，再用食品袋到洞内水坑装水，一边冲刷尸体上的药水，一边观察是否显现出指纹痕迹。看着冰冷的水从女孩尸体上流过，她能想象到，这个女孩在生命的最后时刻，是多么惊恐，多么无助，多么期盼有人能够来救她。李玉芬下定决心一定要将这个凶手找出来……两个小时过去了，女孩的身体上呈现出了指纹的痕迹，李玉芬不敢怠慢，将它提取了下来，随后她继续运用技术进行处理，终于从尸体颈部左侧提取了一块血清指纹痕迹。经过分析，这是一个男性右拇指指纹，通过观察发育和磨损程度，初步断定是50岁左右的重体力劳动者所留。她随后又翻动死者的衣裤兜，发现裤兜里塞有12粒鲜花生，有可能是死者生前捡吃的东西，又在死者的裤子上找到了一个脚印，这可是重大发现啊。

光有这些还不够，李玉芬又勘查了现场，通过现场所留下的拖痕确定了运尸路线，该女孩是被人从外面的玉米地运到这个山洞里的，随即她又寻觅运尸经过的玉米地，直觉告诉她，那里肯定还有线索。果不其然，她又在那里找到了一段类似腈纶秋衣袖口脱落的红桃线头和一粒鲜花生。李玉芬的大脑开始快速地运转起来，她通过侧写技术和推理勾勒出了犯罪分子的大体模样和犯罪动机。首先可以断定这是一起强奸未遂杀人灭口案件，并且从尸体上的指纹痕迹可以断定为40~50岁的男性右拇指所遗留，而那个桃红纤维和运动鞋跟印应是一个年轻人所留。最后根据现场死者的惨烈程度，可以断定犯罪分子胆大残忍，具有反人类性格，但从强奸未遂的现象分析，主犯很可能有生理缺陷。

此案很快被侦破，案情与李玉芬推理出来的结果完全相符。办案人称赞说：“我们办了这么多的案子，还没有像李玉芬这样能够准确指出侦查方向的，竟然还能用指纹等痕迹来确定重大嫌疑人。”

再显“神手”

1994年4月，北京某化工厂发生一起特大盗窃事故，该厂价值亿元的进口设备中重要组成部件丢失了，这些零件虽小，却价值连城，因为没了这几个关键部位的小零件，这些大型进口设备就无法启动。案件等级迅速升级，定义为重大盗窃案件，李玉芬再次被派到了现场。

案件现场，那闪烁的熟悉的警灯，被拉起的警戒线，一个个面容凝重的在场刑警，都是她查案的动力，她感到案发现场就是她的战场，查办要案就是她应付出毕生心血的事业。

一进现场，李玉芬便与同志们一起认真勘查讨论，发现仓库大门并没有被破坏，可是东西却丢失了，那么犯罪分子只可能有一条路可以走，那就是窗户，爬窗户肯定要用手在窗户附近抓取，职业的敏感性告诉她，窗户那里肯定有线索。于是李玉芬走到窗口，立刻拿出相关设备，在窗户跟前操作起来，很快，她就从窗户上提取到一个小手指的指纹。

在场的人都对她的行为表示怀疑：凭一个小小的指纹能干啥？这其中最不屑的就是厂子的保安队长王某，更是大言不惭地说道："女人还是回家哄孩子吧。"李玉芬听完一笑了之，回敬道："我只相信科学！"

说完便头也不回地走出了现场，她要用实际行动击碎这些人的质疑，她很快扎进工作室，连夜进行检验。

可是这期间，厂子里竟然出现了怪事，丢失的零件竟然失而复得了，而且还是保安队长王某带头找到的。李玉芬感到奇怪，认为这个王某很可疑，无论从行动上和态度上都有问题，于是她决定提取这个家伙的指纹。第二天她又来勘查现场，王某显得极其热情，他比画着如何找到丢失物品的动人画面，说是在厂子胡同的旮旯里找到了丢失的零件。李玉芬才不听这个家伙如何描述呢，机警的她立刻从王某摸过的地方提取了这个人的指纹，回去进行对比，不出所料，这两个指纹竟然完全吻合，最终确认这个王某就是犯罪分子。

王某交代，在进口设备搬进厂子的时候，有几个外籍工作人员在那里调试，其中有一个小箱子引起了他的注意，他就盘算，那里边肯定有不少外国进口的打火机，可以摸出一两个玩玩。待他晚上值班时，走到厂子窗户下面，发现窗户没有关牢，于是就打开窗户钻了进去，可在里面找了一圈，根本没有找到打火机。他只好将放在柜子里的新奇小零件装走了，心想兴许可以卖几个钱，却没想到这个小零件如此贵重，还惊动了公安。而且李玉芬专业严肃的样子也把他吓坏了，他一下子心虚了，想把这些零件还回去，为此他自导了贼喊捉贼的闹剧，趁乱将零件扔在了厂子胡同的旮旯里，为的就是想洗脱罪名，可是他的如意算盘打错了，最终也没逃过李玉芬的慧眼。

“痕迹检验”几个字如此神圣，李玉芬深知自己身上所承担的重担。那就是保卫人民的安危，为了能更好地扛起这份重担，她不断地学习，给自己充电，在实践中学习，在学习中总结，在侦破一件又一件案件后，她研究出了一套自己的办法，就是运用逻辑思维进行案件推理。

1997 年 12 月，良乡某厂家属院内发生一起谋杀案。

已经是痕迹检验工程师的李玉芬第一时间抵达现场，还没有进院，从院门的夹缝里就看到两个躺在地上的身体，这是她每次出现场最不愿意看到的，这说明又有人被害了。

两个人是一对父女，男 30 岁，其女儿才 9 岁，两人均已没有生命迹象，就这么硬挺挺地躺在地上，之前鲜活的生命就这样凋零了。每次见到这番场景，李玉芬都无比痛心，作为公安干警，没能保护好老百姓的安全，她感到无比惭愧，她只有尽快破案，找出凶手，将他们绳之以法，才能让这对父女的在天之灵得以安息。

她认真勘查着案发现场，职业的敏感性让她就像一条灵敏的警犬，在这方圆几百平方米的地区寻找着有价值的线索。她第一个发现的就是王氏女儿放在沙发上的书本和小黄帽，只有刚放学回家，孩子才会把书本和小黄帽放到沙发上，从这点推理出案发时间应该是在孩子放学回家写作业这期间。然后她又从屋外门口处找到一个火柴盒和未抽完的香烟，这个物证很重要，李玉芬将它小心翼翼地放进物证袋里。她从屋内地面上的碎玻璃颗粒一直追寻到门外的碎玻璃渣，最终从门后找到了一副带血的手套和一把菜刀，这些可是关键物证啊，上面肯定有犯罪嫌疑人的指纹。她还从现场杂乱的景象判断出这里曾发生过搏斗，并从地面找到了些许血迹，这也是非常重要的，她迅速利用技术手段提取了血迹，猜想这有可能就是犯罪嫌疑人所留下的。最后，她从屋外垂在地面的被子上留有的尘土脚印，果断地确定这个人是个男性。光有这些还不够，李玉芬还需要在实验室里完成最终的检验结果。她带着从现场找到的火柴盒遗留物和血迹回到了侦测室内，利用自己研发的鉴别技术提取了香烟痕迹，通过对比确定为“都宝”牌香烟，明确了这是犯罪分子喜爱的香烟品牌，并通过血液确定了犯罪分子的身份。她将这些推理出来的重要线索交给了办案民警，民警们运用这些线索很快就将案子侦破了，并将犯罪分子抓获。

同事都对李玉芬竖起了大拇指，感觉太不可思议了，多家刊物连续多次报道李玉芬的破案如神，并给她起了一个传奇的称号“东方女福尔摩斯”。可是李玉芬并不在意这个称号，她所在意的是真相，在意的是那些死去的人是否可以安息，在意的是案件能否快速地侦破。

李玉芬对待自己接触的每起案件都非常认真，她告诉自己绝不能有冤假错案，不能辜负人民群众对自己的信赖。一旦案件审错，带来的后果是不可想象的。李玉芬就曾经纠正过一起冤假错案。

2000 年 3 月，房山史家营派出所接到报案，该地一辆豪华轿车被烧毁，现场路基下有一具男性尸体，法医现场通过甄别确定为他杀，并很快确认车主梁氏父子就是犯罪嫌疑人，他们将自己的汽车点燃烧毁作案现场，目的就是掩盖杀人罪行。可奇怪的是，这对父子被抓起来后一直喊冤，并不配合口供工作，三天三夜不吃不喝，办案民警认为他们是在故意拖延时间，打疲劳战。这事传到了李玉芬耳朵里，警觉的李玉芬不这么认为，直觉告诉她这中间肯定哪里出了问题，她要去现场再勘查一番。

重感冒带来的头痛撕扯着李玉芬的神经，要是一般人，可能早就回家休息去了，可李玉芬不敢去休息，她生怕自己这么一休息，这案子就会出现差错。对真相的追求激励着她带病抵达案发现场，忍着病痛勘查起来。

李玉芬指导年轻同事工作

案发现场的景象告诉她，她来对了，不足半个小时，她就找出了问题的所在，可以推断这起案件根本不是梁氏父子所为，该案性质应该是纵火案，不是故意杀人，是主犯点燃汽车，汽车爆炸时门板击中另一名主犯面部造成其死亡。这应该是熟悉现场的人员所为，而梁氏父子根本不熟悉现场，所以排除他二人。通过现场侦查，她确定死去的男子其实是纵火嫌疑人之一，很大可能是因爆燃意外被炸死亡的，其他纵火成员救人未遂所以逃跑了。听到这些，办案人员立即更正了侦查方向， 先后传讯并抓获了死者的弟弟、弟媳，二人交代的犯罪事实，竟然与李玉芬推理的案发经过完全相同。

“东方女福尔摩斯”再一次显示了她应有的能力与担当，成功纠正了一起冤假错案，让人们更加对她刮目相看。可李玉芬并没有骄傲，而是全身心地做好自己的痕检工作，迎接她的将是打破世界范围难题的大案。

2007 年，她接到了一起案子，这起案子看似平常，可是案件性质非同一般，死者被定义为失踪。民警通过前期侦查找到一名犯罪嫌疑人，但一个月过去了，犯罪嫌疑人一直否认自己有杀人行为。民警们排查了他所经营的工厂，发现里面粉刷一新，找不到任何可以证明他杀人的证据。一个月后，李玉芬介入了该案，她来到犯罪现场，通过从门窗玻璃破损处流到门窗玻璃上的两行黑油垢痕迹，联想到尸体在此处燃烧的场景，并想到未充分燃烧的脂肪随烟冒出遇冷空气凝聚沿玻璃向下流淌出两行油垢，她立刻建议市局领导提取该油垢做 DNA（脱氧核糖核酸）检测或检验人的脂肪成分；从厂棚内满是油垢的焊把红胶线上的一滴红色物质，联想到尸体动脉被烧爆血液喷落的情景，建议市局提取化验；从屋内墙角处发现一颗黄豆大小的黑色碳粒，建议提取化验是劈柴助燃物还是人骨成分；建议用警犬在现场附近村庄的垃圾废品收购站等处寻找作案工具。最后油垢经化验证明是人的脂肪成分，从而断定这里就是焚尸现场，犯罪分子在铁的证据下终于认了罪。此案被公安部评为开创性的成功案例，“东方女福尔摩斯”让全国人民竖起大拇指，李玉芬打破了国际上人体脂肪超过60度就不能检验的结论，随后全国各地警察引用化验油垢的方法，侦破了多起杀人焚尸案。

愧对家人

干了20多年痕迹检验，李玉芬对得起自己身上的肩章，作为一名党员，李玉芬对得起自己的担当，时刻保持党员的先锋模范作用，事事以党和人民的利益为重，廉洁奉公，为党和人民付出太多；而对自己的家庭，她所顾及的太少太少了，作为一个母亲，甚至可以说她确实有些不“称职”。

“我很对不起我的孩子！但一想到那么多案子还没有破，我只得奔赴现场了。”

当李玉芬谈到她的孩子时，她失声了。

李玉芬有个可爱的儿子，作为母亲，她本应该多陪伴在孩子身边，可是由于自身工作的原因，她的儿子从小就是在缺少母亲的陪伴下长大的。

让她记忆深刻的是，一次去案件现场，坐在前往现场的车上，她竟然看见了自己4岁的孩子在外面玩耍，她是多么想去和孩子打声招呼啊，可是她有要务在身，只得眼睁睁看着孩子远去的身影。结果这一走就是3天，家里没人做饭，儿子饿得只能将平时不爱吃的麦乳精放在嘴里，当面包吃个精光。夜深人静，家里的大人都不在家，小家伙很害怕，家里却闹起了老鼠，小家伙很顽强，他用纸叠了个小手枪，在被窝里比画着为自己壮胆：“我妈是警察，我才不怕你们呢！”

孩子不但勇敢，还很懂事，知道他的妈妈是警察，工作很忙碌，不能够分神，也知道警察是个神圣的职业，所以遇见很多困难他尽量自己解决。第十一届亚运会期间，李玉芬出现场长达一个月，她的丈夫也正好出差，只留下9岁的儿子在家待着。别看孩子小，早早就学会了做饭，自己炒个菜，做个汤都不在话下，可毕竟年岁小力量不足，在端热锅的时候，手掌一滑，锅里的热水洒在了他的胳膊和大腿上。钻心的疼痛顿时涌上心头，小家伙疼得嗷嗷直叫，委屈和不满让他痛哭起来，妈妈这个时候在哪里呢？为什么别人的妈妈都在孩子身边，自己的妈妈却整日工作不理会他呢？此时他知道抱怨是没有意义的，必须马上处理烫伤，他想到妈妈平日里告诉他烫伤要用凉水冲洗，可以防止皮肤开裂，想到这儿，他立即起身用凉水冲洗起自己被烫伤的地方，并忍着剧痛找出家中的红霉素涂上。他抹了一把脸上的泪水，心里默念，我是警察的儿子，不能这么娇气！随后就没事儿人似的继续写作业去了，晚上睡觉时被烫的胳膊和大腿疼痛难忍，他就侧着睡了一宿。等到第二天起来，他又丝毫不顾及伤痛，背着书包就奔向了学校。

在李玉芬回家之前，儿子给她打电话没提及这件事半句，就是怕她分神。直到回家后她才看到儿子红肿的胳膊和大腿，她大哭起来，觉得太对不起自己的孩子了，她一把抓起孩子就要带他去医院，可儿子却安慰她：“妈妈，我不疼了，好多了，你累坏了，快睡觉吧！”儿子的安慰让李玉芬内心充满了温暖与愧疚，她太对不起自己的儿子了。

如今，儿子在母亲的影响下也成了一名人民警察，当问及他是否怨恨母亲时，他说：“不怨，母亲是我的榜样，母亲对国家和人民的付出深深地影响着我，我也要做一名敬业的人民警察。”这么一位爱岗敬业的母亲，对孩子的影响是巨大的。

对待自己的丈夫，李玉芬也是满满的歉意。中秋佳节本应该是合家团圆的日子，可是李玉芬这次还是没有回家，她把所有的精力都放在了破案上，放在了保卫人民安全的职责上。而她的爱人，为了这个家却付出很多，牺牲了很多。

“老伴儿和孩子们都非常支持我的工作，可我觉得愧对他们。”谈到家人的时候，李玉芬哽咽道。

李玉芬刚刚参加公安工作的时候，丈夫是辽宁锦西某海军医院的一名教员，前途远大，本来可以有更好的前程。可为了这个家，为了孩子，她的丈夫还是转业回到了房山，撑起了这个家。李玉芬不在家的时候，洗衣服，打扫卫生，做饭之类的工作，她的丈夫都担负了起来，为的就是能够让李玉芬安心地工作。

李玉芬经常忘我地工作，有时甚至会忘记吃晚饭，她的丈夫会把饭菜送到暗室来，并轻轻地提醒她一句“记得吃饭。”这么“暖”的举动让李玉芬备受感动。

还有一次，她的丈夫得了重病，高烧 40 度不退，为了不让李玉芬在工作时分心，丈夫决定自己前往医院，却晕倒在家门外。好在邻居发现后将其送到了医院，经过及时抢救才转危为安。这一切，直到李玉芬下班之后才得知，当抵达医院的时候，见到躺在病床上的丈夫，李玉芬的眼睛湿润了，她失声道：“对不起，你高烧我还出现场。”而丈夫的几句话让她的内心无比温暖：

“我差点儿看不见你……”

“好好工作，不用担心我……”

丈夫莫大的支持让李玉芬在工作上更加专注，这个高大的男人做出了一个丈夫应有的表率，他见证了李玉芬的成长，见证了北京房山刑侦技术界传奇的诞生。

李玉芬说：“军功章有我丈夫一多半！”

初心难忘

李玉芬对自己职业的热忱超出了常人，时常有人问她：“干这一行，你不觉得害怕吗？不觉得脏吗？”在20余年的工作中，李玉芬对法医有了自己的理解，她说：“看到我提供的信息、线索和证据能够帮助同事破获一起又一起重大案件，抓获一个又一个凶恶的歹徒，我就会感受到从事刑侦技术工作的神圣、职责的重大。我必须时刻武装自己，必须掌握高超的技能、前沿的知识、新研究出来的科研成果，才能为破案提供更多更准确的线索和方向，将犯罪分子绳之以法。”

作为一名人民警察，合格的痕迹检验工程师，李玉芬20余年，用痕迹物证等认定案件1200余起，协助破案22起，抓获罪犯1000余名，破案率为100%，并且没出现过一起错案。有了这么多成绩，要是一般人，可能早该享乐人生了。可她没有这么做，她深知光有自己的辉煌和成就是不够的，必须要给新人留下一些经验和知识，将中国的刑侦技术事业推向更高的台阶。她总结自己20多年的工作经验和学识，写研究论文，研究了一整套对白菜、萝卜、菠菜、苤蓝等常见的11种蔬菜，以及苹果、梨、柿子等12类瓜果上的指纹的提取实验和方法；还研究出对各种颜色、质地和有复杂图案的布、绸、革、纸类上的痕迹的提取方法。

她结合自身工作实践与积累，撰写了《色彩鞋样图谱》《直觉思维在侦察破案中应用的研究》《关联思维在串并案中的作用》《特殊反向指纹的识别方法》等多部书籍，为学习痕迹检验的学员提供了自己宝贵的经验和理论支撑。

不仅如此，作为一名20岁就入党的共产党党员，李玉芬心里总是想着国家和人民，即使自己有困难，也不忘帮助困难群众。早些年，她与爱人贷款买了房子，每月都要还房贷，为了节省开支，他们早晨不吃饭，中午饭也不超一元钱，即使面对如此拮据的生活，在1998年南方闹洪水，灾区需要援助时，她竟然把3800元奖金全都拿了出来，代表分局全体民警捐给了灾区。

从警多年，人们从没有看到李玉芬请过假，也没有听到她说过一句累，然而为了事业，她付出了健康的身体，多年的工作使她积劳成疾，每次一看案卷就是大半天，颈、腰、肩就会疼痛难忍。多年的药剂熏蒸，使她的眼睛视物不清，为坚持办案，她把椅子降低高度，脖子与桌面一般齐，减小颈、腰的角度，以便使自己好受些。由于长期接触化学药物，多年来血小板长期低于正常值，而白细胞则高于正常值，但她仍以饱满的精神状态全身心地投入到破案工作中，丝毫没有松懈。

痕迹检测工程师李玉芬，几十年的付出，得到了领导和国家的巨大支持，她先后荣获“二级英模”“全国优秀人民警察”“中国杰出女民警”“全国三八红旗手”等多项荣誉，还在2008年代表房山区警察参加了奥运火炬接力。

“自己取得的这一点成绩微不足道，为不辜负人民的期望，我将勤奋工作，多破大案要案，为完善我国的刑侦技术，贡献自己的力量！”当谈及这么多年对工作认知时，李玉芬说道。

她还说：“干公安不能挑肥拣瘦，能够为死去的人申冤，是我最大的工作动力，如果没有我们，一些案件的真相可能不会被揭开，很多谜团也可能解不开。老百姓的安全需要我们这样的人，我们就要用平生所学好好发挥自身价值，对于别人的不理解甚至误解，要保持平常心，坚持干好工作。”

李玉芬目前虽然已经退休，但还继续战斗在刑侦工作的战场上，继续为侦破疑难案件奉献力量，她向学生们传授着自己多年的刑侦经验，发挥着自己的余热。虽然多年工作使她积劳成疾，颈部、腰部、腿部、手指发生变形，视力也下降了，但她无悔无怨，为的就是人民的安全。

“做好刑侦技术工作，是刑警的神圣职责。”李玉芬说道。

李玉芬从事痕迹检验工作20余年，不忘初心，奋力前行，为公安系统奉献毕生精力，坚守百姓的生命安全，为正义之歌的飘荡而吟唱。

张进来：四马台上　好马扬蹄

姜玉卉

张进来

早就听说，在京西南百花山下，崇山峻岭之中有个风光秀丽的四马台村，远近闻名，是美丽乡村的典型示范村。村党支部书记张进来曾获全国劳动模范和优秀人才一等功荣誉称号，山窝窝里飞出金凤凰。谁不想亲自前往领略四马台村的美丽风貌，一睹张书记的风采呢？

2018 年初夏，我有机会去四马台村采访，霞云岭乡党委宣传部部长孙佳炜同志，亲自驾车与我一起前往。车子穿梭于大石河畔的峡谷中，不久后，进入大石河的支流——四马台沟。沟窄弯多坡陡，车速放慢，我摇下车窗玻璃，观赏翠绿的植被，深深吸下几口清新的空气，沁人心脾。我试想：张进来长得啥模样呢？一定是个膀大腰圆、五大三粗、面庞黧黑、说话瓮声瓮气的山里壮汉。想象着，我随口问了孙部长一句：“张书记长得啥样呀？”“见着您就知道了。”孙部长直爽地说。车子拐进一个山洼，眼前一亮，映进车前窗的是一栋栋灰、粉两色的二层别墅，随山就势，错落有致。

车子拐进一个弯，孙部长大声爽朗地喊："老张书记，我们来了！"我抬头见墙边站着两位老人，应声走过来。车子停在路旁，我俩下车，迎着老人向大门走去，孙部长忙着相互介绍。我见到的张进来，留着三七式的分头，梳理整齐，光亮；身着青蓝西装，腰板儿倍儿直；架着一副金丝眼镜，俨然一副大学教授气派。与我想象的山里壮汉大相径庭，对不上号。张进来拉着我的手，一句"非常欢迎老哥来我们这儿啊！"拉近了我们的距离。我忙说："咱们是老乡啊，都是喝大石河水长大的，我是佛子庄乡佛子庄村人。"张进来说："越说越近乎了，咱们是邻居。"茶水摆到面前，孙部长讲明来意，张进来深沉地回忆说："四马台有今天，我张进来有今天，不易啊！是四马台全体党员带领村民用血汗换来的！"

受任于困难之际

张进来，1953 年出生，当时，人民虽然翻身获得解放，但在经济上仍是一穷二白，大山里的百姓过着糠菜半年粮的生活。为了让农民过上好日子，党号召农民走互助组、合作社、初级社、高级社、人民公社的集体道路，形成了三级所有队（公社、大队、小队）。但二元结构将农民死死拴在集体的马车上，过着半饥半饱的生活。张进来到了入学的年龄，当他踏进学校大门，走向求学的道路时，正是三年困难时期。国家困难，家庭拮据，常常是肚子的"咕咕"声伴随老师的讲课声，肚里无食，手握铅笔无力。艰难的六年高小毕业，升入初中，赶上"文化大革命"的非常时期，没有了正常教学秩序、没有了师道尊严，学生不学文化知识，要斗走资派……1986 年，张进来与同村发小们初中毕业了，长辈们盼子成龙，可"学而优则仕"成了泡影。没有改变"面向黄土，背朝天"的家庭境况，"白念九年书，回家扛大锄。"但毕竟读了 9 年书，比父辈有知识，算个返乡知识青年，是生产队有文化的社员。

拿工资、吃皇粮的梦圆不了，只有安心待在农村，凭着知识和有志青年的激情，在农村广阔的天地打拼，用自己的双手改变家境，改变家乡。1971 年，年仅 18 岁的张进来开始担任生产队副队长，由于思想进步，工作踏实肯干，1978 年，社员一致推选他为生产队正队长。1980 年，张进来加入党组织，任四马台村经联社副社长。

随着农村改革开放，联产承包政策的落实，农民放开了手脚，凭着个人智慧、胆识，张进来成就了一番辉煌事业，做了私营企业家，走上了发家致富的道路。然而，到了 1989 年，百姓殷殷期盼的好日子并没有到来。因为缺乏管理经验和共同富裕的相应制度，集体资源个人承包，谁承包谁发财，集体形成了空架子，百姓得不到承包成果，比集体时更穷。当时村里有这样的顺口溜："集体的驴，个人骑，骑来骑去剩张皮。"生动形象地反映出个人承包者日进斗金，而大部分村民一贫如洗的局面。这种局面不能持续，这不是改革开放的初衷，要尽快扭转此局面。

1990 年，乡党委书记找张进来谈话，让他任四马台村党支部书记。对此，张进来面临着一个严峻的抉择问题：一方面，个人私企蒸蒸日上，效益实惠，是个人发财致富的康庄大道；另一方面，放弃个人私利，为百姓谋幸福，共同过好日子。怎样抉择？此时，一件事彻底改变了张进来的人生航向……该过春节了，73 岁的村民李万零老汉，双手捧着一张 5 元钱的借条，找党支部借钱，党支部、村委会分文没有。老人失望，哭泣而归，过年真的如过关了。张进来见此，鼻子发酸，泪垂衣襟，扪心自问：我这经联社副社长专抓工副业，我都干了什么？集体穷得当当响。我是共产党员，党组织希望我挑重担，百姓期盼过好日子。我要实践入党誓言，不要在个人利益与集体利益上犹犹豫豫，要勇于放弃个人发财致富的机会，全身心地担起四马台村的重任，带领村民一心一意奔小康！

俗话说"有钱的家好当，无钱的家不好当""巧妇难为无米之炊"。张进来是在极困难的情况下走马上任的。第一次开支部班子会时，因为没有办公地点，是在一位支委家开的，开会时让其家人暂时出去，五个支部成员开会。支委们个个情绪低落，像经霜打的枯叶，蔫头耷脑。张进来知道，要干好一番事业，先要有一个坚强的领导班子，而领导班子的

张进来（中）与村干部研究工作

堡垒就是党支部全体党员。今天就是给支委们打气，让他们振作起来。张进来冷静地、科学地开导支委们，他说："治村如治国，也要讲究天时、地利、人和。现在我们都占了，'天时'，国家改革开放，出了富民政策，我们就有了定心丸；'地利'，我们可以发挥煤炭资源、旅游资源的优势，办好现成的致富产业，不用外出找钱，金山银山就在我们面前，金饭碗就看你端不端；'人和'，村民都在致富路上憋着一口气，早就想大干一场，只是苦于没有人领着干。俗话说：火车跑得快，全凭车头带。我们就是火车头，我们不打起精神带着村民奔小康，那我们算什么共产党员呢？"支委们听了张进来的一番话，又思摸着：书记抛弃了自家正红火、发大财的企业，担起这份苦差事，他图啥呀，他这回是真心领着大家谋福，我们要支持他，跟书记一起摽着膀子，齐心协力谋发展。支部班子齐了心，拧成一股劲儿。接着召开了党员大会，张进来发了誓言，要充分利用天时地利，让百姓得到真正的实惠。干部、党员的思想统一了，人心齐、泰山移，接着就是如何干的问题。

建设坚强的党支部领导班子

首先，张进来给干部立了规矩，让五个支部班子成员，一心扑在集体事业上。约法三章：不外出找活干；不养私家运输车；不搞个人营业。

其次，将个人承包的煤矿转成集体承包，定产定额，实名制定员、领钱，规定奖惩制度，规定生活费标准。工资与完成任务挂钩，各种账目清晰，尤其把好产品销售、进料关，堵住漏洞。兼顾税收、集体、个人利益，结束了煤矿产值流入个人腰包、集体负担亏损的不公平历史。张进来根据煤矿时的管理经验，制定了科学有效的管理制度，严查跑冒滴漏现象，惩处私分销煤款、吃回扣、白条顶账、在矿上白吃白拿等一系列坑害集体的事，同时，选出大公无私、热爱集体事业的共产党员担任煤矿正副矿长。

再次，选出监委会，由五位有威信的老干部组成。监督员单独开会，听取群众意见，给支部输送。村中设专栏三公开：党务公开，党员联系群众包户；村务公开，定期向群众公布收入、开支情况；政务公开，公布村中建设等情况。

经过一番全面、细致的工作，建立起以党支部书记为核心的坚强、廉洁的领导班子，以全体党员为堡垒的先锋队伍。人人各司其职，努力工作。党群、干群关系密切，凝聚力、战斗力大大提升。辛勤的汗水，会浇灌出艳丽的花朵，会结出丰硕的果实。当年，煤矿就盈利 43 万元，还清农行 8 万元贷款，信用社 20 万元贷款，清理债务 5 万元，除去还债，余额 10 万元。怎样处理余额，班子决定，让村民过个实惠春节吧！让李万零等困难户，往年过春节的愁容变成开花似的笑脸。年底，村民每人分得大米 200 斤，白面 200 斤，蔬菜 200 斤，20 斤食用油和一吨煤，每人又分得 200 元零花钱。张进来看到村民分改革开放后的第一次红利的场面时，感到无限欣慰。村民得到实惠，欢天喜地地一边搬东西，一边感谢张书记，感谢党支部，说这才是改革开放的初衷。今后，领导班子更加坚定了走共同富裕的道路。

第一炮打响后，张进来的信心更加坚定了。从1991年开始，张进来逐步对煤矿进行技术改造，实现了机械化生产，大幅度提高了生产效率，使煤炭年产量由6万吨提高到15万吨，年创产值1000万元，实现利税400万元。按上级精神，四马台村又对村办煤矿进行股份制改造，把集体矿评估作价为集体股，并吸收全村每人3000元的新股。这样，既明晰了产权关系，又调动了村民参与管理的积极性，同时也解决了开发新矿所需的启动资金。为煤矿今后的发展奠定了基础。

依托资源优势，在充分论证、细致勘测的基础上，张进来决定在海拔998米处新开一个跨世纪的井口。井口工程量大，岩石巷道全长2300米，工程总投资600万元。针对资金缺口，张进来召开党支部、村委会两套班子会议，决定对煤矿实行股份合作制，发动村民自愿入股。这在农村经济管理上，是新事物，是改革的里程中迈出的一大步。具体操作是这样的：1000元为一股，村民入股实行“一带二”的办法，即把每年由集体补贴村民的细粮、油、菜等，相当于1000元的福利款改变为享受股金入股，即每位村民必须要入两股（2000元）现金股，才能带1000元的个人福利享受股。

村民争先入股，仅一个月的时间，就有924人入股，入股金额达到184.7万元。不但解决了煤矿急需资金的问题，同时，又把集体的老煤矿评估作价，以总金额970万元作为集体股加入新煤矿，这样，老新矿合成一体，形成老矿养新矿的良好格局。

改革开放初期，村民经济收入不等，张进来看到上百户的村民，无钱入股，情绪低落。他想到，改革开放要走共同富裕的道路，一户都不能落下。他决定，由书记、村主任亲自出面借款30万元，为村里120户想入股却没钱入股的户垫付入股资金。

实行股份制，充分调动了村民的积极性，效益逐渐扩大，村里如期按规定为村民付利息，第一次每股分红880元。股民们初次尝到了股份制的甜头，那些刚开始对股份制持怀疑态度的人员动了心，也积极要求入股。

为确保稳定、团结、实现共同富裕的目的，煤矿吸纳这些人入了股，这些人不仅交纳应付的股金，也得到了入股的分红。至此，全村所有人员都入了股，享受到了改革开放的红利。

随着煤矿给村集体的创收不断增加，百姓得到的实惠越来越多。村支部不仅每年年底为村民无偿分得福利，还进一步提高了村民生活上的福利：无偿为村民安装电话；进行电网改造；安装电视闭路接收系统；开山挖渠引水入户；村集体盖起了办公楼；请社会各界文艺团体在会议室和可容纳千人的大礼堂，为村民演出文艺节目，使这个小山村充满了安定、祥和的喜庆气氛。

然而，“树欲静而风不止”，张进来大刀阔斧的改革，引起了那些私心膨胀、利令智昏的人的嫉妒。他们无视法律，对张进来进行报复，蒙面持刀闯进他家中，将熟睡的张进来捆在床上，连扎九刀后逃逸，张进来被送入医院抢救。当他从昏迷中醒来后，看到一家人焦急地守候在他床前，妻子哭得成了泪人，年幼的儿女流着泪水，一个劲儿地喊着：“爸爸！”年迈的老母亲拉着他的手泣不成声地念叨着：“儿呀，你可不能丢下我们不管呀！没了你我们一家子人怎么活呀！”是亲人的呼唤把他从死亡的边缘拉了回来。他看着老母亲花白的头发和脸上的条条皱纹，这位老人家是在旧社会的苦水里泡大的，至今，操劳了大半辈子，没有享过一天福，到老了还要为儿子担惊受怕；又看看深爱着自己的妻子，她当初违逆娘家的意愿，铁了心跟了他这个穷小子，与自己同甘苦共患难，维持着这个家；再看看一双未成年的儿女，小女儿还患有重病，需要长期吃药和看护。想着这些，张进来这位七尺男儿，流下了伤心的眼泪。这时，一向顺从自己的妻子气愤地说：“咱家发财致富的事业，你说扔就扔了，为了大伙儿的事，差点儿把自己的命搭进去，你要是有个三长两短，让我们一家老小喝西北风去！以后这支部书记谁爱干谁干，横竖咱不干了，今后只要平平安安的，就是像过去一样吃糠咽菜，我们也愿意。”妻子的话虽是一时激愤，但是，是真心心疼自己。张进来陷入了沉思，心如刀绞，内心的伤痛重于肉体的疼痛。

张进来住院时期，全村不少男女老少挤着公共汽车，行程近200里出山到医院看望他。他们共同期盼：张书记不要有什么闪失，大家还等着他带领大伙儿奔小康呢！76岁的李万零老汉双手捧着给自己刚断奶的小孙子攒下的几个鸡蛋，来到张进来的病床前，紧紧握着他的手说："进来呀，为了大伙儿你受委屈了！四马台村不能没有你，乡亲们盼着你早点儿把病养好，回去领着我们过好日子！"看着眼前的万零老汉，张进来想起3年前，他手捧借条失望、流泪的情景。他心想：四马台村的百姓需要我，少数人反对我，仇恨我，那是他们与集体致富奔小康的方向背道而驰，总想个人发财，是过去"三十亩地一头牛，老婆孩子热炕头儿"的小农经济思想的延续。私心膨胀，暗地里搞伤害，说明他们心里有鬼，是心虚的表现，是不得人心的，群众会唾弃他们的。村民支持我，不希望我倒下去。他说服了家人："我是一名共产党员，我没有理由害怕、躺倒不干，更没有理由向恶势力低头。我不干，就称了他们的心，不能让私心人得逞。"张进来身体刚恢复，伤口还没有愈合，就偷着从医院跑回村里，回到广大村民身边，担起革命重担，继续投入到紧张的工作中。

俗话说，邪不压正。通过这场风波，村民更加佩服、景仰张进来，上下团结一心，誓要彻底改变穷山乡面貌，坚定走共同发展、致富道路。

以黑养绿

张进来高瞻远瞩，意识超前。他意识到眼前的煤矿虽然红红火火，效益蛮好，但煤炭是不可再生资源，挖一点少一点，总有挖尽之日。经过深思熟虑，他认识到：要解决长远致富问题，实现持续发展，还要在土地上下功夫。改变传统农耕模式，必须抓农业产业结构调整，开辟多条致富路。

从1993年开始，四马台村按照"以黑养绿"的发展思路，将销煤款，每年投入 40 万 ~50 万元，用来发展农业生产，再造土地和林果资源，为子孙后代造福。同时，村里还将过去集体时的生产小队形式改成农场制，按地势组建了 7 个农场。几年后，开垦荒地造田，恢复撂荒耕地 620 亩，使粮田面积增加到 1038 亩，实现粮食自给自足。

张进来了解到河北省涿鹿县大河南村地理环境与四马台村差不多，该村种植仁用杏致了富。于是，他组织支部班子、党员和村民代表前去参观，回来讨论，统一认识，此经验适合四马台，大家认准了就开始干。干部、党员带领村民苦干半年，垒起 2060 亩梯田，加上原有的 3000 亩，可栽植 35 万株仁用杏树。但由于实践经验不足，买来的新品种树苗，第一年栽下去，成活率几乎为零。村民的情绪一落千丈，张进来手攥着枯死的树苗，心如刀绞，辛酸的泪水流下来。但他没有被失败打倒，他想：改革的路不会平坦，会遇到坑坑坎坎，失败是成功之母，关键是找到失败的原因。他一个人一整天没离开田地，刨开十几个树坑，查找树苗的死因。功夫不负有心人，树苗没问题，还是在栽的环节上出了问题。树坑挖好后，风把落叶杂草吹了进去，没有清除，树苗放入坑里，根须周围因有落叶杂草，培土时草率，又有石渣混进，根须因吸水不够而枯死，症结找到了。第二年，张进来将小树苗栽在坑内侧有细土的地方，让细土完全包住树苗根系。一定要让水渗到根须处，树苗成活后，根向坑中间扎去，落叶杂草腐烂变成肥料，更有利于树的生长，此法成功了。但有关部门不认同，还指责张进来不会栽树，把树苗栽在坑边，而不栽在坑中央，引得技术人员前往林果地调查。张进来向技术人员讲了前后的方法与效果，技术人员无言以对，方法、过程是为达到预期目的，成功了就是对的。

几年后，5060 亩仁用杏已有 85% 进入盛果期，由于采用生物防治病虫害等科学手段，加强水肥管理，果农喜获丰收，全村总产量达 30 万斤，仅此一项，每户平均增收 1 万元。他们还在树间种植矮化谷子、豆类植物，粮果皆丰收。如此，绿化了荒山，保护了生态环境，实现了可持续发展，四马台村被农业农村部命名为“华北生态农业示范村”。

提升社会福利

我与张书记、孙部长畅谈至太阳中天，张书记老伴儿招呼我们吃家常便饭。家乡饭丰盛味美，尤其自产杏仁泡的杏瓣儿，有嚼头儿，又脆又香甜，别处产的不能与之匹敌。饭后，来到村委会办公室，与办公室会计等同志聊天，我从中了解到：张进来十几年来，关爱村中弱势群体，抗战时期，日伪军多次进攻，早年参加革命的老党员、老同志的生活极端困苦，就是在改革开放初期，总体经济发展也较为滞后，像李万零老汉的生活境遇并不在少数。怎么能忍心让这些在革命各个阶段为国家做出贡献的老党员、军烈属、五保户、特困户、广大村民为吃、穿、住、行发愁呢？历代山区农民有纯朴的“穷帮穷”民风，更何况共产党的宗旨就是要让百姓过上无忧无虑的好日子。

从1990年春节以来，村支部累计发放慰问金达几十万元。张进来心系乡敬老院的孤寡老人，老人怕冷，他总赶在冬季之前，为敬老院无偿送燃煤，累计百余吨，并资助添置设备，为他们营造温馨舒适的环境。老人们每当提起张进来，总伸出拇指夸赞说：“真比养儿子还孝顺，为我们想得可周到了。”

张进来不是只盯着眼前利益的干部，他总是看得比较远。他常讲：我们要想世世代代过好日子，关键要有人才，人才的培养靠教育，发展教育事业是国家的根本大计，然而诸多因素制约着山区，尤其是边远山区教育事业的发展。为改善山区办学条件，张进来倾注了大量心血。几年间就为霞云岭中学、小学累计捐款20余万元，每年都拿出资金奖励考入大学的学子。在他担任五个村的联合党支部书记期间，因成绩显著，上级奖励他一万元，他没有放在家中，而让各村统计特困生，按数将一万元分送给特困生做学习补助，其思想境界之高，让村民佩服。2002年，霞云岭中学需要新打一口深水机井，然而学校财力有限，无钱买水泵，如有了米面无柴火——做不熟饭。张进来知道后，立即与学校联系，无偿捐赠潜水泵一台，并调去一台铲车帮助施工，及时解决了师生的用水问题。2003年，“非典”肆虐，山区卫生院的设备简陋，条件落后，一旦出现疫情，其后果不堪设想。这里地处深山区，离区级医院又远，远水解决不了近渴，最好的办法是完善、提升医疗设备，提高山区卫生院医疗水准。张进来力排众议，说服其他领导，从四马台村当时最大的工程——翻修、连接108国道贯穿全村直通白草畔山顶公路工程的投资款中，硬挤出9万元资金，捐赠给霞云岭、蒲洼、十渡三个山区卫生院，帮助他们及时购进必要的医疗设备，为山区战胜“非典”疫情贡献力量。

张进来以共产党员的心怀，心系天下，热心公益、慈善事业。每当听到有受灾地区，百姓及国家资财遭受严重损失时，他都踊跃捐款、捐物，从不吝惜。十多年来，平均每年个人捐款都在千元以上。一方有难，八方支援，这种扶危济困、乐于助人的传统美德在张进来身上得到完美体现。

张进来以无私的胸襟、真挚的情感，热心于家乡、社会公益事业的发展，以身作则的作风，赢得了广大群众的尊重和爱戴，被百姓亲切地称为——亲民书记。

以绿致富

张进来带领党群打拼了几年，实现了“以黑养绿”的发展模式。集体富了，村民富了，在此基础上，他又开始谋划第二步——以绿兴旅。他看准了京西南第一高峰百花山麓这块天然宝地，利用这里气候凉爽、景观奇特、天然氧吧、奇花异草、怪石秀木和原始森林中各种野生动物的特点，他认为完全可以在此处大力开发休闲旅游业。这是上天赐的宝地，加上党和国家的各种惠民政策，无论如何要抓住这良机。张书记睿智、有胆识，大刀阔斧地干起来。首先，如何吸引城里人进山村。这个好办，依据这里天然的环境优势就可以做到。其次，要想留住游客，使之能在村中吃、住、玩、观光采摘就要旧村改造。传统民房，是土、石、木结构，就地取材，低矮暗，室内没有冲水坐便，厕所不是在院里就是在街边，既不卫生也不方便。于是，张进来请来清华大学设计研究院的专家，进行实地考察，反复研究，制定方案，制定出既适合村民居住，又可与民俗旅游业相结合的旧村改造模式。

我们边走在平坦、干净的街道上，穿插在随山就势建起的一栋栋灰色、粉色二层别墅之间，边听张书记的讲解：

四马台村民新居

从 2004 年 6 月开始了旧村改造一期工程，总投资 1100 万元。由集体拿大头，每户村民投资几万元，人均 44 平方米，根据每户人口设计三种户型。为将旅游业做大做强，巧妙地将旧村改造工程与民俗旅游业相结合，全村每户别墅型住宅楼全部按民俗旅游接待方式设计施工，每户五个卧室全部配有独立的卫生间和洗浴设施，统一设计、统一装修，每户都是楼上楼下，电灯电话，家具现代化，比城市居民的生活还优越。一期工程按照功能完善、生态环保、整体协调的建设思路，圆满竣工，42户村民喜迁别墅型住宅楼。村民过上了让城里人惊叹羡慕的小康生活。

接着二期工程，投资一亿元，利用三年时间，完成200栋别墅型住宅楼的建设任务。旧村改造工程全部完成，四马台成了既有城市功能又优于城市环境的文明生态新农村。家家户户都可以搞民俗旅游接待，在全国农村中也只有这个村有这个条件。

这样的条件与环境，怎能不让城里人向往且流连忘返呢！

美丽乡村建设是综合性很强的工程，张进来带领两委班子紧紧围绕“生产发展、生活宽裕、乡风文明、村落整洁、管理民主”的方针，全力推进社会主义新农村建设，实现了经济和社会事业又好又快地发展。当全国掀起建设社会主义新农村的热潮时，四马台村被列入北京市新农村建设试点村，在这大好形势下，四马台村抓住了契机，跟上了步伐。别墅盖起来了，配套工程也重要，要及时完善。

当24套老年公寓建成后，长达53.4里的水泥硬化主路，5.07万平方米支路和宅前路也紧锣密鼓地实施。街道绿化和居民区绿化2.3万平方米全面铺开。同时，两座500米深的机井打成，出水量每小时25立方米以上，4.29万米的管道在硬化街道时铺设，村民全部吃上自来水。同时，为了保证生产、农田浇灌用水、生活用水，建成两个机械化、湿地式污水处理站，排污管线2.28万米，全村污水得到科学有效的处理。建星级公厕，布局合理，利用率高；配备垃圾清运车1辆、垃圾桶100个、三轮垃圾车10辆，维护村内环境；太阳能路灯和太阳能庭院灯110盏；建立了社区服务站，方便村民就医用药；村委会安装了宽带上网，为广大村民、农村党员干部和农业组织提供信息查询、信息发布、技能培训、网上办事等综合信息服务提供了方便；农村益民书屋、农村数字影院、文化广场、老年活动中心等相继建成。2007 年，四马台村被评为“北京最美的乡村”。

创建旅游业支柱——白草畔

离开四马台村，孙部长又亲自驾车，一路蜿蜒在 108 国道通往白草畔山顶的道路上。这里山高林密，空气新鲜，气候凉爽，森林覆盖率达到 97%。夏季气温比城里要低 5 ~ 8 ℃，境内有京西第一高峰白草畔。张进来请专家帮助论证并制定了发展规划，建设白草畔自然风景区，向游人开放，可安排就业人员 50 多人，年接待客人 1.5 万人，综合收入 60 万元。同时，通过旅游开发，带动村里二、三产业的发展，全村 50% 的农户转入二、三产业，旅游业成为农民致富的又一新的经济增长点，真正实现了“以旅致富”的远景规划。

车子停在一座集住宿、娱乐、健身于一体的星级宾馆。下车后，我们见到几个人从腾马大酒店走出来，这个酒店设有桑拿浴、冲浪池、保健室、歌厅和 KTV 包间。本村百姓只花 10 元钱就可以进行洗浴、桑拿、冲浪。刚出来的老者是 75 岁的村民宿有良，身后的年轻人开玩笑地对宿老汉说：“宿大爷，您老这一洗完澡，穿上新衣服，可就年轻了十几岁。”宿老汉满脸洋溢着幸福的笑容，开心地说：“咱以前，只听说城里人洗桑拿浴，用热气把人蒸出好多汗，说这能治腰腿疼，能排毒。我这辈子做梦也没想过，在咱家门口能洗上桑拿浴。唉！以前天天下地干活儿，出一身臭汗，总想美美地洗个热水澡，可是，没那个条件呀，一家三代挤在三间小土房里，怎么洗澡啊？夏天热得受不了，弄盆水，找个犄角旮旯，擦擦就行了，算干净一回。现在赶上好时代，这辈子算没白来到世上，活得滋润。吃水不忘挖井人，这得感谢张进来书记，好带头人，领着大伙过上了小康日子。”

老汉宿有良是伴随四马台村发展的步伐，一步步从贫穷走向富裕的见证人之一。他对四马台村翻天覆地变化的感慨，对张进来书记的感激是真正发自内心的。他还编了顺口溜：“我老汉，70 多，耳不聋，眼不花，见证了四马台村新变化。张书记有魄力、有远见、有胆量，让四马台村变了样，穷村变富庄。家家有存款，户户有余粮，吃得饱，穿得暖，扬眉吐气笑得欢。干部为百姓干好事，百姓围着干部转，求真务实搞建设，一心一意谋发展。50多里的水泥路，由龙门台一直铺到白草畔，路旁林木排成行，座座洋楼平地起，容纳千人大礼堂。大酒店在路旁，饿了进餐厅，晚了有客房。旧村改造城市化，城乡差别不算大。得民心者得天下，以人为本乐万家。”顺口溜，大白话，但说出了四马台村民的心里话。

排除隐患

四马台村富裕了，许多客商慕名而来，洽谈合作。张进来曾说：“四马台村发展不能关起门来搞建设，我们要走山内开发与山外发展相结合的道路，才能有更大的发展。”几年后，四马台村在山外拥有实力雄厚的建筑工程公司和塑胶制品厂两大企业，市场前景广阔，每年上交国家税金150余万元。有些不法之徒想投机取巧，骗取钱财，都被张进来的“火眼金睛”识破。一个自称是温州某地经销商的人，找到张进来要求进行合作，合作的前提是四马台村从他手里购一套20万元的旋床，四马台村就地取材，利用山上的树枝、荆条制作木制品，由他来进行销售，盈利三七开，四马台村拿大头。村里其他干部都被经销商的三寸不烂之舌说动了心，认为这是天上掉馅儿饼的好事，不能错过这发财的机会。张进来保持头脑清醒，他要求与对方合作购买机器设备，并要求对方交风险抵押金15万元，通过公证处公证，盈利五五分成。经销商被张进来的条件吓跑了，其他支委埋怨张进来放走了发财的机会。但没过多久，这个经销商东窗事发，被公安部门立案查处。大家都信服了，问张进来是怎样识破骗子的把戏的，张进来说：“凭我做事的原则性，我常对自己说，路要脚踏实地地走，做每一件事之前，必须考虑周全，必须胜券在握才能去投资。当干部的手里，掌握的权力是百姓给的，干部能支配的钱也是百姓的血汗钱，我们要对百姓负责任，这样睡觉才能安稳。”改革开放，市场经济大潮，商场搏击，张进来心明眼亮，睿智超人。

要跃进到改革开放的快车道

我们一路行走，一路交谈。四马台村富了，周边的村民还没有富起来，张进来可不是个本位主义者，他拥有海纳百川的胸怀。为进一步优化农村资源配置，整合山区资源，打造区域发展环境，张进来积极配合霞云岭乡党委的安排部署，2003 年，四马台村和龙门台村在全区率先实行“支部合并，经济联合，带帮发展”的创新之路。龙门台村资源少，无企业，农民就业没有门路。村中干部连个办公的地点都没有，连续几年没有开支，更别说为百姓发福利了。四马台村与龙门台村党支部合并后，张进来任党总支书记。当年就为龙门台村每人发放食用油一桶，共计 440 桶。张进来还号召村支委以上干部集资 2000 元，慰问龙门台村内特困户、贫困老党员。

为使龙门台脱贫，张进来与龙门台干部、群众挖掘资源，打造出千亩优质核桃园。在管理层面上，制定了奖惩措施。凡达到收入标准，卖核桃款悉数归村民自己，另外，集体出钱，每亩再奖励 300 元；但因管理不好，造成田地荒芜，果树产量受损，没达标的给予适当惩罚。奖惩分明，鼓励勤者，罚懒者，村民的积极性空前提高，群众看到了希望，认准了致富路，焕发出无穷的力量。由四马台村出资，兑现龙门台村核桃园管理款 10 万元，当年，核桃产量比往年翻了两倍。几年后，龙门台村在张进来的指导、帮扶下，脱了贫，在村内建设上也迈开了步子，村内主要街道进行了改造硬化，安装了路灯，美化了村内环境。各项事业蓬勃发展。

俗话说：一花独放不是春，万紫千红春满园。2011 年，按乡党委的统一部署，四马台、龙门台、大地港、北直河、堂上合并成一个党总支，张进来担任第一联合党总支书记。他的目光更高远了，要操持五个行政村的事务，他不是上通下达的桥梁干部，他是干实事的，老百姓看得见、摸得着的，是解决百姓衣食住行、带领百姓过小康日子的实干家。

民富而思进。自2005年以来，张进来带领富裕后的四马台村，始终不忘回报社会。四马台村先后与周围的堂上村、龙门台村等村庄开展结对共建活动，四马台村在资金、项目、技术上予以大力帮扶，实行优势互补，发挥资源整合的优势，强化区域经济整合。张进来事必躬亲，对每个村子都要亲自调研查看，与村干部一起调查情况，分析形势，发挥各村的独特资源优势，寻求突破。不久，就有效地解决了龙门台村的旧村改造和山区险户内迁问题，百姓都住上了宜居的新楼房。

在张进来的倡导下，村党支部还把全村带头致富的党员干部组织起来，与后进村党员和困难群众结成对子，在致富信息、实用技术上进行扶持，共帮助200多户群众实现脱贫致富。

张进来是个热心肠的人，他牵挂的事太多了。庄户台村虽没有被列入第一联合党总支部的村，但该村小学经费紧张，他知道后，主动捐款捐物折合10万元，并连续三年为庄户台学校无偿提供冬季燃煤，保证师生正常教学和学习。师生们感激地说："张书记温暖了我们的校园，更温暖了我们的心，我们立志努力学习，将来回报大山里的父老乡亲们。"

太阳西斜，一路如腾云驾雾，左旋右转，一袋烟的工夫，我们回到了四马台村委会办公室。墙上的奖状、奖旗；桌子上的奖杯、奖牌、荣誉证书等琳琅满目，犹如置身展览馆一般。四马台村连续三年被评为"首都文明村"，连续十四年被评为房山区"文明单位"。张进来本人先后多次获"北京市优秀村党支部书记""全国劳动模范"和"全国优秀人才一等功"等荣誉称号。

张进来从上任四马台村党支部书记，到出任五个行政村的第一联合党总支书记，艰苦奋斗几十年。他经历风风雨雨，坎坎坷坷，闯出了一条"以黑养绿，借绿兴旅，以旅致富"的发展模式，使四马台村，由一个贫穷落后的小山村，变成了全市乃至全国闻名的美丽乡村。

张进来有句人生格言：“人活着就要做几件大事，写出一个堂堂正正的‘人’字来，实现人生真正的意义与价值。”他用自己的行动实践了人生许诺——2004年，四马台村集体收入达到1.4个亿，上缴利税350万元，人均收入1.2万元。四马台村没有失业人员，没有贫困户。张进来还有一个“五二二”奋斗目标，就是让四马台村五年内实现国民生产总值两个亿，人均收入两万元。

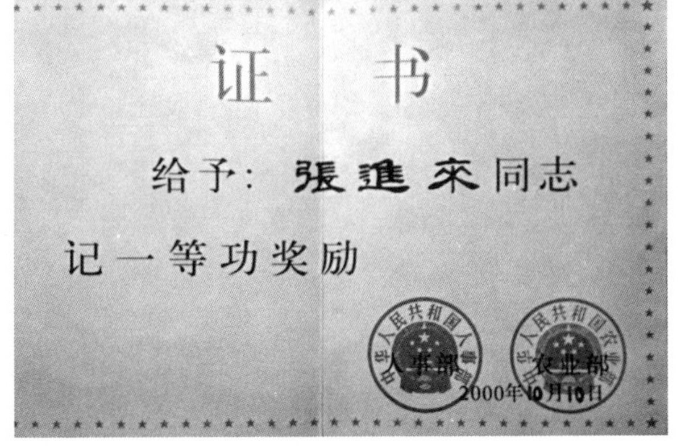

张进来在取得的成绩和获得的荣誉面前非常低调。他常说：“育我者父母，教养我者党，我如果是条鱼，百姓就是水，鱼没有水不能生存；我如果是棵小草，百姓就是阳春，我在人民的关爱中成长，无从报答，就像小草之于太阳，就像儿子之于母亲。”他要倾尽自己的心血与汗水，回报百姓的养育之恩，回报大家的信任与期望。

当夕阳落入白草畔后山，我和孙佳炜部长与张进来书记握手告别。临上车，张书记一句“老哥常来呀！”使我动情，可不是吗，一整天说的全是公事，真没时间好好领略百花山麓的美景、唠唠嗑。坐在车里，静下心才感觉到“静谧山乡空气爽，清风阵阵掠车窗”的舒适。这一天听到的、看到的一幕幕，说明什么呢？我顺口来了一句“干群最解山乡美，踏露扬鞭四马骧”。对，我一定会再来，我要站在京西第一高峰——白草畔，高歌：“四马台，马首是瞻！”

孙志强：健履踏歌攀高峰

顾梦红

在北京金恒通达集团的荣誉室里有一张照片特别引人注目：习近平总书记在庄严的人民大会堂前接见全国劳动模范代表，并与北京金恒通达集团董事长孙志强亲切地握手。

孙志强是谁？房山 110 多万常住人口中，知道孙志强的人，估计不会超过 1/100。然而，坦桑尼亚的总统、肯尼亚的驻华大使、尼日利亚的商务部长都知道北京房山孙志强的名字。他们多次到中国来，就是要找一个叫孙志强的企业老总，为的是使用中国的环保建材建造厂房、学校、幼儿园和居民住宅。

1978 年以前，孙志强不过是众多农民中的一员，普通得如同庄稼地里的一棵玉米，如同海滩上的一粒沙子。十一届三中全会以后，孙志强乘着改革开放的春风，迈出了坚实有力的铿锵步伐，踏着新时代的节拍，走出了一条不平凡

孙志强

的道路，谱写出当代农民从富起来到强起来的壮丽诗篇。

春风中迈出坚定的步伐

圣贤曰：“时势造英雄。”然而，在政治氛围相同、经济条件相近的同一个时代，有的人碌碌无为，随波逐流；有的人展翅高飞，宏图大展。这其中的差别在哪里？

有位哲学家说，命运就是个人的综合素质与时代机遇的有机结合与准确把握。如果没有时代搭建的舞台，一个人即使才艺出众，也难以演奏出动听的乐曲；反之，时代赋予了机遇，却没有符合时代要求的胆识与才干，也只能空怀壮志，一事无成。改革开放40多年来，孙志强和他的企业唱着《春天的故事》，踏歌前行，又一次证明了哲学家言之不谬。

孙志强出生于1959年，当时正值三年困难时期的第一年，在那个缺衣少食的饥饿年代，棒子糁稀粥照得见人影，菜窝头黑得看不见粮食，白薯就咸菜是农家饭的常态，吃饺子成了过年的代名词。1966年，7岁的孙志强刚上小学就赶上了“文化大革命”。

孙志强初中毕业后，由于种种原因，不能上高中。当时孙志强最大的愿望是参军，因为参军不仅可以填饱肚子，还能够磨炼自己的意志，然而由于某些原因，当兵的希望也破灭了。他只好到生产队参加劳动，那个年月，壮劳力辛劳一天的工分不到5毛钱。面对贫寒的家境，看着整日面朝黄土背朝天的父辈，汗珠子摔了八瓣，依然解决不了温饱，身强体壮的孙志强心中升腾起一种强烈的责任感：一定要让家里尽快富裕一些，让辛劳一世的父母过上好日子。为了改变命运，不再像父辈那样艰辛地活着，他想方设法求友拜师，最终，他来到琉璃河建筑队，当了一名瓦工。他不怕吃苦，勤奋学习，善于思考，为人憨厚诚实，做事勤快认真，深受师傅喜欢，也得到了领导的信任，他很快担任了施工员、工长。孙志强志存高远，他深知自己文化底子薄，学习技术更加努力。5年后，他担任了琉璃河建筑公司一处处长。

1983 年是个什么时代？现在的年轻人绝对想象不出来。那是北京人第一次喝到可口可乐、第一次听到摇滚音乐的年代。那时候，改革开放的春风刚刚吹拂大石河畔的柳梢。谁家买一台 14 寸黑白电视机就能够轰动整个村子，在北京上学的小伙子穿条牛仔裤戴个墨镜会令许多小伙伴艳羡不已，村里新媳妇烫个发也会让左邻右舍指指点点。过惯了苦日子也穷怕了的乡亲们急切想富却不敢理直气壮地去挣钱，腰包里有了点钱更不敢露。有一次，孙志强的工程队承接了华尔森啤酒厂的水源工程，因为打了一个漂亮仗，得到 2000 元奖金，孙志强乐得一夜没睡。但是怕有人说三道四，认为他走资本主义道路，第二天，他就悄悄地把钱存入了河北省保定的一家银行。十多年后，孙志强看到邓小平同志关于改革开放的论述，才知道贫穷不是社会主义，靠本事挣钱并不可耻。心想：如果自己穷得连吃饭都成问题，还谈什么共同富裕？

作为乡镇建筑公司的处长，带领工人干活儿时，不仅要保证质量，还要节约材料，节省工时。尽管如此，孙志强还是凭借着满腔的热情，旺盛的干劲儿，肯吃苦爱钻研的精神，干得很有章法，很有滋味。

雄鹰展翅需要辽阔的天空，骏马疾驰需要广袤的草原。为了寻求更大更快的发展，1984 年，建筑队加盟房山建筑集团总公司，孙志强担任总公司直属二处处长、二公司经理。

那时候，乡镇企业异军突起，京郊的建筑企业如雨后春笋，其中难免泥沙俱下，鱼龙混杂。孙志强知道，当时代大潮奔涌而来，百舸争流之时，总会有一些勇敢而有智慧的水手驾驭着船只劈波斩浪，乘势而上，也必然会有一些小船在波峰浪谷中颠覆沉没。此时，善于思考的孙志强思考着如何使自己的队伍在强手如林的北京建筑市场中立于不败之地。

那一年的暑期特别热，孙志强在工程上遇到一个技术问题，需要运用高中的物理与数学公式来计算。盛夏的烈日烤得他脊背发烫，他蹲在简陋的工棚旁一遍遍地计算、画图，过了3个小时仍然没有结果，他深切地感觉到仅有的初中知识不够用了，产生了迫切学习的愿望。当时石景山工地附近有一所中学，晚上为准备高考的社会青年补习高中课程，那时候门卫制度还不严格 ，他每天下班就“混”进教室，为自己“充电”。补习班的课程很快结束了，孙志强还感到不“解渴”，就自己花钱专门请老师系统地补习高中课程。1988年，他毅然脱产，前往北京建筑工程学院系统地学习建筑知识，8个月后，他参加了北京市建筑系统组织的土建技术员考试。18个区县的数百人参加考试，孙志强的成绩名列前茅。房山有近百人参加考试，获得技术员证书的仅有3人。许多年后，他十分感慨地说：“建工学院赋予的知识底蕴是我后来不断攀登新高峰的动力。”

20世纪90年代后期，重庆綦江彩虹桥垮塌事件给蓬勃发展的农村建筑队伍抹上了一层阴影，也给发展势头正健的乡镇建筑企业敲响了警钟。北京市建委为了维护京城建筑企业的声誉，更是为了保证工程质量，推出了强有力的举措：评选北京建筑结构最高奖——结构长城杯。

“结构长城杯”是北京市建委发起的建筑结构方面的创优活动。旨在加强科学管理，严格过程控制，推动科技进步，要求立足提高建筑整体素质和质量总体水平，促进建筑企业创出质量高、成本低、经济效益好的精品工程。根据规划，评委每年对当年完成的建筑结构工程和上两年度完成的建筑竣工工程组织一次评审。来自全市各权威部门的评委主要从六个方面进行全面检查和打分， 评审坚持高标准、严要求和公正、公平、公开的原则。“结构长城杯”工程的评分标准包括施工组织设计、方案和措施，模板方案和施工过程，钢筋、混凝土搅拌等方面的综合效果，以及技术资料查验等多项具体指标，评选程序严格而缜密。从工程一开始就要求上报审查，从地下基础阶段就开始介入检查，以上环节有一条出现严重违反规范标准的即取消竞选资格，而且将被要求立即返工。只要参加“结构长城杯”竞争的项目，必须保证地基基础坚固，主体结构安全、耐久，确保抗震烈度设防和耐火等级，必须是内坚外美的精品结构工程。竣工的长城杯工程必须确保使用功能、装修质量和环境质量，并有技术创新，能经受微观检查和时间考验。

此时，孙志强已经是房建二公司的经理，面对如此严格的评审指标，他没有丝毫退缩，他决定要把正在承建的北京华威小区25号商住楼工程在京郊建筑行业创出名牌。他下定决心：咱们土生土长的京郊农民要进城揭“皇榜”！这个名不见经传的郊区建筑公司能否拿下“结构长城杯”？有人怀疑，有人观望。孙志强心中憋着一股劲儿，一定要第一个揭下“皇榜”！他连续八个月吃住在工地，几乎到了废寝忘食的地步。有时深更半夜，他突然想起一个新点子，会立刻叫醒大家穿衣起床，到工地去实地研讨、试验。

三伏酷暑，汗水湿透了工作服，他每天上下楼梯几十次，和工人、技术人员一起研究模板的支撑稳定性；三九寒冬，朔风挟裹着冰雪灌进尚未竣工的楼房，他站在裸露着混凝土的墙体前与伙伴们仔细考察研究如何提高混凝土密实度等课题。建筑行业的人都知道，“结构长城杯”是块非常难啃的硬骨头。孙志强决心带领企业闯出一条新路，手中的法宝就是两个——埋头苦干的精神和科技创新的优势。当时国家建设部在建筑结构施工中提倡10项新技术，他们在这项工程中精心施工，严格把关，采用了其中7项。为解决百姓装修难的问题，他们在全国范围内率先推出了住宅工程用户使用说明书和质量保修卡。

他们采用了国家建设部在建筑结构施工中提倡的新技术，尽管增加了各种材料费用300多万元，却赢得了专家评委的一致好评。苦心人，天不负；有志者，事竟成。最终，北京华威小区25号商住楼工程获北京市“结构长城杯”第一名，是整个京郊建筑队伍中第一个获此殊荣的。

1999年，孙志强所率领的建筑公司又获得了国家建筑最高奖“鲁班奖”，“鲁班奖”每年评选一次，由国家建设部从获“金质长城杯”的工程中择优评选。评审标准高于国家标准，有量化和定性的明确要求，要求工程既要体现技术先进性和可行性，又要兼顾经济合理性和成本可行性。全国每年奖励名额只有80个。孙志强率领他的团队一路斩关过隘，胜利捧回“鲁班奖”，他们打破了北京市18个郊区县“鲁班奖”为0的历史，更令世人对房山建筑队伍刮目相看。英国皇家结构工程师协会主席桑本博士参观后钦佩地说：“你们的工程，世界一流。”建设部原总工程师姚兵同志为该工程题词：“精工细作、科技创新、名牌战略、行业领先。”获奖后，首都各大媒体争相报道孙志强和他的团队，全国先后有1500多家建筑企业、6万多人到获奖工程参观。

“长城杯”和“鲁班奖”给了孙志强极大的鼓舞，房建二公司像高扬风帆的船，乘风破浪，勇往直前。1999年，孙志强率领的房建二公司承建的金融街金龙公寓综合楼再次获得北京市“结构长城杯”和“国家建设工程银奖”。他们将首创的清水混凝土施工工艺、粉尘污染控制、地下水的二次利用等技术应用于此后几年连续竣工的金融街金龙公寓住宅楼工程中，使其被评为“绿色环保花园式工地”。新旧世纪之交，房建二公司承建的良乡海逸半岛项目，整体荣获北京市“结构长城杯”和“市级安全文明工地”。其人性化的设计和现代化的休闲功能使该小区成为良乡地区一道亮丽的风景线。房建二公司在张家口先后开工建设的近30万平方米的龙山水郡项目成为张家口市的标志性住宅项目。这支以朴实的农民为主的建筑队伍，在百舸争流的建筑市场中傲然挺立，连创佳绩，使北京建筑业再度掀起了创优热潮。

几年间，孙志强率领房建二公司连续创建了多项市级样板工地、市优工程、市级文明工地；获北京市“结构长城杯”8项，国家“鲁班奖”一项，全国“信用AAA级企业”。1999年，孙志强获得中国质量管理协会授予的全国优秀质量管理奖；2000年，孙志强被中国建筑业协会授予全国建筑业企业优秀企业经理。此后，各种荣誉纷至沓来，孙志强先后获得了北京市质量管理优秀企业家、全国建设系统先进个人、全国建筑业企业优秀项目经理、首都“五一劳动奖章”、北京市劳动模范、北京市爱国立功竞赛标兵等多项荣誉。孙志强和房建二公司在北京建筑业名声大噪。在鲜花和掌声面前，心地朴实但志存高远的孙志强并没有陶醉，他毅然迈开双脚，朝着远方的目标前进。

敢于弄潮　华丽转身

“弄潮儿向涛头立，手把红旗旗不湿。”这是宋朝著名文人潘阆描写钱塘江大潮的名句。诗中展现出一幅壮观的画面：钱塘江大潮汹涌而至，潮声像万鼓齐鸣，声震凡尘。面对惊心动魄的大潮，弄潮儿在波涛滚滚的潮头站立，追潮逐浪，尽显风流，手里的红旗竟然没有被水打湿。弄潮儿在雷霆万钧、声势骇人的钱塘江大潮中，驾水驭风，进退自如，这不仅需要勇气，更需要与巨浪搏击的超凡魄力。

孙志强就是这样一位有胆有识的“弄潮儿”。在首都建筑业，孙志强是众所周知的能人，他第一个在全国范围内提出和推广住宅使用说明书和质量保修卡，为百姓的住房装修解决了后顾之忧。在北京奥运会申办期间，他在金融街工地第一个建成了“绿色环保花园式工地”，为控制北京市大气污染、北京申奥成功做出了贡献。他通过多项攻关型QC（质量控制）成果，解决了建筑

孙志强（左二）为参观人员讲解技术要领

领域的许多通病，其成果至今在北京市“结构长城杯”的施工中被推广使用。

新旧世纪之交，就在他率领房建二公司在京城建筑业拼搏进取，佳绩频传的时候，就在许多同行看好建筑业、房地产业能够日进斗金的时候，孙志强的心中却描绘着一张更大更远的蓝图。

多年前，他在商场里购买第一台海尔冰箱的时候，他不仅看到了海尔洗衣机、海尔电视机等一系列海尔产品，还读了许多关于海尔总裁张瑞敏的文章。他牢牢记住了一句话：“创新是企业的灵魂，是企业持续发展的保证。”

了解孙志强的人都知道，他为人低调，不善言谈，不会打牌，不会跳舞，不喝酒，不吸烟。有人开玩笑说，我们孙总的业余爱好就是盖房子，除此之外，没有其他业余爱好。但是熟悉孙志强的人经常说：“孙总是个有故事的人。”他的故事不是天南地北地胡吹神侃，不是水煮三国，九龙八卦。当初与孙志强一起创业的伙伴们都记得他经常挂在嘴边的一句话：“一个企业没有创新就没有活力，更不会持久。”

在北京建筑业打拼多年，他的团队能够出类拔萃的秘诀就是率先示范进行科技创新。他发明的“楼顶板模板支撑节点”“木塑墙板型材”“木塑微发泡复合材”等技术先后获国家专利16项；在他的带领下，公司科研攻关小组研发了全新的清水混凝土施工工艺以及组合式梁板柱定型模板、BBF-4防裂高弹聚合物砂浆、BBF-5瓷砖黏结剂、附着式振捣等巧妙实用的工艺技术，继而又研发出BBF-3建筑保温聚合物砂浆、丙烯酸弹性内外墙涂料、水泥轻型陶粒隔墙板等产品。这些产品得到中外专家的一致好评，荣获北京市一等奖4项、全国QC大赛一等奖3项、国家专利8项，形成了强大的企业核心竞争力。孙志强主编的《建筑业企业工程项目管理实用手册》和《论清水混凝土施工》由中国建筑工业出版社出版，得到了国家建设部和业内专家的好评，均获北京市现代化企业管理创新成果一等奖。

一个优秀民营企业家的超人之处不在于他承接了多少工程，更不在于腰包有多鼓，而在于他是否对未来的发展前瞻性的把握。成功的企业家总是时刻关注国家乃至全球政治经济发展趋势，根据时代脉搏变化进行较为准确的分析与决断，唯其如此，才能使自己的企业健康发展，才能为社会做出更大的贡献。2000年，为了拓宽经营领域，孙志强成立了北京金恒通房地产开发有限公司。四年后，他又组建了北京金恒通达投资集团有限公司，这个集团公司包括翔远装饰有限公司、浩然混凝土有限公司、福良苑假日酒店、北京金恒通物业管理有限公司、长阳金恒通达建筑有限公司、长阳污水处理厂、“赛木科技”研发基地等8家单位。涉及建筑施工、市政路桥、房地产开发、商品混凝土搅拌站、建筑机械设备租赁、装饰装修、木塑模板加工、三星级酒店、物业管理等诸多领域，总资产超过5个亿，年产值8.5亿元，形成了以建筑业、房地产业为龙头的多元化产业链。2008年企业完成产值5亿，上缴税金3100万，成为房山区民营企业的“大哥大”。企业不断壮大，名声远播京华。在汹涌澎湃的市场经济大潮中，孙志强辨识潮流，认准方向，高扬风帆，不断把企业的航船驶向新的彼岸。

“赛木”产品的研发和推广，是孙志强和他的团队在新的征程上迈出的第一步。什么是“赛木”？简而言之就是赛过木头；详而言之就是在建筑领域所有应该用木材的模板、门窗乃至墙体等都用这种各方面性能都超过木头的“赛木”。赛木产品的主要原料是各种废旧塑料、废木料及农作物秸秆等，是全新的绿色环保产品。赛木产品的广泛应用减少了塑料废弃物和农业废弃物焚烧对环境的污染，从而让北京的天更蓝、水更清、居住环境更加舒适。材料本身还可以全部回收，多次重复利用，是节能、节水、降耗的现代化新型工艺产品，能够真正使资源物尽其用，蕴含着巨大的经济效益和环保效益。

孙志强率领他的团队向“赛木”华丽转身的诱因也得益于他的技术创新。21世纪之初，整天在工地摸爬滚打的孙志强看到施工现场堆积如山的废旧木材，不仅占用了大量地皮，需要支付租金，还需要投入人力物力防火防盗。他由此联想到全国建筑行业每年要浪费很多宝贵的木材，浪费亿万资金。为了解决这个全国性的难题，孙志强陷入了漫长而深刻的思考，并开始了矢志不渝、持之以恒的探索性试验创新之路。

在没有任何成功模式可以参考的情况下，孙志强和研发团队用两个半月集中试验了 20 多次，研发费用花了近 700 万元都没有成功。有的技术人员一度丧失了信心，孙志强鼓励大家说："试验可以失败，机器可以损坏，但是意志不能垮，信心不能溃败。"那几年，除了正月初一，他没有休息过一天。无论春夏秋冬，他总是夜以继日地奔波在车间、实验室和施工现场。多少个星光满天的夜晚，他与伙伴们在工棚里的图纸上，计算、推敲、论证；多少个烈日似火的午后，他奔走在施工现场反复勘察、试验。为了开阔视野，为了掌握最新技术，他率领科技人员远赴日本了解相关的信息；为了使产品的各项性能达到国家标准，他请公安部天津消防研究所检测中心对产品的防火性能进行极限试验，到国家建筑科研院做墙体的拉伸极限以及荷载极限试验。

几百个挑灯夜战的艰辛研制，几百天严寒酷暑的反复试验，"赛木"产品终于研发成功了。

强者的魅力不是在于获得了多少奖杯，而是在于那种百折不挠、锲而不舍的坚守与执着。为了实现企业转型，实现可持续发展的目标，孙志强倾洒心血，凝聚智慧，他把自己多年的积蓄以及企业的储备资金，全部投入到了购置设备、扩建厂房、研发技术以及培养技术研发团队的人才等方面。

苦心人天不负；有志者，事竟成。三年的苦苦探索，无数次的试验，2002 年第一项新品"楼顶板模板支撑节点"技术成果终于研制成功，这个创新项目最大的特点是废物利用。所有楼板支撑利用废旧木材及其边角料、破碎的塑料板加工而成，结构设计合理，强度、刚度、稳定性都很好，拆装方便，周转次数多，不但解决了建筑工地大量剩余木材闲置的问题，还可以循环使用。这种模板采用专用防火塑料板，不怕潮湿，可任意切割锯刨，经过一年的应用，为公司节约木材 7 万多立方米，节约人工、运输等各项费用近 170 多万元。更加令人欣喜的是，这项创新荣获了 2002 年国家发明专利。

中共十七大以来，党中央提出了科学发展观的要求，循环经济和可持续发展成为富民强国的战略新理念。北京市提出了“科技北京、绿色北京、人文北京”的发展战略。环境保护和资源回收再利用成为当今社会不容忽视的重要课题。复合材料木塑模板、木塑墙体等代替了钢模、木模技术并获得国家专利之后，孙志强萌发了一个大胆的创新发展的构想：建一处属于自己的研发基地，开发建设一个集产、学、研为一体的现代化工业科技项目，调整产业结构，发展循环经济，完成从传统的建筑业向新型建材业的历史性转变。2008 年，孙志强与北京化工大学合作的“赛木”研发基地落成了，从此“赛木”产品开始大规模多层次地研发生产。

上千年来，中国传统建筑的主要材质是秦砖汉瓦，怎么转变固化的传统观念？孙志强认为不是靠说教，不能靠广告，要用看得见、摸得着、信得过的实打实的产品，让人们从心眼儿里佩服、向往。

机遇总是垂青那些有准备的人。2009 年，长阳镇加速了城市化的进程，镇域北部 10 多个村庄整体拆迁改造，短时间内需要大量的回迁安置房来满足数千户居民的居住问题。恒通集团抓住这个机遇，只用了 3 个月的时间，不用一砖一瓦，就建成了令人耳目一新的“赛木小镇”。该安置房占地面积 12 万平方米，遵循绿色施工的设计理念，户型舒适大方，水暖气电便捷通畅，居室明亮，院落整洁。1200 余户老百姓在春节前拎包入住，居民满意，政府满意。“赛木”产品在房山区城市化进程中被大范围应用，创造了闻名京华的“房山速度”。

三年后，“赛木”产品被广泛用于房山区整体房屋的建设中，得到了区政府及社会各界的一致称赞。 2012 年 7 月 21 日，北京突降暴雨，房山是重灾区，雨量历史罕见。拒马河、大石河上游洪峰下泄，疯狂肆虐，公路损毁，桥梁冲断，房屋倒塌，数万人无家可归。 面对数万受灾群众，市区领导要求在短期内为灾民建设安置房。如果用传统的水泥、钢筋、砖石盖房，不仅造价高，费时费力，而且不能让灾民尽快入住。危难时刻，恒通人勇于担当，肩负起安置房材料供应的重任。“赛木”又一次显示出独特优势。

狂风暴雨中，孙志强撑着雨伞，奔走在山路湿滑、泥泞一片的佛子庄、周口店、洪寺安置房等建筑工地。每天几百个电话催发材料，嗓子喊哑了；烈日下，风雨中，他协调工程进度，皮肤晒黑了，双腿站肿了；为了提供技术支持，他四天四夜没有合眼。当看到一幢幢安置房拔地而起的时候，他竟然靠在墙体上睡着了，睡梦中还流露出欣慰的笑容。仅仅10天，8万平方米整齐舒适的安置房鳞次栉比，水电气一应俱全，灾民们顺利入住。赛木样板工程充分发挥了示范效应，它不仅绿色环保，而且组装便捷省时，是传统建材建设时间的1/3。此后“赛木”产品被广泛应用在北京市第三十五中学房山分校教学楼，长阳镇葫芦垡村、十渡镇马安新村安置房等项目中。2015年9月，第四届中国兰花大会在房山举办，以“空谷幽兰”为设计理念、约2万平方米形似花瓣的主展馆建筑是恒通公司仅用6个月时间建造而成的。

十年春风秋雨，孙志强带领他的课题小组，在低消耗、高利用、低排放的发展理念指导下，勤于实践，勇于创新，不断拓展新领域，掌握了新型环保“赛木”材料系列制品成型的关键技术，形成了四大系列30多种产品，先后取得了26项国家专利，通过了国际上的“三标一体认证”。在孙志强的倡导下，恒通公司与中国建筑标准设计研究院，共同编制了《无机集料阻燃木塑复合条板建筑构造参考图集》，以及《建筑用无机集料阻燃木塑复合墙板应用技术规程》。“赛木”产品在建筑业掀起了一场风暴，“赛木”研发基地成为我国第一个木塑新产品及应用的研究基地，被国家发改委确定为重点支持的环保项目。恒通集团被国家住建部和科技部确定为建筑节能新材料产业化示范基地、住建部低碳住宅产业化科技示范基地以及北京市高新技术企业和循环经济试点单位。

30年来，孙志强率领自己的团队开拓前进，企业日益强盛。说到成功的秘诀，他认为离不开“三种精神”——执着的敬业精神，与时俱进的科技创新精神，永不言败、永不停步的开拓进取精神。这三种精神的核心是科技创新精神。而民营企业家的科技创新必须与时代的节拍同步，应该时刻关注国家乃至全球政治经济发展趋势，才能使自己的企业健康发展，才能为社会做出更大的贡献。

中共十八大以来，习近平总书记提出的“创新、协调、绿色、开放、共享”五大发展理念，成为经济新常态下中国发展的总体指导思想。可喜的是，孙志强多年来就是秉承绿色可持续发展的理念，不断创造新的辉煌，才使得“赛木”产品走向全国、走向世界的。

思路决定出路，眼界决定境界。自2013年习近平总书记首次提出共同建设“一带一路”的倡议后，孙志强果断引领恒通公司把握这个难得的历史机遇，乘势而上，迅速占领滩头阵地。2014年，吐鲁番恒通赛木新型建材有限公司成立。新疆昼夜温差达到30℃，“赛木”能否在“早穿皮袄午穿纱”的天山脚下落地生根？许多人犹豫、怀疑。然而仅仅3年时间，在乌苏，在喀什，在塔城，用“赛木”材料建的牧民的安居房外观美，建造快，保暖强。“赛木”这种新型建材在天山南北遍地开花，名扬千里。在充满天真笑脸的幼儿园，在舒适美观的宾馆，在风景宜人的景区，到处都有“赛木”材料靓丽的身影。在新疆广袤的土地上，新材料成了一道新的亮丽风景。如今在新疆，恒通环保新材料已经在乌苏、吐鲁番等地建成多个生产基地。“赛木”材料不仅受到城市管理者和市民的青睐，也成为边疆牧民心目中的“宠儿”。

在科技创新的道路上，恒通从未停止追逐的脚步。2015年8月，恒通新一轮产业升级正式拉开帷幕。公司投资建设了“三维物联一体化墙板研发及产业化项目”，打造智能生产线，实现了工业化和信息化的融合，使工厂高度自动化和智能化。生产中心根据设定好的订单生产流程自动运行，中控中心轻松掌控产品加工工序和生产进度，物流中心实时追踪产品位置，信息化中心收集各类信息化数据。新的产品面向更广阔的装配式建筑领域，生产线基本属于自主研发，能根据用户需求生产出几十种不同类型的产品，与之前相比，生产成本降低了 10%，人工成本降低了 20%，功效提升了 30%。科技研发团队充分利用在复合材料领域和资源综合利用领域积累的技术和经验，积极推进新项目的研发。面对技术困难他们群力攻关，艰难探索； 面对技术瓶颈他们知难而上，志在必得；面对新的科技他们学习进取，如饥似渴。在科技研发的道路上他们步履铿锵，踏歌行进。

截止到 2018 年 6 月，恒通已经取得国家专利证书的专利有 86 项。最近两年，新的无机墙板产品研发成功，同时解决了韧性和强度两大技术对立难题，大大提高了“赛木”房屋的装配率。这种新墙板迅速推向市场，已经被广泛应用于高层建筑。研发成功的高强度枕木，替代传统铁路枕木，防火能够达到 A 级的标准。此项技术不仅填补了国内又一项技术空白，在国际上也处于领先地位，进一步满足了国际国内市场的需求。

如今，恒通已经打造出一个中心、多个基地的格局，即一个北京研发中心，北京、新疆、闽东、宿迁、大连、兰州等多个生产基地。“赛木”产品被广泛用于居民住宅、高档别墅、会议场馆、城市公共设施、新农村建设、旅游景区等领域。2016 年，恒通集团公司跃身进入中国建材企业 500 强，并被中国建筑材料企业管理协会评为“中国建材最具成长性企业 100 强”第一名。

在习近平总书记共建“一带一路”倡议的指导下，孙志强率领恒通不仅走出北京，走向全国，而且已打开国门走向世界，他和他的团队决心以“中国制造 2025”行动纲领为前进目标，跻身工业 4.0 的大格局，参与经济全球化竞争。目前，恒通产品在澳大利亚、蒙古、安提瓜、科特迪瓦、利比里亚等国生根开花，在非洲、拉丁美洲、大洋洲、东南亚的20多个国家和地区的销售额逐年攀升，越来越多的国际客户对“赛木”情有独钟，赞美有加。

“乘风破浪会有时，直挂云帆济沧海。”30年风雨兼程，同舟共济；30年众志成城，扬帆激进。2017年10月，在恒通公司30年庆典大会上，响起了《同一首歌》的旋律，孙志强站在主席台上，看着当年与他一起风里雨里摸爬滚打的老职工，看着近些年来到公司的朝气蓬勃的年轻人，心潮起伏，感慨万千。他说：“30年，弹指一挥间。我们大家携手并肩，一路走来，有坎坷、有泪水，也有开心的笑容和欣喜的收获。恒通从建筑业起步，从小到大，迅猛发展，如今在新型建材行业傲视群雄，靠的是改革开放好政策，靠的是政府与人民的鼎力支持，靠的是公司上下齐心，众人划桨开大船。今天我们已经走向工业4.0时代，恒通迎来黄金时代。我们还要继续扬帆激进，迈出更加坚定的步伐，把恒通做大做强，再攀高峰，书写恒通人最壮丽的华美诗篇。”

30载风雨路，谁写胆剑篇？30年风霜雨雪，30年春花秋月，岁月染白了孙志强的鬓角，但他始终精力充沛，阔步向前。看着孙志强那挺直的腰板儿，看着他坚毅的脸庞，恒通的员工知道，他的脑海中，正描绘着一幅更加广阔更加壮美的蓝图。

承担社会责任　爱心回馈百姓

春风吹绿了柔弱的小草，带来了喜人的无边春色。孙志强经常说，靠改革开放的好政策，靠父老乡亲和社会各界的支持，才有民营企业的崛起与今天的辉煌。他经常挂在嘴边的一个词就是“责任”。他说：“我是农民的儿子，是家乡土地养育了我，是家乡的父老乡亲培养教育了我，如今我成为改革开放先富起来的一部分人。让乡亲们也富裕起来，让新一代农民不再过面朝黄土背朝天的辛酸日子，是我义不容辞的责任。发展‘赛木’就是要尽我们最大的努力，让房山的天更蓝，水更绿，空气更新鲜，环境

孙志强与贝宁大使交换合作协议

更加美好。”民营企业家应该竭尽全力回报社会，倾尽心力支持社会公益事业。

孙志强的血脉中流淌着淳朴农民的基因，在当初刚刚富起来的时候，他没有像有些胸无大志、浅显粗俗的暴发户那样，穿名牌，挂金戴银，即使在恒通的资产达到数十个亿的今天，孙志强仍然保持着朴实善良的本色。在房建二公司起步阶段，只要工程赚钱了，他首先是足额发放工人工资，然后留足工程预备金。之后他就会思考用什么方式回报家乡父老，回报社会。从当年的乡镇建筑队的瓦工到今天名噪京华的上市公司董事长，孙志强几十年如一日扶危济困，热心公益。

公司创业初期，孙志强的社会公益方向主要着眼于房山的父老乡亲。1998年，为了报答家乡父老的厚爱，他为十渡深山区卧龙村免费建起了一座漂亮的教学楼。当年，我国南方发生特大洪水，公司又捐助10万元支援灾区。从1998年开始，公司和孙志强个人为琉璃河周庄小学建设、十渡镇大街改造、良乡苏庄大街改造、刺猬河滨河公园建设、云居寺修复等项目累计捐款捐物超过2000多万元。

企业壮大之后，孙志强的视野更加开阔，扶贫济困项目已经遍及全国各地。只要从电视新闻或者报纸上知道有需要帮助的困难群体，他总是毫不犹豫慷慨解囊。

中国西部常年干旱，是中国较为贫困的地区。身处西部贫困干旱地区的农村妇女不得不每日往返几里甚至几十里山路寻找生活用水。经济落后，严重缺水的恶劣状况导致当地农民生活艰难、生产原始、教育落后、妇女的疾病率和新生儿死亡率居高不下，妇女们承受着数倍于正常环境下妇女肩负的生活重任。2001 年，全国妇联和中国妇女发展基金会积极倡导社会各界和爱心人士资助西部贫困家庭修建“母亲水窖”，孙志强得知消息后立即资助 20 万元。2003 年北京抗击“非典”、2008 年汶川大地震、2010 年青海玉树地震，孙志强都是在第一时间慷慨解囊，并率领公司领导层捐款捐物。

近几年，孙志强与他的企业积极与相关慈善组织合作，先后与北京市光彩事业促进会、北京市温暖基金会签订长期合作合同。连续 10 年，公司每年都给北京市温暖基金会捐款 50 万，通过政府慈善组织的平台，公司可以更广泛地帮助社会各界亟须帮助的人。近年来，孙志强与他的企业累计捐助慈善款 3000 多万元。

作为企业家，孙志强更深刻地认识到“输血不如造血，资助钱款不如资助项目”的道理。他认为民营企业家应该在提高农民素质、拓宽农民致富渠道、促进地方社会经济发展方面竭诚尽智。在新农村建设的热潮中，恒通公司与长阳镇马场村、南窖村结成帮扶对子，恒通公司投入资金、设备，提供致富项目，负责技术培训与产品回收销售，有力地推动了房山区的城市化进程和新农村建设。

随着赛木科技在全国许多地区的推广使用，公司每年还吸纳 5000 多名农村剩余劳动力就业。许多中青年农民掌握了高新技术，学会了管理，不仅月工资达到四五千元，而且担任了车间主任、技术员、质检员，提升了综合素质。此举不仅增加了农民的家庭收入，提高了他们的生活水平，壮大了村集体的实力，更重要的是提高了村民的科学文化素质，造就了一代新型农民，改变了农民的社会观念与生活方式。

当然，孙志强的爱心更多地表现在对公司员工的真诚关心与爱护方面，他常说："恒通发展到今天，离不开全体员工的支持与奉献。我珍视每一个人的汗水。"在公司内部，他一视同仁，对年纪大些的，他给以亲兄弟姐妹般的关怀。对那些朝气蓬勃的 80 后、90 后，他把他们当作自己的孩子一样关爱。30 年来，只要公司员工有困难，他与公司都会鼎力相助。员工的家人生病，他会带上慰问金登门探访。谁家孩子转学有困难，大学毕业找不到工作，转户口遇到麻烦，甚至买房子贷款，事无巨细，没远没近，只要一个电话，他都会诚心诚意地帮忙。

2003年的初冬，恒通公司的施工员孟凡友手中拿着一张血癌的诊断书，在家门口久久徘徊。他不敢相信，一向身强体壮的人竟会得这样的病。他不忍心把这不幸的消息告诉年迈的老母亲，更不愿意让终日操持家务辛苦抚养尚未成年孩子的妻子知道。当晚全家人哭成一团，老母亲哭红了双眼，妻子乱了分寸，孩子们失去了往日的笑脸，全家人彻夜难眠。他们不知道家中的顶梁柱倒下后，这个家将如何迎接明天的风雨冰霜。

孙志强知道这件事后，果断地大手一挥："治！找最好的医院，请最好的大夫，而且必须要治好。"他带头捐款，公司员工也纷纷解囊相助，当公司领导把沉甸甸的 30 多万元送到孟凡友手上的时候，这个七尺男儿再也控制不住自己的眼泪。这 30 多万，相当于他十多年的工资呀，这不仅是一家人的救命钱，更是公司全体员工一份真诚的爱心。孟凡友对战胜病魔充满了信心，这个家庭又看到了希望。

近几年，恒通公司的业务发展到了国外，一些身在异国他乡的员工，全身心投入工作。他们远离故土亲人，平时家里有困难，有需求，怎么办？孙志强特别让公司人事部抽出专人负责这方面的事情。每逢中秋佳节或除夕团圆之际，公司都会派人到这些人的家里问寒问暖，有需要帮助的事情立刻就办，恒通公司已经成了在国外工作的员工的坚强后盾。2017 年春节前夕，孙志强想方设法通过现代媒体，让坚守在利比里亚工作岗位上的高学民与在公司团拜会现场的爱人视频通话交流，夫妻二人感动得热泪盈眶。

孙志强心中铭记着少年时代一位长者讲过的关于天堂与地狱的故事：有人问教士天堂与地狱的区别，教士把他领进一间房子，只见一群人围坐在一口大锅旁，每个人拿着一把汤勺，可勺柄太长，盛起汤怎么也送不到他们自己嘴里，只能眼睁睁地看着珍馐饿肚子。教士又把他领进另一间屋子，同样的锅，人们拿着同样长的汤勺却吃得津津有味。原来他们是在用长长的汤勺相互喂着吃。教士说："刚才那里是地狱，这里是天堂。"几十年来，这个故事始终滋润着孙志强的博大爱心。

不仅有困难的职工，能感受到孙志强的博大爱心，公司的每一名员工都能感受到。为了实施科技创新，落实公司的人才战略，恒通每年都要招聘几十名硕士生、本科生，并把他们安排到企业各部门，为企业输入新鲜血液。为了让他们安心工作，办公室全部安装了壁挂或柜式空调机。每一名办公人员有独立的办公间，电脑都能进行24小时网络化办公，公司与所有的员工都签订了劳务合同。为每一名员工上了保险，每年为员工做一次体检，为不能回家的职工无偿提供宿舍，有24小时热水和洗浴室，每年安排先进职工进行培训、深造。每逢节日，公司都会为家庭有特殊困难的职工送上慰问金和礼品，为有特殊病情的职工捐款捐物。一线职工经常说："我们孙总真正做到了以人为本。"说起这些，孙志强认为这只是刚刚开始，他说："下一步，赛木科技要实现大规模产业化生产，工人们穿上白大褂，就像白衣天使一样，能够愉快地在车间工作。"

孙志强不仅是一个知名度很高的企业家，曾荣获北京市劳动模范、北京市优秀企业家、全国建筑业企业优秀项目经理、全国建设系统先进个人、北京市质量管理优秀企业家等30多项市级和国家级荣誉称号，还担任了许多社会职务——房山区政协常委，北京市第十届、第十一届政协委员，北京市工商联合会常委，房山区工商联主席，全国工会十五大代表等。

孙志强从来没有把这些社会职务看作是一种虚职，更没有当作炫耀的资本，他认为这是一份沉甸甸的社会责任，是一种社会价值的体现。他是恒通集团公司的掌门人，工程进度、技术攻关、市场拓展、人事安排、财务管理、发展前景的思考与规划，都需要他筹划、决断。然而，繁忙的工作并没有影响他履行市政协委员和工商联主席的职责。孙志强把参政议政的目光聚焦在房山区的社会经济发展方面，聚焦在维护老百姓关注的切身利益方面。每年的政协会议召开之前，他都会深入基层，调查研究，详细真实地了解老百姓的所需所急，掌握第一手资料数据，认真写出有质量的提案。为改善良乡卫星城的建设，他前瞻性地提出了“城镇建设基础设施要有超前意识，形成可持续发展， 避免重复建设，减少资源浪费”“提高住宅区的功能空间，合理利用有限的土地开发地下停车场”“关于生产与生活用水资源二次回收利用”等提案和建议，在关注民生方面，他撰写了“关于强化和规范劳务市场，建立合法诚信的市场环境，确保农民工合法权益的建议”“关于加强基层民调组织建设的建议”“关于加强校园安全问题的建议”“关于解决一老一小看病难的建议”“关于把消防规划与设施纳入新农村建设总体布局的建议”等几十个提案。在这些提案中，他不仅提出解决问题的紧迫性，还通过调查研究，与相关部门座谈，找出问题的症结，为政府提出可操作性的建议和意见。因此，他的许多提案被评为优秀政协提案，得到了政府有关部门的采纳和推广。

孙志强连续几届担任房山区工商联主席，他认为自己的责任是引领房山区的非公经济和民营企业在党的政策指引下健康发展，做大做强。孙志强和他的企业经历了中国民营企业发展的全过程。80 年代中后期，乘着改革开放的春风，非公经济如雨后春笋，蓬勃发展。30 多年来，民营企业有的发展势头雄健，蒸蒸日上；有的勉强支撑，惨淡经营；还有一些企业逐渐走向颓败。这其中的原因是什么？孙志强认为，一是一些企业家急功近利，目光短浅，小富即安，缺乏进取精神，仍然是“三十亩地一头牛，老婆孩子热炕头”的旧时农民心态，有的人甚至腰包膨胀之后就穷奢极侈；二是企业技术没有创新，产品没有创新，总是步人后尘，吃别人嚼过的馍，这样的企业在时代的大潮中最终会被淘汰。孙志强担任房山工商联主席后，主要工作就是致力于房山区民营企业的健康发展。一方面他经常与区内民营企业家推心置腹地座谈，带领他们到外省市知名企业参观学习，与外地企业家开展联谊活动，求师拜友，博采众长，促进本地企业发展；另一方面孙志强利用恒通集团技术、资金、人才的优势，为本地民营企业解决了许多具体困难。房山区工商联党组书记焦启超同志深情地说："恒通集团的发展方向不仅符合习近平总书记提出的创新、协调、绿色、开放、共享五大理念，又紧跟时代步伐，总是站在时代的前沿。孙总是房山民营企业的领头人、带路人，近年来，房山民营企业健康快速的发展，孙总的引领与智慧功不可没。"

追逐新梦的诗意人生

2015 年 3 月，恒通在深圳证券交易所创业板成功上市，此时正值孙志强生日，这或许是上苍给予他最好的生日礼物。

这是房山本土第一家上市公司，一个民营企业能够上市说明这个企业资金、技术力量雄厚，产品在市场上受到青睐，社会信誉度高。公司上市后，成了一家公众企业，有免费的广告效应，还可以合法融资，得到股东的融资资金后，可以借势扩大经营，对于扩大公司和产品的知名度，吸引人才，提升公司的管理水平都有积极的促进作用。公司上市后不久，恒通投资打造智能生产线，实现了工业化和信息化的融合，工厂实现了高度自动化和智能化，恒通新一轮产业升级正式拉开帷幕，新的产品将面向更广阔的装配式建筑领域。恒通顺应了经济全球化的潮流，把实体市场与虚拟市场相融相通，在国内国际的大舞台上尽显风采。

2012 年 11 月 29 日，习近平在参观《复兴之路》展览时指出，每个人都有理想和追求，都有自己的梦想。中国梦，就是实现中华民族伟大复兴。

中国梦是中华民族的梦，是国泰民安的梦，也是每个中国人的梦。经历了改革开放全过程的孙志强对习总书记参观展览会时说的一些话理解得特别深刻，他说："恒通人的梦想就是让每个人都能够获得发展自我的空间，每个人都有体现自我价值的平台，都有奉献社会的机会。"

作为知名企业的掌门人、房山区工商联主席，孙志强确实很忙。在最近一次对他进行采访的进行过程中，我们的谈话多次被打断，他的手机铃声时不时响起，中层干部几次推门而进，拿着一些单子需要他签字，许多问题需要他拍板决断。我坐在他宽敞的办公室沙发上，看着他头顶茂密而倔强的头发，看着他睿智的眼神，看着他嘴角微微翘起，不时流露出自信的笑容，我突然想起房山民间的一句俗话："五十五，出山虎。"是说人到中年，社会经验丰富，精力充沛，人脉深广，正是大有作为之时，英雄用武之秋。 人生如四季，经历了春之明媚，夏之热烈之后，必然要经历收获的秋天。然而命运之神赋予每个人的稻穗并非等同，因此每个人的感触、感悟与成就也不尽相同。什么是命运？命，就是自己的素质能力与生存环境；运，是对时代脉搏和自身状况有了全面准确的分析之后，对自身环境与机遇的把握，即自我设计和实践。正是因为孙志强对自身的素质与环境有清醒的认知，对自己前进的道路有准确的把握与实践，才会有今日的辉煌。

此刻，我又想起"时势造英雄"这句古训。大潮中，在政治氛围相同，经济条件相近的时代，有的人随波逐流、平淡无奇；有的人劈波斩浪、勇往直前；有的人碌碌无为；有的人硕果累累……这是为什么？

是改革开放给予了孙志强宏图大展的舞台，还是孙志强智慧地抓住了这个历史机遇？ 其实，孙志强 30 年奋斗拼搏的历程已经把答案写得十分明确。命运出自性格，性格则被阅历陶冶。人生应该有梦，更可贵的是梦醒时刻，迈开双脚，朝着既定目标阔步前行。那次采访的闲暇之时，孙志强与我一起站在恒通办公大楼的顶层，远望稻菽成熟的原野，天空中一行征雁凌空远翔。此刻唐代刘禹锡的一首诗浮现在我脑海 ："自古逢秋悲寂寥，我言秋日胜春朝。晴空一鹤排云上，便引诗情到碧霄。”

一心扑在事业上的孙志强或许不会作诗，但是，他的人生就是诗意人生。什么是诗意人生？诗意是浪漫的又是严谨的；是反复推敲精心酝酿字斟句酌的，又是在不经意间显现出音韵与意境之美的。诗意人生就是对家人、对同事、对接触的所有人，充满善意，充满热情；对生活、对事业充满激情，总有梦想。诗意人生就是像孙志强那样高起点地规划人生，高视角地解读人生，高品位地享受人生。诗意人生是“千淘万漉虽辛苦，吹尽狂沙始到金”的执着与坚韧；是“晴空一鹤排云上，便引诗情到碧霄”的彻悟与乐观。有诗意的人才会既充满激情，又富有理性；既有满腔的热情，又有冷静的头脑；既有科学的规划，又有坚定的脚步。采访尚未结束，办公室主任提醒孙志强，利比里亚国家工商部长在北京某酒店约他洽谈合作项目，孙志强匆匆告辞。望着他奔赴远方的车轮，我知道，此刻他的心中，一定正酝酿着更加壮丽的诗篇。

仉锁忠：从“雏形”到“典范”

刘文江

郭沫若在《凤凰涅槃》中说：凤凰每 500 年自焚为灰烬，再从灰烬中浴火重生，循环不已，成为永生……

窦店村从“中国社会主义现代化新农村的雏形”发展为“中国社会主义现代化新农村的典范”，窦店村老百姓过上了社会主义新生活。

拼搏进取　修养忠诚担当

每个人都生活在一定的社会环境中，每个人都是一定社会环境的产物，但是每个受社会环境影响的人，对影响他的社会环境都有不同的能动性，从而决定了每个人会从不同角度接受社会环境的影响。

平凡工作显真情

1983 年，仉锁忠初中毕业，他没有报考高一级学校，而是选择回村里的农场参加劳动。

选择回村务农不是别的，正是仉锁忠从小养成的担当意识和责任意识。

仉锁忠一是考虑自己是家中唯一的男孩儿，要担当起赡养老人的义务，考出去离开窦店村，谁来照顾父母？二是仉锁忠相信自己的能力，窦店村就是发挥自己能力最好的舞台！

他不顾父母和姐姐妹妹们的反对，初中毕业就回村参加了农业劳动，

仉锁忠做十九大精神宣讲报告会会场

成为村集体农场的一名年轻职工。

那一年，老书记召集村里20多名高中、初中毕业生给他们开会，并留给年轻人一篇命题作文——《论干什么工作光彩与不光彩》。

连续三年当语文课代表的仉锁忠，连夜奋战，一鼓作气写成一篇5000余字的文章。这篇文章，让老书记对这个年轻人留下深刻印象。没过几天，村党支部就决定把他调到村里远近闻名的清真饭店担任收银员。

刚到饭店，没有经验，当个收银员也就是个“跑堂”的。

古今中外的成功人物，大多重视做好小角色。

仉锁忠不小看自己是一个“跑堂”的，他非常珍惜自己的工作岗位，严格执行经理布置的每一项工作要求，严格遵守工作纪律，擦桌子、扫地、摆凳子一丝不苟。对每一位顾客热情周到，深受顾客欢迎。他为人仗义实在，深得同事们赞赏，更经常受到领导的表扬。

仉锁忠的爷爷是远近有名的回民厨师，对清真美食很有造诣。受爷爷的影响，仉锁忠对于制作清真美食一直很有兴趣。收银之余，仉锁忠没事就去伙房帮厨，并照着菜谱回家自学，一是给母亲减轻一些家庭负担，二是请父母姐妹做自己的品尝师。通过勤学苦练，仉锁忠学会了打烧饼，学会了炒一手好菜，不到一年他就从收银员升到主厨。这在当时的窦店村实属罕见。

十八九岁，正是追求奇光异彩的年岁，但仉锁忠有着和许多青年人不同的追求。

他在抓紧一切时间学习饭店里的各项技能。他自学了会计，考取了厨师资格证。他业余时间练习宰羊，创造了一天宰 30 多只羊的纪录。村里给他连升三级工资。

1992 年，仉锁忠作为北京市清真饮食界的唯一代表，参加了国家民委当年在沈阳举办的清真厨师培训班，他凭借一篇 15000 字的论文和现场精心烹制的“红烧牛尾”“盐爆肚丝”“掌上明珠”等传统清真名菜，轻松拿下一级厨师证，在百余名学徒中名列前茅。

是金子总会发光，1992 年，仉锁忠光荣加入中国共产党。

“我是共产党员了，这一辈子就交给党了。”

初出茅庐见胆识

仉锁忠的工作业绩，受到窦店村党委的高度重视。

1995 年，仉锁忠被聘为窦店农牧工商总公司副总经理。仉锁忠心想，有老书记在前面扛着大旗，跟着老书记一起干，没有问题。他愉快地接受了组织的决定，走上村级领导岗位。

1997 年 12 月 1 日，窦店村召开了村民代表大会，一致选举仉锁忠出任窦店村农牧工商总公司总经理。

仉锁忠有些犹豫了。作为副职可以跟着老书记干，作为总经理，虽然有老书记扛着旗，但更需要自己独当一面。自己能行吗？

但这是组织的决定，没有挑选的余地，只有服从组织决定，为官一任，造福一方。

仉振亮老书记从 1956 年担任窦店村党支部书记。40 多年来，人们对老书记的领导方式耳濡目染，已形成习惯，对于任何新上任的领导，都需要一个适应过程。

领导班子成员大都是窦店村的元老。面对一个 30 出头儿的年轻小伙子，一些人觉得：

“虽然老书记经常表扬他，又都是一个村的，也都有所了解，但让他领导我们这些老资格，心理上一时半晌还转不过弯儿来。”

新上任的仉锁忠召集场长、经理开会布置工作，几位年龄大，资格老的场长、经理要么推脱有事，要么派个副职参加。

一次，仉锁忠电话找一位场长说事，这位场长说：“没时间，正忙着呢。”

年轻的仉锁忠开始较劲：“我要看一看你到底是真没时间还是假没时间。”

仉锁忠立即开车去看这位场长到底忙什么呢，到办公室一看，他在打麻将。仉锁忠没说什么，憋着一口气回来了。

仉锁忠第二次通知场长、经理开会，那几位场长、经理还是说没时间。仉锁忠立即又去查，这些人竟然还是在玩儿。

年轻的仉锁忠火冒三丈，心里想：亏你们还是场长、经理……

但多年的岗位磨炼，使他没有把火发出来，只是严肃地说道：

“你们都是老资格了，你们对我有什么意见可以提。但不能一说开会，你们就说没有时间，却在这里打牌……”

仉锁忠转而严厉地说道：

“我告诉你们，事不过三，如果第三次还是这样，那……我这总经理就歇了。”

说完他扭头就走了。

窦店的发展，正处在重要的转折时期，需要年轻的接班人支持老书记把窦店村的大旗举得更高。

几位玩儿牌的经理知道自己做错了，赶紧追出门去，向仉锁忠做了自我批评。

还有让他更为恼火的事情。

常言说，麦熟一晌。人们把收麦子叫作“龙口夺粮”。

仉锁忠担当指挥重任的第一个三夏，他白天忙碌了一天，晚上还要到各处转一转。老书记让他带着村委会的一位领导一起转，老书记还给那位领导打了电话，那人嘴上答应了老书记，却并不买仉锁忠的账。

仉锁忠等他、请他、催他，那人都不动。

仉锁忠很恼火，这样下去怎么推进工作？

但正在三夏大忙季节，不允许工作出任何差错。仉锁忠把这件事忍了下来。但仉锁忠心里在严肃地思考一个问题。

村民把我选进领导班子，是为了把村里的事情办好，不断给村民增加收入，带来实惠。

全村的企业都是村民的企业，发展得好与不好都直接影响村民和集体的利益，不能允许任何一个企业在经营管理上出问题，到年底生产效益完不成，光说对不起全村老百姓、对不起党的信任不行，给村民、给集体造成的损失是无法挽回的。

仉锁忠在征求了老书记的意见后，召开了场长、经理座谈会。

一是请场长、经理汇报半年的工作情况，二是听取场长、经理对下半年工作的打算，三是征求场长、经理对仉锁忠自己半年来工作的意见、建议。等场长、经理把话说完，仉锁忠做了总结发言。

仉锁忠充分肯定大家的成绩，接着讲了村民对大家的期望，讲了窦店村面临的发展形势。随后他毫不客气地指出存在的问题：有的不认真负责、不严格管理；有的私心太大、私事太多，甚至手脚不干净；还有不管经济效益，企业连年亏损，靠吃老本儿混日子……

仉锁忠的话，给了场长、经理们极大的震动。

年底，仉锁忠“秋后算账”，他把场长、经理一个一个请来，让他们上缴利润。

这年年底，窦店村集体纯收入180万元。这是窦店村一次破天荒的收入，为以后全村的经济发展和运转打下了基础。

仉锁忠对工作的认真，让场长、经理们刮目相看。

企业的发展在于科学的经营管理，在于必要的优胜劣汰。

仉锁忠在充分调查、研究的基础上，凭着自己的胆识和勇气，先把日亏损近万元的20万只鸡的鸡场砍掉。他限令那位场长：一个月之内处理完，然后派人封账、审计。

审计结果触目惊心：全部资产抵债之后还欠下200多万元债务。随后又对砖厂、瓦厂等四家企业进行关停并转，这几家总共欠债300多万元，一个多月的光景，500多万的债务转到仉锁忠的身上，他成了全村头号的债务人。

天天被人追债，滋味很不好受。用什么还债，如何让企业走出困境，增加集体经济收入，成为仉锁忠必须攻克的历史任务。

窦店村要讲诚信，欠了人家的债，必须还。仉锁忠紧缩开支，所有收入先还债，最后，连自己的工作用车都顶了债。

窦店村再次进入重要的历史转折时期。

转折关头担大任

背靠大树好乘凉，是多数老实人的生存发展逻辑。仉锁忠只想在老书记的领导下，提高学习，增加才智，推进企业改革，焕发企业活力，为窦店村发展做些实实在在的工作。

1997年底，仉锁忠升任窦店村农牧工商总公司的总经理、村党委常务副书记时，曾作出承诺："要坚持村党委确立下的誓言：在巩固、发展、壮大集体经济的基础上走共同富裕之路，在继承创新的基础上发展窦店经济、做好窦店工作，力争实现一年一个样，三年大变样。如果做不到，本人就自动辞职。"

仉锁忠的良好愿望与当时政府主导的企业发展存在巨大差距，企业重组转制成为当时的发展潮流。1999年开始，区工业总公司首先对良乡轮胎厂、房山纺织厂等17家企业实施了破产，截至2003年底，先后对100家企业实施了破产。

随着全区、全市改革进程的加快，一股巨大的压力压在了窦店人心头……

2000 年 5 月的一个下午，区委组织部部长范文彦到窦店村宣布区委的决定，任命仉锁忠为中共窦店村党委书记，仉振亮同志光荣退休。仉锁忠最不愿意看到的一天，还是来到了。

父母、爱人、仉锁忠本人的认识是共同的：窦店村被誉为“社会主义现代化新农村雏形”，是全国的先进典型。窦店村的一举一动都会受到社会各界的关注。这么大一个摊子，这么艰巨的任务，如果干不好谁都对不起。

老父亲直截了当：干不好就会被人戳脊梁骨。我们宁可平平安安喝粥，也不让人戳着脊梁骨吃肉。

但这一天还是来到了，他还得接过老书记的旗帜。

房山区的重组转制工作，大踏步前进着。截至 2001 年底，房山区办工业和乡镇企业累计完成重组转制 1490 个，转制面达到了 90%。

改革开放初期，老书记坚持集体经济发展道路，得到了全村绝大多数干部、社员的坚决拥护。今天，仉锁忠要坚持集体经济发展道路，则需要冲破重重阻力……

深化改革　夯实生态农业

农村改革开放之初，老书记仉振亮为是否坚持集体经济发展道路，曾经多少天无法入眠。仉锁忠上任伊始，在重组转制的改革大潮中，又在是否坚持集体经济发展道路上艰难跋涉，成功进行了世纪之交、2005 年、2014 年三次改革调整，成功打造了窦店村的集体经济发展道路。

集体经济不能散

多年来，坚持与不坚持农村集体经济发展始终是有争议的，道路发展是不平坦的。价值理念的多元化，给光环下的窦店村带来越来越大的考验。

1992 年，中国全面的市场经济改革，快速改变着窦店村的经济结构。1996 年，个体经济已接近全村经济的“半壁江山”，所占比重由 1992 年的 10% 迅速上升到 43.7%。

深入改革，首先要摸清家底。1998 年，仉锁忠请来区经管站的领导和专家，成立了清产核资小组，进驻窦店村，对村里 32 家企业逐个进行清产核资。

面对清产核资，一些人开始坐不住了，一些风言风语在村中出现了。是进还是退？为了村民的长远利益，仉锁忠没有退却。清产核资小组查阅账本的节奏没有停顿下来……

结果触目惊心。两个数字，让仉锁忠不敢相信自己的眼睛。窦店村集体资产 1.2 亿，欠债 1 个亿。

全村 14 个农场有 11 个年收入锐减，村办企业中，年产 20 万只鸡的养鸡场也已倒闭，肉牛厂产量下降 85%，一个农场的职工年收入不足 2500 元……村集体经济走到了生死存亡的紧要关头。

当一切向钱看的价值导向与个人主义的价值观融为一体后，再善良的人也会改变。银行放贷的人可以为多拿奖金和回扣放贷；企业老板和一些人串通起来，通过企业贷款把充满活力的企业做成亏损，在企业转制时大捞一把……

仉锁忠参观考察三仁梨园

窦店村不再是一片净土，社会上的各种歪风邪气或多或少吹进了个别窦店村人的脑袋壳儿，各种各样的欲望也在改变一些窦店人的思想底线。在企业转制的大潮流下，有的人主张把农场拆除，土地分给个人，有的人主张把企业作价卖给个人，有的人主张把企业解散……

一些人私下里找到仉锁忠，对他说道："企业转制是大势所趋，作为窦店人我不占集体的便宜，集体给企业投了多少资金我一分不少还给集体，这个企业就归我，所有企业里的职工我还照常使用……"

窦店村向何处发展？窦店村的集体主义道路还能不能坚持，如何坚持？

在农村分田到户的大潮中，老书记坚持发展集体经济，窦店村取得了长足发展。与当初同等发展水平的村相比，在集体经济发展实力、村里公共基础设施建设、村民实实在在的个人收入等方面，窦店村都远远走在了前面。

今天的窦店村如何发展？仉锁忠同当年的老书记一样，又陷入了艰难的抉择当中。

顺应潮流，窦店村的集体企业个数最多。全部转制，窦店，特别是仉锁忠能成为"识时务"的英雄，甚至一夜暴富。但是，仉锁忠知道，只有发展集体经济才能真正给老百姓办事，才能不断改进村里的公共基础设施。坚持集体经济，集体就必须把土地的使用权、经营权掌握在手里，把集体企业的所有权掌握在手里，是坚持集体经济发展的根本。

"集体经济不能散！自己是一名共产党员，不能只当一时光鲜的人物，让乡里乡亲背后戳一辈子脊梁骨。"

窦店村是高举着集体主义的旗帜一步步走过来的，大家对集体经济是有感情的，窦店村走哪条路，必须让大家明确道理，形成共识，组成集体经济发展合力。

被企业改制问题困扰的仉锁忠，被老父亲的一句话提醒了。那天回到家，老父亲对疲惫不堪的仉锁忠说：“老话说，人挪活，树挪死。我建议你出去走走，长长见识，看看人家是咋办的。”

父亲的话提醒了一直在围绕着发展难题打转转的仉锁忠。他当机立断带着班子全体成员，针对走集体经济道路的典型村庄，进行了深入的考察，足迹远及甘肃、山东、河南、内蒙古等地。行程的重点目标是河南南街村、江苏华西村和山东南山集团等发展典型。

一路的考察，特别是三个重点村的发展盛况，深深地震动了窦店村领导班子每个人的心海。

回来后，仉锁忠请大家敞开思想谈。大讨论，没有禁区，言者无罪，闻者足戒。

讨论中，大家逐渐形成了共识：“走不走集体经济发展道路，发展不发展集体经济，说来说去就是一点，是只想着我们这些人自己发展起来当大老板，还是想着让全村的老百姓都富裕起来走共同富裕的道路，一起过好日子。”

窦店村新的努力方向明确了，奋斗目标清晰了，改革发展的信心增强了……

企业改革不畏险

只有坚持集体经济发展道路，面向市场深化改革，企业才有希望，窦店村才有希望。面向市场的关键，不在于所有制，而在于能否有一套包括激励机制在内的现代制度。

仉锁忠实施了“一分五统”制度，即村企分开，经济统一管理，干部统一使用，劳动力在同等条件下统一安排，福利统一发放，村建统一规划。

仉锁忠果断出击，对全村 32 家企业进行了根本性改革。改革的基本原则，是在保留企业集体所有权的前提下，推进企业改革。改革的方式方法，是用新的管理体制替代旧的管理体制，变一种模式为多种模式。

保留优势企业，增强企业竞争力。

仉锁忠对管理较好的迎宾楼饭庄、加油站、农机队等集体有优势、有需求、效益高的企业改任用为公开招标，实行集体承包，实现利润最大化；对小而亏的企事业单位采取租赁或买断经营，确保集体不受损失；对蛋鸡场、饲料面粉综合加工厂、砖瓦厂等没市场、没政策、没效益的企业全部关闭，适时推进资产重组。一时间，窦店村里，会上讲改革，会下推进改革。街头巷尾谈论改革，家家户户桌上桌下议论改革。企业改革成为全村干部党员群众的头等大事。

依据经营特点，分类进行管理。

一是坚持集体企业的“集体属性”，打造集体企业的优越性。集体企业实行集体承包经营，承包期一年，年初签订合同，确定总收入。承包合同明确规定：实行厂长经理目标管理责任制的企业，要确保实现四个10%同步增长，即每年的税收、职工收入、集体资产增值、向总公司上缴利润四个方面。各项经济指标、季度考核、年终清查审计，按审计结果兑现合同，规定上缴基数，超利分成。否则，合同免签。二是合资合作企业严格按合同办事，按合同入资并承担责任，委派管理人员和主管会计，按月向村集体报送财务报表和财务分析，按合同约定分配利润、承担亏损。三是租赁企业注重资产保值增值，确定资产现状，约定缴费日期，逾期交纳租金或水电费达三个月以上者解除合同，合同期满，不动产无偿归集体所有，动产定期清理。四是果断关停亏损企业，盘活不良资产。

实行会计集中办公和委派制。

为实现财务科学管理，仉锁忠对原来分散在下边的财会人员进行统一培训，统一考试，优中选优，从原有的30多人减少到12名，对下岗的分别给以适当安排。

通过这种“根除毒瘤，激活细胞，强健肌体”的改革，全村企业的责、权、利变得十分清晰，实现了全村生产要素的优化配置。

中国古代，商鞅为推进秦国改革，立木为信。

仉锁忠为推进全村企业改革，把个人利益甚至个人安危置之度外，勇于接受各种考验。一些人在接受法律的审查中，把不满的矛头对准了仉锁忠，有人要挟，有人打恐吓电话，有人摆出一副不可一世的样子，甚至有人偷偷药死了仉锁忠家院子里看家的狗……仉锁忠毫不畏惧，毫不退缩。

集体经济，依法经营，法网恢恢，疏而不漏。窦店村的改革，先后撤掉了 11 个经理、场长，他们中有的判了刑，有的开除了党籍，大部分就地免职。其中有一个经理被抓走时，村里老百姓竟然放了几天鞭炮。

换个思路，如果没有仉锁忠的改革，这些人的违法违纪行为延续到今天，那将是一个多么可怕的结果。

改革后上任的场长、经理在文化素质、企业管理能力、市场营销能力等方面都有很大提高。通过改革，全村企业带来跨越式的发展，经济效益直线上升。1998 年底，全村生产总值 5785 万，实现利润 197 万，人均分配 4641 元。2000 年，全村生产总值 7317 万 ，实现利润 354 万，人均分配 5200 元。

调整结构不怕难

发展生态农业，是窦店农业的永恒主题。

科技是第一生产力。改革开放的初期，老书记仉振亮特别尊重科学、尊重人才。曾多次请市、区的科技人员、农业专家驻村搞科研。农业科技一度成为窦店经济迅速发展的重要因素。在农业内部实现了“农牧结合”“以牧肥农”“以农养牧”的良性循环。时至 20 世纪末，窦店村的农业应向何处发展？发展什么？

1999 年暮春，一个阳光灿烂的日子，仉锁忠邀来了十几位市农科院的专家、学者，其中的几位老专家已经多次为窦店村出谋划策。仉锁忠郑重地把专家请来，就窦店“如何调整农业结构”进行了深入的探索研究。仉锁忠“为牧而农”的设想，得到专家一致好评。世纪之交，窦店村开始了“以商带牧，为牧而农”的发展模式。

仉锁忠依据改革开放后市场对清真牛羊肉的需求，加大对清真肉联厂的投入，提级改造清真肉联厂，增加肉联厂屠宰能力和水平，把 11 个农场改为 10 个畜牧场，全部养殖高档肉牛，为肉联厂增加原材料来源，为市场提供优质肉牛。

全村划拨 2500 亩粮田，全部种上了饲料、饲草。肉牛从原有的百余头，发展到 600 多头，奶牛从百余头发展到 300 多头，养羊 500 余只。仉锁忠及时注册“窦店”商标，形成饲养、屠宰、加工、销售一条龙产业链，牛羊肉产品畅销全国。

畜牧业收入很快见效，1999 年销售收入 177.8 万元，到 2000 年底销售收入达到 450.15 万元，增加了近 273 万元。

仉锁忠适应改革开放以来籽种农业发展的新变化，主动抢占高端籽种市场，保住窦店村农业发展的根脉。他主动与农科院和房山区农科所合作，由村里划拨出 1200 亩粮田，建立了优良品种繁育基地。小麦籽种连续高产，在北京市年年成为高产冠军，是窦店村的一个品牌，小麦种多年来供不应求，与种植普通小麦相比，每亩增收 300 元。

2012 年以来，他和北京市农业技术推广站联合建立了 100 亩小麦、玉米试验研究基地，开展超高产技术攻关，实施了新品种引进与筛选、水肥一体化等 20 多个试验示范项目，农业科技成果转化明显。2014 年以来，小麦单产在北京市连续九年夺得冠军。玉米青贮在全区青贮玉米高产竞赛中连续获得了多个一等奖。

仉锁忠为适应北京市申办奥运会的绿化市场需求，主动抢占北京市苗木市场，实现窦店村林木业的新发展。全村划拨了 1200 亩大田，发展了园林绿化用苗木花卉。2000 年建立了北京地区最大的黄金梨生产基地，2008 年产品成为奥运会接待贵宾特供果品。为打造优势品牌，配套建立了特产加工中心、有机产品展销厅、有机产品在线网，实现了黄金梨基地种植、采收加工、有机产品在线网、物流配送、终端网点整个产业链的自主经营与全程监控，达到了标准化、精细化、信息化管理目标，以先进的理念实现了“可追溯性生产”。

改革是动力。窦店村的产业结构调整迈出了坚实的步伐。

仉锁忠感慨颇多：“原来的土地使我们出名，现在又是土地使我们获得了思想上的启示，明白了很多道理。从‘以农养牧、以牧肥农’到‘以商带牧、为牧而农’，不是简单几个字的置换，而是我们窦店人思想解放的又一次飞跃。”

招商引资　打造生态产业

仉锁忠带领窦店村顺应时代发展，着眼于首都转型发展新要求，立足窦店村产业基础和资源特色优势，瘦身健体、腾笼换鸟、退低引高，强化科技创新和产业升级，招商引资，全村形成了生物医药、车业、畜牧业、新兴工业四大产业集群。

2017 年，窦店村总收入 35.4 亿元，上缴国家税金 1.6 亿元，集体净资产达到 9.5 亿元……窦店村的集体经济道路越走越宽广，村民的经济基础一年比一年瓷实。

引进生物产业

多年对生态农业的探索，使仉锁忠提高了对生物工程的认识，决定在生物工程领域，探索窦店村的发展机遇。

2003 年，仉锁忠成功实现了与北京格瑞拓普生物科技有限公司的合作，开始了窦店村的生物工程事业。

窦店村利用原鸡场的闲置厂房，引进了北京格瑞拓普生物技术有限公司工厂化生产食用菌项目。公司引进日本和德国两套自动流水生产线，采用农作物秸秆综合利用技术，实现了产业化、规模化生产，成为国内最大的珍稀食用菌工厂化生产基地。生产出的白灵菇等高端食用菌鲜品，产品品质符合国际市场要求，主要销往北京、上海、广州三大市场，以及日本、韩国、美国等国际市场。公司先后取得ISO9001、有机食品、AA绿色食品等五项认证，是北京市第一家通过出口蔬菜基地检验检疫备案登记的食用菌专业生产企业，也是全国科普示范基地、国家级和市级农业标准化基地、北京市高新技术企业。

一次，北京市领导到格瑞拓普生物科技有限公司的生产车间参观。讲解员向领导介绍："这金针菇可以直接吃。"一位领导好奇地摘下一根尝了一下说："你们的金针菇，怎么还有点甜味儿呀！"

讲解员告知领导：格瑞拓普的金针菇能直接食用，是因为格瑞拓普生物科技有限公司的技术人员利用现代遗传技术，结合生物育种工程和人工智能控制系统模拟自然环境，研究出的不间断周年生产珍稀食用菌。这一深加工的工艺彻底改变了农产品原始种植模式。

抓住格瑞拓普的优势，2010年，窦店村成立了北京润丰达农业发展有限公司。公司现日产金针菇20吨，极大地提升了企业整体实力和带动农户的富民能力。

窦店村先后引进东方瑞德生物技术有限公司、北京正虹生物科技有限公司等六家公司，形成了窦店生物药业基地。

发展现代药业

北京房山区窦店制药厂创办于1987年，是窦店村与中国医学科学院医药生物技术研究所合作创办的。制药厂具有研究能力，不愁新产品，具有资金实力，资金周转没有问题，但经营效果不理想。1998年，窦店制药厂与海南汇生制药厂合资成立了北抗协和制药厂，但仍没有走出困境。盘活窦店北抗协和制药厂2000多万元的闲置资产，成为仉锁忠重要工程项目之一。

北京九和药业有限公司，2012 年被北京市科委认定为高新技术企业，2013 年顺利通过新版 GMP 认证并获得证书。2015 年完成了北京九和药业有限公司股权转让工作，窦店村产业结构不断优化升级。

公司有软胶囊、硬胶囊、喷雾剂、粉雾剂、片剂、颗粒剂、原料药七条生产线，其中三条生产线已经通过 GMP 认证，另有四条生产线用于公司新产品开发。公司生产辅助配套设施齐全，质量管理由“质量源于检验”进入“质量源于生产”，正向“质量源于设计”不断努力。

为扩大九和药业有限公司的产品，仉锁忠带着公司的产品样品和宣传材料，与司机师傅轮流开车，先后奔赴山东、上海等医药展销会推销产品。

经过多方的共同努力，九和药业有限公司在窦店村扎下了根，立住了脚，成为窦店村重要的支柱产业之一。早在 2014 年，北京九和药业有限公司资产总额就已超过 1 亿元，营业收入已经实现 1.53 亿元，上缴国家税金已经达到 2239 万元，实现利润总额 4735 万元。几年来，公司资产总额、营业收入、上缴国家税金连续大幅度提高。

打造窦店车业

2004 年，一家汽车 4S 店找到了仉锁忠希望与他合作，将 4S 店落户窦店村。

仉锁忠是个善于捕捉商机的人。从前来洽商的客人口中仉锁忠看到了商机，决定参与 4S 店的建设，引进更多品牌的重卡汽车 4S 店。

说干就干！错过时机， 商机就会瞬间消失。

仉锁忠以最短的时间、最快的速度，建成了 4800 平方米的店面，恭候商家的到来。

仉锁忠知道在市场竞争日趋激烈的今天，坐等客户上门是会错过很多商机的。仉锁忠决定走出窦店村，把更多的商家请进窦店村来合作发展。

当时的窦店村，经济发展尚处在低谷时期，仉锁忠囊中羞涩。为了赢得更多的客户，仉锁忠和司机又是轮流驾驶汽车，昼夜不停，到各地招揽客户。为了省钱，也为了节省吃饭时间和睡觉时间，仉锁忠和司机每次都是带上烧饼和咸菜，困了在车上打个盹儿，饿了吃个烧饼，渴了喝口矿泉水，日夜兼程，招揽客户，先后成功引进北汽福田、中国重汽、德国梅赛德斯－奔驰等知名品牌，建成多家重卡4S店。

经过不懈努力，2004年窦店车业集团正式挂牌营业，成为北方地区重要的集整车销售、配件销售、售后服务、汽车改造为一体的现代化大型卡车销售公司。

今天，窦店车业集团总部旗下拥有三大直属法人公司：北京银汉华星商贸有限公司，北京市窦店耀辉汽车销售有限公司，北京市窦店润发汽车销售有限公司。员工总数500余人，集团业务范围覆盖黑龙江、吉林、辽宁、河北、陕西、青海、新疆七个省份。

建立工业小区

房山老百姓中有一句话说，北京的楼房有多高，房山的砖土坑就有多深。早在20世纪70年代，窦店村就建立了砖瓦厂。多年前的窦店村砖瓦厂给全村留下了深十几米、总面积300多亩的大坑。

申办奥运建设绿色北京，房山区大面积关闭五小企业，2004年达到1200家，窦店村的砖瓦厂也在关闭之中。仉锁忠贯彻落实国家政策，关闭了窦店村砖瓦厂。

砖瓦厂关了，仉锁忠不但没有着急，反而乐了。为什么？在建设用地极度紧张的时期，窦店砖瓦厂一下腾出建设用地600亩。

有了这600亩建设用地，仉锁忠又可以干大事情了。

多少年来，仉锁忠明白，无论做什么事情，要先把道理给大伙儿讲清楚。600亩地到底做什么更有价值？结合先进性教育，大家讨论起来。仉锁忠给大家算了一笔账。如果自己施工变成农田，恢复300亩地，将拆迁废渣填坑，共需要投资1500万。600亩地种庄稼，收回投资至少需要10年。如果建工业园区，投资需要2200万，但只要招商项目好，3年可收回投资。

经过讨论，干部社员一致同意建设工业园区。

仉锁忠立即请来规划部门，开始打造窦店工业小区。

自2006年起，仉锁忠开始对原砖瓦厂进行工业小区开发前期的基础设施建设，又请专家打造了雨洪利用项目，对300多亩砖瓦厂大坑进行了综合整治，将几十年的黄土大坑变成了花园式工业小区。

有了梧桐树，不怕招不来金凤凰。

工业小区还没有完全竣工，就有企业前来洽商入驻。

如今的仉锁忠，已不是囊中羞涩时的仉锁忠。对入驻的企业，有了比较高的门槛要求。即使进了门槛，还要参考企业的资质，决定谁可以留下。

经过一段时间，工业小区引进了太阳能光源、汽车高端零部件、医药等六家企业，引进资金超亿元。

运筹产业调整

京津冀协同发展，作为企业家、战略家的仉锁忠，敏锐地感觉到一场新的产业结构调整即将展开。仉锁忠以高端引领、创新驱动、绿色发展为原则，一手抓好疏解淘汰，一手抓好引进提升，开始实施上任以来的第三次产业调整，以促进全村经济发展迈向高端水平。

《京都议定书》、碳排放交易，很多人只当新闻听，听完了事。但仉锁忠记住了一件事：美国加州大学做过测试，每年每头奶牛通过打嗝和时不时地胃胀气总计会排出90~180公斤的甲烷，是温室效应的源头之一。北京要疏解低端产业，养牛肯定受限。但窦店村的老百姓不能没有自己的牛肉吃，窦店村的养牛传统不能扔掉。

怎么办？仉锁忠一直在悄悄寻找出路。

出路在于，改变现在的农场饲养模式，建立规模化、标准化的现代饲养场。2014 年 10 月，仉锁忠正式申请了窦店村规模化、标准化示范肉牛场建设项目，占地 150 亩，总建筑面积 5.5 万平方米。2015 年建成投产，年存栏肉牛 6000 头，年出栏肉牛 1.2 万头。窦店现代化养牛场在京西南一枝独秀。

2015 年，房山区被列入国家生态保护与建设示范区。窦店村走绿色发展道路，引进北京窦店三仁电子商务有限责任公司合作经营，实施了果园改造扩建工程，打造了窦店新的生态旅游景观。

根据《京津冀协同发展规划纲要》和市政府有关文件规定，房山区要全面清退疏解低端产业，窦店村党委、村委会与镇党委、政府签订了清退疏解低端产业责任书，展开了疏解清退工作

2015 年，窦店村成功清退了北京达事来钢结构有限公司、北京京江源钢结构彩板有限公司、天太板业有限公司等六家企业。其中，窦店村 2002 年引进的北京和协生物制品厂，由于“高能耗大规模发酵生物产品生产”，强令清退。另外，还关停了窦店水泥构件厂。

2017 年 11 月 23 日，关闭了有多年历史的窦店集贸市场，设施全部拆除，清退固定商户，包括集贸市场外和 107 国道两侧的商户共计 120 户，清退临时摊位 200 多个。关闭了 1978 年 10 月成立的窦店旅店和 1993 年成立的窦店物资供销公司。

清退关停工作，有效地改变了窦店村的环境秩序，特别是窦店村振兴路、窦店村集贸市场及 107 国道两侧的环境秩序。

仉锁忠未雨绸缪，窦店村打造了农工商生态产业。

产权改革　村民当家作主

坚持发展集体经济，没有科学的集体经济制度和民主管理制度是不行的。仉锁忠不断探索窦店村建立集体经济发展道路的制度机制，通过实施

土地确权、股份制改革，夯实了村民当家作主的经济基础；通过推进民主管理制度，村民有了集体资产管理权。

窦店村的村民是窦店村真正的主人。

村民做“东家”

土地改革，让窦店村村民成为土地的主人，村民要在土地上耕作才能有收获，坚持集体经济的土地确权，在村集体的经营下，村民成了“不劳而获”的“东家”。

2003 年 10 月，区委区政府在全区推进土地确权工作。强调本次土地确权采取三种形式：一是直接分地的形式；二是确权分利的形式；三是股份分红的形式。

1983 年，中央印发《当前农村经济政策的若干问题》，取消了对包产到户和包干到户的限制。包干到户、分田到户的改革浪潮，由全国山区平原波及北京郊区，上级要求各村都要实行家庭联产承包责任制，分田到户。

老书记仉振亮带领全村干部社员反复讨论，反复协商，最终是老书记冒着被处分的危险，坚持了集体经营、规模化经营的发展路子。

这次土地确权，上级给出了三种形式，窦店村应该选择哪一种形式？这又是一次考验。仉锁忠立即召开党委会研究部署土地确权工作。

窦店村采取哪种形式？仉锁忠和党委班子成员，很快达成了共识：确权分利形式最有利于窦店村生态农业的发展。

这是事关全村老百姓切身利益的大问题，必须公开、公平、公正，群众公认，必须有全体村民充分讨论达成共识，必须每个环节严格按法律程序和政策规定操作。

村党委统一指挥，组织精干队伍，利用广播、板报、村民报等多种形式进行了广泛宣传。仉锁忠亲自组织了多种形式的座谈会，反复征求广大村民意见，广泛听取各方面意见，最后召开村民代表大会表决决定，形成了窦店村自己的土地确权形式。窦店村的土地确权，采取确权不分地的方式，落实土地承包经营权，村集体在留好公积金、公益金、管理费、农业税及农业税附加、一事一议筹资款后，将给农民的收益足额兑现给农民，作为农民土地收益权。

窦店村自己的土地确权形式，突出了土地集体所有制的优越性。

窦店村组织人员逐户、逐块土地进行摸底，摸清了底数。

2004 年开始发放土地权益费。窦店村分配权益费总额 1,351,846 元，人均权益费 361,194 元，权益费兑现率为 100%。2017 年，窦店村发放土地权益费总额 2,984,480 元，人均权益费 920 元。2004 年以来，人均土地权益费连年递增 10% 以上。

土地确权，让窦店村的村民人人做了东家。随着窦店村生态产业的发展，村民每年分得的土地权益费逐年增多，做东家的不用劳心费神，腰包却一年比一年鼓。

每到领取土地权益费的时候，村民在夸奖土地确权政策好的同时，总要夸奖仉锁忠坚持集体经济发展道路，全部精力为老百姓干实事儿，把全村的土地经营得这么出色。

村民当股东

土地确权，村民人人享有均等的土地权益？如何让集体经济成员人人享有均等的集体经济权益？仉锁忠开始了新的探索和奋斗。

仉锁忠为村民解读股份分红政策

2012 年，房山

区在全区推进集体经济产权制度改革。

仉锁忠首先召开了村党委、村委会、总公司三委班子联席会，明确了窦店村“以强化资产经营促进集体经济发展，以集体经济发展促进农民增收，实现‘发展为了群众、发展依靠群众、发展成果由群众共享’的执政理念，积极稳妥、稳步推进”的工作原则，制定了《窦店村进行集体经济产权制度改革的意见》。

2012 年 9 月 4 日，窦店村召开了社员代表和全体党员大会，对窦店村实行集体经济产权制度改革进行了热烈的讨论。通过土地确权工作的实践，特别是仉锁忠多年来带领大家发展集体经济的实践，干部党员群众对村党委的决定很快达成了共识，与会代表一致通过启动《窦店村集体经济产权制度改革》的决议。

仉锁忠强调：做好农村集体经济产权制度改革，目的是使集体资产经营起来，全面推进农村“三资”管理制度化、规范化、信息化建设，实现集体资产保值增值，赋予村民更多的财产权利。此项改革是一项既利当前、更惠长远的政策措施，全村要把集体经济产权制度改革作为各项工作中的一件大事来抓，本着积极稳妥、稳步推进的原则，扎扎实实、认认真真地做好每一步工作，为窦店村特色城市化建设奠定坚实的基础。

2012 年 9 月 7 日，窦店村正式启动了集体经济产权制度改革工作。窦店村利用《北京日报》《窦店村民报》、广播等多种形式进行广泛的宣传工作，做到了家喻户晓。

集体经济产权制度改革的关键是，村民参加村集体的劳动工龄。仉锁忠认为，在窦店村集体经济发展面临考验的关键时期，有不少的村民，怀着对村集体经济的感情，宁可在集体农场里少拿工资干力气活儿，也不愿到其他地方干“体面活”多拿工资。集体经济发展绝不能亏待那些忠于集体事业的人。窦店村坚持把统计参加村集体村民的劳动工龄，作为集体经济产权制度改革的重要环节，抓得认真，要求更加细致。

一是在全村发放窦店村劳动工龄统计表，对村集体经济组织成员申报的劳动工龄进行了认真清查、核实。二是对窦店村46家正在经营、转制、关闭的企业和14个农场的劳动工资逐年逐人进行抄写汇总。三是聘请评估公司对所有企业、农场1983年、1997年、2011年、2012年的账面资产、负债数据进行了详细的统计整理，对现有所有资产进行了实际盘点、评估。四是将劳龄统计数据三榜公布。三榜公布现集体经济组织成员享有集体经营性净资产份额、折合股份数和原集体经济组织成员享有集体经营性净资产份额情况。五是制定了窦店村《关于集体经营性净资产处置、股权设置和股权量化》的实施方案。六是依据股份量化第三榜公布的数据，确定了原集体经济组织成员应清退发放的金额和现集体经济组织成员的股份数额。

2014年3月8日，窦店村召开了股东代表大会，确定了北京市房山区窦店镇窦店村社区股份经济合作社章程，选举产生董事会五人，监事会三人。5月13日，在房山区经管站办理了《北京市房山区窦店镇窦店村社区股份经济合作社》登记证书，注册资金1,528,151万元，并办理了各种相关的手续。5月15日，将原集体经济组织成员享有集体经营性净资产金额按法律程序进行了清退发放，共计2539人，清退款3,814,686万元。

2014年结完账后，根据对收入、支出、净利润的计算结果，制定了窦店村第一次产权制度改革股东分配方案。方案首先在党委会上通过，然后召开了窦店村股东大会，在会上经过所有股东讨论，一致通过。2014年一年，村民净资产股份和土地权益费分红总额共计650多万元。最高分红的股东家庭分得1.4万元，最低5600元。2017年，窦店村共计发放股份红利582万元，每股分红9.02元，同比增长12.8%。

窦店村设置了5%的经营管理期权股，建立了股权每五年一调整的机制，理顺了改革前的村经济合作社与改革后社区股份制合作社的关系等。窦店村的集体经济股份制改革，适应现代企业经营管理发展，在实现村集体经济可持续发展的同时，最大限度地增加了农民的财产性收入。

窦店村的集体经济股份制改革，让窦店村的村民在法律上真正成为窦店村集体经济的主人。

每个窦店村村民的脸上，都洋溢着骄傲自豪的笑容。

村民做主人

集体经济的权益平等、效益共享，不但奠定了村民参与民主选举、民主决策、民主管理、民主监督当家作主的经济基础，更打造了村民参与民主选举、民主决策、民主管理、民主监督当家作主的内在动力，村民当家作主的积极性，得到了最大程度的调动。

不少村村民都是被动地参与民主选举、民主决策、民主管理、民主监督；而窦店村是村民主动地参与民主选举、民主决策、民主管理、民主监督。窦店村的人民民主，是具有集体经济基础的人民民主。

仉锁忠自上任以来，始终坚持物质文明、精神文明、政治文明、社会文明、生态文明一起抓，积极推进村务公开和民主管理的制度化、规范化、科学化建设进程，保障全体村民在村级事务中的知情权、决策权、参与权和监督权。

坚持村民代表大会制度，保证村民代表的代表性。窦店村村民代表是通过选民小组选举产生的，共有村民代表 130 人，代表了村里的方方面面。村党支部制订了明确的村民代表任职资格，明确了代表的权利义务。在集体经济制度下，窦店村村里的每一项工作都与村民的个人利益紧密相连，不能积极履行代表义务的，便会在选举中被村民淘汰。

所以，窦店村的村民代表，不是被动地发挥积极性，而是人人在自觉地发挥积极性。窦店村每年都要认真组织一年两次的“民主日”和一年两次的“民主议政日”活动，遇有重大事项及时召开村民代表会议，将涉及村民利益的所有事项，特别是对村级财务的每一笔收入、开支、债权、债务都向全体代表进行了如实公布。各项决策均按决策程序实行民主决策，村民代表依法依规履行村民代表职责，村民代表对大会提交的议案表决通过后，要进行逐一签字。每位代表都充分行使职能，积极参政议政。

自仉锁忠担任村党委书记以来，始终坚持事不论大小都先由班子会研究方案或请专家进行论证，然后交村民代表会讨论决定。发展新项目或与商企代表洽谈合作等事宜，也要村民代表会讨论通过后授权，村领导才能与之洽谈。保障村民对村政事务和经济发展情况的知情权、参与权、管理权和监督权，增强村民对村委会信任的同时，也提前化解了村民和入驻商企的潜在矛盾。

如，2010年村民代表会共通过“汽车城增资”“与格瑞拓普合作经营金针菇项目”“沿用《村民自治章程》和《村规民约》”等七项议案……2015年共通过“2014年股份分红方案”“小型水利工程管理体制及农业水价综合改革试点”“社区理财小组人员”等五项议案……

在窦店村，每位村民都是窦店村集体事业发展的参与者、决策者、共享者。

对于村三委班子、村民代表大会的各项决策，窦店村通过三种形式向全体村民和社会公开，让全体村民和社会各界监督实施。

窦店村村务公开的形式主要是三种：一是利用每年四次的“民主日”和“民主议政日”向村民代表和党员公布；二是利用村务公开栏、文化宣传栏进行公开，每季度定期更换；三是将村财务公开刊登在村民月报上，村机关工作人员利用休息时间，逐户送到村民家中。确保所有村民及时了解村内事务及村财务收支状况，切实维护了村民对村政事务的知情权。

窦店村的村民代表大会，实实在在履行了民主选举、民主决策、民主管理、民主监督的职责，真正行使和享受了集体经济主人的权利。

面向未来　建设生态新村

从走上窦店村领导岗位开始，仉锁忠一直在思考，将来的小康社会、农村应该是什么样？农民进入小康社会，应该是吃穿住行生活全部现代化、生态化、花园化。

让村民分批上楼

2000 年 10 月，窦店镇被确定为北京市中心镇。

让村民告别世世代代居住的平房，搬进宽敞明亮舒适的楼房，是仉锁忠多年的夙愿。但窦店村的集体经济，不具备这样大的实力。

等是等不来新农村的，没有条件创造条件也要上。仉锁忠进行了大量的调查，经窦店村党委研究制定了“以引进促开发，以开发促发展”的工作思路。

仉锁忠决定两条腿走路，推进窦店村的旧村改造。

招商引资，公开招标，引进有实力的房地产开发分公司，开始了窦店村的房地产开发工程。

2001 年以来，仉锁忠开始进行旧村改造工程。先与某房地产公司合作开发振兴花园小区，房地产公司由于公司资金周转出现困难而撤出。仉锁忠将振兴花园 2 栋楼房的 156 套住房，作为旧村改造工程的一部分，村民搬进住宅楼的希望开始兑现。

2005 年底，全村共计 71 栋住宅楼和商业楼全部竣工……从 2005 年到现在，一批批回迁楼、住宅楼竣工，一批批村民告别了世世代代的平房，全村大部分村民搬进了住宅楼。

仉锁忠让全村老百姓住上楼房的夙愿，正在一步步变成现实。

生态新农村

建设花园式生态新农村，关键是公共基础设施建设的水平和质量。

为配合小城镇的开发建设，2001 年窦店村投资 130 万元，建起了 5000 吨供水量的水厂一座， 2003 年投资 1200 万元，建成 1 万吨供水量的水厂一座，居民喝上了优质纯净水。

2002 年 10 月，投资 1614 万元，建成窦店华油天然气总站，修建了覆盖窦店镇中心区 5 平方公里的环状管网，利用新型、便捷、无污染的能源。2016 年，完成了青年公寓小区采暖锅炉、万泰华联小区采暖锅炉、窦店村工业小区采暖锅炉“煤改气”和村民户“煤改电”工作，全村清洁能源使用率达到 100%。新能源的使用，为小城镇建设奠定了坚实的基础。

2014 年，为推进美丽乡村建设，对振兴路进行了升级改造，包括路面、甬道的重新铺设、地下线路改造，更换路灯、添置花钵等。重修后的振兴路宽敞平整，绿树成荫，环境十分优美。

为打造旅游资源，窦店村于 2016 年修建了钟楼。钟楼高 45 米，上面四个方向分别安装四个 3.5 米见方的大钟，顺钟楼内部爬梯上去，顶层有近 20 平方米的观景台，可以俯瞰窦店村全景。钟楼早上 6 点至晚 8 点，整点报时。晚上五颜六色的灯光装点出钟楼全景，与窦店清真寺、村南新建门牌楼、雕塑和窦大路两侧的各种建筑物灯光景观相互融合，显得更加优美壮观和富有时代气息，同时，它高度地展示了窦店村的环境与文化，营造出独特的文化氛围。

最美民族村

2010 年 3 月，窦店村被房山区定位为特色民族村，以民族特色为亮点来推动世界城市大格局的新农村建设，这是千载难逢的历史机遇。仉锁忠紧紧抓住机遇，带领窦店村以“强村富民”为根本出发点和落脚点，以建设首都特色民族村为目标，紧紧抓住建设具有中国特色世界城市和推进南城发展行动计划及窦店高端现代制造业基地建设等重大历史机遇，加快民族村建设的步伐，做好“一寺一街，内服外工”和以“一街四基地”为特色民族村的建设规划，走“产业富村、特色立村、科技兴村、生态建村”的可持续发展之路，建设了京郊一流的现代民族村。

仉锁忠积极抓好民族村的规划、设计、建设工作，做好“一寺一街”

的改造和各项基础设施、公园、绿地、娱乐及各项配套设施的建设，将民族一条街做精做响，迈开了窦店村民族村建设的历史进程。

新建清真寺位于窦店村南，占地1.5万平方米，建筑面积1.17万平方米，总投资6018万元。2013年8月8日开斋节，新寺正式投入使用，窦店村在新建清真寺举行了隆重的庆典仪式。窦店清真寺是宗教文化活动的重要场所，是北京市伊斯兰教文化对外展示的窗口和交往的平台，为民族团结，社会稳定起到了重要的作用。窦店新建清真寺被房山区旅游发展委员会批准为“AA级宗教旅游景区”。新寺的建成不仅为当地穆斯林的宗教活动提供了良好的环境，更为弘扬伊斯兰教文化，展示窦店特色新城的形象发挥了重要作用。

窦店民族文化活动中心，是“特色民族村”规划中第二个开工建设的重大工程和民生项目。项目总投资8000万元，占地面积8000平方米，建筑面积1.34万平方米，可同时容纳1200人，是房山区规模最大、档次最高的民族文化中心项目，对提高地区居民的素质和文化生活水平起到了重要的作用。

新建窦店民族小学教学楼，2014年9月份已正式投入使用，建筑面积2300平方米，投资900万元。教学楼全部采用高质量的建筑材料和教学硬件设备，为师生营造了良好的学习环境，对于发展民族教育、提高民族素质，加强民族团结、促进社会和谐起到了重要的作用。

新建窦店民族幼儿园教学楼，2015年9月7日窦店民族幼儿园如期开园。幼儿园建筑面积6600平方米，教学楼主楼三层，局部五层，总投资4300万元，可同时容纳18个幼儿班学习。目前为房山区规模最大的公办幼儿园。营造了民族文化融合发展、民族资源共同分享的良好氛围。

窦店村成为房山区乃至北京市最具特色的民族村。

众志成城　党建引领发展

村党组织是确保党的路线方针政策和决策部署在村中贯彻落实的领导核心、战斗堡垒。仉锁忠坚持以提高村党委和党支部班子的领导能力和村党组织的先进性和纯洁性建设为主线，以调动干部党员积极性、主动性、创造性为着力点，全面推进各级领导班子和党员队伍建设，凝心聚力，众志成城，打造了走在改革前列、村民拥护、齐心协力发展壮大集体经济的干部党员队伍，领导和带领窦店村的集体经济道路越走越宽广。

领导核心坚强

常言道，堡垒最容易从内部攻破，特别是从领导班子攻破。总结各地和窦店村发展集体经济的经验和教训，仉锁忠认为，一个村子要长期坚持集体经济发展道路，关键是建设一个经得起市场经济考验，特别是经得起个人利益诱惑的领导班子。

所以，仉锁忠走上一把手领导岗位以后，始终把领导班子建设作为工作的重中之重，长期坚持，从不松手。

仉锁忠的领导班子建设的制高点就是，政治思想领先，乐于奉献，时时处处以全村发展的大局为重，亲朋好友和个人利益都要服从于集体利益，无怨无悔为全村老百姓服务。

仉锁忠坚持领导班子政治思想建设不放松。窦店村领导班子坚持每天早上 8 点上班，半个小时学习制度。20 年来，仉锁忠带头坚持学习制度。党的十八大以来，深入学习习近平总书记系列重要讲话，特别是关于理想信念的重要讲话，澄清了思想认识，坚定了理想信念，坚定了发展集体经济的决心和信心。组织学习党章，明确党章对干部的要求，明确党章对党员的权利义务要求，特别是党的十八大以来，组织干部认真学习习近平总书记对干部的一系列新要求，坚定了班子成员无私奉献、克己奉公、廉洁从政的思想道德品质。坚持“三会一课”制度，要求村领导班子成员必须以普通党员身份参加支部的活动，参加支部的“三会一课”，在支部建设中，发挥模范带头作用。

在仉锁忠的带领下，窦店村领导班子始终得到村民的一致好评。

历史的经验告诉仉锁忠，没有好的制度，好的干部也可能会出毛病。但是只有好的制度，不能贯彻落实，有时比没有制度更可怕。所以，仉锁忠从四个方面加强了制度建设。一是严格经营管理制度，特别是租赁承包制度和财务制度，有效规避了租赁承包和财物使用过程中的风险。二是坚持开好领导班子的民主生活会制度，仉锁忠坚持在民主生活会制度中，讲真话，讲实话，批评与自我批评不走过场，班子内切实做到言者无罪闻者足戒。三是坚持了行之有效的民主评议制度。窦店村的民主评议是建立在集体经济基础之上的，干部的行为与发展事关每个村民的切身利益，所以，每年的党员民主评议、村民代表民主评议都能做到言无不尽。四是坚持村务公开制度不动摇。凡是涉及村里发展与村民利益有关的事项，都要向村民公示，广泛征求村民的意见和建议。

尽管党员民主评议制度、村民代表民主评议制度、村务公开制度坚持得很好，对干部的民主监督发挥了非常好的作用，但仉锁忠觉得，这些会议人多，难免会有些人怕伤害了情面，有些意见和建议不好提出或不敢提出。

仉锁忠主持召开党委会

为此，仉锁忠于2004年成立了“窦店村经济社会发展监督协调理事会”，理事会由九名老党员、老干部组成，不管刮风下雨，每月5日上午准时在村办公楼三楼会议室召开汇报会，把每个月发生在自己身边的事情和群众反映的各方面问题、建议汇总上来，提交给村党委。村党委非常重视他们反映的问题，责成专人加以落实和改进，收到了很好的效果。

比如，2010年理事会共计提出56条意见和建议，涉及生产、生活、环境等各方面的问题。2011年理事会共计提出48条意见和建议，同样涉及生产、生活、环境等各方面的问题。十几年来，理事会建言献策，参政议政，拉近了村党委和群众之间的关系，架起了党组织和群众之间的桥梁。不但起到了很好的民主管理、监督作用，加强了廉政风险防范，促进了社会的和谐稳定，推动了经济社会发展，而且有效地推进了民主管理制度化、规范化、程序化的进程。

战斗堡垒坚固

仉锁忠认为，窦店村的事业是全体村民的事业，仅靠村党委领导班子几个人的努力是不行的，必须发挥好全村各党支部的战斗堡垒作用，发挥好党员的先锋模范作用，影响带动村民，形成系统化的村党委、党支部、党员、村民上下一心、团结奋进的组织建构。仉锁忠坚持把党支部建设作为最基本的建设任务。

仉锁忠坚持把支部建在基层，只要有集体经济活动和与集体经济有联系的地方，都要建立党的基层组织，只要集体经济活动延伸到的地方，都要建立党的基层组织。窦店村党委坚持根据窦店村生产经营和社会发展情况，以提高素质、优化结构、增强活力为重点，及时建立党的基层组织，为加快推进窦店村经济社会发展提供坚强的政治和组织保障。

仉锁忠坚持抓实基层党组织的思想政治建设。一是抓学习，重点是抓好党章的学习，抓好党的路线、方针、政策的学习，抓好时事政治的学习，用党章和党的各项路线、方针、政策，统一思想，提高认识，在思想上、政治上、行动上与党中央保持高度一致，坚定共产主义理想和中国特色社会主义信念，夯实发展集体经济的理想信念基础。二是坚决贯彻中央、市委、区委、镇党委部署的学习教育活动，扎扎实实完成各项规定工作，每个环节都不忽视。仉锁忠说：思想政治工作要坚持灌输的原则。扎扎实实做好每一次学习教育活动，就是要把中国特色社会主义理论和党的路线方针政策灌输给每个干部党员。三是通过订阅报刊、发放学习材料以及村里广播、宣传栏、村民报等多种形式，及时向干部党员村民传达中央、市委、区委、镇党委的声音，统一干部党员的思想认识，引导干部党员按照中央、市委、区委、镇党委的精神指导思想和行为。

窦店村党委以各党支部为基本单位，严格坚持和落实好“三会一课”制度。仉锁忠认为，“三会一课”制度是贯彻党的民主集中制原则、健全党的组织生活、严格党员教育管理、加强基层党组织建设、发挥基层党组织战斗堡垒作用的重要手段。一是加强对落实“三会一课”制度的领导和管理。每年年初，党委都要对各支部贯彻落实“三会一课”制度提出明确要求，坚持定期与不定期地检查各支部开展“三会一课”的情况，年终要听取各支部开展“三会一课”情况的汇报。二是坚持村领导班子成员以普通党员身份，参加支部组织的“三会一课”，有效地保证了各支部“三会一课”制度内

仉锁忠检查图书馆藏书情况

容、形式的实效性。三是把贯彻落实“三会一课”制度、开展“三会一课”的情况，作为支部考核的重要内容。

通过抓好支部建设，使窦店村基层党组织的凝聚力、战斗力不断增强，在推进窦店村集体经济改革发展的进程中，发挥了重要的战斗堡垒作用。

一个党员一面旗帜

党员是党的细胞，也是党的主体。一个党员是一面旗帜，旗帜招展，才会有战斗力、号召力，最终实现领导力。窦店村的共产党员，绝大部分一生都在窦店村工作学习和生活，提高党员的素质，发挥党员先锋模范作用，是关系到窦店村集体经济发展的大事，绝不能含糊。

窦店村党组织非常重视党员的学习。多年来，党中央、市委、区委组织党员开展了一系列学习教育活动，窦店村党组织在每一次学习教育活动中都坚持把学习环节抓实抓细抓出成效。

仉锁忠经常对干部党员讲，自觉学习党章、遵守党章、贯彻党章、维护党章，履行八项义务，行使八项权利，共产党员首先要履行好学习义务。党组织就是一所大学校，所以对于党组织开展的各项学习活动，不是你想不想学习的问题，而是你必须学习，而且要学好弄通，要学以致用，这是党员的义务。

窦店村党委、各支部党组织的工作计划中，都把组织党员学习排在了重要位置，把建立学习型党组织扎扎实实落到了实处。一段时间中，一些地方的党组织活动，特别是党员的学习，不同程度受到娱乐化影响，但窦店村党组织的学习活动，始终是严肃认真的。窦店村各支部坚持根据形势发展，组织党员学习中央、市委、区委的工作报告、决议、决定等文件，根据工作任务安排和党员的长期发展组织学习相关的专业文化知识，党员的专业素养、文化素养得到不断提高。

仉锁忠清楚，窦店村要坚持集体经济发展道路，把集体事业不断做好做强做久，必须要求干部党员能够自觉抵制商品交换原则的侵蚀，坚定共产党人的廉洁勤政力。

多年来，窦店村党组织始终把遵守党章、坚定理想信念教育作为党员干部队伍思想建设的首要任务，教育引导干部党员牢记党的宗旨，挺起共产党人的精神脊梁，解决好世界观、人生观、价值观这个“总开关”问题，自觉做共产主义远大理想和中国特色社会主义共同理想的坚定信仰者和忠实实践者。

多年来，仉锁忠一次次向干部党员强调，共产党员要“在生产、工作、学习和社会生活中起先锋模范作用”，要模范践行社会公德、职业道德、家庭美德、个人品德，把社会主义核心价值观融入思想和行动中。“两学一做”学习教育开展以来，仉锁忠更是把党员的这项义务变为对干部党员的常态化要求。

凡是有党员的家庭，首先要成为模范家庭，要成为邻里关系中的旗帜。凡是有党员的工作、生活团队，每个党员都要成为一面旗帜，组织引领大家干好工作。

窦店村党组织不断严格要求党员要履行好义务，也坚持按照党章和党的相关制度要求，维护好党员的合法权益。

一个党员就是一面旗帜，一个支部就是一个维护发展集体事业的战斗堡垒……窦店村的党组织，始终是窦店村坚持集体经济发展道路、不断繁荣集体事业的中流砥柱、核心战斗力。

无私奉献　担当发展使命

作为一把手，要团结带领领导班子、干部党员群众在市场经济条件下发展集体经济，发展集体事业，每时每刻都在经受着领导岗位的决策考验、管理考验、执行考验、监督考验、人情亲情考验，只有筑牢无私奉献的思想防线，才能挡得住利诱，经得住考验，守得住清正廉洁，才能引领窦店集体经济的航船乘风破浪、勇往直前。

坚持党性修养

共产党员的党性，是村民集体利益、国家利益最高而集中的表现。不断加强党性修养，是高举中国特色社会主义伟大旗帜、担当全村集体经济发展责任、完成集体经济发展使命的根本要求。

窦店村的不断发展让本村的干部党员群众看到了仉锁忠的领导经营能力，更是让来窦店投资的开发商、大老板从心里佩服这位村书记。不止一个人非常诚心地对仉锁忠讲："到我们这里来吧，用不了多少年，你就是千万富翁、亿万富翁。"

仉锁忠也相信自己的能力，自己弄个企业经营，肯定能做强做大，当老板的收入和现在当书记比，那肯定是天上地下。

"但自己是共产党员，是老书记和党组织在那么多翘首以待的人群中选中了我，把窦店村的发展重任交给了我，我这一辈子就是党的人，就要把一切交给党组织。只要党组织不说让我卸任，只要干部党员群众不说让我上一边儿待着去，我就要全身心地投入到工作中，担当起领导职责。"

不管别人怎样奉承，怎样邀请仉锁忠参加一些可能影响履行职责的宴请等活动，共产党员的意识都会让他立刻在清醒的意识中做出自己的决定。

当领导就是协调人与人、人与村集体、村集体与各种社会组织的利益关系的，仉锁忠当的是集体经济的家，在集体经济不被重视、大公无私被人嘲笑的那段时间里，为了扛住集体经济的大旗，为了维护村集体的利益，为了维护村民的利益，必然会得罪一些人，受到一些人的埋怨，甚至仇视和威胁。

人都是有感情的，一般人的埋怨甚至仇视和威胁，仉锁忠都不怕，常常一笑了之。但有时候面对亲朋好友的埋怨，仉锁忠的思想也会表现出非常脆弱的一面。

他感到委屈，感到压抑，有时也会问自己：“我的价值在哪里？我的价值是什么？”

每当这个时候，他都告诫自己静下心来，告诫自己：“你是一把手，你是党员，你是在党旗下宣过誓的，什么时候都不能违背自己的入党誓言，为共产主义奋斗终身，让全体村民过上好日子，就是为实现中国梦做贡献，为实现共产主义做贡献。”

这时，仉锁忠不再感到压抑，不再感到委屈。

一次次经历让仉锁忠明白了一个道理：一个共产党员要在关键时刻表现出超强的党性意识，重要的是在平常不断地学习，学习党章，学习党的各项纪律规定，不断强化自己的党员意识，不断强化共产主义理想、中国特色社会主义共同理想。

仉锁忠讲：“共产党员不读一读《共产党宣言》，不读一读历史唯物主义，在市场经济的条件下，你就看不到未来的发展出路。不认真读一读党的十九大报告，你就不了解中国特色社会主义的发展前景。看不懂发展前景的人，也就不会有发展的决心和信心。我们坚持搞集体经济更是如此。只有不断加强理论学习，才能具有共产主义远大理想和中国特色社会主义坚定信念，才能经得住市场经济的考验。”

强化党的理论修养、法规修养、方针政策修养，不是可做可不做的事情，而是必须平时扎扎实实做好的事情。平时学习积累越多，到关键时候，党员意识、党的法律法规意识、党的宗旨意识就会越强烈，就会保证在关键时刻做出正确的抉择和判断。

仉锁忠讲：“这就是我爱学习、有时间就坐下来读书学习的原因，也是我反复要求干部党员加强学习的原因。”

坚持底线意识

当好集体经济的家，每时每刻都在经受着各种风险考验。很多事情有第一次就会有第二次，千里长堤就会溃于蚁穴。仉锁忠紧紧把住了两个底线，一个是村民利益底线，一个是清正廉洁底线，这是给村民依法依规当好家的基本底线，守不住底线，就会伤害村民利益，就会失去干部党员群众的信任，以致违纪违法。

坚持村民利益底线，就是做每一件事都要保证村民利益的最大化，让村民应该得到的一定得到，特别是要一切从村民的长远利益出发，让村民长期得好处，而不是只考虑眼前利益，卖村民的好。

在村民土地确权工作中，与村民签订的合同书上有一项内容叫权益费金额，如何填写，各村的做法不一。最简单的做法就是填上一个金额，交差了事。仉锁忠考虑的是，合同一签就是 24 年，这其中的变化谁也说不好，这个钱数好写，但这不是实事求是、做好工作的做法，一是对村民不负责任，二是对今后村里工作发展不负责任，不利于调动经营者的积极性。

当时来自各方面的压力较大，曾有人劝他，好歹填上一个数字，差不多就得了，可他就是不听。经过与村党委成员协商后，他专门召开村民代表大会讨论，决定这项内容填上“按当年实际收益兑现”。他又专门召集农业经理、各农场场长以及经营窦店村土地的有关人员开会，明确指出：“大家手里攥着的是广大村民的切身利益，你们是在为村民打工，经营好坏、年底效益如何直接关系到村民对你们满意不满意，村民可以直接决定雇不雇用你。”

“按当年实际收益兑现”，就意味着经营者要年年提高经营水平和能力，确保村民的收益年年增加。窦店村每年土地权益费兑现均位居全窦店镇之首，村民十分满意。

多年来，窦店村发展的是集体经济。仉锁忠始终坚持，绝不能亏待踏踏实实为集体经济做贡献的人。2012 年启动集体经济产权制度改革，仉锁忠特别重视集体劳动工龄的权益比重，在 4 次股权分红中，收益最高的，都是参加集体劳动时间最长的。

第二个底线是清正廉洁的底线。仉锁忠坚持，合法工资外的钱，一分不拿。坚决拒绝一切回扣，坚决拒绝各种各样的“意思意思”。仉锁忠依靠这两个坚决拒绝，守住了清正廉洁的底线。

仉锁忠（右一）与村民交谈

这些年来，拿回扣、“意思意思”，似乎成了不成文的规矩。你求人家办事，不意思意思人家不给办。你给人家办了事，人家不对你意思意思，就觉得不够意思。

2000 年秋天，一个卖煤的找到仉锁忠：“你进我的煤，煤价每吨 200 元，每吨给你提回扣 20 元。”按窦店村用煤量来说，这可不是个小数目，可他却叫来会计，说：“进他的煤，按每吨 180 元开票。”从此以后，再没人敢在他面前搞猫腻了。自 2000 年以来，由于为窦店做出巨大贡献，他连年获得镇党委奖励，可奖金每次都被他分给了为村里做出贡献的场长、经理。

仉锁忠告诫自己，不能果断拒绝“意思意思”，就会温水煮青蛙，早晚把自己煮死。面对千方百计、五花八门的“意思意思”，仉锁忠始终持坚决拒绝的态度。

发扬优良传统

艰苦奋斗是我们党的一大优良传统。仉锁忠始终坚持了艰苦奋斗的优良传统。

当今社会的人们，绝大部分人是“三点连线”，以不同的频率往返于工作圈、交际圈、生活圈。仉锁忠很另类，一天24小时，一年365天，只有两个点：一个点是家，经常是半夜三更进门睡觉，挂着星星出门上班；一个点是工作地点，以办公室为圆心，凡是仉锁忠落脚的地方，都是工作需要的地方。

工作，几乎是仉锁忠的一切。

书记的榜样，就是最好的命令。按时上下班，有了急活儿，自觉加班加点，成了窦店村不成文的规矩。

集体的每一块钱、每一砖一瓦，都是全体村民的血汗钱，都属于全体村民。干部就是要带头精打细算，珍惜村民的每一块钱。

在外人看来，一个掌管几个亿集体家产的当家人，肯定是阔绰得不得了。但他身边的人，都认为他太“抠门”。

创业初期，外出参加展销会推销产品，他从来不坐飞机。每一次都是与司机买上一大袋子烧饼和咸菜，不住店，不歇脚，两个人轮流开车，奔山东、奔内蒙古。爱人问他：“你怎么这样？你受得了，师傅受得了吗？”

仉锁忠的回答，让爱人哭不得笑不得。

“这样做，既省了时间，还省了住旅馆的费用。”

去贵州、云南出差，有几次都是坐夜里的飞机回来。回来后接着上班，很是辛苦。

爱人问他：“你不能坐白天的飞机回来吗？”

仉锁忠的回答是：“坐夜里的飞机回来，一是节省时间，二是机票便宜，三是能省下旅馆费。何乐而不为呢？”

对于自己的生活，仉锁忠的要求极低，几乎赶不上时代。他总是说：“我们国家的资源是有限的。能节省一点还是节省一点吧。”

仉锁忠的袜子，已经穿得几乎只剩丝了。爱人对他说：“买双新袜子吧。”

仉锁忠看看袜子，对爱人说：“还能穿，不用买。”

仉锁忠的棉袄穿了几年了，袖口都磨破了。

同事劝他：“买件新棉袄吧。没时间，我去给你买一件。”

仉锁忠婉言谢绝。

爱人对仉锁忠说：“买一件新棉袄，才四五百块钱。你看你这袄袖子都已经破了，也确实该换新的了。”

仉锁忠把胳膊扬起来，让爱人看：“你看，不细看看不出破了。毛主席是国家主席还穿补丁衣服呢，我们穿衣服旧点就不行吗？再穿两年吧。”

但仉锁忠又很大方。他一次次带头，拿出自己的工资，捐给受灾的地方，捐给有困难的村民。在创立“党员爱心互助基金”时，仉锁忠表示：“从现在起，我每月从工资中拿出100元，一年1200元，捐给基金会。”

仉锁忠的勤俭、助人、奉献精神，教育影响了身边的每一位同志。吃穿住行都要考虑节省资源的生态理念，逐渐成为大家的共识。

家人的宝贵支持

家风在中国传统文化中源远流长。儒家文化讲究“诗礼传家”。对于传统士大夫阶层来说，“修身齐家治国平天下”也是实现人生价值的最高目标。

妻贤夫自安。支持仉锁忠做好工作，就是爱人的治家理念。

老父亲经常提醒儿子的一句话就是：“宁可踏踏实实喝粥，不让人家戳着后脊梁吃肉。”

父母、爱人、儿子的理解和支持是仉锁忠做好工作的动力。

一家人都跟仉锁忠把公私关系扯得很清楚：谁都不占集体一块钱的便宜。

母亲在世时常年患病，需要人照顾。自从仉锁忠当上窦店村的书记，生病的母亲就一直由姐姐和爱人照顾。姐姐、爱人陪母亲上医院看病，都是打出租车去，从不让仉锁忠派车跟着去。爱人领着儿子无论去哪里，娘俩儿要么来回坐公共汽车，要么自己打车。

一家人都坚持帮着仉锁忠坚守廉政红线，拒绝一切“意思意思”。

多少年来，无论是在平房住还是在楼房住，每到春节，家里都是大门紧闭，窗帘紧闭，灯光调到最暗，电视声音调得几乎听不见，装成家里没有人的样子，如果有人叫门，无论怎样叫，都不开门。就为一件事，拒绝所有送礼的人。老父亲到集上买东西，买完就立刻回来，生怕人家往书包里“意思意思”。

中国的文化传统，讲究乡里乡亲礼尚往来。为了帮助仉锁忠守住廉政红线，一家人始终坚持“有往无来”。村里谁家有大事小情，作为书记，只要有时间，仉锁忠都要自己掏钱，人到礼到。没有时间，就让爱人人到礼到。但母亲去世、儿子结婚，仉锁忠没有告知任何亲朋好友，没有收一份儿份子钱。

一家人为了让仉锁忠全身心投入到村里的工作中，都不让仉锁忠分担家里的大事小事。

窦店村村子大，企业多，外来人口多，安全是重中之重。平时，仉锁忠是粘在工作岗位上，节假日更是把自己绑在工作岗位上。防止烟花爆竹失火，检查企业是否安全……

一年大年三十，仉锁忠和爱人都在单位值班，家里突然着火，只有老父亲和孩子在家，连窗户纸和床单都着火了，情况很危急，是邻居们帮忙才把火灭了。

一次爱人出了车祸，而他正要出差为村里牛场订购良种牛。好心人把爱人送到医院，爱人还在昏迷中，他却要出差，亲戚们劝他改日再去，可他认为，说好的事不能说了不算，不讲信誉，说完还是出差走了。醒过来的爱人，只是把眼泪挂在了眼角。

她理解丈夫，支持丈夫。

企业改革那阵子，一些个人利益受到损失的人，对仉锁忠不满，爱人和孩子提心吊胆，每到晚上睡觉，都要把防身的棍棒放在床下。但爱人从没有和仉锁忠诉过苦，只因为仉锁忠上任时夫妻曾约定，不管发生什么事情，都要相互支持。

老父亲腰部摔伤，骨折，住进了医院，仉锁忠不在。全是爱人和保姆推着老父亲楼上楼下，大夫、护士都认为仉锁忠的爱人是老爷子的闺女，夸奖爱人。老父亲总是对护士、大夫讲：“比闺女照顾得还好。”

一次又一次，儿子问妈妈：“爸爸什么时候能有时间和我们出去玩儿一天？”

听着儿子的问话，爱人心里常常是酸楚楚的。“等着吧！爸爸会有时间的。”

等了一年又一年，爸爸始终没有陪儿子出去逛过一次公园。家里甚至没有一张一家三口的团圆照片。

人都有脆弱的时候，这年大年三十的晚上，爱人终于忍不住了，给仉锁忠发了一条短信：“锁忠，每年三十晚上都是我独自看春晚，现在又是我自己。不能有一个三十陪我一次吗？不能有一个星期日在家里待一天，两人出去转一下吗？”这条短信，仉锁忠长时间不愿意删去。但直到今天，爱人的愿望还没有实现。

新时代新作为

人民热切期盼的党的十九大，于 2017 年 10 月 18 日在北京胜利召开。仉锁忠作为党的十九大北京团代表中唯一的一位村党组织书记，他满怀激情地聆听了习近平总书记的政治报告，“两个一百年”的宏伟蓝图让他无比振奋，习近平新时代中国特色社会主义思想让他的理想信念更加坚定。

“作为一名基层的代表，我要第一时间把十九大的精神，向咱们窦店村的党员干部传达。”

10 月 26 日下午，窦店村村委会里坐满了村民代表和党员代表，仉锁忠向大家宣讲十九大精神，表达内心的深切感受。

仉锁忠对大家讲，十九大报告把解决“三农”问题作为重点，提出了“实施乡村振兴战略”，这让我们窦店村干部党员群众吃了定心丸。我们坚持巩固壮大集体经济、走共同富裕道路的发展理念，是符合党的十九大精神的。近年来我们推进产业融合发展、加强基础设施建设、加强集体经济产权制度改革等方面的大胆尝试，是符合十九大报告中提出的深化农村集体产权制度改革、保障农民财产权益、壮大集体经济的要求的。

我们要继续创新、改革、提升。

在集体经济发展的基础之上，以村民幸福满意为标准，进一步加强生态文明建设，补足窦店村基础设施的短板，补足农村公共服务领域配套设施的短板，彻底治理散乱污问题，打造优美的生态环境。要“见缝插绿”，绿化美化生态休闲环境，让村民的生活更美好。

“我相信在三到五年内，通过全村的共同努力，现在所确定的方向和目标一定能够实现。”

我们要撸起袖子加油干！

村两委班子成员、党员代表、村民代表被十九大精神鼓舞激励，对窦店村美好的明天充满自信。

党的十九大精神合民意，得民心。宣讲者，真情实感；聆听者，如久旱的禾苗遇到了甘霖。党的十九大精神和仉锁忠展示的窦店村集体经济发展愿景，激励了每一位聆听者……

从向窦店村干部、党员代表、村民代表宣讲开始，仉锁忠先后宣讲近60场，参会干部、党员和社会各界人士1.2万余人，仉锁忠用党的十九大精神，为大家展示了中华民族伟大复兴梦的宏伟蓝图。

窦店村的明天一定更美好！

中国的明天一定更美好！

尤西森：创业龙门

张　昊

尤西森，北京房山区韩村河镇尤家坟村人。1966 年 6 月出生，满族。北京韩村河龙门生态观光有限公司董事长，龙门生态园党总支书记，韩村河镇尤家坟村党支部书记。初中毕业后即去乡建筑队劳动，因聪明能干，被选派去北京建筑工程学院学习，获得技术员职称。在建筑行业闯荡多年，又从事石灰石料开采。2003 年，在以资源开采为主的粗放型经济即将转型时，尤西森果断决定，进行龙门生态园开发建设，历时 10 余年时间，使昔日的荒山秃岭绿树葱茏、果树成行，昔日几乎干涸的水库恢复生机，碧波荡漾，水鸟麇集，近于倾颓的天开古塔重现佛光。而今的龙门生态园，已成为集旅游观光、住宿休闲和文化游乐为主的生态文明

尤西森　　（张永顺　摄）

景区。他带领乡亲们一起致富，想方设法为乡亲们致富找项目，寻门路，为地区经济发展和社会稳定做出了贡献。

2005年4月，他被评为北京市劳动模范；2009年和2010年，两次任房山区人大代表，2010年还被评为“十佳人大代表”；2011年，被评为北京市新型农村实用人才；2015年3月，获得首都精神文明建设奖章；同年4月，被评为全国劳动模范。

一

采访尤西森时，他50出头，中等稍高的身材，显得敦厚而结实，像个质朴的农民。和他聊天，他会滔滔不绝，声音虽不高，却处处显示出一个企业家的睿智和独到眼光，即便是聊到家常琐事，他也会有不同于常人的见解，或许正是思想的睿智和眼光的独到，才使他成了一个在生态旅游上创造出辉煌篇章的企业家，一个较大村庄——尤家坟村的带头人。他改变了龙门口一带浅山区曾隶属几个村庄的一片荒山秃岭，把这里变得林木葱翠、山水相映，既有用来接待的优雅舒适的宾馆，也有为保护千年文物古迹而恢复修建的金碧辉煌的寺院。他还是村民致富的带头人，为增加村民收入，开辟了一条可靠的途径。

事情回到十几年前。那时，煤炭开采业和建筑石料开采业，仍是房山区支柱产业，各项统计数字中，这两项产业仍显示出骄人的业绩。然而，潜在的危机已悄悄逼近，而能够看到潜在危机的人可谓寥寥无几。就在这个时候，尤西森开始认真思考新的创业和投资的方向了。想一下子放弃原有的已经熟悉的经营模式，选择一项崭新的需要倾尽心力的事业，对每个创业者来说，都是十分艰难的转型。但形势所迫，又不能不考虑，新事业的前景是否广阔，拼搏之后结出的果实是否丰硕，新绘制的蓝图是否会如自己的期许和所望。创业艰难，难在对结果的不确定性，或许会是灿烂辉煌，或许会是一片惨淡和凄凉。倘若是后者，那将是每一个创业者都不愿面对的噩梦。但路还是要往前走，一个勇敢的创业者，不会停下前进的脚步。

或许是有着难得的对家乡的深挚情怀，或许是觉得自己的肩上有一份沉甸甸的责任，尤西森不止一次地踏上家乡附近的小山头，久久地望着近在咫尺的一个个相邻的村庄、一座座鳞次栉比的院落。这就是他的故乡，历史老人步履蹒跚地行进了一千年，或许是更久远，大概有两千多年吧。但眼前的一切仿佛停滞了，一切都还是老样子。一面面山坡，仍是草木稀疏，偶尔能见到的几丛灌木，遮盖不住光秃秃的山脊和裸露的岩石。那座 1958 年开始修建、翌年完成的天开水库，原为防洪和蓄洪灌溉所用，但因违反科学，主观盲目决策，仅能拦洪而无蓄水功能。经年累月，渐渐污泥沉积，越积越厚，成了干涸的浅塘。就连有着将近两千年历史的天开寺，都是一片倾颓景象，门窗糟朽，砖墙残损，惨不忍睹。如何才能改变眼前的一切，使水库碧波涟涟，青山绿木葱茏？如何重塑藏有佛舍利的著名古刹的尊严，让天开寺佛光熠熠，殿宇重光，使延续近两千年的历史传承下去？尤西森在思考，在盘算，在规划着这一片浅山丘陵的未来，他决心要在这里绘制一幅规制严整而又前景广阔的蓝图，使这里来个天翻地覆的变化。

2004 年，他被推举为房山区人民代表大会代表。全国人民代表大会期间，尤西森和几位代表在会议室休息，正闲聊时，区长张效廉走了进来。彼此简单客套了几句，张效廉就直截了当地和几位代表谈论起了房山区的旅游开发问题。张效廉说："房山有很多著名的旅游景点，但就是开发和配套服务设施不足，所以比其他区县落后了。"

张效廉区长的一席话，令尤西森怦然心动。或许，就是从那一刻起，他就在考虑如何把多年辛辛苦苦挣到的钱，选择一个新的领域来投资了。房山区旅游资源非常丰富，但受体制的限制和分散管理经营等原因的制约，旅游业始终没有形成规模。若投资旅游业，从哪里入手？尤西森一次次在故乡尤家坟附近的山头上转悠，是调研，也是考察和思索。经过多次调研，反复考量和斟酌，他决定围绕岳各庄村西龙门口水库，"以水为魂"，打生态牌，建一座大型生态园。

二

建龙门生态园，是个大胆而又艰难的决定，初步预算需要投资几千万，这可不是个小数目。尤西森决定这样做，心里不知反反复复掂量了多少遍。其实，成功和失败，就如一片树叶的阴阳两面。有时，看着是艳绿光洁的一面，忽而来一阵风，一下子就翻过去了，现出了阴暗晦涩的一面。哪个创业者都不得不面临风险，失败有时是如影随形。尤西森在市场上闯荡多年，自然深知创业的艰难。但他又是个只要认准了方向就永不回头的人。他选择在家乡的一片荒山秃岭间创业，自有他自己的考虑。这种选择，或许不少人不理解。旁人不理解也就算了，最难办的，是自己的家人，特别是自己的妻子不理解，而且站出来坚决反对。妻子的反对，不能说没有道理。

尤西森出生于20世纪60年代中期，父母都是从小就在地里刨食的农民，家中8个孩子，他是老末。尤西森生活在农村，也是自小就下地干活，深深懂得在田里干活的辛苦，懂得日子的艰难。缺吃少穿的日子，一直伴随着他长大。1981年，尤西森初中毕业，本该继续上学，但由于家境贫寒，他不得不放弃学业，到乡里的建筑队打工，1983年，尤西森就当上了一名小瓦匠。在建筑队里，他踏实肯干，又聪明好学，三年之后，他被派送到北京建筑学院学习。对尤西森来讲，这是个千载难逢的学习机会。他珍惜每分每秒的时间，尽管自己只有初中学历，知识底子薄，但他勤奋刻苦，对知识如饥似渴。在建筑学院，他学到了许多此前从未接触过的建筑学知识，开阔了眼界，丰富了阅历，而且结识了不少同行的伙伴。尤其令人高兴的是，他获得了期盼已久的技术职称，成了一名建筑行业的“技术员”，而这职称，是在北京建筑学院——一座名扬全国的建筑业的高等学府拿到的，这使他有了在建筑行业闯荡并驰骋的资质。

令尤西森没有想到的是，学成归来，拿到了初级技术职称，乡建筑队却业绩不彰，在激烈的市场竞争中，因没有明显的优势，渐渐在走下坡路，处于半死不活的状态。优胜劣汰，这本是市场竞争规律。既然乡建筑队一蹶不振，尤西森就决定自己在建筑市场闯一闯。于是，他组建起一个小建筑队。但自己来闯市场，谈何容易，甚至连活儿都很难找到。这也难怪，谁会信任一个乳臭未干的年轻人呢？当时，他只有20出头，在建筑行业里资历太浅，又没有关系，一次次碰钉子在所难免。

就在尤西森举步维艰、一筹莫展时，一位同在建筑工程学院学习的同学找到了他，说有个建筑工地正需要人手，问他干不干。尤西森大喜过望，就这样，他带着十来个人赶到工地。机会难得，他十分珍惜。对同学的信任他心里感激，最好的回报，就是把活儿干好，质量要高，时间还要短。于是，每天天不亮，他就第一个来到工地。该别人干的活儿，他要先动手干，做出样板，别人再按照“样板活儿”来做。倘若做不好，就一定要返工重做，绝不含糊。每天傍晚，他都是最后一个离开工地，等到最后一个工人干完活儿，他检查符合要求后才离开。就这样，尤西森和他所带的一伙人，以全优的施工质量完成了委托方交付的任务，也在同行业中赢得了良好的口碑。

良好的声誉比任何宣传都有力度，此后，一些建筑工地的承包商开始主动上门找尤西森。几个工程承接之后，他积累下二三十万元。就是这最初的原始积累，使他对未来充满了信心。他带着自己的小建筑队，继续在建筑行业里闯，而且干得顺风顺水。就在他的事业蒸蒸日上，他预想着轰轰烈烈大干一场时，他原来所在的建筑队却出了点意外——建筑队队长在工地上不幸受伤。队长派人找到尤西森，直接说明来意，要他回建筑队帮助主持工作。这让他犯了难。队里派人专门来找他，是对他的充分信任，不回去说不过去。可如果回去，自己的事业就要受到不小的损失。因为由他承接的工程，主体眼看就要拿下一半了。把半拉子工程撂给委托方，明显是违约，自己就要承担违约责任。损失的不仅是工程款，还有一笔不小的违约金。但几经掂掇，尤西森还是决定回去。有朋友劝他说：“干得好好的，干吗要回去？回去不会有任何好处，只会蒙受巨大的损失。”但尤西森是个知恩图报的人，他没有忘记自己出来干活儿时，是乡建筑工程队收下了他，又是建筑队选送他去北京建筑工程学院深造。他虽然自小受穷，知道挣钱不容易，也知道如果机会错过了，再想找个活儿不容易，但他更看重情义，看重乡亲们对他的信赖。于是，他毅然回到乡建筑队，一直到1995年。掐指一算，自打回来，它在乡建筑队闷头一干就是十几年。

建筑市场的竞争是激烈的，甚至是残酷的，一个乡级建筑队，要想在如奇峰耸立般实力雄厚的建筑集团的夹缝中生存，不仅要靠自己的实力，机遇也同样重要，因为机遇有时也会捉弄人。俗话说居安思危，在事业一帆风顺时，一些人往往看不到潜在的危机，而只看到眼前的红火和热闹。一个优秀的企业家之所以能在市场竞争中脱颖而出，就在于在常人还没有发现因激烈竞争而预伏的危机时，他能够高瞻远瞩，不仅能看到眼前的危机，找到解决危机的办法，而且能预见几年甚至是十年、二十年后事业发展的走向，这一点尤其难能可贵。在乡建筑队中，尤西森是最早看到事业发展进程中潜在危机的人，这种危机说不定什么时候就会出现，而且后果会很严重，如果不能及早预见并果断采取措施，说不定什么时候扬帆行进的航船就会在瞬间倾覆。为此，尤西森果断提出了自己的看法，并拿出了解决问题的办法，一句话，就是要在建筑队里实行“改制”——一次深刻的变革。

改革是操纵历史前进的杠杆，不改革就没有出路，但改革是艰难的。但凡改革，就会触动一部分人的个人利益，因此，任何改革，都会有一定的阻力，只不过阻力大小不同。有的改革，需要有移山造海的魄力；有的改革，则要平壑跨涧。尤西森所遇到的问题，或许只是填平一道深壑，削平一座山头那么简单，但同样是举步维艰。他所在的建筑队没有动，别的建筑队却动起来了，通过改制切实见到了实效，增强了市场竞争力，甚至使眼见就要沉没的船只又重新扬帆起航。尤西森心里着急，一个改制方案，他一次又一次向队里提出，但就是不被采纳。没有别的办法，既然乡建筑队不接受他的改革方案，他只能下定决心，自己单独去闯一闯了。他知道，一个改革者，只有摆脱脚下的羁绊和桎梏，才能勇往直前。

三

离开了建筑队，自己单独去创业，对尤西森来说，是一个新的起点，也是他创业路上开启的一个崭新的征程，一个全新的篇章。20世纪90年代，建筑业正处于黄金时段，无论城乡，一座座塔吊傲然耸立，就连深夜都是塔吊片刻不停地转动的声音，以及建筑工地上叮叮当当的钢铁构件的响声。尤西森在这时候挑旗单干，恰逢其时，机遇难得。凭着在建筑行业中的良好口碑，一档档活儿接踵而来。然而，做任何事情都不会一帆风顺的，有时还会遇到难以想象的难题。燕山石油化工公司有一个活儿，离尤家坟有三四十里。为了不误工期，他每天要骑5个多小时的自行车，在住家与工地之间往返，可谓披星戴月。

尤西森和工人们整日风尘仆仆，挥汗如雨，但让人意想不到的是，活儿如期完工，质量无可挑剔，却拿不到该得的钱，这让尤西森和工人们陷入深深的痛苦之中。不得已，尤西森只好一次次去讨债，真是跑断了腿，磨破了嘴，可钱还是没有要回来。

只有一次次讨债无果的人才知道讨债的艰难，才会品尝到那种难以言表的沮丧和苦涩。那段时间，也是尤西森创业历程中最为艰难和困窘的时期。只因该到手的钱不能到手，眼看就要过年了，工人们眼巴巴盼着能把钱发到手里，好回去和一家大小团团圆圆过个欢乐的年节，可尤西森这位老板也是囊中羞涩，手里没有足够的钱发给工人。望着一个个急待回家的工人，尤西森心里很不是滋味儿。他只有一个信念，哪怕自己再难也要想辙把钱给工人发到手里。于是，他开始在村里筹钱。一个建筑业的老板，竟然在村里和亲朋好友借钱，那种尴尬劲儿，一般人是很难想象到的。该张口的地方都张口了，尽管如此，还是没有凑齐工人的工资。尤西森为难了。无奈之下，他想到了孩子的压岁钱。当从孩子手里接过仅有的几百块压岁钱时，尤西森泪水止不住夺眶而出。孩子的压岁钱，是一点点积攒下来的，舍不得花，他握在手里，直握得汗津津的。一个父亲，从孩子手里接过这被攥得热热的纸币，心里该是什么滋味儿呀！

春节过后，工人们回来了。活儿还得干，该讨要的钱还得讨要。当尤西森又一次站在欠债方面前时，对方因实在付不出工程款，万般无奈之下，就提出了个变通的办法——把一座位于周口店的石灰岩矿抵给他。尤西森没想到会是这样一个结果。一座近于荒废的石灰岩矿山，就是拿到手，又会怎样呢？这本是一件极不情愿的事情，但又没有办法，因为对方实在拿不出钱来。最后，尤西森一狠心，决定接手这座矿山，能不能干好，总得试一把，反正总比什么也要不出来强得多。就这样，尤西森开始了一次大胆的尝试，一次艰难的转型。

四

经过多年打拼，尤西森对建筑业从设计到施工的一套程序已十分熟悉，何况他在建筑学院学的就是建筑施工，这回却要重新开始，从事石灰岩矿石开采。一切都是从头开始，隔行如隔山。此前在建筑业，多难的活儿他都敢接，多严格的质量要求他都不怵。可说到开采矿山，他却是纯粹的外行。开头几天，面对着被开采得破破烂烂、面目全非的矿山，看到矿山破败得毫无生气的惨相，尤西森动摇了。他就像一个傻子一样，只顾呆愣愣地站在一边，一言不发。同样是石灰岩矿，有时相隔不远，矿山的有效成分含量就不同。自己面对的这座石灰岩矿，矿石里有什么化学成分，能够用来烧制水泥的有效成分含量是多少，他几乎是一无所知。但尤西森又是个不服输的人，他心中始终有一个信念，就是世上没有干不成的事，办法总比困难多。

面对完全陌生的石灰石开采业，一无资金，二无技术，对市场更是不摸底，一切都得从头干起。但尤西森不抱怨，不气馁。采矿必备的设备装载机，一台就要二十几万。手头没有那么多钱，他就想到是否先赊一台。要是搁别人，恐怕连想都不敢想。但尤西森不这样想，他想去试试，不试怎么知道不行？于是，他跑到北京的一家专卖店，以极其坦诚的态度，和店主说明情况，提出先赊一台机器的分外要求。店主不禁愕然，经商多年，他还是第一次遇到这种情况。尤西森耐心地和店主解释，并说自己没钱只是暂时的，只要机器开动起来，保证不出半年，一定付清货款。店主被他的坦诚和执着的精神感动了，爽快地答应破例先赊给他一台。

设备有了，但采矿毕竟需要技术和经验，尤西森就专程去县采矿场请来了厂长和技术员，到他的矿点做现场指导。指导的人认真，学习的人求知若渴。经过一段时间的学习，尤西森和工人们逐渐掌握了采矿的技术，而且渐渐熟练起来。周口店采矿点采下来的矿石，源源不断地送到县办水泥厂，供不应求。县水泥厂回款也快，不到三个月，就把买装载机的钱还上了。提早还上了赊账的款，商店老板自然高兴，尤西森也越发对未来信心十足。

而后，采矿业赶上了难得的历史机遇，进入蓬勃发展的时期。一年后，尤西森又接连开了两个石灰岩矿，还组建起自己的运输车队，做到采矿、运输一条龙。采矿业最红火时，尤西森的石灰岩矿开采的矿石，能供应房山 80% 的水泥厂，形成房山有史以来石灰石开采业最大的销售网络。

五

古人讲，月盈则亏，水满则溢。世上万物，由盛而衰、荣枯互易乃是常事。拿石灰石开采来说，据史料记载，房山石灰烧制始于辽宋时期，烧制石灰，自然要开采石灰石，历代相沿，已有近千年历史。水泥烧制始于 1939 年，

龙门生态园景观　　（张永顺　摄）

正值抗日战争时期，日本侵略者为了实现其狂妄的侵略扩张计划，把水泥作为主要战略物资，在琉璃河建起了北平郊区第一座水泥厂——琉璃河水泥厂。在琉璃河建厂，主要是为就近开采石灰岩储量丰富的周口店龙骨山一带的石灰石。为了矿石输运方便，日本侵略者还专门修筑了周口店到琉璃河的专用铁路线，用小火车直接运送。房山第一座县办集体水泥厂周口店水泥厂兴建于 1958 年。房山水泥烧制业勃兴在改革开放政策实行之后，从 20 世纪 80 年代起，到 90 年代，水泥厂和水泥构件厂相继涌现，成为房山支柱产业之一。

石灰以及水泥烧制业给地方带来了可观的经济效益，但一个不可忽视的事实是，石灰石开采以及由此形成的产业链，不仅对山体造成严重的破坏，而且会造成严重的环境污染。凡是有水泥厂的地方，基本见不到蓝天，天空总是雾蒙蒙的，空气中的粉尘令人窒息。因此，随着北京市城市建设的步伐加快，关闭污染企业，还首都一片纯净的蓝天，以及建设适合人类居住的生态宜居环境，把千百年因野蛮的掠夺性开采欠下大自然的债偿还给大自然，成了新世纪人类必须认真解决的问题。

正当尤西森的矿石开采最为红火、经济效益最好的时候，一个魔影已经在大地上徘徊，并且在悄悄向人们逼近。这个魔影的名字就叫“危机”，是哪个人都不愿意看见可又难以躲开的东西。古人讲：福兮祸所伏，祸兮福所倚。简短的几个字，显示出古人饱含哲理的生存智慧。或许尤西森已经感觉到了危机很快就会到来，或许他从报纸杂志或是新闻媒体透漏出的一条条信息中，感受到经济和社会发展的新变化和动向，使他不得不考虑未来发展的方向。对一个企业家来说，适时调整自己的思路，认准方向，及时转向，不仅关系到个人事业的沉浮与成败，也关系到企业的生存。

正是在这种情况下，尤西森毅然决定调整自己的创业方向。短短几年间，煤炭开采业、石灰开采业和普通石料开采业，相继下马，标志着以开发资源为主的粗放型经济时代的结束。一个旧时代的结束，必然是一个新时代的开始。一个改革家，不会为陈旧的已经逝去的事物哀叹或吟唱悲伤的挽歌，而是迎着风雨勇敢前行，即便眼前荆棘丛生，也要开辟出一条宽阔的道路。

尤西森不是没有纠结和踟蹰过，但那只是面对新的创业目标而短暂地止步，此刻停一停，以后会走得更快更远。他决定在家乡附近的山地丘陵投资，以龙门口水库为中心，建一座山青水碧的生态园，让将要倾颓的古迹重现辉煌，让以楼宇为标志的现代建筑拔地而起。尤西森把自己的想法和家里人说，和亲朋好友说，大家一致反对。这也难怪。投资龙门生态园，他自己又是登上山头细致考察，又是在头脑中反反复复掂量，直到规划方案在头脑中有了雏形。让他决心投资生态园的，还有他对故乡的一片赤子之心，这种对故乡的深挚情感，是任何金钱都买不到的。家人和亲朋好友呢，听到的只是他的创业规划和设想，根本不知道他在创业前的一段心路历程，所以难以接受也完全合乎情理。

一位朋友劝他："说是水库，但已经干枯好多年，再说，四周都是荒山和坟地，你想在这里搞开发，就等于把钱扔进无底洞。你坚持这么做，不就成了尤疯子了嘛！"

妻子反对，是因为妻子心疼他，知道他辛辛苦苦打拼多年，挣点钱不容易。再说，创业在外，不知经历了多少风雨、坎坷和磨难。虽说手里有了些钱，但倘若不知心疼，万一投资失败，再多的钱也会打了水漂。所以，不管尤西森怎么说，妻子就是不同意。何况，他在外干活儿，每挣得一笔钱，都要交到妻子手里，由妻子保管。妻子把钱攥得紧紧的，不乱花一分钱。勤俭持家是中国劳动妇女的传统美德，尤西森的妻子，就是这样一位勤劳、善良、懂得节俭的农家妇女。见妻子始终不同意，尤西森急了，斩钉截铁地说："我怎么挣的，我怎么花，保证不用你一分钱。"见尤西森态度如此坚决，妻子在无奈之中，只得表示同意。

六

此后，尤西森全力以赴，投入到龙门生态园的开发之中。他得到了政府和有关部门的支持，生态园征地逾千亩。千亩土地，当然不只是尤家坟一个村，而是涉及附近四个村。虽说都是荒坡秃岭，能用于耕种和栽植果树的地很少，闲置时没有一点经济效益，无人问津，可一旦开发，就会引来许多麻烦。

征地需要适当的经济补偿。该补偿的，尤西森都补偿了。但在开发过程中，遇到的问题还是一个接一个。先是一见到真的开发，个别村民心里不平衡了，觉得补偿金过少，因为眼看着被占用的土地在一点点升值，后悔当初不该那么便宜就把地给租出去。于是，个别妇女硬是横躺在推土机前不让推土机干活儿。推土机要是停下来，一天不知损失多少。好不容易把阻拦的人劝说走，推土机继续干活儿，别的麻烦又接踵而来。

最难的是天开塔的保护性翻建。天开塔创建于唐代，辽代重修，已有上千年的历史。塔为砖木结构，八角形，三层，空心楼阁式。1990 年，地宫内曾出土小石塔、舍利等物。特别是舍利，乃佛教圣物。千百年来，天开塔似乎是一种象征，就像无形中有熠熠的佛光普照一般，在附近百姓的心中，天开塔是神圣而神秘的，包括有关天开塔的传说，都有着迷人的光彩。

天开塔因年久失修，需要重新修缮。这样不仅能使国家文物得到很好的保护，也能为生态园增添一个有着千年历史的具有宗教文化特征的景点。修复天开塔，如果仅限于原有的塔体和狭小的塔院，将显得十分促狭。而且，如果周围其他建筑矗立起来，让古塔受到四周苍翠林木的遮蔽，以及被其他高大的建筑所挤压，古塔将灵光顿失，神圣不再。所以，最好的办法是在修复古塔的同时，拓展塔院的范围，将塔院围墙一并建设，重塑宝塔的尊严。

天开塔翻建的第一个难题，便是如何迁走遍布古塔四周的一座座坟头。古塔附近村庄毗连，一代代下来，留下了不少坟茔。粗略一数，需要迁走的坟头有上千个。受传统文化的影响，人们对祖坟十分看重，因为那是祖

舍利宝塔　　　　（张永顺　摄）

先长眠的地方。要把这么多的坟茔迁走，阻力自然小不了。于是，尤西森不断给大家做耐心细致的工作，商量补偿办法……有拒绝将祖茔迁移的，有借故吵闹想多弄几个钱的，有看热闹说三道四的。最后，连前去做工作的员工都烦了，不愿再去做说服工作。一些人好说歹说都不愿意将祖坟迁移，尤西森完全理解。他知道事情不能急，只能做耐心细致的工作。于是，他想方设法都说服动员，细心听取对方的意见，看对方有什么要求，甚至连相关的礼仪都想到了。最终，他的诚意终于有了结果，问题顺利解决。

翻建天开塔以及其他古建筑，需要用不少木材。但木材较缺，且价格较高。为此，尤西森决定用水泥构件。但水泥构件上的彩绘容易脱色，过不了几年就要重新修缮。这一问题难不倒人。尤西森用彩色涂料多次试验，最终找到了涂料长久保持鲜艳色泽的方法，这在建筑行业也是一项从未有过的创举。

七

尤西森为生态园建设投入了大量资金，仅清理龙门口水库就投入了8000多万元。多年的淤积，使水库成了浅浅的坑塘，说不清淤积了多少万立方米淤泥。此地为什么叫龙门口？据说当年乾隆皇帝下江南时从此路过，见道路两旁由山顶向山脚倾斜着两条长长的山脊，宛然是两条腾跃的苍龙。苍龙腾跃，自然是要过龙门。龙门口的名字，就是这样来的。龙门口水库连带着四个村，东靠龙门口村和岳各庄村，西面挨着皇后台，北邻天开村。水库三面环山，山虽不高，却都是荒山秃岭。山上岩石裸露，植被稀疏。自水库建成以来，仅发挥了拦洪作用，蓄水很少。生态园建设的前几年，有人曾投资，想搞水利项目，结果半途而废，没有任何经济效益，却留下了不少建筑废弃物。北面山头上，有两个废弃的水池，早已残破不堪。没有上山的路，除了荒坡还是荒坡。

见到水库一片残破景象，好心的朋友劝尤西森：“你要建生态园，得投入老多钱不说，就是真建成了，光收回成本，就得到驴年马月。这件事真是既不上算，又划不来。就凭你这个建筑工程师的名气，不如进城搞建筑来钱快。”

也有朋友说：“你在荒山坡上施工有什么用？这水库不存水，就算有水，对你又有什么用？也不能当钱花。最终是投入多少钱也收不回来的，只能是白扔！”

但尤西森自有他的打算，只要是他认定了的事，他就会义无反顾地干下去。就这样，在一片质疑声中，两台挖掘机开进了干涸的水库，清淤，拓宽水面。如此大的工程，当然有区农林和水利部门的关心和支持，有关领导也不止一次来水库视察指导。龙门口水库清淤工程从2004年阳春三月开始动工，工程严格按照计划进行。清除厚厚的深达几十米的淤泥，以探到库底。两台挖掘机显得慢，后来又临时增加了挖掘机械。五六台挖掘机没白日没黑夜地干。挖出的淤泥，由十几台翻斗车装车运走，来来往往，显得十分繁忙。尤西森自己则每日吃住在工地，家里的事全然不管不顾，即便是妻子感冒发烧，也顾不得回家去看看。最紧张的是在清淤的最后一段时光。眼看没多久就到雨季，如果在雨季到来之前没有见到库底，赶上暴雨，汹涌的洪水下来，夹带的泥沙和碎石涌进水库，会再次将水库填塞，辛辛苦苦的挖掘工作就等于白干。工程最紧张的这段时间，也是尤西森最为焦急和忧虑的时刻。不是他不想回家看看，是水库工程就像一根绳子，把他紧紧拴住了。在工地干活儿的人，眼见着尤西森眼睛熬红了，人累瘦了，甚至连吃喝都不安稳，总是马马虎虎吃点喝点，转身一头又扎入工地。

有人劝他：“不行就打把麻将解解乏吧！”没想到他勃然大怒，把劝说他的人骂了一顿。直到这时人们才想起，他是从来不打麻将的。从小到大，他从来不打麻将，不但不打，他打心底讨厌这东西。不打麻将，不赌博，不喝酒，这些在有些人看来是习以为常的东西，他一样也不沾。为此，有人说他不像个大老板。尤西森听了，只是轻轻一笑。他对人说，他就是个农民，现在有点钱了，只想为家乡办点实事。

工程抓得紧，抢得了时间，赶在6月底完了工，正是雨季之前。粗粗一算，整个水库工程清除淤泥20多万立方米，深挖水库6米，水平面近400亩，可蓄水60多万立方米。2004年7月28日，阴云密布，暴雨突降。大雨滂沱，山洪怒吼，也考验了新修建的龙门口水库。水库堤坝丝毫未损，库里则蓄满了水。看着满库的粼粼碧水，尤西森笑了，一起干活儿的工人们也笑了。水库有了水，也就有了灵气，有了生机。这样一来，就连附近村里的乡亲们，不少都赶来，像欣赏多年未见的佳景一样，站在水库边啧啧称赞。

八

按照建设规划，尤西森带领工人在水库四周的荒山修了20里盘山路。盘山路宛若一道盘绕在山腰间的宽阔的带子，把附近的坡坡岗岗连接了起来。盘山路两旁都栽上了松树。松树四季常青，即便是寒冷的冬季，道路两侧都显得郁郁葱葱。为美化山乡，保护水源，环绕水库的北面、东面和南面的山坡，以及水库四周，或栽植风景林木松柏树、柳树、槐树、梧桐和椿树等，或栽植上桃树、杏树、枣树、柿子树、核桃树等。总计栽树20多万株，栽植风景花木10多万株。

龙门生态园处处显示出生态效应。生态园建起来了，就会有人入住，就会有人到附近的旅游景区观光游览。尤西森早有安排。龙门生态园就处于几个著名景区的中间位置，以龙门生态园为中心，背倚上方山国家森林公园。上方山以著名的“九洞十二峰”著称，其中云水洞洞庭高大，有亚洲最高的石柱。生态园东面不足10里，就是世界闻名的周口店遗址。生态园西面不远，就是藏有世界上唯一一部完整的石刻大藏经的千年古寺云居寺。生态园附近，还有我国战国时期唯一可确定的一个都城遗址——琉璃河燕都遗址。沿着生态园山边的公路，可以去房山十渡和涞水野三坡等景区。总之，以龙门生态园为中心，可以辐射周围的十来个景区，是旅游者理想的驻足和休憩之地。尤西森之所以要建设龙门生态园，从创业之初就有这方面的考虑，这也是他见识过人之处。或许，龙门生态园建成之后，多数人才打心底里佩服他的远见卓识。

开发旅游，除了观光之外，更重要的是如何能为游客提供天然的清洁无污染的食物，而且端上桌的，应是有着地方特色风味的美食。在这方面，尤西森也早有考虑。水库修建完工，环山公路修成了。与此同时，山坡上的梯田也开始砌筑。生在山区半山区的人，自小就和梯田打交道，修梯田和在梯田里种庄稼，都是轻车熟路。梯田修好了，就在田里种上适宜半山区生长的瓜菜，像黄瓜、豆角、茄子、倭瓜之类。游客住下来，端上桌的是半山坡梯田里生长的瓜菜，吃着这种美食，真比在大城市里吃什么美味佳肴都要惬意。

绿水青山就是金山银山。龙门生态园的生态建设，不仅限于生态园本身，就连附近的荒山都纳入了尤西森的视野。为绿化美化水库四周的荒山，尤西森连续几年筹集资金，使附近六七百亩荒山变绿。

以龙门生态园的旅游发展为龙头，附近村民也慢慢搞起了旅游。说到底，是龙门生态园的建设，使当地百姓开阔了眼界，提高了认识，增强了对未来发展的信心。于是，一个个多年只知道低头在土里刨食的农民，转变观念，积极投身到旅游业中。于是，一个个干净整洁的农家小院建起来了，丰盛可口的、有着地方风味特色的美食出现了。民俗旅游业，在生态园的带动下，渐渐成了地方经济发展的朝阳产业。

九

2005 年 3 月的一天，镇政府领导找到尤西森，对他提出殷切的希望，要求他回到村里担任党支部书记。镇领导对他说：“在尤家坟进行的‘两推一选’工作中，绝大多数党员推选你为支部书记。你知道，只有选好一个村书记，才能建设一个好的、强有力的领导班子，才能带好一支队伍，从而带领一个村子致富。”

尤西森深感镇领导对自己的厚望和器重，感受到家乡群众对他的热切期盼，同时感到肩上有一份沉甸甸的责任。在经营企业期间，他就光荣地加入了中国共产党。加入党组织让他感到无上光荣，又感到责任重大。在外无论是搞工程还是经商做旅游，他始终没有忘记家乡的父老。由于各种原因，到 21 世纪之初，即国家实行改革开放政策近三十年时，尤家坟村仍是一个经济落后、村民收入低微的村庄。经济落后，看不到发展的前景，群众自然怨声载道。随之而来的是党群干群关系相对紧张，社会治安相应混乱。每一个贫困村庄难免会出现的问题，在尤家坟也同样频频出现。治安混乱，该解决的问题得不到解决，上访告状的就多。状告到区里，甚至告到了市里，问题一拖再拖。前一任村支部书记，被群众告了整整 10 年，弄得人心涣散，干群之间相互指责和埋怨。年深日久，尤家坟村成了远近闻名的落后村，一个难以收拾的烂摊子，哪个人也不愿意接。

从镇里回来，尤西森把镇领导的意见和自己的想法跟妻子说了。妻子知道他已下定决心，知道他不会辜负镇领导和村里群众的殷切期望，但还是力劝他，要他不要蹚尤家坟这洼浑水。

妻子心疼地说：“俗话说岁数不饶人。你身体又不太好，千万别逞强。再说赶上这么个烂摊子，谁上来也不好干。咱可不能蹚那个浑水呀！”

一起创业多年的朋友也力劝尤西森：“你企业这一大摊子都应付不过来，还想着村里干什么？谁不知道农村的事最难办，你别去费力不讨好了。”

一方面是镇领导和乡亲们的热切希望，一方面是家人和朋友的好言相劝。干还是不干？尤西森一时还真的有些犹豫了。权衡再三，尤西森还是决定回村去担任党支部书记。道理很简单，自己是个共产党员，共产党员就得有共产党员的责任和担当。一个共产党员，不能忘记初心，忘记自己为之奋斗的理想和目标。

就这样，尤西森当上了尤家坟村新一任党支部书记。

尤家坟穷，穷得集体账户上没有一分钱。凡是穷村，村民都会是一盘散沙。人心散，干任何事情都难以形成合力。一个没有凝聚力的领导班子，怎能带领群众走上致富之路？俗话说，人心齐，泰山移。尤家坟村要想发展，必须要把大伙儿的心凝聚在一起。农村人最看实际，只有切切实实让他们看到变化，看到希望，大伙儿才会一心一意跟着支部一班人走。

回村上任的第一天，尤西森就召开全体党员会。会上，尤西森直截了当，让大伙儿敞开心扉，剖析一下村里存在的主要问题。一个贫困落后的村子，存在的问题当然会很多，甚至是扯不断理还乱。最后，大伙儿把意见集中在最需要解决的两个问题上——修路和解决部分村民饮水困难的问题。问题理清了，明晰了，尤西森决定立即着手解决。

村里的路仍是多年前留下来的土路，弯曲、狭窄又坎坷不平，遇到雨天还会布满泥泞。饮水问题就更突出。村里有两个自然片因居住地较高，人畜饮水十分困难，主要是自来水压力不够，水顶不上去。说到具体原因，都有些可笑。本来安装自来水设备时，考虑到了全村的人畜饮水。可日子一长，各人自扫门前雪，住在低处的人家直接用自来水浇地，这就成为住在高处的人家饮用水困难的原因之一。有的人家饮用水都困难，可有的人家却用自来水浇地，时间一长，难免会出现矛盾，造成村民之间的隔阂，也成为村里难以排解的症结之一。

这两个问题，尤西森当机立断，决定自己出钱解决，而且解决得干净利落。村里路况不好，就用水泥来硬化路面。自来水问题，经村里研究，做出明确规定。尤西森掏钱给村里每户安装上水表，并规定每户每月用水量为 5 吨，超出部分要交水费。这样一来，问题解决了，还减少了自来水的浪费。

两个直接关乎基本民生的问题得到解决，使村民看到了希望，也使支部的威信陡然提升。而后，尤西森紧锣密鼓，为村里办的好事一件连一件。先是出资为村里修缮了学校，街头安上了路灯。新型农村合作医疗是改革开放政策实行后，普惠民生的最重要的改革之一。是农民就医的根本保障。尤家坟村由于村集体没有一分钱，就连最基本的应该由集体筹集的费用都难以筹集，村中的合作医疗几乎处于半瘫痪状态。为了让全体村民能够享受新型农村合作医疗这一重要社会保障，尤西森投资，使尤家坟村新农合得以正常运转。

为了加强村里的精神文明建设，尤西森还为村里建了广播站、宣传栏。为美化环境，提升村民生活品位，尤西森还出资建了两个街心花园，使村容村貌焕然一新。

对于这样的村支部书记，村民们自然赞许有加。村民们说："尤西森当书记一年多，不光不挣村里一分工资，还给村里垫了 80 多万。他为村里的事情操心，连自己的生意都受了影响。"

作为村党支部书记，尤西森为尤家坟村的发展，倾注了全部心血。他深知，建设新农村，没有大多数农民的参与，只能是纸上谈兵。而要农民积极参与，必须要调动绝大多数农民的积极性。从发展的角度讲，没有一个人和家庭不想发家致富。但农民又是非常务实的，不看到实际利益，他们不会把资金和精力白白投入。从这点来讲，农民又有因循守旧、不愿担一丝风险的特点。而发展经济，哪有不担风险的？这就是客观存在的难以回避的矛盾。支部的作用，就在于在致富路上科学决策，认真规划，并脚踏实地组织实施。支部书记呢，则要责无旁贷地担当

龙门生态园庙会　　（张永顺　摄）

起领头雁的角色。

尤西森在自家地里建起了40多个蔬菜大棚，建这么多蔬菜大棚，目的是给村里人做个示范，让村民看到实实在在的经济利益，起到直接的带动作用。致富要有门路，有办法，要想方设法获取信息，要寻找合适的项目。所有这些，对于习惯在承包地里扑腾的农民来说，每一项都要重新学习。尤西森就是凭着在外面闯荡的经验，用自己的行动和示范作用，带动村民一步步在奔向小康的路上前进。

一个村子什么问题最大？民生的问题最大。特别是那些生活困难的群众，亟待有人雪中送炭。对待困难群众，尤西森总是解囊相助，为他们排忧解难。哪家的老人生病住院，他都会从家里拿出几千元相帮；有的孩子上学没钱交学费，他就让妻子把钱送去，让孩子高高兴兴上学；逢年过节，他会为村里的每位老人送去米面……这样的事情不胜枚举。

在尤西森的带领下，尤家坟村发生了本质性的变化，而且年年在变，月月在变，村庄越来越好，村民福利也在逐步增加。

仅以2016年为例，为减轻小学生乘车负担，村支部为户籍在尤家坟的小学生上学期间乘车每人每天补助4.5元，全年总计补助6.1万元。村民确权分利每人120元，全年分红21.9万元。对于60岁以上的老人给予生活补助：60~80岁每人每月70元；80~90岁每人每月100元；90岁以上每人每月200元。全年总计补助21.9万元。村里给予新型农村合作医疗二次补助，按规定报销比例1万元以上，村里再报销20%，全年合计报销补助16.9万元。给考学升学的学生分别给予奖励性补助：高中毕业，首批本科录取的补助2000元，二批本科录取的补助1500元，三批本科录取的补助1000元；大学专科学校录取的补助800元；学龄前儿童补助，每名儿童每年补助300元，全年补助1.89万元。尤其令人感动的是尤西森对教育和文化的重视，为此，尤西森专门成立了教育基金会，近十年间，总计资助大学生326人，资助金额总计526万元。

2016 年，尤家坟村同样发生了不小的变化：新修田间路 1200 多米，花费 14.5 万元；新建垃圾池 11 个，花费 4.4 万元；环境整治，投资 24.3 万元。

2017 年，尤家坟村又按照新的建设规划分步实施。面向未来，尤西森正和支部一班人谋划着更加宏伟的蓝图，带动全体村民，描绘尤家坟村未来美好的远景。

十

2018 年 4 月的某日，作者和一位摄影家一起走进了龙门生态园。以环境为亮点，以生态为旗帜，集观光旅游、饮食、住宿和文化娱乐为一体的面积达数千亩的一座园林，该是个什么样子？首先进入眼帘的，是矗立在山坡上的一座座有着现代建筑风格的楼宇。园里设施齐全，有为游客提供吃住的旅馆和餐厅，有游戏的场所，有图书室和展览室，有老年公寓，甚至还有培训学校、文化活动场所。谁能想到，十年前，这里还是一片草木丛杂的荒坡，如今却发生了天翻地覆的变化。特别是韩村河镇老年公寓，是尤西森个人投资 3000 万元，2010 年开工，2017 年竣工的，公寓内设置 560 个床位，已有老年人在此入住。

作者手头的资料说明了一切。2003 年，尤西森创建龙门生态园时，企业总产值只有 7600 万元。2014 年，企业总产值剧增到 1.76 亿元。是年，上缴利税 800 多万元。在谋求自身发展的同时，生态园带动周边村民共同致富，解决了当地 800 个农民的就业问题。

十年间，尤西森投资 2.6 亿元，对韩村河镇 1600 多亩荒山进行开发，栽植了松、柏、椿、槐以及桃、杏、枣、核桃等树木二十多万棵，林木覆盖率达 80% 以上，使龙门生态园成了典型的以草木植被等自然生态为主的具有现代特征的乡村园林。

由于对历史文化及文物古迹的钟情，作者更愿意看看修建一新的天开塔，也想看看重获新生的龙门口水库。大约20年前，作者曾经过水库一旁的土路，看到水库毫无生机的样子，未免有几分感叹。那么，清淤扩建后的水库是什么样子？是否是绿柳依依，碧波粼粼？

在尤西森的带领下，作者首先拜谒了著名古塔天开塔。塔院地面平整洁净，青灰色的院墙古色古香，一侧的电子显示屏上，正持续不断地介绍着古塔的建筑特征以及相关历史和传说。资料上说，为修复天开塔和原址庙宇，投资8000万元。站在古塔面前，仿佛有阵阵悠悠古风拂面而来。仔细看看，古建筑的斗拱、梁柱和巨檩、檐椽，构件精致，彩绘艳丽，如果不是有人介绍，根本看不出是混凝土结构。须知，古建筑最难得是木质材料的使用。此次修建，为了节省木料，也为了节约成本，改用了混凝土构件。但彩绘涂料用在混凝土构件上，过不了多久就会脱色，甚至漆皮都会剥蚀，显得破败不堪。为了解决这一问题，尤西森组织专家进行了几十次试验，终于研制成功了混凝土构件彩绘涂料。新型彩绘涂料的研制成功，解决了古建筑用材的一大难题。

天开寺不远，就是天开水库。虽然是枯水季节，但水库里蓄满了水。贴着水库一侧的山岩，是一条木板铺出的只有一两米宽的人行道，就像古代的栈道一样，走在上面，会不时发出“咯吱咯吱”的声响。水库南侧的一面，隐约可见到一株株婆娑的绿柳。尤西森说，现在柳树少点儿，往后还要多栽一些，可见未来发展蓝图早在他的心中。

昔日干涸的水库而今蓄满了水。青山披绿，碧水涟涟。于是，天鹅来了，野鸭子来了……就连不喜水的喜鹊和黄鹂、山雀，都来到水库边上的山林里做窝。

令人惊奇的是，汽车行驶到水库堤坝外，竟发现有三四只水鸟在堤上悠闲地踱步。水鸟颈长腿长，羽毛褐色，像是鹳鸟。几只水鸟全然不顾路过的车辆和行人。为什么？因为眼前这一片澄碧的水域是它们的天堂，人类只不过是多余的看客而已！

厉莉：爱心法官

孟祥忠

人民法官，以捍卫法律，保护人民生命、财产安全，维护社会稳定安宁作为神圣使命，严肃执法，公正执法，缜密执法。始终把人民的利益放在最高位置，始终把对人民的爱放在心里，这就是人民法官执法的出发点和落脚点。

房山区人民法院民事审判第二庭庭长厉莉同志就是这样一位人民法官，这样一位爱心法官。

为人民缜密执法

严肃执法是态度，公正执法是尺度，缜密执法是高度。

法律是最具权威的社会规范。一个高度民主的社会，一定是一个法治社会。每一个公民都遵法、守法，人人都按着法律这一权威规范行事，社会就一定会安定、和谐。所以，每一个法官都必须严肃执法，不能有一丝一毫的懈怠。严肃执法是每一个法官应有的执法态度。公正执法，就是以事实为依据，以法律为准绳来判案，衡量的尺度准确才能给双方当事人一个公平、公正的判决，所以说公正执法是尺度。缜密执法，就是细致入微地对所涉及法律的这一行业进行全面、细致的审视，从这一行业的社会地位与社会作用出发，对行业行为作出具有指导意义的判决，让法律对行业行为起引领作用，将案件审判提高到社会引领的高度。

厉莉获奖照

人民，是由一个个鲜活的生命个体组成的，脱离了一个个具体的、鲜活的个人来谈人民，人民只是一个空洞的概念。为人民服务就是要从为一个个具体的人服务做起，离开了为具体的人服务谈为人民服务就是空谈。人民法官谈执法为民，也是要由对一件件具体案件的审判来完成的，也是由在每一起案件中给当事人一个公正的答复来完成的，脱离了具体案件的审判来谈执法为民也是空谈。

厉莉同志担任法官以来，审结各类民事案件1300余起，在众多而复杂的案件审判中，无一起超越审限，无一起发回重审，无一起驳回改判，无一起涉诉信访，彰显了她执法的严谨，彰显了她爱民的情怀。

一

被告的代理律师胸有成竹地坐在被告席上，似乎真理就掌握在他的手中，打胜这场官司是必然的，没有丝毫的悬念。

原告却是惴惴不安地坐在原告席上，他似乎感到赢得这场官司的希望是那么渺茫。他把希望寄托在法官身上，希望法官能做出一个石破天惊的判决。虽然审判此案的法官现在还没有出庭，但他还是用一双求助的眼睛盯着法官那威严的座椅上方端端正正悬挂着的国徽。

这是原告没有胜算把握，但又不能不打的一场官司。

那天，他驾驶着自己的汽车正行驶在京良路上，当行驶到西小路口时，一时思想溜号，不小心与一辆大货车撞在了一起。所幸自己与大货车司机紧急处理得当，没有造成人员伤亡的严重后果，但还是造成了车辆的巨大损伤。这起事故经交通管理部门现场勘察，认定双方责任同等。因为这次两车相撞，导致他紧急处理费花了 4000 元，车辆修理费花了 57,530 元。

所幸自己的车辆在某保险公司投保了车辆损失险、第三者责任险及不计免赔险，这次事故就发生在保险期内，自己的损失理应得到全部赔偿。可是，事故发生后，自己向保险公司报了案，保险公司也派人进行了现场勘查，但保险公司却拒绝理赔全部损失，原因是自己与保险公司的保险合同中，有“按责赔付，无责不赔”的条款。保险公司的律师像教育小学生一样，对着他掰着手指头一字一字地给他解释合同条款。最后保险公司的律师告诫他说：“《中华人民共和国保险法》（以下简称《保险法》）明确规定，投保人与保险人是以双方签订的保险合同为依据来进行理赔的，合同怎么写就怎么执行，这就是‘法’，咱们都得依法办事，是吧？”

听了律师的这一番话，原告的脑袋“嗡”一下就大了，原以为自己的车辆上了保险就不会再承担什么风险了，可怎么还要承担这些风险呢？那怪怪的八个字“按责赔付，无责不赔”是怎么出现在保险合同里的呢？自己在与保险公司签订合同时，并没注意到有这八个字呀！

就在原告思前想后、忐忑不安的时候，厉莉法官身穿法袍，庄严地走上法庭，并坐在法椅上。

原告一看，只有一名如此年轻的女法官审理案件，他的希望一下就破灭了。人家保险公司的律师手握合同，要求依法理赔，她哪儿能拧得过人家律师呢？她哪儿能拧着“法”裁判自己胜诉呢！原告只好硬着头皮坐下来，按照法律程序的要求，把这场明知打不赢的官司继续打下去了。

庭审开始了。

按照法律程序，民事诉讼先由原告陈述诉讼的诉求。虽然原告对打赢这场官司抱的希望不大，或者说已经不再抱有希望了，但他还是把事情一五一十地倾诉了出来。“我的车参加保险了，我的车出险了，施救费花了 4000 元，修车费花了 57,530 元，我希望保险公司为我理赔，赔偿我因车出险而造成的一切损失。”

原告说完诉求后是被告答辩。被告律师首先堂而皇之地辩称，我们保险公司完全按照保险双方当事人签订的保险合同理赔。被告律师先算了那笔施救费的细账，他一笔一笔地计算了撞车现场施救的各个环节所用的费用，认为合理施救费应该是 3000 元。原告在车辆施救过程中多花的那 1000 元不合理，保险公司不予赔偿。按照交通管理部门的认定，肇事双方同等责任，57,530 元的修车费，保险公司只能赔偿 50%，因为保险合同中约定“按责赔付，无责不赔”，所以，对于另外一半的资金，保险公司不同意赔偿。

原告、被告都诉说完了，法庭上有争议的是两笔资金。其一是施救费，一方说是 4000 元，一方说是 3000 元；其二是修车费，一方要求赔偿 57,530 元，一方答应赔偿 50%，也就是只赔一半。

厉莉法官就这两笔资金询问原告与被告。

她先问施救费的问题。问原告对被告提出的 3000 元有无异议？原告听过了被告律师在答辩时算的细账，他觉着人家律师对施救费的计算合情合理，再说费用差额也不大，只有 1000 元。原告回答说他同意被告律师对施救费的计算，同意施救费为 3000 元。

第二个问题该问修车费了。原告都不知道就这个问题该如何回答法官的问话，如果说同意被告律师的答辩，自己的修车费可就损失了一半，那可是两万多元的损失呀！说不同意被告律师的答辩，可保险合同上又写着“按责赔付，无责不赔”。他想起了人们唠闲嗑时说的那句话：最不保险的事就是保险。他目光呆滞地看着厉莉法官，等待着厉莉法官接下来的提问。

谁知道厉莉法官在修车费的问题上，却没有先问原告，而是直接问了被告。她问被告律师，对57，530元修车费的赔偿问题还有没有商量的余地？

厉莉法官的这一问，把原告和被告律师都问了个目瞪口呆。

原告听了厉莉法官对被告律师的提问，不自觉地慨叹了一声，心里想：保险公司律师在被告答辩中，已经清清楚楚地说明白了，按照保险合同，保险公司就赔付一半，现在你问人家有没有商量的余地，想为我多争取点儿赔付资金，法官的好心我领了，可人家律师能干吗？谁愿意平白无故地往外多拿钱呀！

被告律师想：你身为法官该不会不懂法吧？《保险法》明文规定，保险双方当事人依照双方约定的合同进行赔付。合同中有“按责赔付，无责不赔”的明确条款，我是按照交通管理部门的裁定，再对照保险合同做出的赔付标准呀，我是依法赔付呀！您作为法官，还想和我商量什么呀？根本就没有商量的余地呀！虽然这样想，但他却想不出自己该怎么回答厉莉法官的提问。

就在保险公司律师迟疑不决的时候，厉莉法官又对保险公司的律师提出了一个似乎与本案无关的话题：“你是保险公司的法律顾问，你总该知道保险行业的立业之基是什么吧？”

“法庭上，我只回答与本案相关的话题，与本案无关的话题，本律师一概不予回答。”保险公司的律师似乎有些不耐烦了，虽然他说话的口气平缓，表现得也是那样温文尔雅，但话的意思却明确地显示出他对厉莉法官提出的这个问题的不满。

“我提出的这个问题，不但与本案相关，而且是密切相关，因为它为我裁判本案提供了一个应该认真思考的法律依据。”厉莉法官没有因为保险公司律师不予回答而生气，她平静而缓慢地说，“保险业的立业之基是‘保障功能’，它最能体现保险业的特色和核心竞争力，具体表现在财产保险的补偿功能和人身保险的给付功能上。在这次交通事故中，如果你的参保人为零责任，按照‘按责赔付，无责不赔’的条款，你们保险公司就一分钱也不赔付了吗？”

保险公司律师的嘴张了几张，却什么话也没有说出来。这一回他是没话可说，不是不予回答。

面对这个具体案件，厉莉法官想的是怎样化解人民生活中的风险这一根本问题。因为在现实生活中，可以说风险无处不在。人们参加保险，就是为了在自己的人身和财产出现风险时，得到损失财产的补偿和医疗支出的给付，平安渡过因意外事故造成的难关。参保人只要出现了风险，保险公司都应该给予赔付。从某种角度说，这该是保险公司担负的某些社会管理职能，即在某种程度上化解被保险人的生活风险，为社会风险起到“减震器”的作用。看着没有说话的保险公司的律师，厉莉法官又接着说：“保险公司应该把社会责任放在重要的位置上，以增加社会对你们的信任度，这对保险业的健康有序发展是大有好处的。”

“保险业怎么发展是我当事人的事，我只管打官司。”保险公司的律师嘟囔着说。

厉莉法官听保险公司的律师这样说，马上就把话题归到了本案上来，她说：“那好，咱们就对本案进行裁判吧。你们保险公司合同上打印的‘按责赔付，无责不赔’，说得好听点儿算是格式条款，说得不好听就是霸王条款，它排除了被保险人应依法享有的权利，应当认定为无效条款。故保险公司的辩解，缺乏法律依据，本院不予采信。原告的诉讼请求有充分的事实和法律依据，本院予以支持。据此，依照《中华人民共和国保险法》第十九条的规定，判决如下——”

厉莉法官判决保险公司赔付原告交通事故施救费 3000 元，损坏车辆修理费 57,530 元，合计 60,530 元。驳回原告其他诉讼请求。

这个案件面对的虽然只是一位参保人，但他的后面却是一个巨大的参保群体，为这一位参保人争取应得的利益，就是为全社会中巨大的参保群体争得应得利益。如果不是厉莉法官心里想着人民，她怎么能在人们习以为常的保险条款中，寻找出其不合理的条款，并依法判决呢？

厉莉法官对这次交通事故保险合同纠纷案件做出的判决书，引起了中国保险行业协会的高度重视。因为这份判决书分析清楚，说理透彻，逻辑严谨，判断明确，体现了对社会价值的正确引导。一年之后，中国保险行业协会修改了机动车辆商业保险示范条款，其中“按责赔付，无责不赔”的条款被取消。司法裁判对保险业依法经营、诚信经营的行业风气发挥了正向引导作用。

厉莉法官独立审理的这一案件，入选了《北京市法院首批参阅案例》和《中国法院年度案例》。她对这个案件的裁判文书，在“北京市法院裁判文书百佳奖”的评选活动中获奖。

二

这是一场原告不是原告、被告不是被告的官司，是一件事情简单但关系复杂的官司。

说原告不是原告，是因为这场官司的原告是一家保险公司，由这家保险公司的总经理作为原告负责人，聘请了一名律师作为委托代理人。而真正的原告应该是这家保险公司的被保险人，即车辆受损人，这家保险公司是代位求偿。

说被告不是被告，是因为被告是一家公路发展集团公司，由这家公司的董事长作为被告法定代表人，也聘请了一名律师作为委托代理人。但真正的被告应该是直接致害人，即道路遗撒路障人。公路发展集团作为被告，应该是代人受过。

厉莉法官作为审判长，她与一名审判员和一名人民陪审员组成了合议庭，对本案进行审判。

庭审按照法律程序进行着……

原告保险公司诉称："被保险人王某驾驶投保车辆行驶到京港澳高速19公里处，撞到了遗撒在路面上的泡沫砖，造成了车辆托底受损，幸好没有发生人员伤亡。北京市公安局交通管理局房山交通支队良乡大队现场查验处理并出具了交通事故认定书。该车辆在我保险公司投保了车辆损失险。事故发生后，我公司按照与王某签订的保险合同，向王某支付了汽车修理费人民币16,300元，同时依法获得代位求偿权的权利。原告认为，发生事故的高速公路路段，由公路发展集团公司负责管理维护，作为高速公路的管理者，其未能尽到其应承担的安全保障义务，未能及时发现路面上的泡沫砖导致本次事故，应承担相应的责任。故诉至法院，请求判令被告承担机动车损害损失，共计16,300元。"

被告公路发展集团辩称："一、根据《中华人民共和国侵权责任法》（以下简称《侵权责任法》）和《公路安全保护条例》的规定，在本案中，直接责任人应该是车辆驾驶人，原告的保险代位求偿诉讼应针对直接责任人提起。原告因难以找寻直接肇事者，将责任强加于我公司，该行为有失妥当，也不符合保险原理，公路发展集团公司不能成为保险公司的保险公司。二、《公路养护技术规范》中，对'及时清除杂物'解释为'及时'，不等于'随时'。本案中，我公司已按照相关规定定时巡回检查，巡回检查时并未发现路面有遗撒物，我公司已经履行了应尽义务。原告提供的证据材料中，无一能证明我公司未及时清理遗撒物而导致该事故的发生。原告无条件地将'随时'清理路面遗撒物这种明显不可能完成的义务强加于高速公路管理者是不公平的。三、我公司严格遵守公路管理相关法律法规，并按《公路养护技术规范》《北京市收费公路运营监督管理办法》的具体要求，对高速公路进行定时养护巡查。事发当天，我公司对该路段全天进行五次路产巡查，巡查时并未发现泡沫砖，也未接到事故报案。四、我公司没有看到该司机进入高速公路的票证，无法证明事故发生在此段公路上。五、即使承担责任，我公司承担的应该是补充责任，而非连带责任。故应驳回原告的诉讼请求。”

接下来是举证、质证环节。

原告提交了四组证据：第一组证据是商业保险单，证明王某与原告有保险合同关系，投保车辆为涉案车辆；第二组证据分别为道路交通事故认定书、被保险人身份证复印件、被保险人驾驶证复印件，证明驾驶人是在合法驾驶过程中，由于被告没有及时清理路障致使事故发生这一事实；第三组证据分别为机动车辆估损单、修车费发票和施救费发票；第四组证据分别为机动车保险索赔申请书、支付凭证、保险权益转让书。

厉莉在案件审理工作中

被告质证如下：对第一组证据的真实性、合法性、关联性均认可。对第二组证据的真实性、合法性、关联性均认可。但对原告说由于没有及时清理路障的证明目的不认可。对第三组证据的真实性不清楚，对损失数额亦不申请鉴定。对第四组证据的真实性、合法性认可，关联性不认可。保险索赔申请书上记载碰撞到了大石墩，前面陈述的是碰撞到了泡沫砖，所以对保险索赔申请书上记载的相关内容与交通事故认定书中发生的事故是否为同一起事故不认可。对原告提交的保险权益转让书，我方认为原告有权向直接致害人主张赔偿，无权向我方主张赔偿，因为我方不存在过错。而王某转让的金额为 14,900 元，拖车费并未提到，因此不认可原告主张的由于此次事故可以代位求偿的金额。

被告向本院提交了三页“京港澳高速路产巡视记录”，证明当日对当时路段进行了五次巡视，巡视过程中对于发现的路障，已经及时清理，但并未发现涉案路障。公路发展集团充分尽到了巡视、及时清理路障的义务，不存在过错。

原告质证意见：对被告提交的证据的真实性不认可，因为该记录系被告自己的记录文件，手写也没有加盖公章。

接下来该是法官判案了，怎么判?

依法判案是唯一的选择，但法官对涉案事件的认知、理解，也在无形中左右着对案件的最终裁判。在厉莉法官的思想里，面对此案有两个“确定”和两个“不确定”，对此，她反复地思索着，考量着。

第一个“确定”“不确定”是厉莉法官对高速公路事故的一个思考。高速公路上川流不息的车流，不能确定什么人在什么时间抛撒遗撒物，不能确定什么人在什么时间节点撞上、造成什么样的损伤事故。这就是说，在高速公路上，遗撒物的遗撒时间不确定，致害人不确定，因遗撒物路障给人造成的伤害不确定，受害人不确定，遭受的伤残不确定。但出现遗撒物是确定的，可能让人撞上也是确定的，遗撒物给不特定公众造成的伤害是确定的。为了保障人民的出行安全，为了保障高速公路上行驶车辆的安全，应该给高速公路经营管理者一个提醒。

第二个“确定”“不确定”是对此类案件审判结果的思考。类似这样的案例并不少见，因为公路发展集团确实不是直接致害人，公路发展集团拿着他们的巡视记录，证明他们已经按照有关法律、法规的规定进行巡视了，已经尽到了法律规定的义务了，因而在大多数此类案件中不被判罚赔偿。如果厉莉法官按照常规裁判，也不会有发回改判的风险，这是确定的。如果厉莉法官判公路发展集团承担一定数额的赔偿，能不能得到公路发展集团的理解，能不能得到上级法院的认可却是不确定的。

最后，厉莉法官选择为了保障不特定公众的出行安全，宁肯自己承担被驳回改判的工作风险，做出了公路发展集团必须担起更高的责任的判定。绝不能为了自己的工作业绩，忽视了广大的不特定公众的出行安全。

裁判公路发展集团有责，第一必须有法可依，绝不能离开法律条款。第二要让公路发展集团口服心服，或者说应该让公路发展集团心悦诚服，才能使公路发展集团自觉加大清障力度，才能最终最大限度地保障不特定公众的出行安全。为此，厉莉法官对公路发展集团的行为，做了深入细致的法理剖析。

厉莉法官先对公路发展集团在该事故发生时节的巡视情况做了一个实事求是的描述："该事故发生在 6 月 30 日 23 时 40 分。公路发展集团于 6 月 29 日 17 时至 7 月 1 日 8 时 30 分，进行了七次公路路产巡查。巡查从宛平出发，途经六里桥—杜家坎—良乡机场—窦店—市界（琉璃河）—窦店—良乡机场—杜家坎—六里桥，最终返回宛平。但在路产巡查中，并没有对发现路障、清理路障采取其他措施，截至法庭辩论终结，也未能找到遗撒泡沫砖的直接致害人。"

接着她又做了一个细致的法理分析："根据法律及相关司法解释的规定，在公共道路上堆放、倾倒、遗撒妨碍通行的物品造成他人损害的，有关单位或者个人应当承担侵权责任。道路管理者不能证明已经按照法律、法规、规章、国家标准、行业标准或者地方标准尽到清理、防护、警示等义务的，应当承担相应的赔偿责任。根据相关条例规定，收费公路经营管理者应当按照国家规定的标准和规范，对收费公路及沿线设施进行日常检查、维护，保证收费公路处于良好的技术状态，为通行车辆及人员提供优质服务。公路发展集团提供的'京港澳高速路产巡视记录'证明已经按照相关规定尽到了巡视义务，不存在过错。《北京市收费公路运营监督管理办法》中收费公路路政管理章节的规定，每天巡查不得少于三次，是公路发展集团主张已经达到法定标准的主要依据。但该办法在收费公路收费与服务章节中同时规定了，收费公路经营管理者应当建立快速清障、救援机制。可见，每天不得少于三次是针对路产巡视义务的法定标准，不应将此作为衡量公路发展集团是否尽到及时、快速清障义务的标准。诚然，巡视路产客观上可以起到发现路障、快速清理的作用，但并不等同于是及时发现并清理路障的唯一手段和途经，不能仅将巡视行为视作对清理、防护、警示等义务的全面履行。本院认可公路发展集团关于‘及时’并不等于‘随时’的抗辩意见，对收费公路的经营管理者不能苛求以无法完成的义务。但车辆在高速公路上行驶速度快，遭遇路障造成的危害后果较普通公路更加严重，公路经营管理者理应最大限度地为驾驶人提供安全良好的路况，保障驾驶人顺利通行。针对路障出现具有随时性的特点，仅仅通过固定的路产巡视，显然不能实现上述目的。公路发展集团有能力也有义务建立更加完善的针对路障的清理机制，多措并举，警示、防护、及时发现、及时清理兼顾，探索多种发现路障、清理路障、避免路障的途径和方式，最大可能地为通行车辆提供安全保障。

“综上，本院对保险公司关于公路发展集团对于涉案事故没有尽到及时发现、及时清理的义务，存在过错的主张予以认可，对公路发展集团关于已经尽到义务，不存在过错的抗辩主张不予认可。

“对于公路发展集团承担的责任范围，本案中，保险公司主张公路发展集团与直接致害人承担连带责任。连带责任对于债务人而言，是最为严厉的一种责任承担，即每一个责任人对外都要为全部债务负责。因此，凡承担连带责任的，法律都有明确规定。《中华人民共和国侵权责任法》并未明确规定，公共道路上物品致害，直接致害人与管理者应当承担连带责任。故对于保险公司关于公路发展集团应与直接致害人承担连带责任的主张，本院不予支持。公路发展集团作为涉案公路的经营管理者，应依据其过错程度承担相应的责任，责任范围应当与其过错程度和原因力相适应。故本院对于公路发展集团关于其应当承担补充责任的抗辩意见予以采纳。在无法找到直接致害人的前提下，综合其在本案中的过错程度，认定其承担20%的赔偿责任。

“保险公司实际支付给王某的保险赔偿金为16,300元，未超过本次事故造成的实际损失和保险限额，其理由充分，本院予以支持。

“依据《中华人民共和国保险法》第六十条，《中华人民共和国侵权责任法》第八十九条，《最高人民法院关于审理道路交通事故损害赔偿案件适用法律若干问题的解释》第十条之规定，判决如下……”

厉莉法官的宣判一结束，被告律师并没有发表反对意见，而是对厉莉法官的判决表示赞同，他当庭就说：“我们公路发展集团完全接受法院的这一判决，并对法院表示真诚的感谢，感谢法院对我们工作的提醒与启示，以后，我们一定多措并举，加大对遗撒物的及时发现与及时清理，最大限度地保障驾驶人的出行安全。”

原告律师对判决也表示完全同意，还主动握着被告律师的手，说：“谢谢公路发展集团对我们的理解和支持。”

这么一笔小额赔偿金对于这两家大型国企来说，可能都不算“钱儿”，他们为此来打官司，可能就是为了一个“理儿”。厉莉法官一心为民的司法理念，细致入微的法理剖析，让来打官司的两家国企的代理律师都心服口服，厉莉法官对这一案件的审理，真正做到了案结、事了、人和。

三

立案庭，似乎是个风平浪静的港湾，这里没有双方当事人剑拔弩张的对立，没有原告被告之间唇枪舌剑的争辩。但对法院来说，这里是法院所有工作的起点，是审理一切案件的序幕。对老百姓来说，这里是拿起法律武器的第一站，是依法维权的门槛儿。来到立案庭的人，差不多都是为了解决自己心中的不平事来向法院讨个说法的，很多人都是怀揣着诸多的无奈才走进来的。

厉莉法官进入法院工作的第一个岗位，就是法院的前哨——立案庭。她满怀爱心、为民执法的法官生涯，也是从立案庭开始的。

每到年底，大量的农民工为了讨回自己一年辛辛苦苦的血汗钱，在讨要无门的情况下，怀着焦虑、无助与无奈，但也满怀着对人民法院的无限期待，走进了法院的立案庭。他们只知道来法院是打官司的，但并不知道官司怎么打，不知道打官司的任何法律程序，甚至连怎么写起诉书都不知道。他们是一群最需要法律帮助的弱势群体。面对大量的为讨要工钱来打官司的农民工，厉莉法官把他们当成自己的兄弟姐妹，她耐心地询问每一个农民工，了解他们的打工情况，了解他们的生活情况，了解他们的法律诉求，了解每一个案件的具体事件，了解具体案件的前因后果。然后，她再让他们准备立案所需的各种材料，耐心地告诉他们诉讼材料的具体要求，让每一位讨要工资的农民工都能写出符合要求的起诉书，让每一位讨要工资的农民工都能立上案，让农民工讨要工资的案件进入审理程序。厉莉法官细致入微的法律服务，赢得了广大农民工的普遍赞扬，农民工们都说："真没想到首都法院的法官态度这么好，把案子交给这样的法官，我们放心。"厉莉法官却是另一种感受，面对特别需要法律援助却不甚懂法的人群，她深有感触地说："不到立案庭，就不知道中国老百姓距离法律有多远。"这让她深切地感受到了在广大人民群众中进行普法宣传的迫切性和重要性，但也让她知道了，面对这样一个前来打官司的群体，专业的法律知识似乎派不上用场，最需要的是一杯水，一张笑脸，一句温暖的问候，这些细节是拉近与当事人距离的法宝，与当事人关系近了，然后才能进入司法程序。

在立案庭，厉莉法官始终用这些暖民细节温暖着前来立案的当事人，但她又没有仅仅停留在这些暖民细节上，面对各种各样的当事人，厉莉法官总是竭尽全力为当事人着想，帮助他们尽快立上案，以便能进入审理程序。

厉莉法官就曾经接待过这样一位特殊的当事人。

一个本就寒冷的冬日里，天色阴沉，北风呼啸，让人感到透骨的寒意。一位衣着单薄、手拄木棍的老人颤巍巍地走进了立案庭。他一进立案庭，厉莉法官就敏锐地看到了老人那紧闭着的眼睛，呀！是一位盲人老大爷。

厉莉法官快步向前，搀扶着老大爷坐了下来，说：“大爷，我先给您倒杯热水，暖暖身子，您有什么事，慢慢跟我说。”

通过交谈得知，老人姓田，双目失明，是外省来京打工的盲人按摩师。老人在一天下班的路上被一辆车撞了，肇事人只给了一点儿钱就走了。事后，老人需要住院治疗，却难以负担两万多元的住院费，只好到法院起诉。老人能提供给立案庭的材料，只有一张没有签名的起诉书和几张皱巴巴的医院收费单，其余必需的诉讼材料全都没有。厉莉法官便将老人的身份证、有关证据材料、起诉书等，按照司法程序的要求一一复印好，再手把手地帮老人在相关的材料上按上指纹。把所有的立案手续帮老人办好后，厉莉法官才对老人说：“大爷，您这起案件的索赔款数额为23,700元，按规定需要交196元的诉讼费，您带钱了吗？”

正常的司法交费，也仅仅是196元。这却让老人既吃惊又为难。吃惊的是老人不懂打官司还要钱，为难的是老人连这点儿钱也没有。厉莉法官再正常不过的提问，却让老人陷入了窘困的尴尬境地，他呢喃着说：“交钱？我不知道呀！我是因为没钱看病，才来法院打官司的，来法院我是为了要钱的，我哪儿知道还要交钱呀，我也交不起这诉讼费呀，姑娘，你，你能不能为我想想办法呀？”

办法当然有。法院为了帮助困难群体依法维权，特别设立了诉讼费减、免、缓申办制度。厉莉法官可以顺理成章地为老人提出诉讼费减、免、缓的申请，那就可以免掉老人196元的诉讼费了。但厉莉法官想的是诉讼费减、免、缓的办理程序较为复杂，办理诉讼费的减、免、缓，就会让老人的官司拖延时日。为了让老人的诉求尽快地立上案，厉莉法官决定自己出钱为老人交诉讼费。她怕老人着急，一路小跑到附近的中国农业银行交了钱，再回到立案庭。她又顾不得歇口气儿，马上为老人填写了一份案件受理通知单，一份12368服务平台告知书。服务平台告知书详细记录了负责审理这起案件的审判庭及其联系方式等。厉莉把这些材料交给老人后，特意嘱咐说："您老出门不方便，打电话 12368 查询案件进展就行了，我再把我的电话留给您，有事尽管找我，凡是我能办的，我一定帮您办。"

办完了立案手续，厉莉法官搀扶着盲人田大爷走出了法院大门。当厉莉正为田大爷一个人坐公交回去不放心的时候，一位杨姓人士认出了厉莉，他出于对厉莉爱心事迹的感动，主动提出要送老人回家。

这样一件特殊的事，就这样迅速、圆满地解决了。

厉莉在立案庭工作的时间仅一年多，在这一年多的工作时间里，厉莉立案 3158 件，件件无差错，件件有着落，件件让百姓怀忧而来，满意而去。

四

本质上违法，表现的却是守法。本质上诈骗，表现的却是被骗。这是一群亦恶亦善的"恶人"。给这样一个群体定性为"恶人"，是因为他们的行为确实危害社会。他们往往采取"恶人先告状"的手段，打法律的"擦边球"，想的是靠着法官的一纸糊涂判决为自己牟利。如果哪位法官稍有疏忽，不能细察案情，就很有可能被这伙人"套"进去，成为他们牟利的帮凶。厉莉法官就多次遇到这样的案件。这种案件表面上看似简单，背后却隐藏着诸多的猫儿腻，需要审理者有一双火眼金睛，识破他们的伎俩。

这是一起民间借贷合同纠纷案。

原告是一家小额贷款公司，被告是涉及全国各地的 200 多人。原告提交的证据完整齐备，按照相关的法律条文就可以审结，判决被告偿还向原告借贷的本金、利息即可。

此案立案后，依法适用简易程序，由厉莉法官公开开庭审理。

原告向法庭提交了借款合同、银行转账单据。这可都是真实有力的证据呀！

请看：第一，有借款合同。借款合同编号为 212016070800003，借款合同出借人就是原告——那家小额贷款公司，盖有该公司的公章。借款人就是被告人，有被告人的亲笔签字。借款合同中约定，借款额度为170,000元，年利率18%，借款期限三个月，借款起始日以实际放款日为准。第二，有银行转账凭证，有将170,000元资金打入被告专用的尾号为“8278”的借记卡的账单。欠债还钱，天经地义。原告要求被告归还本金、利息、违约金，似乎无可厚非。

但一经审理，问题就出来了。下面仅就其中一名被告的具体情况来说明一下整个案件的情况。

这份被告的借款合同不是被告与原告面对面签订的，中间还有一个中介人。这个中介人先以原告名义与被告签订了这个合同，并称这个合同仅仅是一个监督合同，不是实际实施的合同。中介人与被告又另行签订了一份实际实施合同，也称作借款合同。在另行签订的借款合同中约定，被告借款70,000元，借款期限三个月，借款起始日以实际放款日为准。中介人还为借款人办了两张银行卡，一张就是尾号为“8278”的借记卡，是被告的还款借记卡，此卡保存在中介人手中；另一张是尾号为“5577”的借记卡，是被告的收款借记卡，保存在被告手里。被告与中介人签订的合同中还约定：借款合同有效期内，监督合同暂时失效。借款合同结束后，监督合同永久失效。借款方未能履行借款合同时，两合同同时生效，并永久生效。中介与被告同时签订了两个借款合同，其中哪儿能没有猫儿腻呢！同时办理两张银行卡，有一张卡还要保存在中介人手中，怎么能不出现问题呢！小贷公司170,000元的转账资金打入的是中介人手中的那张尾号为“8278”的借记卡，170,000元资金进入“8278”借记卡后，中介人就把其中5元作为转账工本费，其余的转入自己的账户。借款人手中的那张尾号为“5577”的借记卡，从没有收到过小额贷款公司的任何一笔贷款。

法院经过认真仔细的调查，并召开了专业法官会议研讨，彻底地查清了这一案件的真伪，认定小额贷款公司对被告——也就是借款人的主债权不存在，法院不予支持。

依照《中华人民共和国民法通则》第六十三条、《中华人民共和国合同法》第四十九条规定，厉莉法官做出了如下判决：

驳回小额贷款公司的全部诉讼请求。

通过对诸多类似案件的审理，厉莉法官清醒地认识到，民间借贷放款方已经是一个非常成熟的产业集团，他们有着成体系的各种套路，稍不注意，法官就会被他们套进去。也是对案件的审理与思考，为她在第十三届全国人民代表大会上提议增设“非法放贷罪”打下了实践基础和思想基础。厉莉同志在某一次会议上讨论时曾举了一个买书的例子，她略微带些揶揄地说：“2015 年，最高人民法院关于民间借贷司法解释的理解和适用的相关书籍出版的时候，我们法院根本就买不到，简直是一书难求，为什么？因为书全被放高利贷的人买走了，人家也要搞产业升级呀！”专门从事民间借贷的放贷方，竟然是这样一群以钻法律空隙为自己牟利的“法律专家”。

出于对依法治国理念的无限忠诚，出于对人民法官这一崇高职业的无比尊崇，厉莉法官一心为民，兢兢业业。为此，她获得了无数的荣誉称号，现抄录如下：

2009 年 3 月，荣立“北京市法院个人一等功”；

2010 年 1 月，荣获“北京市第六届人民满意的政法干警标兵”；

2010 年 3 月，荣立“北京市法院个人三等功”；

2010 年 5 月，荣获“北京市先进工作者”；

2010 年 7 月，荣获“北京市政法系统群众中的好党员”；

2011 年 1 月，荣立“北京市法院个人三等功”；

2011 年 2 月，荣获“全国优秀法官”；

2011 年 6 月，荣获“全国政法系统优秀党员干警”；

2011 年 6 月，荣获“北京市法院优秀共产党员”；

2012 年 1 月，荣获“人民满意的政法干警”争创奖；

2012 年 2 月，荣获“北京市法院系统先进法官”；

2012 年 5 月，荣获“北京市双优法官”；

2016 年 6 月，荣获“北京市法院党建工作先进个人”。

《诗经》曰：“渐渐之石，维其高矣。山川悠远，维其劳矣。”几千年前《诗经》中的优美诗句，恰恰就是厉莉法官的执法写照。厉莉法官就是用她工作中无数次的“劳矣”，换得了她执法工作上无数次的“高矣”。

为人民奉献爱心

法律，是做人的底线，具有强制性，它强制人们不能越过法律底线，要做一个守法公民。道德，是做人的榜样，具有引领性，它引领人们努力做一个道德高尚的人，一个有益于社会的人。厉莉法官不仅是一位为人民守住法律底线的法官，而且也是一位广泛参与社会公益活动并具有道德引领作用的道德楷模。

厉莉，人民法官，她荣获诸多司法方面的荣誉称号让人容易理解，但她为什么又是道德楷模呢？而且还是获得“全国道德模范”这一最高等级称号的道德楷模呢？在人的道德问题上，我找不到因果元素，找不到是因为哪个“因”才结了哪个“果”。我认为，厉莉作为“全国道德模范”是一件很自然的事，助人为乐的善良，是厉莉的生命底色。天性善良难自抑。有人需要造血干细胞，她就毅然决然地捐献出了自己的骨髓；有人遭受到了巨大的自然灾害，她就义无反顾地冲上去救灾。善良，没有因，只有果。正如《三字经》中说的那样：“人之初，性本善。”

人人都努力恢复自己本真的善良，社会就一定会更加温暖，更加和谐，更加安定。

一

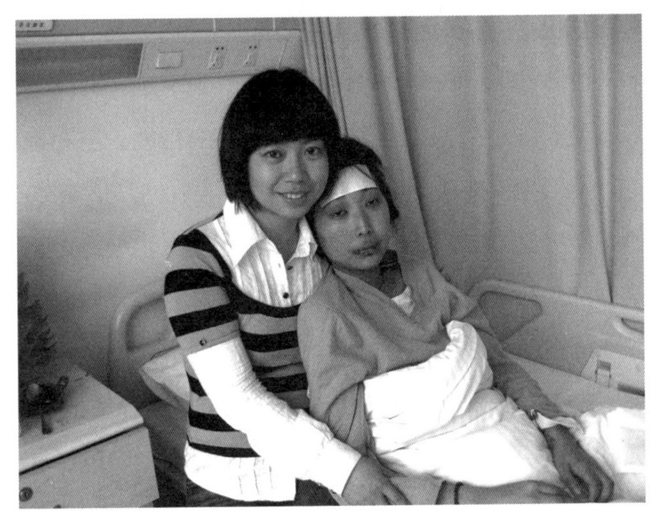
厉莉（左一）和白血病患者合影

10克造血干细胞就能救活一个垂危的生命。

随着医学科技的飞速发展，治疗血液肿瘤有了突破性的医疗手段，那就是“造血干细胞移植”手术。这是当今医学上治疗白血病、淋巴瘤、骨髓瘤等血液肿瘤的有效的和理想的方法。但要对病人实施造血干细胞移植手术，前提是必须有人把自己的造血干细胞捐献出来（也叫骨髓捐献）。我国每年大约有新生白血病人36,000人，大多在30岁以下，其中15岁以下的人群占50%以上，这给家庭和社会带来巨大的负担和不幸。虽然造血干细胞移植对白血病治疗理想，但要找到与病人组织相容性抗原基因相匹配、不被排斥的造血干细胞却非常不容易。这就需要大量的造血干细胞捐献志愿者。但人们传统的思想意识又落后于医学科学的发展，虽然捐献造血干细胞对人的身体无害，但人们却大都以为捐献造血干细胞对身体有害。所以，造血干细胞捐献志愿者的人数远远不能满足社会的需要，中华骨髓库里造血干细胞的存量远远不能满足白血病等血液肿瘤疾病治疗的需求。

为了给那些年轻的白血病患者带来生的希望，给白血病患者的家庭带来阖家欢聚的幸福，也为了引领社会对捐献造血干细胞有一个正确的认识，2001年，厉莉就对社会郑重承诺，自己愿意成为一名造血干细胞捐献志愿者。从此，她始终牢记自己的承诺与责任，每当地址变更，她都会在第一时间把自己的新地址告诉中华骨髓库。

2007 年 4 月，中华骨髓库通知厉莉，有一个患有白血病的小女孩，她的血型与厉莉血型相匹配，需要厉莉的帮助。厉莉毫不犹豫地答应下来，进行了第一次造血干细胞的捐献。

捐献造血干细胞虽然对身体无害，但也绝不是轻轻松松就能完成的一次手术。在现在的技术条件下，通常是通过外周血采集造血干细胞。采集的前 4 天，每天要肌肉注射一支动员剂，动员剂药物的全称叫“重组人粒细胞集落刺激因子注射液”，此药物可以选择性地作用于粒系造血祖细胞，促进其增殖、分化，增加外周血中性粒细胞的数目和功能。注射此药物时身体会有轻微的不适反应，如轻微头痛、腰腿酸痛等。外周血采集造血干细胞，是血液从左胳膊流出，经采集器后，再由右胳膊流回。采集造血干细胞需要在采集床上躺 4~6 个小时，采集过程中，两个胳膊不能弯曲，不能随便翻身，不能随便上厕所。诸多的肢体活动限制，也使造血干细胞捐献者遭受很多的身体不适。采集造血干细胞虽然有这样那样的不适，但厉莉法官想到的是能挽救一个年幼的生命，这些不适对她来说也就算不上什么了。

2009 年，厉莉援助过的那个小女孩再次发病，已经过了而立之年的厉莉，在丈夫的大力支持下，推迟了自己的生育计划，又一次不顾风险，为小女孩捐献出了自己的造血干细胞。

捐献造血干细胞，先后两次的毫不犹豫，先后两次的坚定不移，厉莉用自己的行动，谱写了一曲珍爱生命的人生赞歌。

二

危险关头见本色，灾难面前见真情。

北京人总不会忘记 2012 年 7 月 21 日那场特大水灾吧！“7.21”暴雨导致北京受灾面积 1.6 万平方公里，79 人因此次暴雨死亡，倒塌房屋 1.066

万间，160.2 万人受灾，经济损失 116.4 亿元。

房山是“7.21”水灾的重灾区，受灾人口多达 80 万人，直接经济损失 50 亿元。倒塌房屋 8265 间，道路损毁 300 余处、约达 750 公里，损毁桥梁 50 座，受灾农作物 5000 公顷，受灾养殖禽畜 17 万只（头），林业受损 2000 公顷，农田水利设施损毁 300 余处。12 个乡镇交通中断，6 个乡镇通信网络信号中断。京广铁路南岗洼路段水漫路轨，铁路断运。京港澳高速公路南岗洼段积水路段长达一公里，平均积水深达 4 米，最深积水深达 6 米。电力设施损毁 450 公里，通信设施损毁 500 公里，等等。

面对严重灾情，房山区委、区政府立即组织起了一支有 10 多万人参与的、强有力的抢险救灾队伍，奔赴各个受灾地点抢险救灾。其中有 3000 名驻区部队官兵，有公安、武警、消防等专业救援力量，有 37,000 名共产党员，有 50,000 名干部群众。厉莉法官作为 50,000 名干部群众中的一名普通干部，37,000 名共产党员中的一名普通党员，全力以赴地投身到了抢险救灾之中。

当时，厉莉刚刚被调到法院政治处工作。灾情就是命令！她与她的“厉莉爱心团队”的青年干警们马上就投入到了救灾抢险、灾后慰问等诸多工作中来。

灾后群众第一需要是生活上的基本保证，即有水喝、有饭吃、有地方睡觉这些平时不是问题的问题。对于交通中断、通信中断、基础设施遭到严重破坏的受灾地区，这些受灾群众最需要的事，恰恰又是最难办、最琐碎、最辛苦的事。厉莉和她的“厉莉爱心团队”的青年干警们以及房山区广大救灾人员一起，投身到为受灾群众解决吃饭喝水的工作中来。厉莉先是将政府奖励给她的两次捐献骨髓的 5 万元奖金全部捐献出来，为受灾群众购买生活必需品。为了将每一分钱都花在刀刃上，让有限的资金发挥更大的作用，厉莉同志亲自询问受灾群众急需什么，然后亲自挑选受灾群众所需物品，亲手发放到受灾群众手中。在刚刚被洪水无情冲洗、基础设施大面积损坏的土地上，到处是令人作呕的臭水沟、脏物聚集的垃圾堆，再加上高温天气，厉莉她们载运着受灾群众所需物资，行进在一段又一段被洪水冲毁了的道路上，其艰难程度可想而知。但厉莉毫不抱怨，更不却步，她心里想的是受灾群众的困难。她想，在救灾工作中自己是受了点儿累，吃了点儿苦，但比起受灾群众家园被毁所遭受的困难要小得多，和受灾群众比起来，自己的这点儿苦和累又算得了什么呢！

紧急救灾之后，是“厉莉爱心团队”的青年干警们又加入到了灾民安置、灾民心理疏导救援、涉灾案件工作法律咨询等各种工作中来。在“7.21”抢险救灾工作中，“厉莉爱心团队”先后出动300余人次，捐款10余万元，救灾范围覆盖辖区所有受灾村镇。

厉莉和“厉莉爱心团队”在“7.21”抢险救灾工作中，那种“扬善弘爱、扶危救困”的模范行动，受到了受灾群众和救灾领导的充分肯定和高度赞扬。房山区城关镇北关村村委会代表受灾群众送来“践行北京精神，心系灾区人民”的锦旗以示感谢。派到房山指导救灾工作的中央领导和北京市主要领导接见了厉莉和“厉莉爱心团队”的部分同志，对她们在抢险救灾工作中做出的突出贡献给予了充分的肯定。

三

一个人的模范行为转换成了一种爱心精神，这就是物质变精神；再由这种爱心精神转换成为一个群体的自觉行动，这就是精神变物质。在这种物质与精神互相转换的过程中，充分体现出了一个模范榜样人物的社会引领作用。“厉莉爱心团队”就是由厉莉的榜样作用而引发的房山法院的一大批青年干警们的跟进效应的体现。“厉莉爱心团队”不仅仅是一支抢险救灾团队，它还是一支更广泛、更扎实、更持久地进行公益活动的团队，是“厉莉精神”的深刻诠释与广泛延伸。

“厉莉爱心团队”是一个有章程的社会公益团队。章程严格地规定了他们团队的性质、宗旨和任务。章程开篇名义，在第一章第一条中就明确写到“历莉爱心团队”是“以房山法院青年干警为主体的非营利性公益爱心志愿组织”，这就是“历莉爱心团队”的性质。第二条说“爱心与良心同生共长，公正与公益相得益彰”，这是“历莉爱心团队”的宗旨，用词美而用意深。“爱心”与“良心”都是一颗善良的心，但其表现形式与作用力却也有着微妙的区别。爱心的作用力是向外的，主要表现为对别人的同情、怜悯与救援，是对外部世界的一种奉献精神。良心的作用力是向内的，主要表现为对自己的道德自律，是内在的自我完善精神。“爱心与良心同生共长”的公益理念，就是要求房山法院的青年干警们通过公益活动，在面对社会奉献爱心的同时，也要加强自我修养，让自己成为一个道德高尚的人。第三条说“以为公众提供专业化的司法公益教育服务为主要活动内容，兼顾助学济困、抢险救灾、绿色环保、助残敬老等其他公益志愿服务”，这该是“历莉爱心团队”的公益任务。

“历莉爱心团队”是一个卓有成效的公益团队。在助学济困公益活动中默默奉献，以“润物细无声”的春雨精神，关注着孩子们的茁壮成长。在房山长阳阎仙垡慧智园曾经生活着 13 名玉树藏族孤贫儿童，孩子们上学的学校距离慧智园很远，“历莉爱心团队”主动承担起轮流接送孩子们上下学的任务，每周一次往返，风雨无阻。坚持接送五年，直至孩子们毕业。为了多给远离家乡的藏族孩子们一些温暖，“历莉爱心团队”还不时捐赠他们学习用品，不定期辅导他们功课，周末为他们播放电影，节假日带他们到爱国主义教育基地学习参观。“历莉爱心团队”与这些藏族孩子结下了深厚的情谊，回到玉树的藏族孩子们给“历莉爱心团队”送来了锦旗与感谢信。“历莉爱心团队”还为内蒙古贫困地区的小学生和贫困学校捐赠爱心包裹。针对房山区困难家庭学生开展“泉计划”救助帮扶活动，帮助 10 余名困难家庭的学生完成学业。敬老活动中的温馨行为，“7.21”抢险救灾中的模范行为，也都充分诠释了“历莉爱心团队”在公益活动中取得的卓越成效。

“厉莉爱心团队”是一个专业性很强的公益团队。“厉莉爱心团队”依托自己的职业特色打造出了一项志愿服务的新品牌，即特色普法服务。依托司法公益教育中心这一固有平台，向辖区机关、社会团体提供菜单式法律服务，邀请北京大学教授为辖区干部讲授“提升法治思维”讲座，选派青年骨干深入某些机关开展有针对性的“法治讲堂”，提升领导干部的法律意识，为房山区依法行政提供法律服务。组织“爱铸天平”法官爱民宣讲团，探索普法宣传新模式，以“最美基层法官”为主题，讲述他们感人的审判事迹，通过对典型法官先进事迹的宣讲活动，引导群众了解司法，尊重法律。在法官进机关、进乡村、进社区、进厂矿、进军营、进学校系列普法活动中，发放普法宣传材料 16,000 余份，与 16 个学校、厂矿、社区、乡镇开展了法治共建活动。依托新媒体开拓普法宣传渠道，在“房山法院官方微博”中，设置“厉莉爱心团队”板块，推出《小乐说法》《法治与生活》《打官司那些事儿》等专栏。

“厉莉爱心团队”是一个屡获荣誉的公益团队。“厉莉爱心团队”先后荣获“身边雷锋·最美北京人团队”“首都巾帼志愿服务优秀团队”“首都学雷锋志愿服务示范站”“首都学雷锋志愿服务站”“2014 年首都学雷锋志愿服务金牌项目”等荣誉称号。“天平之光”法律援助行动项目，以 32 强入围“第二届全国青年志愿服务”项目决赛，“做志愿者的志愿者，为‘雷锋们’撑起权益保护伞”项目进入全国小微项目决赛。

“厉莉爱心团队”是一个日益壮大的公益团队。从 2009 年 9 月成立之初的 40 余人，到 2014 年 9 月，“志愿北京”注册志愿者就达到了 200 余人，到 2018 年的现在，已经达到了 300 余人。

追根溯源，“厉莉爱心团队”为什么这么好，看看它成立的初心，就明白了。2009 年 9 月，它在厉莉爱心精神的感召下，拟定了协会章程，明确了机构组成、会员权利义务等内容，明确接受法院团委领导，开展志愿服务活动。“厉莉爱心团队”是房山法院共青团组织领导下的一个公益组织。《中国共产党章程》第五十一条明确规定了党和共产主义青年团的关系，“中国共产主义青年团是中国共产党领导的先进青年的群团组织，是广大青年在实践中学习中国特色社会主义和共产主义的学校，是党的助手和后备军。”这个公益组织之所以这么好，就是因为他们是由党正确领导的，是有党的光辉照耀的。

厉莉或亲自做的、或与大家一起做的大量的公益活动，只是出于善良的本心，从没有想得到任何回报，不管是物质上的还是精神上的。诸多的有关公益方面的荣誉，只是从一个侧面反映了厉莉在这方面做出的突出成绩。但我也认为，厉莉的这些荣誉，深刻体现了社会的良知，是引导人们向善的启示录。因此我想，在文章中将厉莉在公益方面获得的诸多荣誉称号简要地写出来，也算是对人们的一种激励吧。

2009 年 9 月，荣获“全国三八红旗手”；

2010 年 11 月，荣获“百姓爱心明星”；

2011 年 4 月，获得“北京五四青年奖章”；

2011 年 5 月，荣获“首都精神文明建设奖”；

2011 年 9 月，荣获“全国道德模范”；

2011 年 9 月，荣获“北京市道德模范”；

2011 年 9 月，荣获“北京市精神文明建设突出贡献奖”；

2011 年 12 月，荣获“全国优秀志愿者”；

2012 年 10 月，荣获“身边雷锋标兵”；

2012 年 12 月，荣获“北京市红十字会预防艾滋病宣传形象大使”；

2014 年 12 月，荣获“中国青年志愿者优秀个人”；

2017 年 3 月，荣获全国第三批“岗位学雷锋标兵”。

为人民发出心声

2018年，厉莉当选为第十三届全国人大代表。

全国人民代表大会制度是我国人民当家做主的根本途径和最高实现形式，是坚持党的领导、人民当家做主、依法治国有机统一的根本政治制度安排。全国人民代表大会是国家的最高权力机关，全体人大代表为其组成人员，代表人民集体行使最高国家权力。当选全国人大代表的个人，就成了国家最高权力机关的一名组成人员，将与其他所有代表一起共商国家大事。厉莉当选为全国人大代表，她也就必然地成了国家最高权力机关的一名组成人员。

全国人大代表，代表着广大人民的利益与意志，代表着国家最高权力机关行使国家权力的公正与权威，职责神圣，使命光荣。

厉莉虽然是一名新代表，但她为了更好地履行自己的代表职责，从得知自己当选的那一刻起，就积极行动起来。她认真思考、调研，从自己的工作实际出发，撰写了对人民生产、生活有益，对国家法治建设有益的建议提交大会。

这里有一篇《中国审判》杂志记者采访厉莉的谈话稿。记者鲜明准确的提问，厉莉同志深刻全面的回答，都是我望尘莫及的。如果再经我改写，一定会湮没了这篇文章的光彩。为了反映厉莉同志的本真思想和记者同志的精彩提问，现全文抄录，以飨读者。

厉莉与《中国审判》杂志记者谈话稿如下：

《中国审判》：厉莉代表，你好！首先恭喜你当选为第十三届全国人大代表。在得知当选为全国人大代表后，你当时是怎么样的一种心情呢？

厉莉：名单公布当天上午，我一直在开庭，等庭审结束后已经是中午12点多了。当我回到办公室，打开手机，这才看到了令人震惊、倍感意外的消息。兴奋之余，很多问题扑面而来并在脑海盘旋不散：议案怎么写？我要建议什么？我该怎么代表民意？我是全部第十三届全国人大代表的两千九百八十分之一，代表着中国近十四亿人民的利益，我必须竭尽全力为他们发声，这不仅是一份荣誉，更是一种责任！

厉莉当选为十三届全国人大代表

《中国审判》：全国人民代表大会于今年3月5号开幕，大会开幕前，你都做了哪些准备工作？

厉莉：从当选为全国人大代表之日起，我便利用周末休息日和春节假期，结合自己的实际工作进行深入思考，认真撰写建议。上会前，我还特意将与建议相关的书籍和材料装进行李箱，随身携带，以便及时查阅，不断“充电”。我一直认为，作为一名新代表，我必须不断加强学习，认真履职，这样才有可能完成一名人大代表应尽的神圣使命。

《中国审判》：你这次向大会提交的是关于什么方面的建议呢？

厉莉：我向大会提交的建议是在《中华人民共和国刑法》（以下简称《刑法》）分则中增设“非法放贷罪”。将“非法放贷罪”置于我国《刑法》分则第三章破坏社会主义市场经济秩序罪中的第四节破坏金融管理秩序罪项下。这样做的目的是让民间资本的运作纳入监管体系中，以进一步防范金融风险以及因民间借贷行为引发的违法犯罪行为，让这个多层级的资本市场健康发展，让金融监管机构引导和监管放贷机构，使这些机构扬长避短，向正确的方向发展。

《中国审判》：你能具体谈一下什么是“非法放贷罪”吗？

厉莉：好的。“非法放贷罪”是指违反金融管理法规，以营利为目的发放贷款的行为。主观构成要件是“以营利为目的”，即把放贷作为一种营生，放贷行为具有经营性、反复性、对象不确定性等特点。民间个体间偶发的借贷行为，即使收取高额利息，也不属于《刑法》分则语境下的“非法放贷罪”。

《中国审判》：“非法放贷罪”与传统意义上的“高利贷”有什么区别呢？

厉莉：“非法放贷罪”与“高利贷”有共同之处，但却有本质区别。将“高利贷”入刑，打击的是收取高额利息的放贷行为，而将“非法放贷罪”入刑，打击的是逃避金融监管的放贷行为。

“高利贷”是指索取特别高额利息的贷款，但目前我国对于何谓“高利贷”并没有明确的法定标准。同时，“高利贷”只是“非法放贷”的表现形式之一，不足以覆盖“非法放贷”的全部社会危害。比如，某“非法放贷”经营主体，放贷利息仅为年利率18%，但这一放贷主体却长期通过暴力胁迫、滋扰、恐吓等方式催讨债务，造成多名债务人自杀。这种行为具有严重的社会危害性，但因其放贷利率在法定范围内，无法通过“高利贷罪”给予制裁。

“非法放贷”之所以具有严重社会危害性，根本原因在于其隐藏于国家监管视线之外，这种“地下性”给其从事不法行为提供了机会和土壤，刑事手段要打击的恰恰是这种“地下性”，而高利息并非问题的本质和要害。

《中国审判》：那么，“非法放贷”具有哪些特点呢？以营利为目的的放贷行为都属于“非法放贷”吗？

厉莉：“非法放贷”属于民间资金融通的一种方式，是未纳入监管视线的金融行为，其必须以高利润作为核心目标、终极目标，是否能够服务于实体经济，并不在其经营主体的考量之内。

“非法放贷”行为的“地下性”和“隐蔽性”，使得政府难以统计和控制其放贷量和货币流动数额，从而无法制定相关政策治理与预防可能发生的金融风险。如果任由“非法放贷”行为长期生存下去，只会滋生金融泡沫，威胁金融安全，同时对于经济秩序和其他产业也会产生巨大冲击力。

《中国审判》：审判实践中，涉及这种以营利为目的的放贷行为的案件数量多吗？

厉莉：我从 2012 年开始审理民间借贷类案件，当年房山法院民间借贷类案件只有四五百件，而 2017 年飙升到两三千件。以我所在的金融审判庭为例，单去年一年受理的经营性民间借贷类案件比例就占到全庭案件的 80%。

《中国审判》：你对提交的建议有什么期待吗？

厉莉：将“非法放贷罪”写入我国《刑法》分则，不可能一劳永逸地解决所有问题，但至少会倒逼“非法”行为合法化，促进多层级资本市场的健康发展。作为基层法官，我希望为法治中国贡献力量，厚植群众心中的法治信仰。

《中国审判》：你怎么看新时代的立法呢？

厉莉：良法之“治”的前提是良法之“立”。随着我国依法治国进程的深入推进，科学立法、民主立法、依法立法已经成为时代的选择、社会的必然、人民的要求。五年来，我国的立法质量有了显著提升。新时代立法更具“中国特色”，兼顾国情和民意。“本土化”法律体系越来越完善。

《中国审判》：人大代表审议、讨论两高报告是每年两会的重要议程。作为基层法院的一名人民法官，你怎么看待最高人民法院工作报告中提到的“有恒产者有恒心”？

厉莉：产权制度是社会主义市场经济的基石，经济主体财产权的有效保障和实现是经济社会持续健康发展的基础。司法机关加强企业产权和企业家合法权益保护的一系列措施，对于企业尤其是民营企业无疑是一颗“定心丸”，同时，也会成为市场经济活力的助推剂。

然而，任何一个国家的法律制度都不可能朝令夕改。作为基层法院的人民法官，我们要从基层真实的案例中，提炼总结分析出问题，形成调研报告，给决策者提供支持和参考。

《中国审判》：听说，会前你去了北京美丽乡村建设的样板村高碑店调研，能谈谈感触吗?

厉莉：这次去高碑店村调研，我感触颇深。高碑店村多元化纠纷解决机制做得特别好。从社会综合治理的角度来讲，由村里的长者、有威信的大爷大妈担任人民调解员去化解邻里矛盾、家庭矛盾，效果要比人民法院的一纸判决更有温度，更近人情。

“最美不过夕阳红”，这些热心的“调解员”们认为自己老有所用，能为社会的发展贡献余热，价值无限。他们的人生舞台并没有谢幕。

《中国审判》：全国人大代表每届任期五年，那么，在未来五年里，你有什么计划或者目标吗?

厉莉：在未来的五年里，我会将自身的代表履职能力全面提升到一个新的高度。理论联系实际，增强自身调研能力，挖潜自身对事物本质的更深层次的认识。同时，增强自身知识面的深度和广度，广泛关注涉及民生的社会问题，不只局限于本职工作。

《中国审判》：未来有很多种可能，如果让你给自己写一段话，你会说什么呢？

厉莉：我常常想，生逢在这个伟大的时代，能成为一名人民法官，是我莫大的荣幸。我也经常提醒自己，自己的目标与初心是什么？使命与重任是什么？我想，位卑未敢忘忧国，我只有秉持“天下兴亡，匹夫有责”的家国情怀，同人民一起奋斗、一起前进，在自己平凡的工作岗位上努力去发光、去发热，才能当好我们国家发展和民族复兴的参与者和实践者。

这篇谈话稿充分展现了厉莉作为全国人大代表的代表意识。思想上，她想的是作为全国人大代表“不仅是一份荣誉，更是一种责任”，自己要“广泛关注涉及民生的社会问题，不只局限于本职工作”。厉莉已经意识到了自己作为国家最高权力机关的一名组成人员，看问题、想问题必须站在国家最高权力机关的高度，这是一名全国人大代表履行代表职务的基本思想。行动上，她向大会提交了增设“非法放贷罪”等诸多建议，这些建议都是涉及国计民生根本问题的建议，增设“非法放贷罪”有利于防范金融风险、稳定社会秩序、保障人民生活安全，是一件涉及国家全局的大事。通过大量的司法实践，厉莉清楚地认识到，有着强烈的“地下性”和“隐蔽性”的“非法放贷”，是诱发诸多犯罪形式的根本诱因。“非法放贷”的主体往往以债权人的身份，对其债务人实施威胁、恫吓、滋扰等软暴力，这些软暴力游走于现行法律的边缘，使公安机关和司法机关面对“非法放贷”过程中严重扰乱社会秩序，侵犯公民人身权利、财产权利的行为，陷入无法可依的尴尬境地。即使有些“非法放贷”的主体暴力程度严重，触犯了现行法律，但也只是按故意伤害、非法拘禁、敲诈勒索等因“非法放贷”而衍生出的罪行对其进行惩治，无法打击诱发这些犯罪行为的根本诱因。所以，厉莉对增设“非法放贷罪”这一建议非常认真，她说：“这是一份很有意义的建议，建议不仅是自己多年以来审判工作的结晶，从某种意义上讲，它也起到了规范民间资本健康运行，引导金融秩序良性发展的作用。”

这就是厉莉站在国家最高权力机关的高度，提出的有利于国家发展的大政方针！

对关于增设“非法放贷罪”提议回应最快的应该是中国银行保险监督管理委员会、公安部等行政管理四个部门。2018年5月，中国银行保险监督管理委员会同公安部、国家市场监督管理总局、中国人民银行，联合印发了《关于规范民间借贷行为 维护经济金融秩序有关事项的通知》，要求各有关方面充分认识规范民间借贷行为的必要性和暴力催收的社会危害性，对相关非法行为进行严厉打击，维护经济金融秩序和社会稳定。“两会”闭幕仅仅时隔一个月，中国银行保险监督管理委员会等四部门就联合印发了这么一则重要的通知，可见厉莉代表的这一提议对国家经济金融秩序治理的重要性和实施的迫切性。

良法确立尚待时日，那就先由行政部门监管起来，实施起来。

《中国审判》杂志记者与厉莉的这篇谈话稿，所展现的只是厉莉履行全国人大代表职责的一个方面的表现，不是她参加全国人民代表大会履职的全部表现。在审议最高人民检察院工作报告时，厉莉代表就提交了两份建议。一份建议是结合自己对虚假诉讼的调研，针对最高人民检察院的工作报告，建议最高人民检察院在惩治虚假诉讼工作中，转变工作立足点和着力点，注重惩治虚假诉讼犯罪的相关制度建设。厉莉同志的这一建议，被最高人民检察院民事行政检察厅发布的专刊全文编入，并得到了最高人民检察院主要领导的认可。最高人民检察院检察长张军同志在全国检察机关学习贯彻全国“两会”精神的电视电话会议上，就特别提到了厉莉以及其他代表提出的打击虚假诉讼的问题。另一份建议是关于在《中华人民共和国民法典合同编》借款合同章节中，区分一般性借贷与经营性民间借贷的建议。

厉莉作为一名全国人大代表，以她的一份份大会建议，出色地履行了她的代表职责，发出的是人民的心声。

代表，就是既“代”且“表”，不能只“代”不“表”，作为代表就必须“表”，必须在全国人民代表大会上发出声音，这是衡量是不是一个合格代表的标准之一。而代“谁”表“啥”，这是代表发声的根本方向。厉莉代表牢记自己是人民代表，要说出人民的心声，她把为了人民和为了国家有机地结合在一起，自己“代”的是人民、是国家，“表”的也应该是为了人民、为了国家。

庄严神圣的法律殿堂

河边杨柳绿，高山松柏青。

什么自然环境生长什么植物，什么社会环境培养什么人才。厉莉法官工作的房山法院，和千千万万个基层法院一样，只是一个普普通通的基层法院。但房山法院与其他法院不同的地方，可能是他们在正常的司法工作之外，下了大力气、用了真功夫来倡导法治文化。房山法院用浓浓的法治文化教育法院的法官、干警，让他们身正行洁为民司法；用浓浓的法治文化熏陶法院的法官、干警，让他们心清气正为民理案。房山法院用深厚的法治文化给法院的法官和干警们塑形、凝神、铸魂。

法，是国家权力运行的一种方式，是国家意志的实现。法，是社会规范中最具有明确性、确定性和国家强制性的规范，是社会控制的主要手段，是社会和谐发展的基石和保障。依法治国，就是让人们和政府有章可循、有法可依。法，国之重器。房山法院就是怀着对法的无限敬畏之情，学法，执法，宣传法，在法院内部建造了一个具有浓厚法治文化氛围的文化园。

一心为民、一切为民的“为民”思想是房山法院的“院魂”，也是房山法院法治文化的核心思想。为了让法官们、干警们天天都能受到这一“院魂”的启迪，在房山法院内的一片翠绿的竹林边，竖立起了一块巨石，巨石上有聘请我国著名法学家、最高人民法院原院长谢觉哉的夫人王定国老人书写的“为民”两个大字。名人题字，字便带着她的人格与权威，让人们不能有一丝一毫的质疑。字刻于巨石上，巨石擎天，稳如磐石，又让人们不能有一丝一毫的动摇。刻写着“为民”的巨石默默地矗立在房山法院的文化园内，也无声地矗立在每一个法官、每一个干警的心中。“为民”情怀在房山法院的法官们、干警们的心中生了根、发了芽、生长出了一棵棵茁壮的幼苗，涌现出了很多像厉莉法官一样的爱心法官和爱民故事。法官马志敏，抚养了一名罪犯的弃婴。经过她十八年的精心抚养和悉心教诲，这名罪犯的弃婴成长为了一名优秀的法院干警。法官杜鹏，自2006年开始捐资助学，资助了四名濒临失学的儿童，让这些孩子有书读，有学上，使这些儿童得到了他们本来就应该得到的，却差一点失去了的受教育的机会。

“理性司法，更要以爱暖民；以德育人，更要以爱暖警。”这是房山法院文化园内另一块刻石上篆刻的发人深省的警句。这则警句，既有对外的爱民司法，也有对内的爱警育人，可以说是既对人又对己，属于内外兼修、人我兼得。“理性司法，更要以爱暖民”的意思是，在审判过程中，要查清事实，量法适度，秉公执法，这就是理性司法；在执行过程中，要查清现实，执行适宜，坚决实施，这也是理性司法。但理性司法不是不要温度，更重要、更核心的是“以爱暖民”，民暖才更能体现司法的社会效益，暖民才是司法的根本宗旨。冷静冰洁的司法之理必须加上情温心热的司法之爱，这才是司法的最高境界。“以德育人，更要以爱暖警”是房山法院法官、干警队伍建设的基本思路，充分体现了房山法院人性化的队伍建设理念。严格要求，精心培养，是为了让每一名法官、每一名干警都能成为一名合格的法官、干警。这种严格要求、精心培养的背后，展现的是法院领导对广大法官、干警挚诚的关爱，有这样殷切希望法院的每一个人都能成才，并且为了法院的每个人能成才而付诸行动的法院领导，房山法院能不人才辈出吗？

在一块色彩斑斓的巨石上，篆刻着这样几个大字：以德为帅，以民为本，以公为魂，以廉为基。这是房山法院法治文化建设的基本原则，是引领房山法院的法官、干警队伍建设向着更科学、更健康的方向发展的正确方针。而在一块黑色巨石上，篆刻的四句话与这块斑斓巨石上篆刻的四句话，其内容相似，似乎有重复之嫌。这块黑色巨石上的篆刻是：以德修身，以爱暖民，公正执法，心系大局。但当你知道这块黑色巨石上的篆刻是原最高人民法院党组成员、纪检组组长李玉成撰写的之后，你就会恍然大悟——斑斓巨石上的篆刻是房山法院自己书写的发展方向和自己的决心，即：我们要这样做；黑色巨石的篆刻是上级写的，是肯定了房山法院做出的成绩，即：你们做到了。

房山法院文化园中有一方特别的水池，这水池不像一般风景地的水池那样。一般风景的水池只是把水加注至水池的一半，而且在水池的周围留出一米左右的距离，防止池水弄湿游人。房山法院的这方水池，却是把水加注得满满的，再加一点儿水都会外溢出来。这是房山法院独具匠心设计出的房山法院独有的水池——满溢池。其意取自《说文解字》对“法”字的解释，“法，刑也，平之如水”。取的就是法平如水，若明镜高悬之意。水满则溢，满溢，与“满意”谐音，其意义是：房山法院的工作，应当让人民满意。必须让人民满意，让人民满意才是房山法院工作的最终追求。

房山法院文化园是由“一池三廊四石”构成的，上面介绍的仅是“一池三廊四石”中的“一池”和“四石”，对作为文化园重头戏的“三廊”却没有详加叙述，不是作者认为“三廊”不重要，而是因为“三廊”内容太丰富，不是一句话两句话就能说得明白、说得清楚的，既然说不明白说不清楚就不如不说，所以才略而未述。为了补上未写“三廊”的遗憾，现将《法院文化园题记》全文抄录如下，这既是对整个法院文化园的综述，也可以看作是对“三廊”的补充概述。

法院文化园题记

文化园于公元二〇一二年岁末建成。园长不足千尺，宽不盈百丈。有池为方，寓法平如水，明若镜。立石数座，喻律坚如石，硬似刚。更有廉政小径，引路明灯。囊古今中外之至理名言，容仁义礼智之修德警句。心灵受洗礼，品性渐养成。风景这边独好。

历览前贤，筚路蓝缕，沐雨栉风创伟业。披肝沥胆，甘洒热血写春秋。思索，创新，实践，正道沧桑。建院，兴院，强院，成就斐然。追忆往昔，峥嵘岁月分外稠。

瞩目今朝，文以化人，激宕（荡）浓浓爱民情怀。德以育警，催振铮铮奋进力量。向上，向善，向美，蔚然成风。大爱，大德，大公，卓然为识。只争朝夕，乘风破浪正当时。

躬逢盛世，爱民责无旁贷。实干兴邦，为公义不容辞。吾辈当挥法律之利剑，持正义之天平，谋百姓之福祉，守政法之圣洁。画卷已展，雄笔在握，继往开来，续写华章。遂勒石为记。缅先贤，励今人，彰来者。

公元二〇一二年十二月二十一日立

房山法院，正如《法院文化园题记》中所写的那样，是一座“挥法律之利剑，持正义之天平，谋百姓之福祉，守政法之圣洁”的庄严神圣的法律殿堂，大公、大德、大爱已经成了房山法院人的思想主流，所有房山法院人都怀着对法律无限忠诚的圣洁之情，兢兢业业，恪尽职守，为伟大祖国的政法事业贡献着自己的青春和热血。优秀的厉莉法官，就是房山法院人的突出代表。无数个像厉莉法官一样优秀的房山法院人，或正在破土而出，或正在拔节成长。房山法院是一个先进喷涌、模范辈出的地方。

房山法院，这样一个文化氛围浓厚的司法单位，每年都会取得一个又一个的令人瞩目的成绩，其中，“全国文明单位”的先进称号，也应该是当之无愧、受之不虚的。

厉莉法官，是在中国共产党领导下成长起来的好法官；房山法院，是在中国共产党领导下成长起来的政法系统优秀单位。房山法院和厉莉警官用事实证明了一个真理，那就是共产党好，共产党“为人民服务”的宗旨好。

任何理论离开了“为人民服务”这一基本原理就是歪理、邪理。为人民服务在实践上又是党的各级干部的行为底线，脱离了为人民服务的路线就是岔路、歧路。

厉莉就是在党的理论阳光的照耀下，成长起来的党的好党员；就是在践行为人民服务这一宗旨的道路上，成长起来的人民的好女儿；就是在执法为民的实践中，成长起来的人民的好法官。

后　记

经过一年的努力，《房山时代楷模》一书终于出版了，本书模范人物的编排以其出生时间为序。

为做好此书的编写出版工作，我们精心组建了一支由 12 名写作功底扎实，有责任心、有担当、有情怀的作者组成的创作队伍，分别对 12 名模范人物的先进事迹进行挖掘、整理、总结、提炼、创作。在采访中，他们披星戴月、夜以继日；他们走村入户、实地调研；他们访古问今、查阅资料，他们怀着对模范人物的热爱与敬重，一字一句，精雕细琢，为读者呈献了一道文化饕餮盛宴。

此书的编写得到了房山区委组织部、房山区纪委监察委员会、房山区人民法院、房山区公安分局、房山区工商业联合会以及房山区韩村河镇党委、周口店镇党委、窦店镇党委、青龙湖镇党委、霞云岭乡党委的大力支持，房山区作家协会也积极参与其中。在此，编者表示衷心的感谢。因编写时间仓促、水平有限，难免存在疏漏和不足，诚恳希望大家给予批评和指导。